디어 랄프 로렌

손보미
장편소설

디어 랄프 로렌

Dear Ralph Lauren

문학동네

차례

프롤로그

어떤 사람들에게 1954년은 메릴린 먼로가 서울을 방문한 해로 기억될 것이다. 그해 1월, 그녀는 전설적인 야구선수 조 디마지오와 결혼했고, 한 달 후 신혼여행을 가기 위해 도쿄행 비행기에 올랐다. 그들의 도쿄행은 요미우리 자이언츠의 초청으로 이루어진 것이었다. 그녀는 신혼여행에 그다지 큰 기대를 했던 것 같지는 않다. 메릴린 먼로는 자서전인 『마이 스토리』에 이렇게 쓴 적이 있다. "스타가 되는 것은 회전목마 위에 사는 것과 같다." 그리고 다음과 같이 덧붙였다. "여행을 할 때도 회전목마를 가지고 간다. (……) 주로 보는 것은 똑같은 신문기자들, 인터뷰하러 온 똑같은 종류의 사람들, 그리고 내가 찍힌 똑같은 구도의 사진들이다." 도쿄행 비행기에서 우연히 만난 크리스턴베리 장군의 즉흥적인 권유를 그녀가 아무런 거부감 없이 받아들인 데는 이러한 이유도 작용했을 것이다. 이곳의 회전목마에서 저곳의 회전목마로 옮겨 타는 것. 장군은 그녀에게, 일본에 가는 김에 한국에 들러서 군인들을 위한 위문공연을 하면 어떻겠느냐고 물었다. 아주 나중에(그러니까 메릴린 먼로가 죽고 나서도 오랜 시간이 흐른 후에) 디마지오는 이 일을 회상하며 굉장히 불쾌했다고 말한다. 그는 장군의 그 말 속에서, 자신들의 행복한(물론 그 행복은 오래가지 못했지만) 결혼과 시시덕거림, 거리낌없는 웃음 등을 비난하고 싶어하는 의도를 읽었기 때문이다. 그는 장군이 자신들에게 이렇게 말하고 싶어하는 것 같다고 느꼈다. 당신들을 위해 대신 싸워주는 사람들이 있기 때문에 당신들이 키스할 수 있는 거라오. 물론 억측에 지나지 않는지도 모른다. 먼로는 그런 식으로는 조금도 생각하지 않았다. 그녀는 좀더 흥미로운 회전목마로 이동하는 것쯤으로 여겼을 것이다. 그러니까 남편과 함께 올라탄 회전목마에서 오로지 혼자 차지할 수 있는 회전목마로. 그녀는 둘이 함께 올라탄 회전목마의 삐걱거림을 이미 느끼고 있었던 걸지도 모른다. 그녀는 『마이 스토리』에서 당시 상황을 이렇게 설명한다. 디마지오는 "(내가) 원하는 건 뭐든 할 수 있"다고 대답했고 "씩 웃으며" "(나에게) 가요"라고 했다고. 하지만 실제로는 모든 일이 그런 식으로 매끄럽게 진행되지는 않았을 것이다. 먼로는 굳이 그럴 필요가 없었는데도 불구하고 도쿄에 도착하자마자 비행기를 갈아타고 한국으로 날아가버렸고 디마지오는 도쿄에 홀로 남아 계획된 일정을 소화했다. 그리고 그들은 약 구 개월 후에 결혼생활에 종지부를 찍는다. 어쩌면 그들의 결혼생활은 디마지오가 그녀를 따라 한국으로 가지 않았을 때, 혹은 먼로가 디마지오와 함께 도쿄에 남지 않았을 때, 이미 그때 종지부가 찍힌 것인지도 모른다. 그들이 함께한 나머지 결혼생활은, 더이상 아무도 놀러오지 않는 놀이공원에 덩그러니 남겨진 회전목마 같은 것이었으리라. 한국 방문 당시 먼로의 사진이 많이 남아 있다. 그중 하나. 겨울날 실외에서 이루어진 공연이었는데도 불구하고, 그녀는 어깨까지 완전히 드러난, 몸에 딱 달라붙는 보라색 드레스를 입고 있다. 그녀는 단상에 서서 하늘을 향해 양팔을 활짝 펴고 있는데, 자기 자신에게 도취되어 있는 것처럼 보인다. 그녀는 몹시 (다른 단어를 고민할 것도 없이 그저) 행복해 보인다. 단상 아래에서는 수많은 군인들이 그녀를 향해 환호하고 있다. 또다른 사진도 있다. 아마 이때 그녀는 자신이 카메라에 찍히고 있는지 전혀 몰랐던 모양이다. 푸른색 데님 셔츠를 입고 군용트럭에 올라탄 그녀의 두 눈은 아무것도 관심 없다는 듯이 초점을 잃은 채, 카메라 저 너머 어딘가를 바라보고 있다. 나는 가끔 궁금해진다. 그녀는 무엇을 보고 있었던 것일까?

어떤 사람들에게 1954년은 최초의 원자력발전소가 세워진 해로 기억될 것이다. 사람들은 원자력을 일종의 기적으로 여겼다. 이 세상을 다음 단계로 건너가게 해줄, 근사하고 절대 무너지지 않을 그런 다리 같은 것이라고 말이다. 아주 오래도록 그 믿음은 무너지지 않았다. 그토록 많은 사람들이 죽었는데도 그랬다. 미국은 1930년대 후반부터 맨해튼 프로젝트를 통해 핵무기 연구에 박차를 가했다. 거기에 속한 대부분의 과학자들은 훌륭한 연구 결과를 내는 것이 세계 평화에 이바지하는 가장 좋은 방법이라고 굳건히 믿고 있었다. 맨해튼 프로젝트의 수장이었던 로버트 오펜하이머도 마찬가지였다. 훗날 '본격적인 원자력 시대의 서막'을 연 것으로 평가되는 트리니티 테스트(1945년 7월 16일 미국 뉴멕시코 주 앨라모고도 근처에서 진행된 최초의 원자폭탄 실험)를 치른 직후에도 그러한 기조는 계속되었다. 하지만 몇 명의 과학자들은 트리니티 테스트 직후 이미 원자력에 대한 자신들의 생각이 완전히 틀렸음을 알아차렸다. 트리니티 테스트에 대한 사진도 있다. 여러분 중 이 사진이 보고 싶은 사람이 있다면 인터넷 검색창에 '트리니티 테스트'라고 치기만 하면 된다. '폭발 후 0.016초'라고 설명되어 있는 사진 속 배경은 온통 까맣고, 그 가운데로 반원 형태의 거대한 회색빛 점액질이 부풀어오르는 것처럼 보인다. 한편으로는 스포이트로 우유를 한 방울 떨어뜨린 뒤 그 모습을 고속도촬영으로 찍은 것과 비슷해 보이기도 하지만, 여기서는 그런 사진 특유의 경쾌함이나 생명력을 발견할 수는 없다. 오히려 이쪽은 아무런 표정도 지을 수 없는, 그러니까 피부와 비슷한 재질의 매끈한 가면—표면에서 조그만 틈 하나 찾을 수 없는—을 쓴 누군가의 얼굴, 그리고 눈동자를 보는 것과 같은 느낌을 준다. 원자폭탄이 터지는 장면을 실제로 본 대부분의 과학자들은 그 '죽음'의 얼굴-눈동자를 오랫동안 떨쳐내지 못했다. 오펜하이머는 자신들이 만든 무기가 실제 전쟁에 투입되어서는 안 된다고 줄기차게 주장한다. 하지만 결국 1945년 8월 6일 히로시마에 '리틀 걸'이라는 (앙증맞은) 이름의 원자폭탄이 투하된다. 오펜하이머는 폭탄 투하 후 이렇게 말한다. "내 손은 피로 물들었다." 그는 그 이후 완전히 자신의 노선을 바꾼다. 원자력위원회에서 활동하며 핵무기 연구에 대한 반대 의견을 밝히기 시작한 것이다. 그것 때문에 오펜하이머는 1950년대 초 공산주의자로 몰리고 급기야 1954년 국가안보청문회에 회부된다(오펜하이머는 죽을 때까지 계속적인 감시와 수사의 대상이 되었다). 핵무기에 반대한 대가로 오펜하이머가

청문회 자리에 앉아서 온갖 사생활이 들춰지는 수모를 겪고 있을 때, 소련은 본격적인 원자력에너지 시대를 알리며 모스크바 근방 오브닌스크에 세계 최초로 원자력발전소를 세우는 것에 성공한다. 체르노빌 발전소 사고가 일어나기 삼십이 년 전의 일이고, 후쿠시마 원전 사고가 일어나기 오십칠 년 전의 일이다. 오브닌스크 원자력발전소의 출력은 5MW였고, 이 년 후 두번째로 세워진 영국 콜더홀 원자력발전소의 출력은 오브닌스크의 열두 배에 달하는 60MW였다. 몇 년 지나지 않아 소련은 콜더홀 발전소보다 성능이 뛰어난 발전소를 여러 곳에 세울 수 있게 되었지만, 오브닌스크 발전소는 세워진 지 무려 오십 년 동안이나 마치 거대한 코끼리처럼 거기에 그렇게 서서 에너지를 방출했다.

또다른 사람들에게 1954년은 헤밍웨이가 노벨문학상을 받은 해로 기억될 것이다. 헤밍웨이는 자신을 누구도 따라올 수 없는 남성성의 화신이라고 생각했지만, 또 한편으로는 절대로 그렇게 될 수 없으리라는 불안감에 시달리며 살았다. 그는 자신의 작품이 남들에게 어떤 식으로 비치는지 엄청나게 신경을 썼지만, 그런 걸 의식한다는 사실을 남들이 알아차릴까봐 겁을 냈다. 그는 자신의 작품에 지속적으로 애정을 표현하는 이들을 멀리하려 했고 때로는 그들을 괴롭히기까지 했다. 그렇게 함으로써 자신이 평판에 초월한 "진정한 남자"처럼 보이기를 바랐던 것이다. 그의 친구이자 비평가였던 에드먼드 윌슨은 헤밍웨이에 대해 이렇게 말하기도 했다. "헤밍웨이는 믿을 수 없을 뿐만 아니라 밉살스럽기도 한 헤밍웨이라는 인물을 만들어냈다. 분명 그는 그 자신이 만들어낸 최악의 인물이다." 1950년, 그러니까 그가 『누구를 위하여 종은 울리나』를 발표한 지 십 년 만에 야심차게 내놓은 『강 건너 숲속으로』가 비평적으로나 대중적으로나 참혹하게 실패했을 때, 헤밍웨이는 그 실패가 자신에게 어떠한 영향도 미치지 못한다는 것을 사람들에게 알리고 싶어 안달을 냈다. 그는 그 어느 때보다 공식 석상에 얼굴을 자주 들이밀었고 술집에서 호탕하게 웃음짓고 여자들과 염문을 뿌리고 다녔다. 하지만 한편으로 그는 자신의 작품에 악담을 퍼부은, "눈이 발에 달린 거나 마찬가지인 인간들"의 이름을 잊지 않겠다고 다짐했고, 실제로도 잊지 않았다. 그는 남들 모르게 소설 집필에 몰두하여 1952년 『노인과 바다』를 출간한다. 『노인과 바다』에 대한 반응은 폭발적이었다. 그는 그러한 반응은 당연한 것이고, 응당 받아야 하는 대우를 받고 있다고 여겼다. 그는 이듬해인 1953년에 퓰리처상을 받았고 1954년에는 노벨문학상 수상자로 선정되었다. 그해 초에 직접 비행기를 몰다가 추락 사고를 당한 그는 시상식에 참석할 수 없어서 수상소감을 써서 스웨덴으로 보냈다(그는 비행기 사고로 시상식에 참석하지 못한다는 것이 꽤 근사한 그림이라고 생각했다). 그는 수상소감에 이렇게 썼다. "쓴다는 것, 그것은 최고로 고독한 삶이다. 작가는 고독 속에서 작품을 완성한다. 정말 훌륭한 작가라면 날마다 영원성이나 영원성의 부재와 맞서 싸워야만 한다."

나에게 1954년은 랄프 로렌과 조셉 프랭클이 만난 해로 기억된다. 독일 출신의 유대인이었던 조셉 프랭클은 그해 여름을 권투에 바쳤다. 아니, 그해 여름이 아니라 거의 반평생을 권투에 바쳤다. 그는 자기 자신을 '권투선수'라고 이야기하는 걸 좋아했을 정도로 권투를 사랑했다. 심지어 여름휴가를 가는 대신 며칠 동안 내내 권투하는 것을 선택할 정도였다. 1954년 여름, 권투 도장으로 출근 도장을 찍던 조셉 프랭클은 길거리에서 처음으로 랄프 로렌을 만나게 된다. 열한 살짜리 거리의 구두닦이 소년이었던 랄프 로렌은 자신을 티모시 샌더슨(그리고 이 이름 역시 그의 '진짜' 이름은 아니었다)이라는 이름으로 소개했다. 그 당시 뉴욕 뒷골목에는 구두닦이 소년이 넘쳐났다. 그들 사이에서는 암묵적으로 자신들이 일할 수 있는 구역이 정해져 있었는데, 랄프 로렌이 맡은 구역인 권투 도장 앞은 구두닦이 소년으로서는 무척 '불리한' 곳이었다. 권투 도장에 오는 사람들은 거의 체육복에 운동화를 신고 있었으므로. 하지만 랄프 로렌, 그러니까 티모시는 그 나이답지 않은 수완과 배짱이 있었다. 격식을 차리는 것을 병적으로 싫어해 평생 운동화만 신고 다녔던 조셉 프랭클과 이 프로페셔널한 구두닦이 소년은 여름 내내 아이스크림 따위를 나눠 먹으며 우정을 쌓게 되고 그해 가을이 끝나갈 때, 조셉 프랭클은 랄프 로렌을 자신의 집으로 데리고 간다.

미국에서 보낸 마지막 일 년 동안 나는 랄프 로렌과 조셉 프랭클의 이야기를 좇는 데 열중했다. 매일같이 그와 관련된 사람들을 찾아내고, 연락하고, 귀찮게 굴고, 문전박대당하고, 또다시 그와 관련된 다른 사람들을 찾아나서는 것으로 원점 회귀했다. 나는 그들(주로 조셉 프랭클)과 관련된 사람들을 스무 명 이상 만났고, 온갖 기사와 책을 섭렵했다. 나를 작가 혹은 기자라고 지레짐작한 이들만이 나와 만나줬고, 결국 나는 나 자신을 작가라고 속이는 게 '그 일'을 하는 데 가장 속 편하다는 것을 깨달았다. 하지만, '일'이라니? 대체 나는 무슨 생각으로 그 '일'을 계속했던 것일까? 나중에 내가 한국으로 돌아왔을 때, (이 모든 사실을 고스란히 전해들은 유일한 사람인) 작은이모는 그 상황을 명쾌하게 정리해주었다. "호랑이 등에 올라탄 거야." 그녀는 자신 역시 마치 호랑이 등에 올라탄 것 같았다고 말했다. "멈출 수가 없었거든." 그녀는 병원의 차가운—물론 실제로는 그 어느 곳보다 따뜻하고 습도가 적절한 곳이었지만 말이다—침대에 누워 내게 미소지으며 이렇게 말했다. "너도 호랑이 등에 올라탄 거구나." 그리고 덧붙였다. "누구나 그런 거야." 나는 고개를 끄덕였지만, 좀더 멋들어진 속담을 찾지 못한 건 유감이었다. 그 '일'은 마치 내가 만들어놓은 거대한 쓰레깃더미에서 그나마 쓰레기가 아닌 것, 이를테면 재활용할 수 있는 어떤 것을 가려내는 활동과 비슷했다. 물론 그렇게 골라낸다 해도 그건 어디까지나 재활용품이 될 뿐, 보석이 될 수는 없다. 글쎄, 어떤 사람들은 쓰레깃더미에서 굉장한 가치가 있는 것을 찾아낼 수 있다고 장담하기도 하고 실제로 그런 사람이 있을 수도 있지만, 불행하게도 나는 그런 종류의 사람은 아니다.

내가 이 책을 쓰는 데 주요한 역할을 한 사람들이 많다. 일단 책에 등장하는 모든 사람들이 그럴 것이다. 다만 특별히 언급하고 싶은 한 사람은 내가 알고 지낸 소설가 S이다. 그는 내가 이 이야기를 글로 남겨야 한다고 줄기차게 주장했고, 그리고 그렇게 하지 못하는 나를 위해 자신이 직접 '디어 랄프 로렌'이라는 제목으로 단편소설을 쓰기도 했다. 그 소설을 읽는 내내 내 안의 어떤 것이 계속 나를 부추겼다. 나는 문장과 문장 사이의 단절을 느꼈고 대사와 대사 사이의 미묘한 머뭇거림을 읽었다. 생략도 너무 많았다. 때로는 꼭 필요한 것을 생략해서 냉정해 보이기까지 했다. 만약 그의 소설이 완전히 성공했다면(내가 이렇게 말하는 것에 대해 분명 S는 이해하리라 믿는다) 나는 집필을 시작하지 않았을 것이다.

하지만 바로 앞에서 말했듯이 나는 쓰레깃더미에서 '가치'가 있는 것을 귀신같이 찾아낼 수 있는 그런 종류의 사람은 아니다. 이건 아무리 잘되어봤자, 기껏해야 재활용품에 지나지 않을 것이다. 아니, 재활용품이라도 될 수 있다면 감지덕지일 것이다. 이 책 역시 여전히 많은 단절과 머뭇거림과 생략이 있다. 하지만 나는 여기서 만족하기로 한다. 한 가지 아쉬운 것은 섀넌 헤이스가 이 책을 이해할 수 없으리라는 점이다. 내가 서울로 돌아간다고 했을 때, 섀넌은 내게 책을 계속 쓸 거냐고, 그렇다면 그 책은 영어로 쓰이는지 한국어로 쓰이는지 궁금하다고 말했다. 물론 나는 그 당시 아무것도 쓰고 있지 않았고, 앞으로 무언가를 쓸 생각도 없었다. 그저 나는 그녀에게 거짓말을 했을 뿐이다. 그리고 그 사실은 지난 몇 년간 나를 계속 괴롭혀온 문제이기도 하다. 오랜 시간이 흐르긴 했지만, 어쨌든 나는 이 책을 완성해냈다는 사실에 어느 정도 위안을 받는다. 그렇다고 하더라도,

아마 이 책은 영원히 섀넌 헤이스에게 도달하지 못할 것이다.

마지막으로, 레이철 잭슨 여사의 명복을 빌며.

아이스링크장에서 피겨스케이팅중

매년 노벨상 시상식 다음날인 12월 11일이 되면, 뉴욕 대학교 물리학과 교수인 미츠오 기쿠 박사님의 연구실 문에는 "아이스링크장에서 피겨스케이팅중"이라고 적힌 팻말이 걸리곤 했다. 기쿠 박사님은 이론물리학 분야에서 세계적인 권위를 인정받는 오십대 후반의 독신남자로 일본계 미국인이었다. 그는 나의 석박사 과정 지도교수이기도 했는데, 누군가가 그에 대해 묻는다면 아마도 나는 이렇게 대답할 것이다. "매우 쾌활하고 젠틀한 분이죠." 그는 단추 두 개짜리 피크트라펠 슈트를 즐겨 입었고, 비나 눈이 오는 날을 제외하면 옥스퍼드 슈즈를 신었다. 머리카락은 어깨를 덮는 정도의 길이였는데 층을 내서 잘랐고 끝에만 살짝 컬을 줬다. 흰머리 염색은 하지 않아 머리칼이 희끗희끗했지만 충분히 멋스러워 보였다. 만약 여러분이 평행우주론이나 상대성이론 혹은 초끈이론이나 양자장론, 이도 저도 아니면 시간여행에 조금이라도 관심이 있어서 관련 다큐멘터리를 찾아본 적이 있다면 아마도 한 번쯤은 그를 봤을 것이다. 내가 알기로 그는 스무 편이 넘는 과학 다큐멘터리와 대담 프로그램에 출연했다. 그는 대중을 상대로 하는 프로그램에 출연하는 것을 특별히 꺼리지 않았다. 오히려 대중과학 책을 쓰는 것을 좋아했고, 직접 독자들을 만나는 것도 좋아했다. 가끔(아니, 자주) 젊은 과학도들로부터 "인기에 영합하는" "과학적 성과는 텅텅 빈" "과대평가된" "늙은 여우 같은" 과학자라는 비난을 들었지만 그는 그런 비난에 아주 초연하게 굴었다.

기쿠 박사님은 다큐멘터리나 방송에 출연해달라는 제안을 받으면, 아주 짧은 분량이라고 할지라도 무조건 승낙했고, 가지고 있는 슈트 중 가장 좋은 것을 입고 나갔다. 제작진이 자신들이 준비해온 옷으로 갈아입을 것을 요청하면 기꺼이 그렇게 할 준비가 되어 있었지만 그런 요청을 받은 적은 한 번도 없었다. 촬영에 들어가기 전 메이크업 아티스트가 화장해주는 것에 대해서도 전혀 거부감이 없었다. 그는 메이크업 아티스트에게 다큐멘터리에 도움이 되는 일이라면 무엇이든 할 준비가 되어 있다고 말하곤 했다. 다만 그는 머리 모양에 대해서는 남의 조언을 받아들일 준비가 되어 있지 않았다. 하지만 헤어스타일리스트의 기분을 거스르고 싶지도 않아서 기쿠 박사님은 그(혹은 그녀)가 자신의 머리에 이것저것 하는 것을 거울을 통해 지켜보기만 했고, 그 작업이 모두 끝난 후 화장실로 들어가서 빗과 물로 헤어스타일리스트의 노고를 아무것도 아닌 것으로 만들어버리곤 했다. 그는 그 일을 아주 비밀스럽게 했지만 따지고 보면 그건 그냥 형식적인 행동에 불과했다. 왜냐하면 (당연한 말이지만) 그가 자신의 머리를 매만졌다는 사실을 누구든지 곧바로 알아차리게 될 것이기 때문이었다. 자신의 수고를 한 순간에 망쳐버렸지만 어떤 헤어스타일리스트도 그의 그런 행동에 불만을 표시하지 않았고, 그 일에 익숙해진 몇몇 헤어스타일리스트는 아예 처음부터 그의 머리 모양을 건드리지 않았다. 그건 그들이 자신의 직업에 자부심을 가지고 있지 않아서가 아니라, (설령 기쿠 박사님보다 스무 살가량 어렸다고 할지라도) 산전수전을 다 겪은 사람들이기 때문이었다.

기쿠 박사님이 가장 애착을 가진 다큐멘터리는 〈과거의 미래〉였다. 이건 그가 자신의 가장 좋은 슈트를 입고 헤어스타일리스트와 자신의 손을 거쳐서 어색해진 헤어스타일을 하고, 스튜디오나 자신의 서재에 앉아 얌전히 의견을 말한 뒤 사라지는 종류가 아니었다. 이 다큐에서 그는 쉴새없이 나온다. 그러니까, 한마디로 그는 '주인공'이다. 그는 원자의 내부를 확대해놓은 공간 안을 거닐고, 이 전자와 저 전자 사이를 왔다갔다한다(물론 CG이다). 그는 이 다큐멘터리가 레너드 서스킨드의 〈세상의 실체〉나 브라이언 그린의 〈우아한 우주〉를 능가하는 메가 히트작이 될 거라고 생각했지만 불행하게도 그렇게 되지는 못했다. 이 다큐에 대한 기쿠 박사님의 애정을 알아볼 수 있는 것은 바로 그의 피겨스케이팅 장면에서다. 그는 하얀 실크 블라우스와 까만 남성용 무용바지를 입고 센트럴파크의 울먼 메모리얼 아이스링크장을 휘젓고 다닌다. 그는 아주 오랫동안 취미로 피겨스케이팅을 해왔고 그 사실을 숨기기는커녕 여기저기 말하고 다니는 걸 좋아했다. 그렇지만 그는 절대 울먼 메모리얼 아이스링크장에서는 스케이트를 타지 않았다. 그는 오직 브라이언트 파크의 실외 아이스링크장만 이용했다. 그곳이야말로 자신의 예술성을 극대화시킬 수 있는 '에너지'로

가득한 곳이라는 (미신적인) 생각을 하고 있었기 때문이다. 게다가 그는 브라이언트 파크를 제외한 스케이트장들 중 특히 울먼 메모리얼 아이스링크장은 '초짜'로 가득차 있어서 거기서 스케이트를 타면 자신의 예술성이 훼손된다고 믿고 있었다. 하지만 〈과거의 미래〉를 찍을 때는 이러저러한 이유 때문에 그는 울며 겨자 먹기로 울먼에서 스케이트를 탈 수밖에 없었다. 이 말은 어쨌거나 그가 〈과거의 미래〉를 위해서라면 무엇이든 할 준비가 되어 있었다는 의미이다.

기쿠 박사님이 피겨스케이트를 타는 시기도 정해져 있는 것이나 마찬가지였다. 칼텍에서 자신과 함께 물리학 박사학위를 받은 슈퇴르머가 노벨물리학상을 받은 1997년 이래, 10월 초가 되면 기쿠 박사님은 극도의 초조함을 느끼곤 했다. 비나 눈이 오지 않는데도 방수용 운동화를 신거나, 재킷의 단추를 어긋나게 채운 채로 나타나기도 했다. 그는 이 시기가 되면 자신이 쌓아올린 업적들에 대해 지나치게 심각하게 생각했고, 순전히 다른 사람의 입장에서 바라보려고 애썼다. 동시에 자신의 경쟁자들의 업적에 대해서도 냉정하게 평가해보려고 애썼다. 그의 내면에서는 언제나 두 가지 목소리가 동시에 터져나왔는데, 하나는 "미츠오, 넌 무척 잘했다. 넌 올해엔 노벨상을 받을 만한 자격이 있어"였고, 다른 하나는 "기쿠 박사, 아직이야"였다. 결과적으로 '미츠오'가 아니라 '기쿠'에게 건넨 말이 맞았다는 건 따로 밝힐 필요도 없을 것이다. 그렇더라도 그는 "기쿠 박사, 안 돼" 대신 "기쿠 박사, 아직이야"라고 말함으로써 자신의 좌절감이 적어도 일 년 사이엔 사라질 것이라고 (무의식적으로) 장담하곤 했다. 하지만 그건 그의 머릿속에서나 일어나는 일이었고, 그는 매년 경쟁자들이 차례로 노벨상을 수상한다는 소식을 전해들어야 했다.

그 소식을 들을 때마다 그는 복잡한 심경에 빠졌을 것이다. 그 시기가 되면 그는 자신을 둘러싼 말들—과학자로서의 업적을 무시하는 듯한 질책의 소리—이 그 어느 때보다 크고 또렷하게 들리는 경험을 했으리라. 하지만 그는 그런 심경을 전혀 내비치지 않았다. 실망한 것처럼 보이지도 않았다. 그는 그저 자신의 일을 했다. 그러다가 12월 11일이 되면 그의 연구실 문에는 "아이스링크장에서 피겨스케이팅 중"이라고 적힌 팻말이 걸렸다. 그리고 약 한 달 동안 그는 하루에 서너 시간씩 링크장에 있었다. 그가 하루에 네 시간씩만 잔다는 걸 생각해보면 그 시간이 그에게 얼마나 큰 비중을 차지하는지 알 수 있을 것이다. 그는 자신에게 학문 따위는 그리 중요하지 않다는 것을 사람들에게 증명이라도 하려는 듯이 스케이트에 몰두했다. 한 달간의 '스케이트 외도'가 끝나면 그는 다시 자신의 연구에 열중하고, 책을 쓰고, 대중 강연을 다니고, 사인회를 하고, 학생들을 격려하거나 질책하고, 때로는 참견하거나 하는 미츠오 기쿠 박사로 돌아왔다.

대학원에 다니고 있던 시절, 나는 기쿠 박사님이 피겨스케이트를 타는 장면을 한 번도 실제로 본 적이 없었다. 나뿐만 아니라 그 연구실에 있는 학생들 모두 마찬가지였다. 잠잘 시간도 부족했기 때문에 '고작' 기쿠 박사님이 피겨스케이팅을 하는 걸 보기 위해 일부러 브라이언트 파크까지 갈 여유가 우리에게는 없었다. 하지만 그보다 더 주요한 이유는 아마도 다른 것이었으리라. 이를테면 우리는 그런 박사님을 '직접' 보는 것이 우리에게 어떤 영향을 끼칠지에 대한 확신이 없었다. 블라우스와 무용바지를 입고 아이스링크장을 누비는 박사님을 목격할 마음의 준비가 되어 있지 않았던 것이다. 우리는 박사님의 연구실 문 앞에서 "아이스링크장에서 피겨스케이팅중"이라고 적힌 팻말을 볼 때마다, '피겨스케이팅'이라는 단어가 다른 어떤 의미, 중성미자라든가 암흑물질이라든가 여하튼 우리 연구와 (직접적으로나 간접적으로) 관련된 단어를 비유적으로 나타낸 것이라고 생각하는 경향이 있었다. 이중슬릿 실험 같은 것이라고 여겼는지도 모른다. "우리가 관찰하려고 들지만 않으면 우리 앞에 절대로 존재하지 않으리니." 우리는 단 한 번도 그런 문제로 이야기를 나눈 적이 없었고, 나는 단 한 번도 그의 피겨스케이팅에 대해 상상해보지 않았다.

기쿠 박사님이 스케이트를 타는 장면을 직접 보게 된 것은, 미국을 떠나기 약 일 년 전의 일이다. 열아홉 살 때 미국으로 가 구 년째가 되는 해였다. 12월의 둘째 주 금요일, 나는 그의 호출을 받았다. 내가 개인적으로 그의 호출을 받은 건 그때가 처음이었다. 그 당시 나는 몇 달 전에 치른 퀄 이그잼(박사자격시험)에 불합격한 후, 다시 시험 준비를 하고 있었다. 시험에 붙었다면 당연히 좋았겠지만, 떨어졌다고 해도 아주 최악의 상황을 가리키는 것은 아니었다. 나 말고도 몇 명씩은 그 시험에서 떨어졌다. 다만, 나는 시험에서 떨어진 것이 단순히 한 가지 실패를 가리킨다고 받아들이기는 힘들었다. 그건 마치 내 전반적인 처지를 총체적으로 드러내는 징후처럼 느껴졌다. 뭐랄까, 혼돈 속에 놓여 있었다고나 할까. 언제부터인지 모르겠지만 동료들에게서 한 걸음 한 걸음씩 뒤처지고 있다는 느낌에 종종 사로잡히곤 했다. 그리고 그런 생각이 내 자격지심이 아니라 사실이라는 점 때문에 점점 더 의기소침해졌다. 나는 그런 상황이 그저 일시적인 슬럼프에 불과하다고 나 자신을 다독거렸고, 그 혼돈 속에서 벗어나려고 애쓰고 있었다.

그렇지만 기쿠 박사님의 연구실로 들어갈 때만 해도 나는 그 모든 상황을 그리 심각하게 여기지는 않았던 것 같다. 심지어 문 앞의 그 팻말을 뒤집어놓을 정도로 유머감각도 유지하고 있었다. 하지만, 문을 열고 연구실에 들어가자마자, 무언가가 잘못되었다는 것을 금방 깨달았다. 그의 연구실 중앙에는 방문자를 위한 커다란 목재 테이블이 있었는데, 대개 그 위는 온갖 책으로 엉망진창이 되어 있었다. 하지만 그날은 테이블 위가 깨끗하게 정리되어 있었고 마주보는 자리에 홍차 티백이 담긴 커다란 머그컵 두 개가 올려져 있었다. 그는 앉아서 잠깐만 기다리라고 말하고는 작은 냉장고에서 우유를 꺼내 전기 포트에 붓고 스위치를 눌렀다. 그는 우유가 끓을 때까지 나에게서 등을 돌린 채, 마치 골똘히 생각에 잠긴 사람처럼 포트만 바라보고 있었다. 그리고 우유가 끓자 그는 약간 체념한 듯한 몸짓으로 내 컵에 따뜻한 우유를 따라주었다. 그는 그때까지 내 눈을 한 번도 바라보지 않았다.

"자, 이러면 맛있고 간편한 밀크티가 되는 거지."

나는 우유를 중탕해야 한다는 사실을 알고 있었지만 그냥 고개를 끄덕였다. 머그컵 안의 우유가 서서히 갈색으로 변하는 것이 보였다.

"밀크티 좋아하나?"

별로 좋아하지 않지만 그냥 그렇다고 대답했다. 기쿠 박사님은 자신이 만든 밀크티를 조심스럽게 한 모금 마시고는 알 듯 말 듯 한 표정을 지었다. 나는 머그컵을 두 손으로 감싸쥐고만 있었다.

"종수, 난 자네가 우리 연구실의 아시안으로서 정말 잘해주고 있다고 생각하네. 자네도 알다시피 나도 아시안이니까 말이야."

기쿠 박사님이 이렇게 말했을 때, 솔직히 나는 무슨 대답을 해야 할지 잘 알 수 없었다. 왜냐하면 그는 일본계 미국인이긴 했지만, 미국에서 태어나 줄곧 미국에서 살아온 이민 2세였다. 주재원인 아버지 때문에 미국에서 태어나긴 했지만 한국 나이로 네 살 때 한국으로 갔다가 열아홉 살 때 다시 미국으로 유학을 떠나온 나와는 완전히 처지가 달랐다. 게다가 우리 연구실에는, 이런 말 하기 싫지만, 나보다 훨씬 더 연구 실적이 좋은 중국계 학생인 지아 류가 있었다. 그는 나보다 두 살 어렸는데 암흑에너지로 움직이는 우주선이라는 아이디어로 논문을 발표한 이력이 있었다. 그는 학계에서 주목받는 젊은 과학자였고 나는 뒤처진 대학원생일 뿐이었다. 내가 아무 대답이 없자, 기쿠 박사님은 어찌해야 할지 모르겠다는 듯이 두 손을 깍지 꼈다가 풀었다.

"종수, 자네는 정말이지 실력이 좋은 학생이야. 똑똑하고 영리하지. 섬세하고 예리해."

이번에도 나는 몹시 어리둥절해졌다. 물론 최선을 다하고 있었지만(지금 돌이켜 생각하면, 사실 이것도 애써 긍정적으로 바라볼 때나 가능한 표현이었다), 나 자신이 정말 잘하고 있다고 말할 수 없다는 것 정도는 알고 있었다. 기쿠 박사님은 아주 난처한 표정으로 나를 바라보며 숨을 골랐다. 그는 아마도 자신의 마음속에 떠오르는 여러 가지 감정들과 싸우고 있는 것 같았다. 결국 그는 그 모든 감정적 난관을 이겨냈다.

"하지만 자네는 여기와 어울리지 않아."

이렇게 말한 후 기쿠 박사님은 침울한 표정으로 고개를 떨구었다. 그가 너무나도 괴로워했기 때문에 모르는 사람이 보면 내가 그에게 상처를 주고 있다고 여길 수 있을 정도였다. 하지만, 그 순간 제일 처음 떠올린 생각은 내가 잘못 들었을 가능성에 대한 것이었다.

"지금 뭐라고 말씀하신 거죠?"

"자네는 잘했어. 다만 휴식이 좀 필요한 것 같네."

휴식이라니? 나는 그의 말을 잘 이해할 수 없었다.

"휴학을 하고 천천히 앞으로의 일에 대해 고민해보는 시간이 필요할 것 같네. 한 학기 정도 생각을 좀 해보게. 만약 그후에도 자네가 이쪽 공부를 계속하길 원한다면 내가 다른 연구실에 추천서를 써줄 수는 있네. 자네 실력이 나쁘다는 게 아니야. 자네는 잘했어. 단지 여기와는 어울리지 않는 것뿐이야."

나는 그제야 미츠오 기쿠 박사님이 내 경력에 종말을 고하려고 한다는 것을 깨달았다.

"미안하네, 종수. 하지만, 다른 식으로 생각하면 어쩌면 이게 좋은 기회가 될 수도 있을 거야."

"좋은 기회라고요?"

"그래."

그는 고개를 끄덕였다.

"자네는 그냥 여기와 어울리지 않는 거야."

"알겠습니다."

더이상 무슨 말을 해야 할지 알 수 없었다. 다만 그렇게 대답하는 편이 그나마 내 자존심을 지키는 길이라는 것을 알고 있었다. 고개를 숙이고 두 손으로 얼굴을 감싼 채 가만히 있는 기쿠 박사님을 두고 나는 자리에서 일어났다. 그때 기쿠 박사님이 내게 말했다.

"종수, 인생은 길어, 정말이지 길어."

나는 그게 개소리라고 생각했다.

그날 기쿠 박사님의 연구실을 나오면서 바란 것은 딱 하나였다. 동료들과 마주치지 않는 것. 나는 가방도 런치박스도 모두 학교에 놔둔 채로 곧바로 집으로 돌아왔다. 그러곤 잠시 동안 멍하니 앉아 있었다. 굉장한 자책감과 두려움과 괴로움에 시달렸을 거라고들 생각하겠지만, 사실 그렇진 않았다. 아마도 실감이 나지 않았던 것이리라. 내가 즉각적으로 두려워한 것은 내게 닥친 그 일 자체—학교에서 쫓겨났고 미래가 불투명해졌고 등등—가 아니라, 당장 그 일을 어떤 식으로든 누군가에게 설명해야 할지도 모른다는 점이었다. 이를테면 그 당시 나는 학교 근처에 아파트를 얻어서 살고 있었는데, 거기에는 나 말고도 (지아 류를 포함한) 동료들 세 명이 살고 있었다. 그런데 만약 그들과 마주치게 되면, 내 상황을 어떤 식으로 설명해야 하는 걸까? 나는 아무렇지도 않게 "기쿠 박사님이 나에게 학교를 그만두라고 하셨어. 이 학문과 나는 어울리지 않는다고 말이야"라고 침착하게 말할 자신이 없었다. 그렇다고 "이깟 공부 원래 다 때려치우려고 생각했지!"라고 호기롭게 이야기할 자신도 없었고, 그들에게 괴로워하는 모습을 보여주고 싶은 마음은 더더군다나 없었다. 물론 이건 어디까지나 나 혼자만의 걱정일 뿐이었다. 그들 중 그 누구도 내게 왜 학교를 떠나는지 묻지 않을 가능성도 있었다. 하지만 내가 그들의 '아무 말 하지 않음'도 견디지 못하리라는 건 불 보듯 뻔했다. 그들이 나를 향해 취하는 그 모든 행동이 어떤 식으로든 내게 타격을 줄 게 뻔했던 것이다. 하지만 부모님은? 그분들이야말로 이 세상의 어느 누구보다도 내 설명을 듣고 싶어할 사람들이었고, 설명을 요구할 자격이 충분한 사람들이었다. 이를테면 나는 어머니와 아버지의 애정과 보살핌과 경제적 지원 덕분에 지난 십 년 가까이 여기, 이 타국에서 살아갈 수 있었던 것이니까.

날이 어두워지기 시작했을 때, 아무 생각 없이 형광등을 켠 나는 곧바로 형광등 스위치를 내렸다. 누군가가 내가 집안에 있다는 것을 알아차리고 현관문을 두드리면서 "종수, 무슨 일이 있어?"라고 묻는 것을 원하지 않았기 때문이고, 또 반대로 불이 켜진 것을 보고도 아무도 무슨 일인지 묻지 않는 상황 또한 원하지 않았기 때문이다. 나는 이도 저도 아닌 상황과 감정에 갇혀서 허우적거렸다. 어두컴컴한 거실에 앉아 창밖을 내려다보고 있으니, 문득 조지 해먼드가 떠올랐다. 조지 해먼드는 몇 년 전 여름, 갑자기 학위과정을 그만둔 선배였다. 너무나 갑자기 떠나버렸기 때문에 우리는 조지 해먼드 집(그 역시 나와 같은 아파트에 살았다)의 불 꺼진 창문을 바라보며 이런 궁금증을 토로하곤 했다. "세상에, 어떻게 저런 식으로 작별 인사도 없이 사라질 수 있는 거야?" 하지만 그날 밤, 눈 깜짝할 사이에 사면이 빈틈없는 어둠으로 채워졌다는 것을 새삼스레 알아차리게 된 그 순간, 나는 조지 해먼드 역시 이렇게 불을 꺼둔 채로 홀로 집안에 남아, 창밖을 바라보며 연구실 동료 중 누가 누가 집으로 들어오고 있는지 확인하고 있었으리라는 생각이 든 것이다. 그런 생각이 들자, 나는 이 감정의 미로 속에서 벗어나려면 술을 마시는 수밖에 없다는 결론에 이르렀다. 분명히 말하지만 나는 술을 즐겨 마시는 그런 사람은 아니었다. 나는 나 자신이 흐트러지거나 무분별해지는 것을 원하지 않았고, 그러지 않기 위해서 애쓰는 쪽에 가까운 사람이었다. 변명하기 위해 하는 말이 아니다. 몇 년이 흐른 지금도, 그 시절에 대해 얘기하라고 하면 똑같이 말할 수 있다. 물론 지금의 나는, 나를 대학원에서 '내쫓아낸' 기쿠 박사님을 더이상 원망하지 않는다. 하지만 그 일은 여전히 내게 복잡한 방식으로 영향을 끼치고 있다. 나는 그냥 이렇게 말하고 싶다. "이미 일어난 일은 일어난 일일 뿐이다."

여하튼 그날 밤, 나는 아파트에 사는 세 명의 연구실 동료 중 두 명이 집으로 돌아온 것을 확인한 후에야, 파란색 칼하트 점퍼를 입고 밖으로 나왔다. 그중 한 명은 친절하게도, 내가 연구실에 두고 온 런치박스와 가방을 현관문 앞에 가져다주었다. 아마도 지아 류가 가져다준 것이리라고 막연하게 생각했다. 왜냐하면 그가 나와 같은 층 복도 끝에 살았기 때문이다. 나는 그걸 문 앞에 그대로 두고 라쿤털이 달린 후드를 푹 뒤집어쓴 뒤 계단을 내려갔다. 그리고 땅만 보면서 빠르게 걸었고, 주류 판매점에 도착해서는 맥주와 진과 와인, 보드카 등등을 닥치는 대로 카트 안에 집어넣었다. 술이란 술은 종류별로 다 집어넣은 후, 나는 그게 모두 얼마일까, 잠깐 생각해보았다. 그건 자연스럽게 앞으로의 내 인생이 어떤 식으로 흘러갈지 빠르게 상기시켜주었다. 집을 옮겨야 한다면 그 돈은 어디서 충당할까? 학교에서 보조받던 생활비도 끊길 것이다. 나는 계좌에 돈이 얼마나 들어 있는지 생각해보았다. 대학원에 입학한 이후 학교에서 지원해주는 돈으로 생활비를 충당했지만 부모님은 내가 돈 때문에 조금이라도 불편한 상황에 처하는 것을 염려해서 한 달에 한 번씩 돈을 보내주고 있었다. 그중 대부분은 계좌에 그대로 들어 있었다. 하지만 백수인 채로 앞으로 얼마나 미국에 머물러야 하는지 전혀 예측할 수 없는 상황에서 이렇게 많은 돈을 술을 구입하는 데 써도 되는 걸까? 물론 계좌에 들어 있는 돈에 비하면 술값은 터무니없게 적은 액수였다. 그렇지만 그런 생각은 학교에서 쫓겨난 후에도 미국에 남아 있는 게 아주 자연스러운 행위인 것처럼 '위장'하는 데 도움이 되었다. 세상에, 나는 한국으로 돌아갈 용기가 없었던 것이다. 인정하기 싫지만 나는 나 자신이 좀생이가 되어가고 있다고 생각했다. '좀생이.' 아주 순간적으로 떠올린 단어였지만, 내가 그후 일 년 동안 견지했던 삶의 방식을 집약적으로 나타내주는 단어로 이것보다 더 정확한 것은 없으리라. 그건 실제로 내가 자린고비처럼 굴었다는 의미가 아니라, 그 일 년 동안 내가 나 자신에 대해 진솔하게 굴지 않았다는 의미에 가까웠다. 쓸어담은 술을 다 계산한 후 나는 봉지째 안아 들고 다시 땅만 보며 걷기 시작했다. 다시 한번, 조지 해먼드가 떠올랐다. 불쌍한 조지 해먼드. 그는 여름에 쫓겨났기 때문에 나처럼 이런 식으로, 커다란 후드로 자기 자신을 가릴 수도 없었으리라.

나는 런치박스와 가방을 여전히 현관문 앞에 둔 채 집안으로 들어와서 술을 마시기 시작했다. 그다지 과음해본 적이 없었기 때문에 내 주량도 정확하게 몰랐다. 얼마 지나지 않아 나는 내 주량이 생각보다 몹시 세고, 그러므로 맥주를 마시는 건 그리 효율적인 방법이 아니라는 사실을 깨달았다. 나는 유리컵에 보드카를 따라서 단숨에 마셨다. 식도가 타는 듯한 느낌이 들었지만, 그 느낌 뒤에는, 내가 마주하고 있던 감정의 막다른 벽이 허물어지면서 거기에서 빠져나갈 빛이 보이는 것 같았다. 나는 보드카를 두 컵 정도 더 마셨고, 그런 후에는 곧바로 화장실로 뛰어들어가 위장 안에 있는 것을 다 게워내야 했다. 나는 거기에서 멈추지 않았다. 화장실에서 나와 또다시 보드카를 마셨다. 그리고 다시 화장실로 들어가 토하고, 그리고 다시 마시고, 또다시 토하고, 또 또다시 마시고, 또 또 또다시 토하고를 반복했다.

몇 시간 후 나는 내 위장에서 나온 토사물로 옷과 신발이 범벅이 된 채 욕조 안에서 깨어났다. 나 자신에 대한 모멸감을 느끼기도 전에, 냄새 때문에 다시 한번 더 토했다. 그러고는 벌거벗은 채로 욕조 안에 쭈그려앉아 물을 틀어 토사물이 배수구로 씻겨 들어가도록 했고, 욕조 안을 대충 닦은 다음 샤워를 시작했다. 머리가 깨질 듯이 아팠지만, 동시에 머릿속이 깔끔하게 정리되는 것 같기도 했다. 하지만 그건 술 취한 사람의 착각일 뿐이었다. 나는 여전히 취해 있었다. 그것도 아주 많이. 샤워를 끝낸 후 거실로 나와 시계를 보니 새벽 두시가 조금 넘어 있었다. 나는 벽장에서, 미국에 올 때 가지고 온 이민 가방을 꺼냈다. 그리고 서랍장에 들어 있는 옷을 가방 안으로 옮겨 담기 시작했다. 커피 테이블 위에 올려져 있던 액자와 모형 자동차들도 다 집어넣었고 빈 화분도 쑤셔넣었다. 거실에 딸린 작은 부엌의 싱크대 문을 열어서 초코 분말이 든 종이 포장지와 인스턴트 커피통까지 싹 다 꺼내 집어넣었다. 내가 짐을 쌌던 게, 진짜로 그날 밤 곧바로 떠나려는 의도는 아니었을 것이다. 실제로 당장 머물 만한 다른 곳이 있는 것도 아니었다. 다만 나는 그러한 행위—짐을 싸는 행위—가 망가진 자존심을 조금이나마 회복시켜주기를 바랐을 것이다. 언제든 떠날 수 있다는 것, 그리고 그게 생각만큼 어렵거나 나를 고통스럽게 만들 만한 일이 아니라는 것을, 그저 나 자신에게 상기시키고 싶을 뿐이었다.

마지막으로 나는 방에 들어갔다. 책장과 책상과 조그만 침대가 꽉 들어차 있는 방이었다. 나는 책장에 꽂혀 있는 책을 되는대로 꺼내 집어넣었고, 책상 위에 있던 온갖 잡동사니—커피가 말라붙은 수첩, 아무렇게나 찢어져 있는 달력, 쓰다 만 포스트잇, 눈금자, 각도기—들도 다 쓸어담았다. 그런 후 책상 서랍을 위에서부터 차례차례 열어서 같은 행동을 반복했다. 마지막 서랍—네번째 서랍—은 잠겨 있었다. 하지만 언제, 무슨 이유로 잠가놓았는지, 서랍 열쇠는 어디에 두었는지 전혀 기억나지 않았다. 갑자기 머리끝까지 화가 난 나는 벽장에서 연장통을 꺼내왔다. 그리고 망치를 들고 바닥에 주저앉아 책상 서랍을 미친듯이 내리치기 시작했다. 그러다 문득, 혹시라도 이웃들이 망치 소리 때문에 잠에서 깨어나 항의할지도 모른다는 걱정이 들기 시작했다. 처음에는 술에 취하고 화도 잔뜩 나 있는 상태여서 그런 걱정이 별로 힘을 발휘하지는 못했다. 그러나 아파트에 사는 동료들이 잠에서 깨어나 소리의 근원지를 찾아 내 집까지 올라와서 문을 두드릴지도 모른다는 데까지 생각이 미치자, 나는 그런 식으로 난봉꾼처럼 망치를 휘두르는 것을 그만두기로 했다. 머리끝까지 올라온 화를 억지로 눌러 담으며 나는 될 수 있는 한 천천히 그리고 조심스럽게 서랍을 내리치기 시작했다. 누구에게 향하는지 알 수 없는 엄청난 분노에 휩싸여 있었지만, 어떤 측면에서는 이 '비밀의 서랍'이 열리면 인생의 새로운 국면을 맞이할 수 있을지도 모른다는 기대감을 가지고 있었다는 사실을 부인할 수도 없다. 결국 책상 서랍의 전면 부분이 부서졌고, 그 사이로 손을 집어넣어 내 쪽으로 서랍을 확 잡아당겼다. 그 바람에 나뭇조각에 손바닥이 긁히고 피가 났지만 별로 개의치 않았다. 서랍 안에는 B5종이 크기만한 나무상자가 들어 있었다. 나는 다리에 떨어진 온갖 목재 부스러기를 털어낸 후 의자에 앉았다. 그리고 조심스럽게 상자 뚜껑을 열었다.

상자 안에는, 내가 미국으로 떠나온 지 얼마 안 되었을 때 친구들 몇 명이 보내준 편지들이 들어 있었다. 그때만 해도 이메일보다는 직접 우표를 붙여서 편지를 보내는 게 익숙한 시절이었다. 우리는 흔히 그러한 순간을 그려볼 때가 있다. 그러니까, 아주 오랜 세월이 흐른 후에 옛 친구에게서 받은 편지나 사진을 발견하고 미소짓거나 눈물짓는 그런 장면 말이다. 하지만 그때 내가 그 편지들을 읽으면서 느낀 감정은 그런 것과는 전혀 거리가 멀었다. 정말 그랬다. 나는 정감 넘치고 애정이 가득 담긴 문구들 때문에 조금 얼떨떨해졌다. 여러 장의 편지에 걸쳐 등장하는, "종수야, 우리 계속 연락하자"는 문장을 읽고 있자니 정말 이상한 기분이 들었다. 그 시점에서 이미 나는 고등학교 때 친구들 중 그 누구와도 더이상 연락하고 있지 않았던 것이다. "함께 점심 도시락을 먹을 수 없다니……" 이런 문장은 어떠한가? 나는 점심을 함께 먹은 친구들이 누구인지 잊어버린 지 오래였다. "미국에 놀러갈게. 꼭 보자." 기억을 더듬어보면 실제로 나를 만나러 미국에 놀러왔던 친구들이 있었다. 하지만 그뿐이었다. 게다가 나를 더 당황스럽게 했던 점은 그 정감 넘치는 문구 아래에 적힌 이름을 봐도 얼굴이 잘 기억나지 않는다는 것이었다. 사진도 몇 장 있었는데 나는 그들 대부분의 이름을 기억하지 못했다. 책상 서랍을 부수기 전까지 느꼈던 분노는 사그라들었지만, 객관적으로 말하자면 내 상태는 좀더 나빠졌다고 볼 수 있었다. 나는 내 삶이 정말로 잡동사니—이민 가방 속에 쑤셔박힌 그 잡동사니들처럼—에 불과하다는 생각을 떨치기 힘들었다. 하지만 그다음 순간에 발견한 것에 비하면 그 편지들이 내게 준 타격은 그야말로 새발의 피였다. 나는 상자의 가장 밑바닥에 있던 봉투를 꺼냈다. 그 안엔 청첩장이 담겨 있었다. 대체 누가 미국에 있는 나에게까지 청첩장을 보냈던 것일까? 더 놀라운 건 봉투가 뜯겨 있었다는 점이다. 청첩장을 읽었을 것이 분명한데도, 나는 그 사실을 전혀 기억하지 못하고 있었던 셈이다. 봉투 소인을 살펴보니 육 년 전 날짜가 찍혀 있었다. 나는 이름을 확인했다. 김준협 이영숙의 아들 김진호, 최중한 박한소의 딸 최수영. 봉투 안에는 분홍색 아기 코끼리 그림이 그려진 메모지가 따로 첨부되어 있었다. 메모지에 적힌 문장은 아주 간결했고 아주 단순했다.

"디어 종수, 나는 아주 잘 지내. 곧 결혼식을 올릴 거야. 나는 무척 행복해. 너도 잘 지내길 바란다."

수영, 최수영이 보낸 거구나. 나는 나도 모르게 입 밖으로 소리내어 그렇게 말했다. 세상에, 어떻게 이걸 잊어버린 채 살 수 있었던 걸까? 아주 오래전에 닫아두었던 내 머릿속 어떤 공간의 문이 천천히 열리고 그곳으로 빛이 조금씩 새어들어오는 듯한 기분에 사로잡혔다. 물론 이건 엉터리 생각이다. 우리의 기억회로는 이런 식으로 움직이지 않는다. 어쨌든 나는 내 뉴런의 한 부분에 전기가 새롭게 돌고 차례로 전등이 켜지듯 순차적으로 밝아지는 것 같은 착각에 빠졌다. 그리고 나는 굉장한 절망감에 빠져들었다. 수영의 청첩장을 앞에 두고, 나는 분노와 좌절감과 패배감과 슬픔과 외로움이라는 온갖 감정의 소용돌이 속을 헤매고 있었다. 왜 그런지 몰랐다. 그냥 내 안의 어떤 부분이 통째로 사라진 것 같은 기분이 들었다. '비밀의 서랍'이 나를 구원해 줄 거라고 믿었지만, 그건 완전한 착각이었다. 나는 이미 낭떠러지 바깥 허공에 있는 거나 마찬가지였다. 고개를 숙이고 아래를 바라보기만 하면, 깊이를 알 수 없는 그 까마득한 곳으로 순식간에 추락할 것이었다. 어떻게 이 모든 것을 잊어버릴 수 있었을까? 나는 쓸쓸했고, 화가 났고, 엄청나게 슬퍼졌다. 나는 부서진 것투성이의 불 꺼진 방안에 오래도록 앉아 있었다. 새벽의 희뿌연 빛이 창으로 들어올 즈음 나는 모든 편지를 상자 안에 집어넣어 쓰레기통으로 던져버렸다.

온갖 감정이 범벅된 광란의 밤을 보낸 뒤 일주일간 나는 집에만 있었다. 대부분은 잠을 자거나 술을 마시면서 시간을 보냈고, 배가 고프면 부엌을 뒤져서 찾은 빵 쪼가리를 먹거나 때로는 중국음식을 시켰다. 거실에는 싸다 만 짐과 이민 가방이 놓여 있었고 방안의 책상 서랍은 부서진 그대로였다. 한밤중에 어둠 속에 앉아 멍하니 창밖을 바라볼 때가 있었다. 무슨 특별한 생각을 한 것은 아니었다. 나는 그저 술과 빵과 중국음식을 먹듯이 하루하루를 '먹어치웠다'. 그리고 일주일이 지났을 때, 그러니까, 여느 날과 마찬가지로 부서진 것투성이의 방안에서 오후 늦게 잠에서 깼을 때, 아무런 맥락도 없이 집밖으로 나가야 한다고 생각했다. 면도도 하지 않고 세수만 간단하게 한 후에 트레이닝복 위에 파란색 칼하트 점퍼를 걸치고 회색 비니를 눌러쓴 채로 나는 집밖으로 나갔다. 문 앞에는 여전히 런치박스와 가방이 놓여 있었고, 나는 그걸 거실 안으로 던져버렸다. 비니 위에 후드를 뒤집어쓰고 땅만 쳐다보며 전철역으로 갔다.

나는 사우스페리 역에 가기로 했다. 거기서 스태튼 섬으로 향하는 무료 페리를 타면 자유의 여신상을 볼 수 있다는 이야기를 들은 적이 있었다. 자유의 여신상을 한 번도 본 적이 없다는 사실을 그제야 깨달은 것이다. 페리 터미널 로비에는 조악한 장식이 달린 커다란 크리스마스트리가 있었다. 크리스마스 시즌을 맞이해서 온갖 인종이 거기에 다 모여 있는 것 같았다. 한쪽에서는 아마도 남미에서 온 듯한 대가족이 요란하게 떠들고 있었고, 한쪽에서는 프랑스어가, 다른 한쪽에서는 독일어가, 다른 한쪽에서는 중국어가, 그리고 다른 한쪽에서는…… 한국어가 들려왔다. 배낭여행을 온 듯한, 이십대 초반으로 보이는 여자 두 명이었다. 그녀들은 몹시 기대에 찬 표정을 짓고 있었고, 페리에 사람이 너무 많이 타서 좋은 자리를 차지하지 못할까봐 걱정하고 있었다. 그녀들의 목소리 사이로 로비 한가운데서 흑인 남자가 부는 색소폰 소리가 들려왔다. 아마도 프랭크 시나트라의 〈뉴욕, 뉴욕〉이었을 것이다. 잠시 흑인 남자의 색소폰 소리를 들으며 거기에 서 있었다. 설명할 수 없는 감정이 내 마음을 헤집어놓았고, 거기에 서서 그의 음악소리를 듣는 것으로, 절대로 내 마음을 원래대로 돌려놓을 수 없으리라는 것을 알았다. 나는 주머니에 손을 넣은 채로 뒤돌아 걷기 시작했다. 터미널에서 빠져나온 나는 다시 전철역으로 향했다. 브라이언트 파크로 갈 생각이었다. 전철역에서 지상으로 나왔을 때, 거리에는 이미 어둠이 푹 내려앉아 있었다. 뉴욕 도서관 뒤쪽 진입로에는 성탄절 기념 시장이 들어서 있었다. 천막의 불빛이 반짝반짝거리고, 저 너머 커다란 크리스마스트리가 보이고, 사람들은 다정한 목소리로 누군가를 불렀지만, 나는 아무데도 눈길을 주지 않았고, 아무런 소리도 듣지 않으려고 주머니에서 MP3를 꺼내 이어폰을 귀에 낀 후 아이스링크장으로 걸어갔다. 털모자와 장갑으로 무장한 사람들이 끝도 없이 아이스링크장을 누비며 다니고 있었다. 나는 근처 카페에서 커피를 한 잔 샀고, 추위에 오들오들 떨면서 그들을 한참 동안 바라보다가 집으로 돌아왔다.

그날 밤, 나는 소파에 앉아 커피 테이블에 두 발을 올려놓은 채 캔맥주를 마시며 거실을 바라보고 있었다. 이민 가방과 싸다 만 짐이 여전히 여기저기 아무렇게나 놓여 있었다. 나는 언젠가 들었던 친구의 이야기를 기억해냈다. 그는 이사 가기 전날 밤에 결혼을 앞둔 전 여자친구의 방문을 받은 적이 있었다. 전 여자친구가 떠나간 후에 혼자 남겨진 자신의 방에 대해 그는 이렇게 말했다. “그건 마치 사막 같았어. 모래뿐인 사막 위에 나 혼자 남겨진 것 같았지. 이삿짐을 싸둔 상자들이 마치 사막의 모래산처럼 느껴지더라고.” 그렇지만 내 방은 사막처럼 느껴지지조차 않았다. 까만 하늘을 흐르는 별도 없었고 모래산도 없었다. 이곳엔 바람 한 점 불지 않겠구나, 라는 생각에 이르렀을 때, 나는 어떤 소리를 들었다. 처음에 나는 그게 바람 소리라고 생각했다.

똑똑똑, 똑똑, 똑똑, 똑똑똑.

하지만 그건 바람 소리가 아니라, 누군가가 내 집 문을 두드리는 소리였다. 나는 그 소리가 그치기를 바랐다. 문을 두드리는 사람이 그만 포기하고 떠나가기를 바랐다. 그렇지만 문 두드리는 소리는 좀처럼 멈추지 않았다. 나는 현관으로 가서 문에 달린 렌즈를 통해 밖을 보았다. 거기에는 지아 류가 서 있었다. 그는 초인종을 누르지도 않고 그저 참을성 있게 문을 두드리고 있었다. 문 앞에 놓아둔 가방과 런치박스가 없어진 것을 눈치챈 것이리라. 나는 아무런 기척도 내지 않고 문에 가만히 붙어 서 있었다. 잠시 후 지아 류는 드디어 문 두드리는 것을 그만두었다. 그후로 지아 류는 거의 매일 밤 문을 두드렸다. 그는 마치 그게 무슨 의식이라도 되는 것처럼 오랫동안 문을 두드리고는 자신의 집으로 돌아갔던 것이다. 그건 정말 이상한 일이었다. 우리는 그리 친밀한 사이도 아니었고, 그가 나를 그토록 찾을 이유 같은 건 조금도 없었다. 여하튼 그날 밤, 그러니까 지아 류가 최초로 현관문을 두드린 그날 밤에, 나는 렌즈를 통해 그가 자신의 집으로 들어가는 것을 확인한 후에야 다시 소파로 돌아왔다. 남은 맥주를 한 번에 다 마시고 나서 거실을 한번 둘러보았다. 그대로였다. 달라진 것은 아무것도 없었다. 그렇지만 뭔가가 변했다는 생각이 들었다. 그렇지만 그게 무엇일까?

다음날 나는 또다시 브라이언트 파크로 갔다. 이번에도 내 귀에는 MP3 이어폰이 꽂혀 있었다. 그리고 그건 보름 동안 이어졌다. 나는 이어폰을 꽂은 채, 그게 새벽이든 한밤중이든 사람들이 붐비는 오후든 언제든, 그러고 싶은 기분이 들면 무작정 브라이언트 파크로 갔다. 그리고 역시 기분이 내킬 때까지 거기에 머물렀다. 날씨가 너무 추우면 근처 카페나 뉴욕 도서관에 들어가서 시간을 때울 때도 있었지만, 여하튼 내 목적지는 브라이언트 파크의 아이스링크장이었다. 나중에야 나는 그게 기쿠 박사님의 피겨스케이팅 장면을 보고 싶었기 때문이라는 사실을 깨달았다. 그 우스꽝스러운 모습을 내 눈으로 똑똑히 목격하고 그를 마음껏 비웃을 빌미를 마련하고 싶었던 것이다. 기쿠 박사님이 피겨스케이팅을 하는 장면을 진짜로 내 눈앞에 '떠오르게' 하고 그게 단순히 문 앞에 걸린 팻말—아이스링크장에서 피겨스케이팅중—이 아님을 분명하게 하고 싶었다. 나는 그의 앞에 나타나서 손을 흔들고 박수를 치고 크게 웃어줄 생각이었다. (말도 안 되는 생각이지만) 그렇게 함으로써, 그가 인생에서 내린 그 모든 선택—나를 내쫓은 그 결정도 포함해서—이 올바르지 않으며, 그 자신이 얼마나 어리석고 우스운 사람인지 깨닫기를 바랐다.

연말연시의 흥청거림도 지나가고 크리스마스트리도 철수한 1월 초의 어느 날 오전에, 나는 드디어 브라이언트 파크 실외 아이스링크장에서 미츠오 기쿠 박사님을 발견할 수 있었다. 이른 시간이라 링크장은 텅텅 비어 있었고 부모님과 함께 온 꼬마들 몇 명과 커플 두엇만이 여유롭게 스케이트를 타고 있었다. 기쿠 박사님은 러플이 잔뜩 달린 하얀 블라우스와 까만 무용바지를 입고 있었다. 머리는 뒤로 모아서 하나로 묶은 채였다. 나는 드디어 올 것이 왔구나, 라는 생각을 하며 파란색 칼하트 점퍼의 후드를 뒤집어쓰고 멀찍이 떨어져서 그를 바라보았다. 스케이팅이 끝나면 어떤 식으로 그를 비웃어줄지 상상하면서.

그는 십오 분 정도 링크장을 이리저리 왔다갔다하거나 팔을 위로 길게 뻗거나 다리를 두드리면서 몸을 풀었다. 그러고는 암밴드에 고

정시켜놓은 아이폰 이어폰을 귀에다 끼웠다. 음악에 맞춰 스케이트를 탈 모양이었다. 훗날 나는 그의 다큐멘터리 〈과거의 미래〉를 보게 된다. 울먼 아이스링크장에서 그는 바로 그 하얀 블라우스와 까만색 무용바지(그는 저런 종류의 옷을 몇 벌이나 가지고 있는 걸까?)를 입고 스케이트를 타고 있다. 그는 카메라 쪽으로 한 번에 휙, 하고 다가온다. 그리고 이렇게 말한다. "시공간은 우주 속에 포함되어 있는 형식이 아닙니다. 아마도 오해를 불러일으키는 것을 감수하고서라도 이렇게 말할 수 있습니다. 우리는 정반대에서 이 모든 사태를 바라봐야 합니다. 그러니까, 바로 우주가 시공간의 일부분일 뿐이죠."

이윽고 그의 공연이 시작되었다. 그는 눈을 감았다가 떴고, 팔을 들어올렸다 내렸다. 바람 때문에 상의에 달린 러플이 한쪽 방향으로 가지런히 펄럭거렸고, 추위 때문에 그의 양볼은 빨개졌다. 그는 마치 바람과 추위에 맞서 싸우겠다는 듯이 주먹 쥔 두 손을 앞으로 내밀었다. 그는 잠시, 스스로 얼음 위에서 미끄러지게 두었는데 나중에 안 사실이지만, 그건 점프를 하기 전에 하는 준비 자세였다. 그는 무릎을 약간 구부리더니 그 반동을 이용해 위로 솟아올랐다. 그는 공중에서 반 바퀴도 채 돌지 못했고 게다가 넘어지기까지 했다. 하지만 곧바로 벌떡 일어나 마치 넘어진 일이라고는 없었다는 듯 천연덕스럽게 스케이트를 탔다. 그는 대체 어떤 음악에 맞춰 스케이트를 타는 것일까? 그는 가끔 익살스러운 표정을 짓기도 하고 한쪽 다리를 뒤로 뻗고 두 손을 번쩍 든 채로 얼음 위를 미끄러져 갔다. 반백이 넘은 남자가 옷까지 그럴싸하게 챙겨 입고 피겨스케이팅을 하는 장면은, 거기에 있는 몇 안 되는 사람들에게 독특한 인상을 남기기에 충분했다. 사람들은 하나둘씩 스케이트 타는 것을 멈추고 기쿠 박사님을 지켜보았다. 통풍 기능이 떨어지는 하얀 블라우스의 겨드랑이 부분이 땀으로 젖어가고, 자주 비틀거렸지만, 기쿠 박사님은 스케이트 타는 것을 멈추지 않았다. 문득, 내 머릿속에는 매일 아침마다 거울을 보며 머리를 빗는 저 남자의 모습이 떠올랐다. 머리카락을 뒤로 넘겼다가 옆으로 내렸다가 묶었다 풀었다 하는 기쿠 박사님, 자신이 키우는 고양이가 옆에 없으면 잠들지 못하는 기쿠 박사님, 근사한 레스토랑에서 혼자 식사를 하는 기쿠 박사님. 그런 걸 상상하자, 솔직히 말하자면 기분이 좀 좋아졌다. 내 기분을 더 좋게 만든 건, 점프 한 번 제대로 하지 못하면서도 자신이 세계에서 가장 위대한 피겨스케이팅 선수라도 되는 양 짓는 그 표정이었다. 그건 정말 멍청한 짓처럼 보였고 그가 멍청한 짓을 한다는 사실이 나를 정말 기분좋게 했다. 나는 기쿠 박사님이 다시 한번 점프를 하기 위해 양팔을 벌리고 얼음 위를 미끄러져 가는 것을 지켜보았다. 그는 눈을 반쯤 감고, 약간 우스꽝스러운 표정을 짓고 있었다. 웃는 것같이 보이기도 했고 우는 것같이 보이기도 했다. 기쁜 듯이 보이기도 했고 슬픈 듯이 보이기도 했다. 문득, 나는 기쿠 박사님이 왜 일 년에 한 달씩 저런 식으로 피겨스케이팅에 열중하는지 어렴풋이 알 것 같았다. 그는 자신만의 스케이트를 타며, 물리학과 명성과 업적, "아직은 아니야, 기쿠 박사"와 같은 목소리, 쓸쓸한 추수감사절 식사, 혹은 자신을 둘러싼 비난, 그러니까 '늙은 여우' 같은 단어를 얼음 위로 떨어뜨리는 중인지도 몰랐다. 저렇게 몇 번이나 점프를 하면서 마음속에 들어찬 절망과 열패감을 떨쳐버리는 동시에 자신이 가지고 있는 열망을 과감하게 보여주고 있는 것이리라. 그는 그 순간, '기쿠' 박사도 아니고, '미츠오'도 아니고, '늙은 여우'는 더더군다나 아니었다. 그는 그저 스케이트를 타는 사람이었다. 바로 이 과정을 통해 그는 다시 자신의 연구실로 돌아갈 동력을 얻게 된다는 사실을, 그제야 나는 깨닫게 된 것이다.

다시 한번 기쿠 박사님이 공중으로 도약했을 때, 그리고 반 바퀴 정도 돌고 성공적으로 착지했을 때, 나는 문득 "디어 종수"(라는 다소 어색한 인사말)로 시작되는 수영의 메모를 떠올렸다. 그건 정말 이상한 일이었다. 나는 그 광란의 밤에 상자를 쓰레기통에 던져넣은 후, 한 번도 그걸 떠올린 적이 없었기 때문이다. 한 번도, 단 한 번도. 그런데 왜 하필이면 그때 그 메모가 떠올랐던 것일까? 대체 기쿠 박사님의 피겨스케이팅과 그게 무슨 상관이 있었던 것일까?

"디어 종수, 나는 아주 잘 지내. 곧 결혼식을 올릴 거야. 나는 무척 행복해. 너도 잘 지내길 바란다."

그건 평생에 걸쳐 수영이 내게 보낸 처음이자 마지막 우편물—편지—이었다. 그리고 나는 몇 년 전에 그걸 받아서 그저 상자 가장 밑바닥에 처박아두고, 상자가 든 서랍을 열쇠로 잠가두었다. 그녀의 얼굴이 떠올랐다. 그건 정말 마치 공격이라도 받듯이 순식간에 내 머릿속으로 침입해온 것이었다. 내가 그녀의 얼굴을 떠올리거나 말거나 기쿠 박사님은 스핀을 돌기 시작했다. 그의 점프 실력은 어정쩡했지만, 스핀 실력만큼은 훌륭했다. 솔직하게 말하자면, 훌륭한 정도가 아니라, 정말 말도 안 되게 완벽했다. 한쪽 발을 뒤로 들고 양팔을 공중으로 뻗은 채 허리를 약간 뒤로 젖힌 그는 마치 태엽이 감겼다가 풀린 인형 같았다. 그가 태엽 감긴 인형처럼 몇 번이고 스핀을 도는 것을 보다가 나는 그 시절, 그러니까 내가 아직 열여덟 살이었을 때, 수영과 함께 랄프 로렌에게 편지를 쓴 적이 있다는 사실을 기억해냈다. 아, 그랬지, 그런 일이 있었구나, 그런 일이 있었어. 나는 수영과 함께 랄프 로렌에게 보낼 편지를 쓰느라 여름 내내 도심에 있는 맥도날드에서 살았었다. 랄프 로렌, 그래, 그 랄프 로렌, 폴로 하는 남자 로고가 새겨진 그 의류 브랜드의 창시자 랄프 로렌 말이다. 세상에, 어떻게 우리는 랄프 로렌에게 편지를 보내겠다는 얼토당토않은 생각을 할 수 있었던 것일까? 생각이 꼬리에 꼬리를 물었다. 그리고 그 생각의 마지막은 이런 것이었다. 어떻게 그렇게 오랜 시간 동안 나는 그 시절을 잊어버린 채 살아갈 수 있었던 것일까? 수영은, 수영은 그 시절을 기억하고 있을까? 그런 생각을 하니까 가슴이 무너지는 것 같은 느낌에 사로잡혔다. 나중에 섀넌 헤이스는 그게 바로 상실감이라고 말했다. "마음속에 구멍이 난 것 같죠. 안 그래요?" 그리고 그녀는 이렇게 덧붙였다. "누군가가 당신 마음속 서랍에서 무언가를 꺼내서 가지고 가버린 거죠."

어느새 기쿠 박사님의 공연은 끝나 있었다. 그는 움직이지 않고 마지막 자세—한쪽 무릎을 세우고 앉아서, 양팔을 좌우로 활짝 벌리고, 고개를 꼿꼿하게 든 채—로 잠시 동안 남아 있었다. 그의 앞에 짠, 하고 나타나서 그를 향해 소리를 지르고 조롱하듯 박수를 치는 게 애초의 계획이었지만 나는 그렇게 하지 않았다. 기쿠 박사님이 가쁜 숨을 몰아쉬며 이어폰을 빼자, 거기에 있던 대여섯 명의 사람들이 박수를 쳤다. 물론 그건 조롱의 뜻이 아니었다. 기쿠 박사님은 그들을 향해 서서 오른팔을 펼쳤다 접으며 무용수처럼 우아하게 인사를 한 후 손을 흔들어주었다. 나는 여전히 움직이지 않은 채 멀리에서, 기쿠 박사님이 아이스링크장 바깥으로 나가 스케이트를 벗고 운동화로 갈아신는 모습과 간이의자에 잠시 앉아서 물병에 든 물을 마시며 숨을 고르는 모습, 잠시 후 외투를 걸쳐 입는 것까지 지켜보았다. 그리고 기쿠 박사님이 뒤돌아 걸어가는 것을 보며(아마도 그는 연구실로 돌아갔으리라), 울음을 터뜨렸다.

노크

드디어 기쿠 박사님이 피겨스케이팅 하는 모습을 직접 보게 된 그날 밤에, 나는 방안의 쓰레기통을 뒤졌다. 그리고 몇 주 전에 버렸던 상자에서 수영이 보낸 청첩장 봉투를 찾아냈다. 나는 봉투 안에 든 그녀의 짧은 메모지를 꺼내 몇 번 반복해서 읽었다. 혹시라도 칠 년 전 이 메모를 읽었을 때의 기분을 되살릴 수 있을까 싶어서였다. 잠시 후에 나는 메모지를 다시 봉투에 집어넣고 부서진 책상 서랍(전면이 거의 부서져서 그걸 서랍이라고 말할 수 있는 것인지 의심스럽지만) 안쪽으로 밀어넣었다. 그런 후에 어둠 속에 가만히 앉아 있었다. 그때 내 머릿속을 온통 채운 생각은 그런 것이었다.

대체, 랄프 로렌이 누구지? 수영과 내가 그토록 편지를 보내고 싶어 했던 랄프 로렌이 대체 누구란 말이지? 우리는 왜 그때 랄프 로렌에게 편지를 써야만 했던 거지? 물론 (지금 이 글을 읽는 여러분과 마찬가지로) 나는 랄프 로렌을 알고 있다. 폴로 하는 남자가 자수로 새겨진 랄프 로렌의 옷을 나는 고등학교 시절 몇 벌이나 가지고 있었다. 하지만 그날 밤, 수영이 내게 보낸 메모지를 읽고 궁금했던 건, '진짜' 랄프 로렌이었다. 나는 '진짜' 랄프 로렌이 궁금해졌다. 나는 (랄프 로렌이라는 '사람'에게 편지를 쓰려고 애쓴 시기로부터 그토록 오랜 시간이 흐른 후에야 처음으로) 인터넷으로 그의 이름을 검색해보았다. 이상한 점은, 랄프 로렌이라는 회사나 브랜드와 관련된 정보는 끝도 없이 나와 있었지만, 정작 랄프 로렌이라는 인물에 대한 정보는 거의 없었다는 사실이다. 나는 디자이너나 회사 경영자에 대한 정보가 이렇게 없는 게 일반적인 것인지 아닌지 가늠하기가 어려웠다.

"미국의 디자이너이자, 토털 의류 브랜드 랄프 로렌의 창시자. 실용적인 패션, 기성복의 시대를 열었다. 2001년 타계."

랄프 로렌의 사망 연도를 확인하자, 나도 모르게 헛웃음이 나왔다. 수영과 내가 랄프 로렌에게 편지를 쓰려고 했던 해가 2002년이었으니까, 우리는 죽은 사람에게 보낼 편지를 쓰고 있었던 셈이다. 하지만, 그날 밤만 해도, 랄프 로렌과 나와 수영에 관한 일들이 그후 일 년 동안 내게 어떠한 영향을 미칠지 전혀 예상하지 못했기 때문에 더이상 다른 특별한 감상이 들지는 않았고, 나는 그저 인터넷 검색을 계속했을 뿐이었다.

랄프 로렌에 대해 줄글로 된 정보는 별로 없었지만 사진은 많았다. 그중 단연 눈에 띄는 건, 맨 윗단추까지 잠근 하늘색 옥스퍼드 셔츠를 입고 활짝 웃고 있는 랄프 로렌의 모습이다. 물론 그 사진뿐 아니라 다른 사진들에서도 랄프 로렌은 활짝 웃고 있다. 정말이지 웃고 있지 않은 사진은 단 한 장도 없다. 그 사진들을 보면서 내가 처음으로 한 생각은 랄프 로렌을 표현하는 데는 다른 여러 가지 문장이 필요 없다는 것이었다. 그저 이 단어 하나면 될 것 같다. '매력적.' 좀더 덧붙이고 싶다면 이렇게 말하면 된다. '정말' '매력적'. 하지만 동시에 든 다른 생각은 그의 미소가 어쩐지 '무척' '인공적'으로 느껴진다는 사실이다. 그건 그의 미소가 '너무나' '완벽'하기 때문일지도 모른다.

다음날 아침 일찍 깬 나는 언제나 그랬듯이 창밖을 내려다보고 있었다. 동료들이 나가는 것을 확인하기 위해서다. 커튼 뒤에 숨을 필요는 없었다. 왜냐하면 아무도 내 집을 올려다보지 않았기 때문이다. 거의 매일 내 집 문을 두드리는 지아 류조차 그랬다. 그들은 한 번도 내가 있는 곳을 올려다보지 않았다. 모두들 나가는 걸 확인한 후에야 나는 파란색 칼하트 점퍼를 입고 후드를 뒤집어쓴 채로 학교로 걸어가기 시작했다. 휴학 절차를 밟으면서 나는 행정상의 까다로운 일들은 이미 기쿠 박사님이 손을 써둔 상태라는 것을 알게 되었다. 기쿠 박사님은 나를 쫓아내기 위해 아주 섬세하게 고군분투하고 있었던 것이다. 물론 기쿠 박사님이 실제로 그런 마음을 먹고 있던 건 아니었을 것이다. 그는 그저 자기 식대로 내게 호의를 베풀었을 뿐이리라. 어쨌든 기쿠 박사님 덕분에 나는 교직원들에게 내 상황에 대해 설명할 필요도 없었고, 그들도 나에게 별다른 질문을 던지거나 무언가를 요구할 필요가 없었다. 얼마간의 시간이 흐르고, 직원이 내게 말했다. "이제 다 끝났습니다." 나는 깜짝 놀랐다. 무엇이 끝났다는 말인가? 물론 그가 '끝났다'고 표현한 것은 내 휴학 절차였다.

학교를 (역시 후드를 푹 뒤집어쓰고) 빠져나온 후 나는 전철을 타고 매디슨 애비뉴로 향했다. 문득 거기에 있다는 랄프 로렌 매장에 가

보고 싶다는 생각이 들어서였다. 매장 근처에 도착한 나는 입이 떡 벌어질 정도로 큰 규모에 압도당했다. 랄프 로렌 매장은 마치 빅토리아 시대의 왕족이 살았을 만한 거대한 저택같이 보였다. 건물 안으로 들어가는 대신 뒤돌아 무작정 걷기 시작한 나는 근처에 뉴욕 도서관이 있다는 사실을 떠올렸다. 나는 곧바로 도서관에 가서 아무런 망설임 없이 검색대의 컴퓨터로 다가가 '랄프 로렌'이라고 써넣고 엔터키를 눌렀다. 좀 놀랐던 것은, 전날 밤과는 다르게 이번에는 아주 많은 자료—온갖 인터뷰와 패션잡지 기사, 그를 다룬 책—들이 검색되었다는 점이다. 좀더 흥미로웠던 사실은 그 자료들을 날짜순으로 정렬하자 드러났는데, 랄프 로렌을 다룬 글이 가장 많은 건 1980년대이고, 1990년대 중반 이후로는 거의 없다가 2000년대 초반에 다시 나오고 그러다 줄어들었다는 점이다. 나는 나중에 그것이 랄프 로렌의 인생을 축약해 보여주는 '수치'라는 것을 깨닫게 된다.

내가 제일 처음으로 읽은 랄프 로렌에 대한 글은, 1973년 『보그』에 실린 인터뷰 기사였다. 이 기사는 랄프 로렌이라는 브랜드가 아니라, 랄프 로렌이라는 사람이 주인공이 된 거의 첫번째 인터뷰이기도 하다. 거기에는 남색 캐시미어 폴라티를 입고 두 팔을 회색 가죽소파의 팔걸이 위에 자연스럽게 걸쳐놓은 삼십대의 랄프 로렌의 사진이 실려 있다. 사진 속의 그에게선 군살이라고는 찾아볼 수 없고, 머리칼 한 올도 흐트러져 있지 않다. 그는 마치 '제왕'처럼 거만한 웃음을 지으며 이렇게 말한다. "내 옷은 인종과 국가의 경계를 무너뜨릴 겁니다. 멋진 사람들은 누구나 제 옷을 입고 싶어할 겁니다. 그들은 내 옷을 입고 싶어서 안달을 낼 겁니다. 당신은 언제 어디서나 내 옷을 입은 멋진 사람들을 보게 될 겁니다." 그리고 이렇게도 말한다. "패션에 관심을 가지게 된 건 십대 후반의 일이었죠. 부유한 사람들이 입고 다니는 옷을 보면서 내게 저만한 돈과 여유가 있다면 저런 식으로는 입지 않을 거라는 생각이 들었습니다. 그게 시작이었죠. 물론 돈이 다가 아닙니다. 부유하든 그렇지 않든 모두 자신 고유의 가치를 드러낼 자격이 있지 않습니까?" 이 문장 밑에는 손가락으로 카메라를 가리키는 그의 모습이 실려 있다. 정말로 자신감이 넘쳐 보인다. 하지만 그건 (마치 그의 미소처럼) 이루 말할 수 없이 자연스럽기 때문에 오히려 인공적으로 보인다고 말해도 좋을 종류의 자신감이다. 인터뷰를 진행했던 이십대의 신참 기자 조지 캠벨은 랄프 로렌에게 완전히 매혹되었다. 조지 캠벨은 이후로도 몇 번이나 더 랄프 로렌과의 인터뷰를 진행했고 그에 대한 글을 썼다. 그는 그 어느 누구보다도 랄프 로렌을 좋아했고 그를 찬양했다. 『보그』에 실린 기사의 다른 부분을 보자. "랄프 로렌은 이미 미국의 정서를 대변한다. 그의 도전이 그의 얼굴에 감도는 감미로운 미소처럼 끊이지 않기를 바란다." 나는 이 글을 읽으며 인터넷에서 본 그의 사진, 그 완벽한 미소가 찍힌 그의 사진을 떠올렸다. 하지만 이런 건 너무 심하잖아. 아무리 매력적이라고 해도, 세상에, "얼굴에 감도는 감미로운 미소처럼 끊이지 않기를 바란다"는 문장을 쓰다니. 하지만 조지 캠벨은 이 문장을 쓰면서 자신이 '진짜'를 쓴다고 생각했을 것이다. 그러니까, 자신이 느낀 '진짜' 감정 말이다. 어쩌면 꽤 많은 사람들이 랄프 로렌의 미소에 '현혹'되었을지도 모른다. 글쎄, 그게 현혹인지 매혹인지 유혹인지 모르겠지만, 여하튼 나는 나중에 굉장히 많은 사람들이 그에게 빠져들었음을 알게 된다. 그건 때로는 '속수무책'이었다.

나도 마찬가지였을지 모른다. 『보그』에 실린 기사를 읽은 그날 이후 나는 거의 매일 도서관으로 가서 랄프 로렌과 관련된 자료를 읽기 시작했으니까. 도서관 휴관일에는 하루종일 집에 처박힌 채, 복사해둔 자료를 읽었다. 읽을 것은 아주 많았고, 나 자신이 무엇을 하고 싶어서 그것들을 읽어치우는지 모르는 상태에서, 읽을 것이 나를 계속 기다리고 있다는 것은 아주 다행스러운 일이었다. 심지어 나는 랄프 로렌이 쓴 (단 한 편의) 소설도 읽었다. 그 소설—「빵과 코트」—을 실어준 『뉴요커』 편집장 우든 메이어는 나중에 이렇게 말한다. "이 소설의 유일한 가치는 랄프 로렌이 썼다는 것뿐이다. 그것이 내가 이 소설을 잡지에 게재하기로 결정한 단 하나의 이유이다." 그러니까, 그는 소설을 엉망진창이라고 여겼으면서도 실어줬다는 사실을 실토한 것이다. 돌이켜 생각해보면, 랄프 로렌(그리고 조셉 프랭클)에 대한 책을 읽고 기사를 찾고 그와 관련된 사람들을 찾아다니는 것을 나는 일종의 연구라고 생각했던 것 같다. 그러니까, 대학원에서는 연구 대상이 입자나 물질이었다면, 대학원에서 쫓겨난 이후 내 연구 대상은 랄프 로렌(그리고 조셉 프랭클)이었던 셈이다. 그 모든 일들이 한편으로는 몹시 흥분되고 한편으로는 (결국은) 실망감을 안겨준다는 점에서도 비슷했다.

랄프 로렌은 어디에나 나타나서 사람들에게 미소를 날리는 걸 좋아했지만 그중에서도 가장 좋아했던 '무대'는 다름아닌 자신의 런웨이였다. 그는 수석디자이너 자리에서 물러난 이후에도 곧잘 런웨이 무대에 등장하곤 했다. 그는 항상 마지막에 두 손을 모으고 눈을 감은 채 잠시 동안 고개를 숙였다. 그는 그게 기도가 아니라고 못을 박는다. 그리고 그 매력적인 미소를 짓고 말하는 것이다. "아뇨, 저는 무신론자입니다."

랄프 로렌은 1974년 잭 클레이턴 감독의 〈위대한 개츠비〉의 의상팀을 지휘하는 것으로 영화계에도 진출한다. 여기에 대해 그 당시 영화 제작자였던 루이스 아티스는 자신의 책 『의상들』에서 이렇게 회상한다. "그 당시 랄프 로렌이 주목받는 젊은 디자이너였던 건 맞지만 애송이에 지나지 않았다. 나는 내심 돈 드레이퍼나 입생 로랑 같은 아티스트들과 작업하기를 원했다. 그러한 디자이너의 작품들이 이 영화에 새로운 의미를 불어넣으리라고 생각했던 것이다. 그렇지만 잭 클레이턴 감독은 랄프 로렌 말고는 함께 작업하고 싶은 디자이너가 없다고 고집을 부렸다. 솔직히 나는 랄프 로렌이라는 작자가 잭을 어떻게 구워삶았는지 궁금했다." 물론 랄프 로렌은 결국 루이스 아티스도 '구워삶는다'. 루이스 아티스는 그후로 랄프 로렌과 여러 편의 영화를 함께한다. 랄프 로렌이 구워삶은 건 그들뿐만이 아니었다. 로버트 듀발, 피터 테일러, 해리슨 포드 같은 할리우드의 톱배우들도 랄프 로렌과 기꺼이 함께했다. 그들은 소박한 식당에서 같이 식사를 하거나, 승마를 하러 가거나, 랄프 로렌의 패션쇼에 참석해 사진을 찍었다. 물론 여배우들과의 염문설도 빠지지 않았다. 그중 가장 떠들썩했던 건, 〈차이나타운〉의 헤로인 페이 더너웨이와의 열애설이었다. 얼음같이 차가운 눈빛을 가진 이 매력적인 배우 페이 더너웨이는 〈차이나타운〉으로 아카데미 여우주연상을 받는다. 하지만 이들의 열애설이 불거진 것은 〈차이나타운〉이 개봉하고 몇 년이 지난 후의 일이다. 심지어 더너웨이가 〈차이나타운〉에 출연한 것이 랄프 로렌의 설득 때문이라는 소문도 돌았는데, 랄프 로렌은 이에 대해 일언반구도 하지 않았다. 여하튼 더너웨이에게 이 영화 출연은 어떤 의미에서는 굉장히 훌륭한 선택이었고 또다른 의미에서는 굉장히 끔찍한 선택이었다. 그녀는 이 영화로 아카데미 여우주연상을 거머쥐었지만, 그후에 출연한 다른 영화들은 줄줄이 실패했기 때문이다. 사람들은 그녀가 어떤 역을 연기하더라도, 〈차이나타운〉의 비극적인 운명에 휘말린 여성, 그 스러져가던 뒷모습을 좀처럼 잊지 못했다. 그녀는 1980년대 중반 은행원 출신의 사업가와 결혼을 하고 영영 영화계를 떠난다. "후회는 없어요." 그녀는 그렇게 말했다. 랄프 로렌과의 염문설에 휩싸였던 또다른 유명 배우 조안나 러시는 자신은 랄프 로렌과 좋은 친구 사이일 뿐이지만, 랄프 로렌이 "누군가의 남편이 되는 것은 반대한다"고 유머러스하게 그에 대한 애정을 보여주기도 했다(랄프 로렌은 평생 누군가의 남편이 되지 않았다).

랄프 로렌의 도전이 "그의 얼굴에 감도는 감미로운 미소처럼 끊이지 않기를 바란다"던 조지 캠벨의 말처럼, 실제로도 랄프 로렌의 도전은 "끊이지 않"았으며 무척 성공적으로 이루어졌다. 그렇다고 하더라도 랄프 로렌은 그 인터뷰를 한 지 이십 년도 더 지난 후에 자신이 인터뷰를 하느라 앉아 있던 맨해튼의 스튜디오에서 무려 11,080킬로미터가 떨어진 (그 당시 이름조차 들어보지 못했을) 서울이라는 도시에서 그토록 많은 사람들이 자신의 옷을 입고 싶어서 '안달을 내는' 모습을 떠올릴 수나 있었을까? 도심 어디를 가나, 랄프 로렌의 니트 조끼, 랄프 로렌의 링클프리 면바지, 랄프 로렌의 빳빳한 면점퍼, 랄프 로렌의 옥스퍼드 셔츠를 입은 사람들을 만나리라는 것을 상상이나 할 수 있었을까? 심지어 랄프 로렌을 흉내낸 브랜드가 우후죽순으로 생길 거라는 사실을 예상이나 할 수 있었을까?

내가 다닌 고등학교는 명문대 합격률이 높은 걸로 유명했고, 그 명성에 걸맞게 분위기가 엄격했다. 그 시절 나는 전교 3등 밑으로 떨어져본 적이 거의 없었다. 부모님은 어떤 면에서는 그걸 당연하게 여겼을 거라는 생각도 든다. 두 분은 내 교육 문제라면 언제라도 두 손 두 발 들고 나설 준비가 되어 있었기 때문이다. 작은이모(그녀는 평생 독신을 고수했다)는 어머니의 이런 점을 가끔 비난하기도 했는데, 두 분은 여하튼 굉장히 달랐다. 작은이모는 프랑스에서 유학을 한 후 계속해서 패션 쪽 일을 했고, 약학과를 나온 어머니는 몇 년 동안 제약회사에서 근무했지만 결혼과 동시에 일을 그만두었다. 어머니는 이를테면 '천성이 주부'였다. 좋은 음식을 해서 먹이고, 집에 먼지 한 점 남겨두지 않고, 예쁜 그릇과 찻잔을 구입하는 취미가 있고, 비싼 보석을 모으는 것을 좋아했다. 내가 초등학교에 입학한 이후로 어머니는 정기적으로 학부모 모임을 가지면서 정보를 공유하고 학원을 알아내고 과외를 시킬 팀을 짰다. "워낙 똑똑한 아이예요. 우리가 한 일이 없어요." 친척들이 나를 칭찬하거나 부러워하면 어머니는 약간 부끄러워하면서 말했다. 그리고 부모님은 내게 항상 겸손해야 한다고 당부하고는 이렇게 덧붙였다. "너보다 더 못한 사람을 늘 생각해야 해."

특별히 내가 기억하고 있는 것은 '등하교 도우미 봉고차'다. 내가 살던 아파트 단지에서 학교까진 두세 정거장 거리밖에 떨어져 있지 않았지만, 나는 중학교 시절부터 버스를 타고 등하교한 적이 거의 없었다. 아침 일곱시 십분경에 아파트 일층 입구로 나가면 봉고차가 한 대 기다리고 있었다. 내가 살던 아파트 단지는 꽤 컸는데, 봉고차는 가장 안쪽에 위치한 동부터 차례로 들러 학생들을 태운 뒤 가까이 위치한 학교에서부터 순서대로 내려주는 식으로 운영되었다. 앞뒤 가릴 것도 없이 이건 불법이었다. 그렇지만 부모님들은 기꺼이 불법을 감수했는데, 불법 봉고차는 부모님들이 우리들의 동선을 쉽게 확인할 수 있게 해주었고, 방과후에는 효율적으로 우리들을 학원까지 데려다 주었다. 어쩌면 그 시절 나와 내 친구들은 다소 극성스러운 분위기 속에서 학교생활을 했다고 말할 수도 있을 것이다. 그리고 부모님들은 학교의 엄격함을 어느 정도는 당연하게 받아들였다.

어째서 그런 식의 논리가 성립되는 것인지는 모르겠지만, 여하튼 대부분의 선생님들은 그러한 엄격함의 기본은 복장 단속에 있다고 믿었다. 그러니까 그들에게는 겉모습에 신경쓰는 것을 막으면 모든 관심이 자연스럽게 공부 쪽으로 흐를 것이라는 '명제'가 있었다. 또한 거기에 덧붙여 교복을 단정하게 입으면 입을수록 정신 상태가 좋은 것이라는 '이론'도 있었다. 그리고 그로부터 파생된 또다른 온갖 '이론'이 있었다(저 모범생 좀 봐라, 얼마나 단정하게 교복을 입었니? 혹은, 저따위로 꾸미고 다니는데 무슨 공부람! 또는, 쯧쯧쯧……). 이러한 이론은 아주 미묘한 느낌을 준다. 왜냐하면 내가 대학원에 다니던 시절 거의 모든 학생들은 항상 트레이닝복 차림이었기 때문이다. 누구 하나 말끔하게 입지 않았다. 여자고 남자고 무릎 나온 트레이닝복이 일상복이었다. 물론 랄프 로렌이라면 이 모든 것—내 대학원 시절 경험까지도—에 정면으로 반박할 것이다. 그는 아마도 이렇게 말할 것이다. "멋진gorgeous 복장에서 멋진gorgeous 아이디어가 나온다." 랄프 로렌은 가끔 회계팀을 불시에 급습하곤 했는데, 자신의 회사에서 옷을 가장 '비참하게' 입는 부류가 바로 거기에 다 모여 있다고 생각했기 때문이다. 그는 그러한 복장이 업무에 상당한 손해를 끼칠 것이라고 믿어서 회계팀의 복장이 자신의 마음에 들지 않으면 월급을 깎아버릴 거라고 '으르렁'거리곤 했다. 하지만 고등학교 시절(물론 지금도 마찬가지이지만)의 우리들은 랄프 로렌사의 회계팀이 아니었다. 선생님들은 우리들이 '겉모습'을 '치장'하는 데에 신경을 쓰지 않으면 않을수록 더욱 안심했다. 머리는 짧게 자르고, 교복은 제대로 착용해야 했다. 심지어는 양말 색깔까지 참견당했다. 여학생들은 춘추 시즌에는 커피색 스타킹을 신은 것이 아닌가 늘 추궁당했고 겨울에는 다리가 비치지 않는 두꺼운 검정색 스타킹만 신어야 했다. 우리들은 겨울에는 회색 체육복을, 여름에는 하얀색과 남색이 섞인 반팔 체육복을 입어야 했다. 겨울 코트도 정해져 있었다.

물론 아무리 학교 분위기가 엄격하더라도, 저항의 씨앗은 언제나 있기 마련이었다. '소심한' 학생들은 이러한 명제에 조심스럽게 반발했다. 여학생들은 검정색에 가까운 진한 갈색으로 머리카락을 염색하고 나타나서 '원래 내 머리 색깔이 이렇다'라고 주장하고, 남학생들은 학교에서 정한 교복 셔츠와 비슷한 색깔의 셔츠를 입고 나타나서는 괜히 우쭐거렸다. 다른 쪽에는 '똘똘한' 학생들이 있었다. 그들은 '겉모습에 대한 학교측의 억압'이 불합리하다고 불만을 제기했다. 그들 대부분은 성적이 아주 우수했고, 몇몇 교사들은 그들의 말을 경청

하는 척이라도 해주었다. 아주 드물지만, '과격파'도 있었다. 그애들은 복장 규율을 거의 다 무시했고, 화장실에서 담배를 피우고 방과후엔 술을 마시거나 당구장에 갔다. 하지만 이러한 과격파는 아예 학교에 안 나타나는 경우가 많았기 때문에 학교 안에서 일어나는 '저항'과는 별로 관련이 없었다. 나는 어디에 속했을까? 굳이 따지자면 나는 '중도파'였다. 학교에서 복장에 대해 엄격하게 군다면 거기에 군말 없이 따랐지만, 나중에 분위기가 달라졌을 때는 또 거기에 그대로 따랐다.

학교측의 명제 혹은 억압이 본격적으로 위협받고 분위기가 달라지기 시작한 것은 중도파나 똘똘이들, 혹은 과격파 덕분이 아니었다. 이러한 변화에 가장 혁혁한 공을 세운 건 '랄프 로렌 추종자들'이었다. 그러니까, 랄프 로렌의 그 조그만 로고, 말을 탄 남자가 자수로 새겨진 그 로고의 옷을 입고 싶어서 안달이 난 애들이 바로 그 '혁명'의 주인공이었다. 시작은 학원이었다. 어느 날부터인가 랄프 로렌을 입고 학원에 오는 애들이 점점 늘어나기 시작했다. 물론 학교 안에서도 '합법적으로' 랄프 로렌을 착용할 수 있는 방법이 있었다. 여자애들은 랄프 로렌 헤어밴드—한쪽에 금속 로고가 붙어 있다—를 하고, 남자애들은 랄프 로렌 가방을 멨다. 남자애고 여자애고 교복 셔츠 안에 하얀색 랄프 로렌 라운드티를 받쳐 입는 것도 유행이었다. 그리고 드디어, 랄프 로렌이 수면 위로 떠올랐다. 누군가가 체육시간에 체육복 대신 랄프 로렌의 로고가 새겨진 라운드티를 입고 나타난 것이다. 그애는 체육복을 빨았는데 마르지 않았다는 (다소 고전적인) 핑계를 댔다. 체육 선생님의 입장에서는 그애가 '평소에' '말썽쟁이'가 아니었고, 게다가 그애가 입은 게 평범하고 깔끔한 하얀색 티였기 때문에 그다지 혼내야 할 필요성을 느끼지 못했던 것 같다. 하지만 그날 이후 체육시간에 체육복 대신 랄프 로렌 라운드티를 입고 나타나는 애들이 점점 늘어났다. 그토록 소중하게 여기는 랄프 로렌 티를 입고 흙투성이의 운동장 바닥을 구르는 것을 각오할 정도로, 랄프 로렌을 입는다는 것은 굉장히 중요한 일이었다. 체육 선생님은 체육복을 제외한 어떤 옷도 입어서는 안 된다고 으름장을 놓았지만, 한번 시작된 '랄프 로렌 체육복'에 대한 애들의 열망은 사그라지기는커녕 더 불붙었다. 이런 식으로 시작된 랄프 로렌 돌풍은 점점 더 '심해졌다'. 일학년에서 이학년으로 넘어가는 겨울이 되었을 때, 그러니까 겨울방학 보충수업 때, '랄프 로렌 허리케인'은 드디어 우리들의 촌스러운 교복 코트를 저멀리로 날려버렸다. 그리고 랄프 로렌의 더플코트가 우리들에게 도달했다.

나 역시 그해 보충수업 때는 교복 코트 대신 랄프 로렌 더플코트를 입고 학교로 갔다. 내가 가지고 있던 건 짙은 네이비색이었다. 물론 나는 랄프 로렌의 그 유명한 옥스퍼드 셔츠와 면바지, 그리고 니트 조끼도 몇 벌 가지고 있었다. 내가 특별히 패션에 관심이 있어서였다기보다는 그저 친구들이 그런 것들을 가지고 있으니까 나도 가지고 있을 뿐이었다. 반 아이들 중에는 랄프 로렌 더플코트를 갖고 싶어서 말 그대로 부모님의 '턱밑에 앉아서' 조르는 애들이 있었다. 그 당시, 그러니까 십여 년 전에 랄프 로렌 더플코트는 이미 오십만원이 넘을 정도로 상당히 비쌌다. 하지만 나에게는 부모님을 조른 기억이 없다. 내가 어머니에게 그 코트를 사달라고 한 적이 있긴 있었을 것이다. 내가 랄프 로렌의 더플코트를 감정적 수고로움 없이 비교적 손쉽게 가질 수 있었던 까닭은 내가 공부 이외의 다른 것에 신경쓸까봐 염려한 부모님 덕분이었다. 그분들은 내가 공부 이외의 다른 것 때문에 감정이나 시간을 낭비하는 것을 원하지 않았다.

랄프 로렌은 자신의 더플코트에 대해 이렇게 설명한다. "후드의 끝부분에는 조그마한 징이 나란히 박혀 있습니다. 이 징은 단순히 보기 좋게 하기 위한 것이 아니라, 후드의 모양을 가장 '정확하게' 잡아줄 수 있는 무게로 만들어져 있습니다. 프로그의 양쪽 끝에는 가죽을 덧댑니다. 그게 훨씬 더 단순해 보입니다. 압축울을 사용하는 이유는 간단합니다. 바로 이 소재가, 코트를 코트이게 만드는 가장 단순하고 적합한 소재이기 때문입니다." 랄프 로렌이 패션에 대해 이야기할 때 가장 많이 나오는 단어는 아마도 '단순함'일 것이다. 그는 "단순함이 최고의 장식이다"라는 말을 즐겨 했다. 또한 '단순함'과 더불어 '정확함'이라는 덕목을 굉장히 중요하게 생각했다. 어떤 사람들은 '실용적'이라는 단어가 더 적절한 것이 아닌가 하고 의문을 제기하기도 하지만, 랄프 로렌은 그 단어들을 포기할 생각이 없었다. 랄프 로렌의 인터뷰를 읽다보면 가끔 그가 너무 무리하게 그 단어들을 쓰려고 노력해서 애처롭게 느껴질 때도 있다. 이를테면 그는 폴로에 대해, 초기에는 박진감이 넘치면서 우아함도 잃지 않는 운동이라고 말했지만 십년쯤 후에는 이런 말을 덧붙인다. "폴로는 단순함과 정확함을 동시에 추구하는 운동이죠." 하지만 잘 생각해보면 누군가는 역도가 훨씬 더 단순함과 정확함을 추구하는 운동이라고 말하고 싶어할 것이다.

"랄프 로렌은 전에 볼 수 없었던 화려함을 갖춤과 동시에 간결함과 깔끔함 또한 완벽하게 실현시켰다. 그의 컬렉션은 복잡한 듯 간결하고, 단순한 듯 오묘하다." 이것은 앤 라이스가 쓴 랄프 로렌의 (다소 낯뜨거운 제목의) 전기문 『새로운 세계의 창조자, 랄프 로렌』에 나오는 문장이다. 1980년대 초반에 출간된 이 책은 수백 장의 랄프 로렌 사진, 앤 라이스와의 대담, 앤 라이스의 논평으로 이루어졌는데, 앤 라이스는 책의 준비 기간만 거의 일 년이 넘었다고 말한다. 이 책의 가장 주요한 성취는 그전까지 다소 산만해 갈피를 잡지 못하던 랄프 로렌의 이미지를 단숨에 집약시키는 역할을 했다는 것이리라. 책에서 앤 라이스는 랄프 로렌의 이미지—모험적이고 두려움이 없고 명쾌한—를 효과적으로 구현해내고 그것을 체계화시킨다. 책에 가장 많이 나오는 단어는 역시 '단순함'과 '정확함'이다. 여기에 '새로운' '거침없는' '혁신적인' 등을 추가할 수 있다. 실제로 책의 준비 기간으로 추정되는 시기부터 랄프 로렌은 인터뷰에서 이러한 단어를 더욱 자주, 적극적으로 사용한다(1970년대에 진행된 인터뷰에서도 이런 단어들이 간간이 쓰이긴 했지만 어떤 의도를 가지고 쓰인 것처럼 보이진 않는다). 하지만 앤 라이스 개인에게 이 책은 거의 재앙이나 마찬가지였다. 사람들은 그녀가 작가로서의 감을 잃어버렸다고 비난했다. 평론가 제이크 런던은 이 책에 대해 이렇게 썼다.

> 훌륭한 저널리스트이자, 뉴욕이라는 도시에 대한 새로운 해석과 지성적인 예측이 돋보이는 『도시의 발명』과 '고지'라는 개념에 대한 철학적이고도 학문적인 해석을 '환상적으로' 구축해낸 탁월한 저자 앤 라이스는 전기문을 쓰고 싶다고 공공연하게 말하곤 했다.

그녀는 인생에는 언제나 '비밀'이 있다고 말했고, 그런 것들에 대해 쓰고 싶다고 밝혀왔다. 그러한 그녀가 랄프 로렌에 대해 쓰겠다고 했을 때, 많은 사람들이 그 결과물을 궁금해한 것은 너무도 당연한 일이었다. 1960년대 말 혜성처럼 등장한 랄프 로렌이야말로 '비밀' 그 자체이기 때문이다. 사람들은 그가 어떤 식으로 디자이너가 되었는지, 어떤 어린 시절을 보냈는지, 혹은 참전한 경력이 있는지 궁금해한다. 어쩌면 그의 나이조차 잘못된 것인지도 모른다고 의심하는 사람들도 있다. 그 모든 것이 베일에 싸여 있기 때문이다. 하지만 이 책은 그러한 의문은 하나도 해소해주지 않는다. 자신의 감정을 절제해 딱딱하고 간결한 논조로 글을 쓰는 것으로 유명한 앤 라이스는 오히려 이 책에서는 마치 '감정적'이라는 들판에서 뛰어다니는 고삐 풀린 망아지처럼 군다. 가장 감정을 잃지 않은 부분이 이 책의 제목—새로운 세계의 창조자, 랄프 로렌—일 정도이다.

나중에 『짧은 기록들: 진짜와 가짜』를 출간한 캐슬린 오브라이언은 뉴욕타임스의 리뷰난에 이렇게 썼다.

우선 충격적이라고 말하고 싶다. 이 책에서는 앤 라이스가 이제껏 보여준 글의 아름다움을 하나도 찾을 수 없다. 그녀는 이 책의 기획과 편집에도 높은 비중으로 참여했는데 책의 구성은 거의 재앙에 가깝다. 그러니까, 사진은 대체 왜 이토록 많이 실려 있는 것인지? 정확하게 세어보지는 못했지만(시도만 다섯 번 정도 했다), 적어도 삼백 장은 넘는 것 같다(대체 랄프 로렌은 이 많은 사진을 언제 찍은 걸까? 그에게 전담 사진사라도 있었던 걸까?). 실린 순서도 뜬금없다. 이를테면 본문 내용은 랄프 로렌이 친하게 지냈던 할리우드 배우에 관한 것이지만, 그 옆 페이지에 실려 있는 사진은 랄프 로렌과 재키 오나시스가 마주서서 무표정하게 서로를 바라보는 장면이다. 랄프 로렌과 다이애나 비가 나눈 우정에 관한 내용이 나오는 본문 옆에는, 컵케이크 가게에서 자신의 차례가 오길 기다리는 랄프 로렌의 사진이 실려 있다(대체 이런 장면은 왜 찍은 것일까?). 물론 어떤 사진들은 언론에 한 번도 공개되지 않았던 랄프 로렌의 진솔한 모습을 보여주기도 한다. 티브이나 잡지 인터뷰, 혹은 자신의 런웨이 위에서 완벽한 미소만 보여주던 그가 자택의 굉장히 넓은 식당에서 혼자 식사하는 장면은 그의 표정만으로도 의미심장하다. 하지만 오페라극장 로열석에 앉아 있는 그의 상반신을 찍은 사진은 대체 왜 실려 있는지 도무지 알 도리가 없다. 이러한 사진은 읽는 사람을 굉장히 혼란스럽게 만든다. 사람들은 분명히 랄프 로렌과 앤 라이스의 조합에서 바라는 게 있었을 것이다. 하지만 이 책은 그런 것들을 하나도 만족시켜주지 못한다. 덧붙여, 모르긴 몰라도 이 책을 끝까지 읽는 것도 모자라 정신없는 그 사진들까지 다 보는, 그런 시간 낭비를 기꺼이 할 사람은 없을 것이다(고백하건대 나도 못했다).

앤 라이스는 이러한 글들에 어떤 식으로 반응했을까? 그녀는 아무런 반응도 보이지 않았다. 그녀는 자신의 책을 옹호하는 어떤 이야기도 하지 않았다. 대신 그녀는 그후에 『심해로 내려간다는 것에 대해』

『여왕의 왕국』『다른 세상』 등의 훌륭한 저서를 써냄으로써 자기 자신에게 쏟아졌던 비난을 잠재우고, 훌륭한 저널리스트라는 명성을 되찾고 많은 사람들에게 존경받는 쪽을 택했다. 하지만 내가 이 부분에서 강조하고 싶은 것은, 졸작으로 평가받는 이 책에 대한 왈가왈부가 아니다. 내가 이야기하고 싶은 것은 따로 있다. 바로, 제이크 런던의 말처럼 랄프 로렌의 출생과 유년 시절은 철저하게 '베일에 싸여' 있다는 점이다. 랄프 로렌과 관련된 글들을 따라 읽다보면 자연스럽게 궁금증이 들게 된다. 랄프 로렌의 유년 시절은 어땠을까? 그는 어떤 식으로 패션 교육을 받았을까? 언제부터 패션에 관심을 가지게 되었을까? 그 당시 사람들도 마찬가지였다. 그를 그토록 '위대한' 디자이너로 만든 원동력이 무엇이었을까? 사람들은 그가 이를테면, 입생 로랑처럼 어릴 적부터 패션잡지를 즐겨 보고 (만약 동생들이 있었다면) 동생들을 위해 옷을 직접 만들어준 적이 있는지, 아니면 코코 샤넬처럼 가난한 집의 자식으로 태어나 패션 교육을 받을 기회는 없었지만 자기 자신이 입기 위해 옷을 만든 경험이 있는지, 아니면 비비언 웨스트우드처럼 경영학을 전공하던 중에 우연히 구경하게 된 패션쇼에 큰 감동을 받고 패션계에 뛰어들었는지 등등을 궁금해했다. 하지만 랄프 로렌은 죽을 때까지 한 번도 그런 것들을 말한 적이 없다.

나는 가끔 랄프 로렌의 '침묵'에 대해 생각한다. 그건 정말 이상한 일이다. 그는 그 어떤 디자이너와도 비교되지 않을 정도로 자주 자신의 모습을 미디어에 노출시켰다. 모르긴 몰라도 그는 그 어떤 디자이너보다 언론에 대고 말을 많이 했을 것이다. 그러나 따지고 보면 그는 그 어떤 디자이너보다도 많은 '이야기'를 하지 않은 셈이다. 캐슬린 오브라이언은 『짧은 기록들: 진짜와 가짜』에서 이렇게 말한다.

> 랄프 로렌은 많은 인터뷰에 응하고 할리우드 배우들과 공식 석상에 나타나서 예의 그 근사한 미소를 지으며 대중에게 친근하게 굴었지만, 사실은 인터뷰어에게 준비된 질문지를 미리 요구해 그 질문에 대한 답을 치밀하게 계산해두곤 했다. 드물게 돌발 질문을 받을 때도 있었지만, 그는 결국 그 질문을 요리조리 다른 식으로 돌리는 데 성공했다. 그리고 그런 질문을 던진 기자와는 그후로 완전히 척을 졌다. 이러한 랄프 로렌의 태도는 기자들의 불만을 사기도 했다.

랄프 로렌의 비밀스러운 면이 그의 명성에 부정적인 영향을 끼쳤을까? 오히려 반대였다. 사람들은 잘생기고 달변인데다 자신의 욕망을 거리낌없이 드러내는 랄프 로렌과, 비밀스럽고 어딘가 모르게 억눌려 있는 듯한 랄프 로렌이라는 상반된 두 이미지를 무척 매력적으로 받아들였다. 어떤 사람들은 그가 과거를 숨기는 것을 일종의 책략으로까지 여겼다. 랄프 로렌을 좋아하는 사람들은 그러한 책략이 바로 랄프 로렌의 매력이자 능력이라고 말했고, 랄프 로렌을 싫어하는 사람들은 그게 랄프 로렌이 허상임을 단적으로 보여주는 것이라고 말했다. 그리고 '허상'임을 단적으로 보여주는 또다른 증거가 바로 랄프 로렌의 사업적 결과물이라고도 했다. 그들은 랄프 로렌이 선보이는 패션은 '예술'이 아니라 '산업'의 영역에 있는 것이라고, 랄프 로렌의 디자인에는 새로운 것이 하나도 없다고 비난했다. 물론 그들도 새롭다고 인정할 수밖에 없는 예외가 하나 정도 있긴 하다. 그건 바로 넥타이이다. 당연히 앤 라이스는 『새로운 세계의 창조자, 랄프 로렌』에서 이 넥타이를 설명하는 데에 많은 공을 들인다. 이 책에 의하면 리베츠 앤드 컴퍼니Rivetz & Co.에서 넥타이 판매원으로 일하던 랄프 로렌은 그 당시 유행하던 넥타이에 '싫증'을 느끼고 직접 넥타이를 디자인하기로 마음먹는다. 그는 그전까지 정식으로 패션을 배워본 적이 없는 문외한이나 마찬가지였다. 앤 라이스는 랄프 로렌이 "패션을 배워본 적이 없었기 때문에" "틀에 얽매이지 않은" "자유로운" 디자인이 가능했다고 적고 있다. 랄프 로렌은 그 당시 유행하던, 폭이 넓고 길이가 짧으며 단색 위주의 넥타이에서 벗어나 폭이 좁고 길이가 긴 넥타이를 고안해낸다. 또한 무늬가 들어가지 않는 것이 일반적이었던 넥타이에 처음으로 무늬를 넣기도 한다. 그건 무척 파격적인 시도였다. 이 넥타이 디자인 스케치는 앤 라이스의 책에 실려 있는데 그녀는 이런 평가를 덧붙여놓는 것을 잊지 않는다. "훗날 랄프 로렌이 선보인 넥타이 시리즈보다는 좀더 화려하다고 볼 수 있지만, 그는 고급 원단을 사용함으로써 우아하고 품격 넘치는 넥타이의 기본을 보여준다." 하지만 랄프 로렌을 비판하는 많은 사람들은 그 넥타이가 예외일 뿐, 다른 '상품'들은 새로울 게 없다고 주장한다. 원래 유행하던 것을 가지고 와서 조금 변형할 뿐이라고 말이다. 이를테면 그 유명한 랄프 로렌의 피케 티셔츠는 그전에 이미 라코스테가 유행시킨 것이었고, 랄프 로렌은 라코스테의 피케티에서 군더더기를 없애고, 운동할 때뿐만 아니라 일상생활에서도 입을 수 있도록 만들었을 뿐이다. 랄프 로렌의 대표작(이라고 일컬어지는) 옥스퍼드 셔츠 역시 마찬가지이다. 랄프 로렌은 이미 유행하고 있던 옥스퍼드 셔츠의 빳빳한 질감을 조금 부드럽게 만들어 여러 가지 색상으로 출시했을 뿐이다. 랄프 로렌사에 입사했다가 나중에 루이비통의 수석디자이너가 된 마크 제이콥스는 이렇게 말한다. "랄프 로렌은 단연코 예술가가 아닙니다. 우리들과는 다르죠. 그는 사업가입니다." 이런 비판을 하는 부류의 사람들 중 가장 우아한 문장으로 자신의 의견을 밝힌 건 장 자크 밀레노 감독이다. 그는 자신의 페르소나와도 같은 배우이자 전 부인인 로리 모디아노가 랄프 로렌과의 염문설에 휩싸이자, 자신의 의견을 밝혀야 하는 처지에 놓인다. "랄프 로렌에 대해 어떻게 생각하십니까?"라는 (센스라고는 전혀 찾아볼 수 없는 형편없는) 기자의 질문에 그는 이렇게 대답한다. "랄프 로렌과 동시대를 살 수 있다는 것은 굉장한 행운입니다. 우리는 그를 통해 예술이 산업이 되고, 산업이 예술이 되는 순간을 함께 하는 것이니까요. 우리는 새로운 시대를 목도하고 있는 겁니다. 하지만 그 새로운 시대의 안쪽을 들여다봤을 때 거기에 무엇이 있는지는 아무도 모를 겁니다." 밀레노 감독이 아주 교양 있게 랄프 로렌이라는 브랜드에 대한 불만을 우회적으로 이야기하는 동안, 아주 적극적으로 랄프 로렌을 비판하는 데에 앞장선 사람이 있다. 그건 바로 조지 캠벨이다. 맞다, 앞서 랄프 로렌과 인터뷰를 하며 "그의 도전이" "감미로운 미소처럼 끊이지 않기를 바란다"던, 랄프 로렌이 좋아서 어쩔 줄 모르는 것처럼 굴었던 바로 그 조지 캠벨 말이다. 그는 어떤 이유에서였는지 1980년대 이후 랄프 로렌에게서 완전히 등을 돌리고, 랄프 로렌의 얼굴에서 '감미로운 미소를 끊어버리려고' 작정한 사람처럼 군다.

그는 나중에 자신의 책 『합리적인 숭고』에서 랄프 로렌과 앤 라이스를 싸잡아 비판하며 이렇게 말한다.

앤 라이스는 『새로운 세계의 창조자, 랄프 로렌』이라는 이 노골적인 제목의 책을 통해 랄프 로렌의 이미지를 완벽하게 구현해낸다. 하지만 이 책은 랄프 로렌에 대한 찬양, 그 이상도 그 이하도 아니다. 이 책에서 랄프 로렌은 여러 번에 걸쳐 자신은 옷을 파는 게 아니라 꿈을 판다고 말한다. 대체 이게 무슨 소리인가? 앤 라이스는 이런 그의 말에 어떤 의견을 덧붙이거나 할 생각도 하지 못하는 것 같다. 대체 랄프 로렌이 판다는 꿈이라는 건 무엇인가? 앤 라이스는 그의 디자인에 새로움이라는 게 정말 있다고 생각하는 것일까? 랄프 로렌에게 창조는 조합에 가까운 것이다. 그는 무엇이든 가지고 와서 변형시킨다. 누군가는 평범한 것에서 특별한 것을 찾아내는 그만의 능력이라고 말하겠지만, 과연 그것을 앤 라이스의 표현처럼 혁신이라고, 아트라고 말할 수 있는 것일까? 그것은 너무나 양심 없는 발언이 아닐까?

재미있는 것은 이들 둘의 책을 번갈아 읽다보면(캠벨의 책이 이 년 늦게 나오긴 했지만), 마치 이들이 이 우주를 떠돌아다니는 랄프 로렌에 대한 평판의 균형을 맞추려고 끊임없이 시도하는 사람들처럼 느껴진다는 점이다. 앤 라이스는 이렇게 쓴다. "사람들은 랄프 로렌의 전략을 '모방과 변형'이라는 말로 폄하하려고 한다. 하지만 이건 마치 콜럼버스의 달걀과도 같은 것이다. 아니, 코페르니쿠스적 전환이라고 해야 할까?" 그리고 덧붙인다. "랄프 로렌은 그저 어떤 것에서 '쓸모없는' 부분을 덜어낼 뿐이다. 문제는 대부분의 사람들은 그것이 '쓸모없는' 부분이라는 사실을 인지조차 못한다는 것이다." 그리고 랄프 로렌의 캐치프레이즈는 다시 한번 더(사실은 훨씬 더 많이) 인용된다. "단순함을 넘어선 단순함, 정확함을 넘어선 정확함." 거기에 대해 조지 캠벨은 이렇게 말한다. "랄프 로렌에게서는 어떠한 예술적 영감도 받을 수 없다. 랄프 로렌이 파는 것은 이미지일 뿐이다. 거기엔 실체가 없다." 물론 이러한 캠벨의 주장은 타당성이 있다. 하지만 그런 사실과 별개로 내게 이 두 명의 저자 중 한 사람의 손을 들라고 한다면, 나는 앤 라이스의 손을 들고 싶다. 그건 순전히 그녀가 마치 사랑에 빠진 사람처럼 랄프 로렌에 대해 쓰고 있기 때문이다. 그녀는 정말로 사랑스럽다. 나는 앤 라이스의 글을 읽으며 넋이 나간 표정으로 랄프 로렌을 바라보는 그녀의 모습을 상상할 수 있고, 그런 그녀의 모습 덕분에 무척 기분이 좋아진다. 비꼬는 게 아니라 정말로 그렇다. 정말로 기분이 좋아진다. 예컨대 이런 부분.

랄프 로렌은 요즘 시장을 확장하는 중이다. 그는 신발이나 주얼리, 액세서리 시장에도 진출할 계획이다. 하지만 나는 그의 패션 철학이 가장 잘 구현될 수 있는 분야는 바로 시계가 아닐까 하고 생각한다. 물론 전통적으로 전해져 내려오는, 너무나 유명한 시계 브랜드들이 있다. 하지만 나는 랄프 로렌의 로고가 새겨진 시계가 보고 싶다. 그건 정말로 아름다울 것이다. 시계 시장에 진출해볼 생각은 없는 걸까? 내가 그것에 대해 질문했을 때, 그는 반짝거리는 눈을 찡긋거린 후 특유의 미소를 지으며 대답했다. "그런 편지를 많이 받았죠. 시계를 만들어달라는 편지 말입니다. 수많은 나라에서 하루에도 수백 통씩 편지가 날아들었죠."

나는 이 부분에서 랄프 로렌의 말에 몇 번이나 고개를 끄덕거리는 앤 라이스의 모습을 상상할 수 있다. 조지 캠벨은 나중에 자신의 책에서 이 단락의 마지막 문장을 콕 집어, 앤 라이스가 랄프 로렌의 허풍을 가지고 믿지 못할 이야기를 만들어냈다고 비난한다. 그 당시 랄프 로렌이 유럽에서 인기가 있었던 것은 사실이지만, '그 정도까지는' 아니었다는 것이다. 앤 라이스가 랄프 로렌에게 빠져 있었다는 게 사실이라고 할지라도, 나는 그녀의 저 서술이 완전한 허풍이나 과장이 아니라는 것을 알고 있다. 랄프 로렌(혹은 앤 라이스)의 표현처럼 하루에 수백 통씩까지는 물론 아니었겠지만, 지구 어딘가에서 랄프 로렌에게 '시계를 만들어줘요!'라는 내용의 편지를 쓰는 여자나 남자를 상상하는 게 내게 그리 어려운 일도 아니다. 결국 나는 기억하게 되었는데, 수영과 내가 바로 그러한 여자와 남자—시계를 만들어달라고 편지를 쓰는—였기 때문이다. 그랬다. 수영과 나는 랄프 로렌에게 시계를 만들어달라고 요청하는 편지를 보낼 생각이었다.

수영을 처음 만난 것은 내가 열여덟 살 때, 그러니까 고등학교 이학년 여름의 일이다. 나중에 (잠든) 잭슨 여사에게 이 이야기를 하게 되었을 때, 나는 '처음 만났다'라는 표현이 잘못되었다는 것을 깨달았다. 왜냐하면 우리는 같은 반이었기 때문이다. 나는 (잠든) 잭슨 여사에게 이렇게 말했다. "그렇지만 그날에야 우리가 처음으로 이야기를 나눴다는 점에서 아예 틀린 말도 아닌 것 같아요." 이학년 일학기 기말고사가 끝난 직후였다. 그 당시만 해도 우리는 고작 한두 대의 선풍기에 의지해서 여름을 보내야만 했다. 비가 오기라도 하면, 더위에 덧붙여 그 끔찍한 습기와도 싸워야만 했다. 이런 점을 우려한 몇몇 부모님들은 돈을 모아서 교실에 선풍기를 더 달아줬지만(물론 그중에는 우리 부모님도 포함되어 있었다), 아무리 선풍기가 여러 대 돌아가도 에어컨 한 대보다는 그 위력이 약했다. 물론 학교 안에 에어컨이 설치돼 있는 곳도 있었다. 바로 학습실이었다. 이름에서 느껴지겠지만, 거기에 들어가면 각자의 자리에 앉아서 공부에 매진하는 학생들을 볼 수 있었다. 방과후 자율학습을 하도록 만들어진 곳이었는데 어느 교실보다 모든 면에서 좋았다. 교실에 있는 것과는 비교도 되지 않을 좋은 원목 책상이 열 개씩 다섯 줄로 배열되어 있었고, 책상에는 개인 책장과 서랍, 스탠드와 사물함까지 딸려 있었다. 허리를 보호해주고 바른 자세를 유지하도록 도와주는 고가의 의자도 있었다. 이런 학습실이 학교 안에 세 곳 있었는데, 각 학년의 전교 50등까지만 이용할 수 있었다. 자리 배정은 성적순으로 각자 원하는 자리를 선점하는 식으로 이루어졌다. 한 달에 한 번씩 치르는 모의고사 성적에 따라, 짐을 싸야 하는 아이와 짐을 푸는 아이가 정해졌다. 나는 입학 이래로 한 번도 짐을 싸본 적이 없었다. 성적이 특별히 떨어진 적도 없었거니와, 내가 앉는 자리는 창문이 없고 너무 구석이어서 애들이 별로 선호하지도 않았기 때문이다. 하지만 나는 창문이 없고 구석자리라는 바로 그 이유 때문에 그곳을 좋아했다. 때때로 점심을 다 먹은 후, 친구들과의 농구를 건너뛰고 혼자서 거기에 가 있기도 했다. 특히 기말 고사가 끝나고 방학이 다가오는 시점엔 아마도 거의 매일 그랬던 것 같다.

7월 중순이 되면 교실 안에는 알 수 없는 기대감과 활기가 돌았다. 여름이 온다 해서 특별히 달라지는 것도 없을 텐데 다들 뭔가를 기다리는 것 같았다. 진심으로, 나는 가끔 그런 기분을 느끼는 게 불편했다. 나 자신을 흐트러뜨리는 걸 견딜 수 없었던 것이리라. 텅 빈 책상들 사이에 혼자 앉아 수학 문제를 푸는 건 기분좋은 일이기도 했다. 그렇다고 하더라도, 나는 가끔 그 시간들이 내게 어떤 의미가 있었는지 자문하게 된다. 후회하거나 회한에 잠기는 게 아니다. 그때부터, 그러니까 학습실에 혼자 앉아 수학 문제를 풀고, 유학을 떠나오고, 대학에 들어가서, 대학원을 그만두기 직전까지 나는 한 번도 나 자신을 의심해본 적이 없었는데, 그게 무엇을 뜻하는 건지 그저 궁금할 때가 있다.

그날은 오전 내내 비가 내리다가 점심을 먹을 때쯤 그쳤다. 나는 점심식사를 빨리 끝내고 수학책을 챙겼다. 친구들이 또? 하는 표정으로 나를 쳐다봤고 그것에 관련된 농담을 몇 마디 던졌다. 나는 그 농담 때문에 좀 웃었고, 그런 후에는 학습실로 갔다. 공기가 차갑고 건조했다. 누군가가 오전에 에어컨을 켜놓은 모양이었다. 나는 가장 좋아하는 미적분 문제를 풀기 시작했다. 학습실 문이 열리는 소리가 들렸지만 별로 상관하지 않았다. 나 말고도 점심시간에 공부하러 오는 애들은, 드물지만 있었다.

"우와, 너 집중력 진짜 좋구나."

그게 바로 처음으로 그녀가 내게 건넨 말이었다. 그녀는 정말로 놀랐다는 표정으로 나를 바라보고 있었다. 나는 좀 당황했는데, 왜냐하면 앞서 말했듯이 그녀와 이야기를 하는 것이 처음이었기 때문이다. 그 당시 반에는 거의 마흔다섯 명에 가까운 학생들이 있었다. 나는 (잠든) 잭슨 여사에게 이렇게 말했다. "수영이는 늘 교실 뒤쪽에 앉아서 수업시간에 엎드려 자는 부류였거든요." 정말 그랬다. 처음엔 선생님이 깨워서 교실 뒤쪽에 세워두기도 하지만, 한두 달이 지나면 아예 관심을 두지 않게 되는 그런 부류. 똘똘이도 아니고, 과격파는 더더군다나 아니며, 그렇다고 중도파라고 말할 수도 없었다. 잘 모르겠다. 그런 걸 뭐라고 부를 수 있을지. 분명한 건 내 부류와는 한 번도 섞인 적이 없다는 것이었다. 심지어 나는 그녀의 이름도 몰랐다. "나 여기 처음 들어와봐." 그녀가 주위를 둘러보며 말했다. 나는 (잠든) 잭슨 여사에게 이렇게도 말했다. "수영이의 목소리가 아주 이상하다고 느꼈던 기억이 나요." 하지만 진짜로 그녀의 목소리가 이상했던 건 아니었을 것이다. 내가 아무런 대답도 하지 않았기 때문에 그녀가 다시 말했다. 이번에는 목소리를 낮추어서.

"나 여기 처음 들어와본다고."

"괜찮아."

나는 그렇게 대답했다. 나중에 그녀는 그 말—괜찮아라는 말—때문에 용기를 낼 수 있었다고 했다. 하지만 그때 그녀가 머뭇거린다거나 당황해한다는 인상은 받지 못했다. 그녀는 아주 자연스럽게 내게 손을 내밀었고 나는 엉겁결에 그 손을 잡았다. 그녀는 마치 악수하듯 손을 위아래로 흔들었다. 나는 여전히 얼떨떨했다. 내 손을 놓은 그녀가 아까보다 더 작은 목소리로, 하지만 결단력 있게 말했다.

"영어로 편지를 한 통 써야 하는데 도와줄 수 있어?"

그녀는 앞뒤 맥락도 없이 그렇게만 말했다. 내가 아무런 대답도 하지 못하자, 이번에 그녀는 속삭이며 물었다.

"싫어?"

"뭐라고?"

"싫으냐고."

나는 그 말에 "아니"라고 대답했다. 아니, 싫지 않아, 라고도.

우리가 '그 일'에 바로 착수한 것은 아니었다. 심지어 학습실에서 악수를 나눈 직후 우리의 관계가 특별히 달라진 것도 아니었다. 그날만 해도, 내가 점심시간이 끝난 후 교실로 갔을 때, 그녀는 친구들과 수다를 떨고 있었고, 오후 수업이 시작되자 꾸벅꾸벅 졸더니 잠에 들었다. 그리고 그날 수업이 다 끝날 때까지 깨어나지 않았다. 그후로도 우리는 인사를 나누는 일도, 서로 대화를 하는 일도 없었다. 아마 가끔 눈이 마주치면 눈인사 정도는 나눴을 것이다. 하지만 그뿐이었다. 방학을 일주일 앞두고 수영은 사흘 내내 결석을 했다. 그리고 방학식 전날 일교시가 끝났을 때, 나는 열려 있는 교실 뒷문 너머로 교복을 입고 서 있는 수영을 보았다. 그녀는 무척 급한 일이 있기라도 한 것처럼, 교실 안으로는 들어오지도 않고 거기에 서서 내 이름만 불러댔다. 그런 식으로 공개적으로 수영이 내 이름을 부른 것이 처음이었기 때문에 나는 조금 당황했던 것 같다. 그녀는 연신 내게 빨리 나오라고 재촉했고, 그쪽으로 다가가니 쪽지만 달랑 주고 사라져버렸다. 나는 뒷문 앞에 선 채로 그녀가 준 쪽지를 펼쳐보았다. 거기에는 이렇게 적혀 있었다. "오늘밤 열시, 강남역 맥도날드. 최수영." 그녀가 왜 자신의 이름을 거기다 적어놓았는지 잘 모르겠다는 생각이 가장 먼저 들었다. 대체 왜? 친구 한 명이 다가와서 의아하다는 듯이 "재 아냐?"라고 물었다. 나는 아무런 대답도 하지 않고, 친구가 눈치채지 못하도록 쪽지를 교복 바지 주머니에 접어넣었다. 그날 방과후에 어머니에게 전화를 걸어서 오늘은 학습실에서 늦게까지 공부하고 가겠다고 이야기했다. 어머니는 데리러 가지 않아도 되겠느냐며 걱정했지만 나는 친구들과 함께 버스를 타고 돌아갈 거니까 걱정하지 마시라고 대답했다. 어머니는 이렇게 말하고는 전화를 끊었다. "우리 아들 다 컸구나."

그날 밤 열시에 나는 강남역 맥도날드에 앉아 있었다. 맥도날드는 극장 건물 일층 안쪽에 자리잡고 있었다. 친구들과 영화를 보러 몇 번 가본 적이 있긴 했지만, 그날 밤 나는 교복을 입은 채로 혼자 앉아서 어쩔 줄 모르고 있었다. 혼자, 그것도 그렇게 늦은 시간에 거기에 앉아 있어본 건 그때가 처음이었던 것이다. 이런 문장을 쓰고 있으니, 새삼스럽게도, 어쩌면 나는 굉장히 통제된 상황 속에서 자라난 축에 들지도 모른다는 생각이 든다. 그건 내가 미국에서 대학원에 다닐 때까지도, 어떤 의미에선, 계속 이어진 것이기도 했다. 나는 여하튼, 방학식 전날 밤 열시에 교복을 입고 강남역 맥도날드의 구석자리에 앉아서 매장 문이 열릴 때마다 들어오는 사람이 수영이기를 간절하게 바라고 있었다. 하지만 수영이 나타난 것은 전혀 뜻밖의 곳에서였다. 매장 문을 통해서가 아니라, 매장 안쪽에서 나타난 것이다. 그녀는 교복을 입고 있지도, 사복을 입고 있지도 않았다. 그녀는 빨간색 티셔츠와 남색 바지를 입고, 가슴에는 명찰을 달고 있었다. 그녀에게서 고소한 기름 냄새가 났다. 그녀는 햄버거와 콜라가 놓인 쟁반을 건네며 이렇게 말했다.

"이거 먹을래?" 그리고 재빠르게 덧붙였다. "내가 여기서 일하는 건 절대 비밀이야."

전혀 생각하지도 못한 전개였다. 내 친구 중에 이런 식으로 아르바이트를 하는 애는 한 명도 없었다. 그런 건 상상도 해본 적이 없었다. 나는 나중에 (잠든) 잭슨 여사에게 말했다. "교칙으로 금지되어 있기도 했지만, 돈을 직접 벌어야 한다는 개념이 그 당시 우리에겐 전혀 없었던 거예요."

수영이 내 앞자리에 앉았다. 그녀가 아주 불편해 보였던 기억이 난다. 수영은 내가 자신의 부탁을 거절할 줄 알았는데 받아들여줘서 놀랐다고 말했다.

"니가 우리 반에서 영어를 제일 잘하잖아. 이건 정말 정말 정말 중요한 일이어서 조금의 실수도 있으면 안 되거든."

내가 그녀에게 대체 누구에게 편지를 쓰고 싶은 거냐고 묻자, 그녀는 내 얼굴을 바라보며 아주 진지하게 대답했다.

"랄프 로렌."

그 말을 듣고 나는 이렇게 반문했다.

"랄프 로렌? 그건 옷 이름이잖아?"

그때까지만 해도 나는 그게 사람의 이름일 거라고는 한 번도 생각해본 적이 없었다. 랄프 로렌이라니, 무슨 사람 이름이 그 모양이란 말인가? 그녀는 랄프 로렌은 사람 이름이고, 그가 만든 브랜드 이름도 랄프 로렌이라고 알려주었다.

"원래 그런 거야. 원래 디자이너들은 자기 이름을 딴 패션 브랜드를 만드는 게 목표야."

여러 가지 궁금증이 들었다. 그 편지를 쓴다 한들 어디로 보내겠다는 걸까?

"주소는 어떻게든 알아낼 거야. 그건 걱정하지 마."

설사 편지를 보낸다 한들 그가 읽을 가능성이 조금이라도 있는 걸까?

"그런 건 몰라."

그런 건 몰라, 라고 말하던 수영의 얼굴이 떠오른다. 그때 나는 그녀의 얼굴을 보며 무슨 생각을 하고 있었을까?

"알아, 나도. 너 공부하느라 바쁜 거. 내가 편지를 완성하면 넌 그냥 번역만 해주면 돼. 너 영어 잘하잖아. 아마 이런 건 너에게 식은 죽 먹기일 거야."

그녀가 나를 바라보며 이렇게 말했다. 수영은 방금보다는 자신감이 떨어진 목소리로 다시 한번 더 말했다.

"너에겐 정말 식은 죽 먹기일 거야."

그리고 덧붙였다.

"난 정말이지 최선을 다하고 싶어."

"뭘?"

"난 랄프 로렌 컬렉션을 완성해야 해."

그녀는 아주 비장한 표정을 지었다.

밤 열시의 강남역, 밤 열시의 맥도날드, 밤 열시의 나는 거기에서 그전까지 한 번도 제대로 이야기를 나눠본 적도 없는 여자애와 마주 보고 앉아 있었다. 그 순간, 나는 랄프 로렌에게 편지를 보내고 싶어 하는 그녀의 마음이 굉장히 진지하다는 걸 알 수 있었다. 그리고 내가 수영을 도와야만 한다고, 그런 식으로 모든 것이 정해져 있는 거라는 생각이 들었다. 그리고 그때, 내 마음속에서 무언가가 움직인 듯한 느낌을 받았다. 섀넌 헤이스라면 아마도 이렇게 말했을 것이다. "그런 게 사랑이죠. 안 그래요?"

앤 라이스는 1993년, 쉰세 살의 나이에 암으로 죽는다. 유방암 판정을 받고 항암치료를 시작한 지 일 년 반 만의 일이다. 그녀는 투병생활중에도 멈추지 않고 책을 써나갔는데, 마지막 작품인 『사랑의 휴가』는 (비록 미완이지만) 역작으로 평가받는다. 거기에 그녀는 이렇게 썼다. "어느 순간, 한 번도 예상하지 못했던 방식으로, 마치 갑자기 벼락에라도 맞은 것처럼 새로운 감정의 세계로 들어가게 된다. 그것은 떨어져나감과 관련된 감정이고, 내동댕이쳐지는 것과 관련된 감정이다. 그것은 추락이고, 그것은 비루한 중얼거림이다." 『새로운 세계의 창조자, 랄프 로렌』 때문에 잠시 삐끗한 적도 있었지만, 그녀는 많은 문화예술 종사자와 학자들 사이에서 훌륭한 필자로서 존경을 받았기 때문에 그녀의 죽음은 모두에게 커다란 상심을 가져다주었다. 랄프 로렌 역시 마찬가지였다. 앤 라이스는 죽기 전까지 랄프 로렌과 친밀한 관계를 이어갔고, 문제의 그 책에서 보여주었던 랄프 로렌에 대한 호의를 한 번도 거둔 적이 없었다. 장례식장에서 랄프 로렌은 다음과 같은 문장으로 시작되는 추도사를 읽었다. "죽은 자의 죽음은 언제나 살아 있는 자의 실패입니다." 어떤 기자는 랄프 로렌이 누군가의 장례식장에 공식적으로 나타난 건 그때가 처음이라고 이야기하기도 한다. 또다른 기자는 그녀의 장례식장에서 보여준 랄프 로렌의 모습에 대해 이렇게 말한다. "그는 그녀의 죽음에 무척 '실망'한 것처럼 보인다."

그즈음 랄프 로렌은 더이상 인터뷰나 칼럼, 혹은 여성잡지의 가십난에 등장하지는 않았지만, 여전히 런웨이 가장 마지막 순서에 수석 디자이너의 손을 잡고 무대로 걸어나와서 잠시 동안 두 손을 모은 채 눈을 감았다. 랄프 로렌 브랜드는 이미 1980년대 말에 의류뿐만 아니라, 신발, 가방, 향수류와 화장품, 헤어밴드나 핀 등의 액세서리까지 손을 댔고, 손을 대는 족족 성공한 상태였다. 이렇게 의욕적으로 사업에 매진하던 랄프 로렌은 앤 라이스가 죽고 사 년 정도가 흘렀을 때, '말 그대로' 갑자기 모습을 감춘다. 그는 모든 '무대'에서 완전히 퇴장한다. 그리고 2001년 5월, 랄프 로렌사는 돌연 랄프 로렌의 죽음을 발표한다. 사고로 맞게 된 갑작스러운 죽음도 아니었다. 랄프 로렌사의 대변인 에드거 윌리엄스는, "최측근들만 참석한 채 장례식을 치렀고" "랄프 로렌은 행복하고 건강하게 말년을 보내다 죽었다"는 내용의 공식 성명을 발표한다. 그는 또한 이러한 장례식 집행은 전적으로 랄프 로렌의 유언에 의거한 것이며, 자신들은 앞으로도 랄프 로렌의 유언을 잘 이행해나갈 계획이라고도 덧붙인다. 하지만 그 외엔 어떤 이야기도 하지 않는다. 윌리엄스는 랄프 로렌이 죽을 때까지 어떤 삶을 살았는지, 가족은 있는지, 왜 갑자기 그런 식으로 자취를 감추었는지, 혹시 투병생활을 한 것은 아닌지 등에 대해서 완전히 입을 다물었고, 심지어는 장례식 때 누가 추도문을 읽었는지에 대해서도 밝히지 않는다(나는 나중에 에드거 윌리엄스가 입을 다문 이유는 그 또한 아무것도 아는 것이 없었기 때문이라는 사실을 알게 되었다). 많은 패션계 종사자들을 비롯해 한때 랄프 로렌과 가깝게 지냈던 이들은 이 발표에 큰 충격을 받는다. 그들 중 일부는 랄프 로렌의 죽음에 애도를 보내고 싶지만 어디로 보내야 할지 몰라 방황하는 것처럼 보이기도 한다.

내 생각에 이러한 방황에 종지부를 찍은 것은 더너웨이가 어떤 패션잡지와 한 인터뷰이다. 더너웨이가 약 이십 년 만에 자신과 랄프 로렌에 대한 이야기를 꺼낸 것이다. 나는 이 인터뷰를 아주 좋아해서 여러 번 반복해서 읽었다. 여기에서 그녀는 랄프 로렌의 권유로 〈차이나타운〉에 출연했고 그후로 〈차이나타운〉을 능가하는 연기를 하지 못했기 때문에 랄프 로렌을 정말로 원망했다고 말한다. 다음 영화인 〈엄마의 두 얼굴〉이 평단과 대중으로부터 참혹한 평가를 들었을 때, 랄프 로렌이 그녀를 찾아왔지만 그녀는 그를 만나지 않았다. "하지만 이제와 돌이켜보면 그건 그의 잘못이 아니에요. 난 그저 화풀이할 대상이 필요했던 것뿐이에요. 난 그저 나 자신을 계속 어디론가 떠밀어버리려고 했어요. 몇 년 전 그가 마지막 런웨이쇼를 할 때, 물론 전 그게 그의 마지막 런웨이가 될지는 몰랐죠. 우리 모두 그랬잖아요. 그는 정말 너무나 갑자기, 마치 상영중이던 영화가 중간에 끊긴 것처럼 사라져버렸죠. 여하튼 느닷없이 연락을 해와 내게 그 쇼에 초대하고 싶다고 했을 때도 나는 여전히 그에게 화를 냈죠. 모르겠어요. 난 영화계에서 은퇴한 후 내 생활에 만족해왔어요. 난 배우로서는 대단한 커리어를 남기진 못했는지 모르겠지만, 드뇌브처럼 미혼모가 되지도 않았고, 패로처럼 남편과 입양아 때문에 속을 썩을 일도 없었죠. 내 삶은 아주 편안하고 안전했어요. 돌이켜보면 그건 랄프 로렌 덕분인 거죠. 하지만 랄프 로렌의 그 전화가 나를 흔들어놨다는 걸 고백하고 싶군요. 나는 그날 밤에 남편과 아이들이 잠들었을 때, 몰래 내 옛날 영화를 봤어요. 〈차이나타운〉을 봤냐고요? 아니요, 나는 〈엄마의 두 얼굴〉을 봤어요. 난 은퇴한 후에는 그 영화를 본 적이 없었어요. 비디오테이프를 소장하고 있던 것도 내 남편이었지 내가 아니었거든요. 나는 그 영화에 나오는 젊은 시절의 내 얼굴을 봤어요. 그 순간 나는 그 시절의 나 자신과 화해한 것 같은 기분이 들었어요. 이 말이 이상한가요? 싸운 적도 없는데 화해라니 말이에요. 하지만 정말 그런 생각이 들었어요. 그리고 랄프 로렌과도 화해했죠. 하지만 난 그에게 연락하지 못했어요." 그녀는 마지막에 이렇게 말한다. "나는 그의 죽음을 잃어버렸어요. 그게 너무 마음이 아파요." 더너웨이의 인터뷰를 다 읽고 나면 나는 고개를 들어 집안을 살펴보곤 했다. 거기에는 여전히, 술을 마시고, 이민 가방을 이리저리 끌고 다니고, 책상 서랍을 부순 흔적이 그대로 남아 있었다. 그런 걸 보고 있으면, 지난 몇 년간 그곳은 내게 더할 나위 없이 '안전한' 곳이었지만, 이제는 더이상 그렇지 않다는 사실이 뼈저리게 실감되었다.

그리고, 나는 브라이언트 파크에서 기쿠 박사님을 본 지 한 달 만에 결국 그곳을 떠나게 된다.

한 가지 언급하고 싶은 것이 있다. 지아 류에 대한 것이다. 지아 류는 처음 우리집 문을 두드린 이후로 내가 떠날 때까지 거의 매일 그 일을 반복했다. 그는 언젠가 문에 대고 이렇게 소리친 적도 있었다. "종수, 혹시 죽은 거야?" 나는 그 질문이 완전히 쓸모없다고 생각했는데, 왜냐하면 내가 진짜로 죽었다면 대답할 수 없을 것이고, 실제로 나는 죽지 않았지만, 절대 그에게 대답하지 않을 거라는 점에서도 그랬다. 그래도 몇 년이나 지났지만, 이제 와서 나는 가끔 그런 상상을 한다. 지아 류가 내게 "종수, 혹시 죽은 거야?"라고 물으면서 문을 그토록 두드릴 때, 그를 향해 이렇게 대답하는 것이다. "아니, 아직은. 류, 기쿠 박사님이 인생은 길다고 하시더라." 그리고 역시 이제 와서 돌이켜보면 지아 류의 노크는 어쩌면 나를 향한 게 아니었을지도 모른다는 생각이 든다. 그러니까 그는 나의 대답을 바란 것이 아니었을지도 모른다는 말이다. 그건 무엇을 위한 노크였을까? 한 가지 확실한 건, 그 당시 (안 그런 척했지만) 나 역시 그의 노크를 기다렸다는 사실이다. 그건 굉장히 모순된 감정이었다. 나는 내가 진짜 현실을 영원히 외면하게 되기를, 그래서 랄프 로렌과 관련된 그 자료들 속에 영원히 머물 수 있기를 원했지만, 다른 한편으로는 누군가가 나를 이 랄프 로렌 세계에서 벗어나게 해주기를 바랐던 것이다.

그 집에 머물렀던 마지막날 밤, 나는 짐을 다 싼 후에 집안의 모든 불을 꺼두고 지아 류가 노크를 할 때까지 기다렸다. 얼마나 시간이 흘렀을까. 내 집 앞으로 걸어오는 지아 류의 발소리가 들렸다. 그는 잠시 문 앞에 서 있다가 노크를 하기 시작한다. 똑똑똑, 똑똑, 똑똑, 똑똑똑…… 그건 마치 음악소리 같다. 하지만 나는 그 음악소리에 맞춰 노래를 부르거나 춤을 추거나 하지는 않는다. 나는 미동도 하지 않고 그저 어둠 속에 조용히 앉아 있을 뿐이다. 잠시 후 지아 류는 노크하는 것을 그만두고 복도 끝에 있는 자신의 집 쪽으로 걸어간다. 나는 문에 달린 렌즈를 통해 그를 바라본다. 지아 류는 자신의 집 앞에 서서 내 문 쪽으로 몸을 돌린다. 나는 어쩐지 그가 나를 바라보고 있다고 생각한다. 하지만 그건 착각이다. 지아 류는 문을 열고 자신의 집 안으로 들어간다. 지아 류의 현관문이 닫힌다. 나는 소파로 돌아와 가만히 앉는다. 한 시간쯤 후, 나는 배낭 두 개를 어깨 양쪽에 하나씩 짊어지고, 커다란 이민 가방 하나를 질질 끌면서 조심조심 계단을 걸어 내려와 아파트 밖으로 나왔다. 그러곤 지저분하고 어두운 뉴욕의 야간전철에 몸을 실었다. 그러니까 나는 야반도주를 한 것이다. 나중에 나는 랄프 로렌이 두 번에 걸쳐 야반도주를 했다는 사실을 알게 된다(첫번째는 진짜 야반도주이고 두번째는 의미상 그렇다). 하지만 그날 밤 나는 그런 것은 전혀 알지 못한 채, 금방이라도 부서질 것 같은 브루클린 크라운하이츠의 허름한 건물 삼층에 짐을 풀고 있었다. 건물 앞에는 제대로 된 가로수 하나 없이 거대한 낙서가 그려진 벽이 있었고, 그 벽 너머로는 커다란 건물의 네온간판이 번쩍번쩍거리며 방안을 끊임없이 비추었다. 그제야 나는 왜 이 방의 가격이 그토록 쌌는지 알 수 있었다. 나는 문이 잘 잠겼는지 확인한 후, 침대 위의 먼지를 대충이라도 털어내려고 애썼다. 하지만 먼지는 계속 올라왔고, 나는 결국 이민 가방에서 침대보를 꺼내 그냥 그 위에 깔았다. 그리고 씻지도 않고 점퍼를 입은 채 그대로 누워서 몸을 웅크린 후 눈을 감았다. 커튼을 쳐서 처음보다는 좀 나아졌지만, 여전히 네온간판의 번쩍거리는 잔상이 있었다. 나는 가방을 뒤져서 안대를 꺼냈다. 조금만 몸을 움직여도 스프링에서 소리가 났다. 나는 안대를 벗었다가 다시 착용했다.

저멀리에서 누군가의 고함소리와 무리가 우르르 달려가는 소리가 들려왔다. 저들은 대체 누구에게 저토록 소리를 지르고, 대체 어디로 저렇게 달려가는 것일까?

나는 안대를 착용한 채, 완전한 어둠 속에서 수영을 떠올리고, 그다음엔 랄프 로렌 더플코트를 입고 다녔던 나와 내 친구들을 떠올려보려고 애썼다. 돌이켜보면 그때, 그러니까 내가 고등학생이었을 때, 모두가 체육시간에 랄프 로렌 라운드티를 입은 건 아니었다. 모두가 랄프 로렌 헤어밴드를 착용하거나 랄프 로렌 가방을 멜 수 있었던 건 아니었다. 그 당시 한 반에는 마흔다섯 명에서 마흔여덟 명 정도의 학생이 있었고, 그중 랄프 로렌 체육복이나 랄프 로렌 헤어밴드, 랄프 로렌 백팩을 갖고 있던 애들은 절반도 되지 않았을 것이다. 랄프 로렌 더플코트는 더더군다나 그랬을 것이다. 아무리 부모님 턱밑에 앉아 울고불고 떼를 써도 그 코트를 가질 수 없는 애들이 분명히 있었다. 그애들은 여전히 정해진 체육복과 학교 코트를 입었다. 때로는 랄프 로렌을 흉내낸 브랜드의 옷을 입은 애들도 있었다. 그건 랄프 로렌과 너무 비슷해서 로고만 가려놓으면 뭐가 뭔지 알 수 없을 정도였다. 가격은 그 절반 정도였을 것이다. 그 정도에서 타협하는 아이들이 많이 있었다. 그리고 그건 이상한 일이 아니었다. 그냥, 그런 옷을 입고 다니는 애들이 있었다. 그뿐이었다. 어쩌면 그건 훌륭하고 효율적인 타협이었으리라. 아무런 문젯거리도 되지 않았을 것이다. 실제로도 문제가 될 만한 일은 없었다. 하지만 다시 한번 더 돌이켜본다면 이런 내 생각은 아무런 의미도 없는 것이다. 왜냐하면 나는 타협하는 삶에 대해서는 아무것도 몰랐던 것이나 다름없었기 때문이다. 나는 그런 옷을 입은 적이 없었으니까. 나는 그런 타협을 해본 적도 없고, 그런 타협을 할 필요도 없었으니까.

그리고 문득, 그때 왜 그런 생각이 들었는지 모르겠지만, 지아 류가 떠올랐다. 그는 앞으로도 내 집 문을 두드릴까? 그가 그 문을 계속 두드린다 하더라도 이제 거기엔 내가 '없다'. 이제 이 세상에, 이 우주에, 내가 머무는 곳의 문을 두드리는 사람은 아무도 없을 거라는 생각이 들었다. 그런 식으로 내 '문'을 두드리는 사람은 이제 다시는 존재하지 않을 것이었다.

절대, 찢지 마시오. 절대로, 절대로

'랄프 로렌 컬렉션.' 그래, 수영에게는 랄프 로렌 컬렉션이라는 게 있었다. 나는 딱 한 번 그걸 봤다. 우리가 '그 일'을 본격적으로 시작하기 전에, 그녀가 자신의 랄프 로렌 컬렉션을 내게 보여준 적이 있었다. 여름방학이었고, 보충수업은 아직 시작되기 전이었다. 나는 매일 오전 여덟시까지 학습실에 가서 공부를 하다가 오후에는 학원에 가거나 집으로 돌아와 과외를 받았다. 수영은 그날 랄프 로렌 컬렉션을 보여주기 위해 학교로 왔다. 나는 나중에 (잠든) 잭슨 여사에게 수영이 학교까지 온 이유에 대해 이렇게 설명했다. "그녀는 번잡스럽지 않은 아주 조용한 곳에서 경건한 마음으로 랄프 로렌을 보여주고 싶다고 말했어요. 갈 곳이 마땅치 않았죠." 우리는 교실에서 만났다. 학습실에는 공부하러 온 애들이 드문드문 있었지만 교실은 텅 비어 있었기 때문이다. 열한시에 만나기로 했는데 수영은 삼십 분 늦게 왔다. 나는 창문 앞에 서서 운동장 쪽을 바라보며 수영을 기다렸다. 멀리서 교복을 입은 수영이 백팩을 메고 양손엔 커다란 천가방을 든 채 걸어오는 게 보였다. 걸음걸이가 좀 우스꽝스러웠는데, 나는 그게 가방들(더 정확하게 말하면 그 안에 든 '랄프 로렌들')을 '보호하기' 위한 몸짓이라는 것을 곧 알 수 있었다. 나는 창문에 붙어 서서 그 모습을 계속 지켜보고 있다가 수영이 건물 안으로 들어온 것을 확인한 후에 교실 뒷문을 닫았다. 그리고 책상 앞에 앉아 학습실에서 가지고 온 책을 펼쳤다. 잠시 후 드르륵하고 문이 열리는 소리가 들렸다. "난 한 번도 돌아보지 않았어요. 그렇게 빈 교실에 혼자 앉아 책을 읽는 척했죠." 나는 마치 책에 빠져 있다는 듯이 한 번도 돌아보지 않았다. 수영이 다가와서 저번에 학습실에서 했던 말을 또다시 했다.

"집중력이 진짜 좋구나, 너."

그리고 늦어서 미안하다고 덧붙였다. "하지만 그녀는 전혀 서두르지 않았죠." 그녀는 정말로 서두르지 않았다. 그녀는 조심스러운 동작으로 백팩을 책상 위에 똑바로 세워두었고, 천가방도 그 옆에 가지런히 올려두었다.

"짠, 내 랄프 로렌 컬렉션의 일부를 소개합니다."

수영은 약간 어색하게 손바닥으로 가방들을 가리키며 말했다. 그런 후 내 앞자리에 앉았다. 나는 일어나서 그쪽에서 제일 가까운 선풍기를 틀어주었다. 바람에 그녀의 머리카락이 조금씩 날렸다.

"이 세상에 나보다 랄프 로렌을 좋아하는 사람은 없을걸."

수영은 자신은 진작부터, 그러니까 (그녀의 말에 따르면) 학교에서 랄프 로렌이 유행하기 전부터 이미 '랄프 로렌들'을 하나씩 하나씩 사 모으고 있었다고 말했다. 그녀는 특히 이 부분을 강조했다. "니네보다 내가 먼저 랄프 로렌을 좋아했어." 그녀는 랄프 로렌의 헤어밴드(색깔별로 네 개), 헤어슈슈(로고 달린 게 색깔별로 다섯 개), 스카프(무늬별로 세 장), 원피스(데님 소재 두 벌, 면 소재 한 벌, 울 소재 두 벌), 코튼 스커트(색깔별로 다섯 벌), 라운드 티셔츠(반팔과 긴팔 각각 색깔별로 일곱 벌), 옥스퍼드 셔츠(색깔별로 세 벌), 피케 티셔츠(색깔별로 네 벌), 스웨터(색깔별로 다섯 벌), 카디건(벽돌색과 보라색으로 각각 하나씩, 벽돌색은 루즈한 스타일, 보라색은 타이트한 스타일), 니트 조끼(색깔별로 세 벌), 반바지(데님 소재와 면 소재 각각 한 벌씩), 긴바지(역시 면바지와 데님으로, 면바지는 베이지색과 카키색 각각 한 벌씩, 데님은 진청과 연청으로 각각 한 벌씩), 면 타이츠(발목 부분에 로고가 조그맣게 새겨져 있다, 다섯 벌), 양말(로고 모양과 색깔별로 열 켤레), 야구모자(색깔별로 세 개), 비니(역시 색깔별로 세 개), 페도라(검정색 하나), 신발(샌들과 옥스퍼드화, 운동화와 하이힐, 로퍼, 플랫슈즈와 캔버스화 각각 한 켤레씩), 가방(백팩과 토트백), 그리고 향수(어떤 향인지는 모르겠다, 두 병)와 액세서리(로고 모양으로 만들어진 도금 귀걸이와 목걸이), 속옷(그녀의 말에 따르면 브래지어의 끈 부분에는 폴로 로고가 새겨져 있고, 팬티의 엉덩이 부분에는 커다란 자수 로고가 새겨져 있다고 한다) 등등을 가지고 있었다. 그녀는 그걸 다 사 모으기 위해 하교 후에는 매일 아르바이트를 해야만 했다. 이 이야기를 들을 때 나는 어쩔 수 없이, 수업시간에 책상 위에 엎드려 자는 그녀의 모습을 떠올릴 수밖에 없었다. 한 가지 의문이 들었는데, 나는 체육시간에 수영이 랄프 로렌을 입은 걸 한 번도 본 적이 없었기 때문이다.

그녀는 이를테면 '체육복파'였다.

"소중한 랄프 로렌을 입고 흙바닥을 뒹굴다니, 그런 건 절대 싫어."

수영은 교복 치마 주머니에서 휴지를 꺼내 책상 위를 꼼꼼하게 닦고는 방금 전에 내가 틀어놓았던 선풍기를 껐다. 마치 선풍기에서 불어오는 바람이 자신의 컬렉션에 악영향이라도 미친다는 듯이. 그리고 백팩과 천가방에서 물건들을 하나씩 조심스럽게 꺼냈다. 그건 랄프 로렌의 로고가 새겨진 초록색 쇼핑백 다섯 개였다. 놀랍게도 쇼핑백은 하나도 구겨져 있지 않았다. 그녀는 그 모든 걸 구입할 당시 그대로, 각각 쇼핑백에 넣은 채로 보관하고 있었던 것이다. 그녀는 쇼핑백에서 녹색 상자를 하나씩 하나씩 꺼내서 책상 위에 일렬로 올려놓고는 잠시 동안 그 상자들을 내려다보았다. 그녀는 행복해 보였고, 나는 기다렸다. 잠시 후 그녀는 심호흡을 한 후, 그러고도 약간 망설이다가, 내 얼굴을 한 번 바라본 다음, 마침내 차례로 상자 뚜껑을 열었다. 조그만 캔버스 토트백과 헤어밴드, 옥스퍼드화와 면 타이츠, 그리고 마지막은 데님 원피스였다. 나는 그것들이 어떤 기준으로 선택되어 내 앞에 놓여 있는지 알 것 같았다. 쉽게 오염되거나 자국이 남지 않는 것들. 그러니까 '외출'을 해도 되는 것들. 내가 보여달라고 한 적도 없는데, 수영은 자신의 랄프 로렌 컬렉션 중 가장 '튼튼한' 것들을 가지고 나와서 내 앞에 늘어놓은 것이다. 대체 왜? 나는 무슨 말을 해야 할지 몰라서 잠시 멀뚱멀뚱 수영을 바라보기만 했다. 예쁘다고 해줘야 하나?

"어때?"

수영이 물었다.

"좋아."

내 대답이 너무 성의가 없나, 하는 걱정이 들었지만, 수영은 그렇게 여기지 않는 것 같았다. 그녀는 내 말에 고개를 끄덕거렸다.

"좋지?"

나는 최대한 격렬하게 고개를 끄덕거렸다. 수영은 망설이다가 내게 물었다.

"이거 만져보고 싶어?"

그런 생각은 아예 해보지도 않았다. 하지만 솔직하게 말하면 어쩐지 수영의 랄프 로렌 컬렉션을 무시하는 꼴이 될 것도 같았다. 그렇지만 말투나 표정으로 보아, 그녀가 정말로 내가 그것들을 만져보길 원한다고 판단하기도 어려웠다. 나는 고민 끝에 고개를 끄덕거리기로 결정했다. 역시나 수영은 무척 뜸을 들이다가 결국 헤어밴드를 내게 건네주었다. 까끌까끌한 천이 덧대어진 짙은 남색의 헤어밴드였다. 왼쪽에 금장 로고가 붙어 있었다. 나는 엄지손가락과 집게손가락으로 어정쩡하게 그걸 들고 이리저리 보는 척했다. 그리고 적당한 시간이 흘렀다고 생각됐을 때 수영에게 돌려주었다.

"어때?"

수영이 다시 한번 더 물었다. 나는 예쁘다고 대답했다. 수영은 신중한 표정으로 헤어밴드를 상자 안으로 집어넣었다. 그리고 랄프 로렌 컬렉션 상자의 뚜껑을 차례로 닫아 쇼핑백에 집어넣은 후 커다란 천 가방과 백팩 안에 다시 넣었다. 우리는 잠시 멀뚱하게 서로를 바라보았다. 무슨 말을 해야 할지 감이 안 잡혔다. 수영의 이마에 땀이 송골송골 맺혀 있는 게 보였다. 나는 다시 선풍기를 켰다.

"내가 가지지 못한 게 있어."

"그게 뭐야?"

"일단은 코트. 자꾸 신상품이 나와서 약간 걱정이긴 하지만, 이번 달엔 새롭게 출시된 향수랑 샌들, 그리고 새로운 로고로 만들어진 귀걸이를 사야 했거든. 그래도 이번 겨울까지만 돈을 모으면 코트를 살 수 있을 것 같아."

나는 수영의 말을 도통 알아들을 수가 없어서 그냥 가만히 있었다. 하지만 수영은 무척 신나 보였다.

"근데 코트보다 더 중요한 게 있어."

"그게 뭔데?"

수영은 상체를 내 쪽으로 기울이고, 무언가 굉장한 비밀이라도 말한다는 듯이 조그맣게 속삭였다. 나는 수영에게서 여전히 감자튀김 냄새가 난다고 생각했다.

"시계, 시계가 필요해. 시계. 그게 있어야 해. 손목시계. 그래야 정말 머리부터 발끝까지 랄프 로렌으로 걸칠 수 있는 거란 말이야. 랄프 로렌은 시계를 만들지 않아. 손목시계 말이야. 그걸 생각하면 우울해져. 가슴에 구멍이 뻥 뚫리는 것 같아."

그녀는 정말로 슬퍼 보였다. 나중에 나는 (잠든) 잭슨 여사에게 이렇게 말했다. "수영이는 랄프 로렌 한국 본사에 전화도 걸었다더라고요. 시계는 언제 만들어지냐고 물었더니 수화기 너머의 여자가 무척 다정한 목소리로 이렇게 대답했다는 거예요. '죄송합니다. 저희 회사에서는 시계가 생산되지 않습니다.' 수영이는 여자의 목소리랑 발음이 무척 훌륭해서 마치 아나운서 같았다고 말했어요. 그렇지만 여자는 아나운서가 아니었죠. 여자는 전화상담원이었어요. 게다가 수영이는 전화상담원이 사용한 단어에 불만을 가지고 있었어요."

수영은 '생산'이라는 표현이 정말로 싫다고 말했다.

"그럼 어떤 표현이 좋아?"

내가 물었다. 수영은 골똘히 생각에 잠겼다.

"글쎄…… 탄생? 창조? 그런 걸 뭐라고 하지?"

그렇게 말한 후 그녀는 다시 생각에 잠긴 듯했다. 나는 아무 말도 하지 않고 그녀의 얼굴을 가만히 바라보고 있었다. 나는 그녀에게서 나는 이 달큰한 냄새가 결코 감자튀김 냄새가 아니라는 것을 깨달았다. 그건 무슨 냄새였을까? 그녀는 결국 '생산'을 대체할 적합한 단어를 떠올리지 못했다. 그건 나 역시 마찬가지였다. 지금 돌이켜 생각해봐도 '생산'보다 더 적절한 단어를 찾을 수는 없을 것 같기도 하다.

"여하튼 그래서 난 랄프 로렌에게 편지를 써야만 해. 시계를 만들어달라고 말이야. 상상해봐, 랄프 로렌 로고가 박힌 시계판. 그 위로 시침과 분침이 똑딱하고 움직이는 모습을 상상해봐. 어때? 너무 근사하지 않니?"

나는 그때 무슨 생각을 하고 있었을까? "아마 전 수영이의 마음을 하나도 이해하지 못했던 것 같아요. 랄프 로렌 컬렉션을 완성하고 싶다는 그 마음도 이해하기 어려웠지만, 무엇보다 이해하기 어려웠던 건 이 세상에 존재하지도 않는 걸 가지지 못한다고 안타까워하는 그 마음이었던 것 같아요. 이 세상에 존재하지도 않는 건데, 그걸 가지지 못하는 게 대체 무슨 대수일까요? 저는 수영이를 어리석다고 느꼈는지도 몰라요. 잘못된 생각을 하고 있다고요. 편지를 쓴다 한들 어디로 보내겠어요. 보낸다 한들 그걸 랄프 로렌이 읽을 거라고 확신할 수 있을까요? 읽는다 한들 그가 시계를 만들어준다는 보장이 어디 있겠어요. 그렇지만 돌이켜보면 그게 너무나 허황되고 이상하고 현실성이 없는 계획이었기 때문에, 바로 그 이유 때문에 저는 그 일에 뛰어들었는지도 모르겠다는 생각이 들어요. 그러니까, 저는 수영이의 말을 믿지 않았기 때문에, 그것이 이루어질 가능성이 하나도 없다고 생각했기 때문에 그애의 부탁을 받아들인 거예요."

내가 랄프 로렌의 동생인 메이지 그랜트의 인터뷰를 읽게 된 건, 브루클린으로 거처를 옮긴 지 한 달 하고도 보름 정도가 지난 후의 일이다. 나는 이런 식으로 말하고 싶은 욕망을 숨기기 어렵다. 그날 새벽에 메이지 그랜트의 인터뷰를 읽지 못했다면 어쩌면 나는 그대로 서울로 돌아갔을지도 모르겠다고 말이다. 물론 그 인터뷰를 읽지 못했다 하더라도 나는 곧바로 서울로 돌아가진 않았을 것이다. 물론 언젠가는 돌아가야 했을 테지만, 여하튼 그때의 나는 랄프 로렌이 아닌 다른 어떤 것을 찾아서 일부러 전념했을지언정, 돌아가지는 않았을 것이다. 그 당시 내가 세상에서 가장 피하고 싶은 단 한 가지가 있었다면, 그건 나 자신이 실패했다는 것을 사방팔방 알려야 하는 그 순간이었으니까.

내가 메이지 그랜트의 인터뷰를 읽은 곳은 새로 이사한 동네에 있던 '에머슨 씨네 버거'라는 이름의 햄버거집이었다. 나는 자주 그 식당에 갔다. 작고 허름하지만, 장사를 한 지 이십 년이 넘은 유서 깊은 식당이었다. 세상에, 이십 년 전의 이 동네가 어땠을지는 안 봐도 뻔했다. 분명히 무법천지였으리라. 이 동네가 어떤 무시무시한 역사를 거쳐왔든지 간에, 이 식당의 음식은 싸고 맛있었다. 식당 문을 열면, 치즈 냄새와 고소한 양파튀김 냄새, 양념 고기볶음 냄새가 코를 자극했다. 식당 사장이자 단 한 명의 요리사인 (그래, 맞다) 에머슨 씨는 언제나 하얀색 앞치마를 하고 머리에는 까만색 머릿수건을 쓰고 있었다. 그는 오십대 후반의 흑인으로 머릿수건 뒤로 하얗게 세기 시작한 머리카락이 눈에 들어온다. 눈에 띄는 그의 특징이 하나 더 있는데, 그건 그가 아주 거구라는 점이다. 아마도 '코끼리 뚱뚱보'라고 부를 수 있을 정도로. 걸을 때는 몸이 좌우로 뒤뚱거렸다. 또다른 특징도 있다. 그건 눈으로 확인하기는 어렵다. 왜냐하면 목소리와 관련되어 있기 때문이다. 그의 목소리는 무척이나 작고 가늘다. 그의 별명을 다시 만들어야 할 것 같다. '코끼리 뚱뚱보, 모기 목소리 에머슨'이라고 말이다. 그의 식당에는 점원이 딱 한 명 있었는데 동양인이었다. 나중에 나는 그가 일을 시작한 지 일 년 정도 되었다는 것을 알게 되었다. 미국에 오랫동안 거주하다보니, 대충 얼굴을 보면 한국인인지 중국인인지 일본인인지 정도는 구별할 수 있었는데, 그는 아마도 한국인인 것 같았다. 하지만 우리는 서로에게 한 번도 말을 건 적이 없었다. 오히려 나는 그가 내게 한국어로 말을 걸어올까봐 걱정이 되었다.

안녕하세요. 한국에서 오셨어요? 무슨 일을 하시죠?

하지만 그는 절대 내게 그런 말을 하지 않을 터였다. 그리고 나도 결코 그에게 한국어로 말을 걸지 않을 터였다.

식당 안에는 테이블 다섯 개가 놓여 있고, 안쪽에는 길쭉한 스탠드가 있었다. 기껏해야 여섯 명 정도가 따닥따닥 앉을 수 있는 그런 길이였다. 그리고 스탠드 안쪽으로 난 조그만 철제문을 열면 음식을 만드는 주방이 있었다. 철제문은 닫혀 있을 때보다 열려 있을 때가 많아서 스탠드 의자에 앉아 있으면, 그 조그마한 주방에서 에머슨 씨가 음식을 만드는 과정을 지켜볼 수 있었다. 스탠드 한쪽에는 오래된 타블로이드 잡지가 여러 권 놓여 있었는데 그건 모두 2002년과 2003년에 나온, 순전히 흥밋거리를 실은 여성잡지들이었다. 에머슨 씨는 그 잡지들을 무척 소중하게 생각해서 표지에 비닐 커버를 씌워놓았다. 그래서 언뜻 보면 마치 새것 같았다. 에머슨 씨는 커다란 글씨로 이렇게 적은 종이를 비닐 위에 붙여놓았다. "절대, 찢지 마시오. 절대로, 절대로." 나는 진심으로 궁금했다. 대체 누가 그런 오래된 잡지를 뜯어간단 말인가? 언젠가 내가 그 문구를 멍하니 바라보고 있자, 에머슨 씨는 그 조그마한 목소리로 짜증이 난다는 듯이 말했다. "이런 말을 적어둬야 한다는 사실이 정말 지긋지긋해요." 나는 어쩌면 그 시기에 에머슨 씨가 관심 있어했던 (잡지를 읽는 취미를 가진) 여성이 식당에 들락날락거렸던 것은 아닐까 하고 추측해본다. 나는 거의 매일 그곳에서 혼자 식사를 했지만, 그 잡지들을 읽어본 적은 없었다. 그런 허물어져가는 동네의 햄버거집에서 혼자 햄버거를 씹으며 때 지난 여성잡지나 읽을 정도로 초라해지고 싶진 않았다. 하지만 내가 그 잡지들을 읽지 않았던 더 중요한 이유는 내 손에는 항상 랄프 로렌에 관한 자료들이 들려 있었기 때문이다. 그 당시의 나는 랄프 로렌과 관련된 자료들이 언제나 내 손이 닿는 곳에 있기를 병적으로 바랐고, 마치 그게 나의 직업인 양 대부분의 시간 동안 랄프 로렌에 대한 온갖 자료에 빠져 있었다. 하지만 자료에 파묻히면 파묻힐수록 랄프 로렌은 그저 비밀 속으로 사그라져버리는 존재가 되어버렸다. 그리고, 그렇기 때문에 나는 그에 대한 글을 끊임없이 읽어댔다. 그러면서 나는 내가 겪고 있는 문제들로부터 나 자신을 떨어뜨려놓으려고 했었던 것 같다. 내게 닥친 문제들에 너무 무심하지도, 혹은 너무 애쓰지도 않을 수 있다고, 그러니까 마치 공중에 걸린 줄 한가운데에 언제까지고 균형을 잡으며 서 있을 수 있다고, 그런 착각 속에 영원히 머물기를 바라면서.

하지만 안타깝게도 그런 착각 속에 나를 내버려둘 수 없는 순간이 있었다. 잠드는 게 힘들고, 어렵사리 잠에 들더라도 금방 깨는 밤이 있었다. 그럴 때면 그 모든 일이 거대한 시간 낭비라는 (정확한) 판단이 들었고 나는 안대를 벗은 채 침대 가장자리에 우두커니 앉아 커튼을 뚫고 들어오는, 번쩍번쩍거리는 네온사인 빛을 멍하니 바라보곤 했다.

나는 그런 밤을 견디는 방법을 곧 찾아냈다. 더너웨이의 영화 디브이디를 반복해서 보는 것이었다. 나는 더너웨이를 자신의 아름다움과 매력을 다룰 줄 몰랐기 때문에 몰락해간 그런 종류의 여자라고 생각한다. 그녀의 매력은 가끔씩 위협적으로 보인다. 〈엄마의 두 얼굴〉에서 더너웨이는 자신이 열여덟 살 때 낳은 열아홉 살짜리 딸을 키우는 미혼모로 나온다. 그녀는 딸을 위해 모든 것을 희생하고 싶어하는 그런 여자로 나오지만, 영화를 보는 내내 나는 그녀가 딸을 버리고 사라져버릴까봐 조마조마해진다. 그녀가 남자들의 모든 청혼을 물리치고 딸을 안고 눈물을 흘릴 때에도 나는 그녀가 마음속 깊은 곳에서는 딸이 죽어 없어져버렸으면 좋겠다고 느낄지 모른다는 생각을 하곤 했던 것이다. 스무 살이 된 딸이 그녀의 얼굴에 침을 뱉으며 그녀를 떠나겠다고 말할 때, 더너웨이는 그 텅 빈 눈빛으로 이렇게 대답한다. "얘야, 모든 건 다시 돌아오게 되어 있단다. 그냥 사라지는 건 없어. 알아듣겠어?" 그 이야기를 할 때, 더너웨이의 얼굴은 마치 살인자의 그것처럼 보인다. 한마디로 그녀의 연기는 실패다. 딸이 떠난 후, 어두운 밤, 호수 한가운데로 걸어들어가는 그녀의 뒷모습은 얼핏 슬퍼 보이기도 하지만, 마치 암살에 실패한 갱 조직원의 말로처럼 보이기도 한다. 하지만 그녀가 누구를 '암살'한단 말인가? 나는 그 뒷모습을 지켜보다가, 엔딩 크레디트가 올라가면 노트북을 덮고 잠에 든다.

하지만 어떤 날은 더너웨이의 영화조차도 아무 소용 없어진다. 그런 날이면 지아 류가 내 집 문을 두드리던 소리가 떠오른다. 나는 철제로 만들어진 싸구려 침대의 헤드 부분을 똑똑, 하고 두드려본다. 이 세상의 누군가가 내 문을 두드리고 있다고 생각하고 싶은 유혹을 떨쳐내기가 힘들어진다. 그리고 내가 처한 그 모든 상황이 갑자기 너무나 뚜렷하고 명확하게 다가온다. 그건 단순히 느낌의 문제가 아니다. 그건 정말로 부피와 질량을 가진 어떤 것이 나의 어깨와 등, 그리고 팔을 움켜쥐고 아프게 하는 것에 가깝다. 나는 그러한 '사로잡힘' 때문에 말할 수 없는 괴로움을 느낀다. 랄프 로렌이니, 수영이니, 랄프 로렌 컬렉션이니, 편지니 하는 것들은 아무런 의미도 없는 것이고 나 자신이 거대한 '쓰레깃더미' 한가운데에서 '시간 낭비'를 하고 있다는 좌절감을 감출 수가 없는 것이다.

그날 새벽도 마찬가지였다. 나는 쓰레깃더미에서 나를 꺼내 올리려고 애쓰다가 무작정 밖으로 나왔다. 얇은 면 트레이닝복 위에 야상 점퍼를 걸쳐 입은 채였다. 이제 더이상 칼하트의 구스 점퍼는 필요 없는 계절이 된 것이다. 아마도 브라이언트 파크 아이스링크장은 폐장했을 것이다. 그리고 기쿠 박사님은 한창 연구중일 것이고, 연구실 학생들을 닦달하고 있으리라. 한참 걷다가 나는 문득, 거리가 너무 조용하다는 생각이 들었다. 새벽마다 거리를 달리고 소리지르고 하던 그 불량 청소년들은 모두 다 어디로 간 걸까? 나는 소리를 지르고 싶어졌지만 그럴 만한 용기는 없었기에 그냥 뛰기 시작했다. 그리고 깨진 가로등과 그림이 그려진 담벼락들을 지나치다 문득 내가 여기서 소리소문도 없이, 이를테면 누군가의 습격을 받아서 죽어 없어질 수도 있겠다는 생각이 들었다. 말도 안 되는 생각이지만 정말로 그런 생각이 들었다.

"종수, 죽은 거야?"

나는 지아 류의 그 말을 떠올렸다. 맙소사, 정말로 그랬다. 아니, 나는 죽지 않았어. 그리고 숨을 거칠게 내쉬다 문득 고개를 돌렸을 때, 거기에 에머슨 씨네 버거집이 있었다. 어느새 여기까지 달려왔구나. 그 멋진 네온간판의 불은 꺼져 있고 식당 안도 깜깜했지만, 셔터가 올라가 있었고 식당 문 너머 안쪽 주방의 불이 켜져 있었다. 나는 천천히 걸어가 유리문을 밀어보았다. 그러자 놀랍게도 문이 열렸다(알고 보니 에머슨 씨는 문이 잠기지 않았다는 걸 모르고 있었다). 제일 처음 나를 맞이한 것은 고양이 한 마리였다. 의자 위에 앉아 어둠 속에서 졸고 있던 고양이가 내가 들어오는 소리에 귀를 쫑긋 세워 나를 바라보았다. 그리고 곧이어, 식칼을 든 채로 주방에서 에머슨 씨가 나왔다. 에머슨 씨는 어둠 속에서 허둥거리며 (예의 그 조그만 목소리가 아닌 놀란 목소리로) 내게 누구냐고, 어떻게 들어왔느냐고 물었다. 나는 문이 열려 있었다고 대답했다. 나는 에머슨 씨가 손에 들고 있는 식칼 때문에 에머슨 씨보다 훨씬 더 놀랐지만, 더듬거리며 이렇게 물었다.

"식사할 수 있어요?"

에머슨 씨는 홀의 형광등 스위치를 올렸다. 갑자기 밝아졌다. 하지만 에머슨 씨와 나 둘 다 움직이지 않고 서로를 바라보고만 있었다. 그때 고양이가 의자에서 툭 하고 바닥으로 내려오더니 야옹, 하고 울면서 내게 다가와 자신의 머리를 내 다리에 비벼댔다. 온몸이 검정색이었다. 그제야 에머슨 씨는 식칼을 스탠드 위에 내려놓고 식당 문을 잠갔다. 하지만 그는 곧 다시 당황했는데, 식당에 고양이가 들락날락한다는 걸 들켰다는 사실 때문인 것 같았다.

"얜 주방엔 절대 안 들여보낸다오."

'코끼리 뚱뚱보' 에머슨 씨가 '모기 목소리'로 내게 변명하듯 말했다. 나는 그런 건 상관없었다. 고양이는 또다시 자신의 머리를 내 다리에 문질렀다. 고양이를 키운 적도, 주위에 키우는 사람도 없었던 나는 그런 식으로 가까이에서 '구체적인' 고양이를 본 게 처음이었다.

"얘 이름이 뭐죠?"

"태비."

키운 지 십이 년이 되었다고 했다. 에머슨 씨는 몇 년째 한 달에 한 번씩 복지기관에 햄버거를 무료로 제공해오고 있었고, 그런 날이면 태비를 데리고 내려와(그는 식당 바로 위층에서 살았다), 새벽 내내 음식을 만들곤 한다는 것이었다. 나는 나중에 '태비'가 (검정고양이가 아니라) 줄무늬고양이를 지칭하는 일종의 보통명사라는 사실을 알게 되었다.

에머슨 씨는 나에게 진짜로 식사를 할 생각이냐고 물었고 나는 고개를 끄덕이며 스탠드 의자에 앉았다. 에머슨 씨는 맥주 한 잔과 함께 이미 만들어놓은 햄버거 중 하나를 데워서 접시에 담아 주었다. 그리고 내게 홀의 형광등을 꺼도 되느냐고 물었다. 밖에서 안이 들여다보이는 게 신경이 쓰인다는 것이었다. 나는 이번에도 고개를 끄덕거렸다. 주방에서 흘러나오는 빛이 있으니까 아주 깜깜하지는 않았다.

"미안해요, 내가 지금 햄버거를 백 개나 더 만들어야 해서 난 이만 주방으로 가볼게요. 문은 열어둘 테니 아주 어둡진 않을 거요. 먹고 그냥 가도 돼요. 돈은 필요 없어요."

그렇게 말한 후 그는 주방으로 사라졌다. 태비는 내 옆 의자로 훌쩍 뛰어올라 그 위에 자리를 잡았다. 나는 태비에게 한국말로 속삭였다.

"야옹아, 나는 구제불능이야."

아마 태비는 못 알아들었을 것이다. 태비는 미국 고양이이니까. 나는 순식간에 햄버거를 다 먹어치우고 맥주를 한 모금 마신 후, 절대 펼쳐보지 않으리라고 생각했던 그 잡지들 중 하나를 펼쳐들었다. 그건 나 자신이 완전히 혼자이고, 그리고 머저리라는 것을 다른 누구도 아닌 나 자신에게 알려주고 싶다는 생각에서 비롯된 행동이었다. 놀랍게도 잡지의 안도 표지만큼이나 깔끔했다. 구겨진 곳이 거의 없어서 혹시 에머슨 씨가 잡지 한 장 한 장을 다리미로 다리는 것이 아닐까 하는 의심이 들 정도였다. 다만, 중간중간에 사진이 찢어져 있었고, 어느 부분에는 아예 전체 페이지가 찢긴 흔적이 남아 있었다. 나는 왜 에머슨 씨가 잡지 커버 위에 "절대, 찢지 마시오. 절대로, 절대로"라는 종이를 써붙여놓았는지 알 것 같았다. 잡지에는 립스틱에 대한 기사와 당시 유행하던 모자, 섹스 관련 칼럼, 그리고 유명인에 대한 가십거리가 실려 있었다. 나는 아무 생각도 없이 그 글들을 그저 읽고 있었다. 그러다 나는 어느 한 기사에서 멈췄다.

R의 마지막 사 년은 베일에 싸여 있다. 그는 언론과의 모든 접촉을 끊고 다시는 무대 앞으로 나타나지 않았다. 그는 죽기 전 개인 재산의 상당 부분을 누이인 메이지 그랜트에게 남겼다. 남편이 죽은 후, 콜로라도에서 두 아이를 키우며 살아가던 메이지와 그녀의 가족들에게는 엄청난 행운이었음에 틀림없다. 하지만 그녀는 그게 굉장히 당황스러운 일이었다고 말한다. "오빠라곤 하지만 사십여 년 동안 연락이 끊어졌으니 타인이나 다름없었죠. 그렇지만 신기하게도 오빠를 보자마자 예전 그 어릴 적 얼굴이 떠오르더라고요. 가족이란 그런 게 아니겠어요?" 메이지는 R이 죽기 삼 년 전 뉴욕으로 와서 그의 말년을 함께 보냈다. "오빠가 몹시 쇠약해져 있었기 때문에 전 아이들을 데리고 오빠에게로 갔어요. 오빠는 한눈에도 몹시 안 좋아 보였어요. 하지만 장난꾸러기 같은 모습이 남아 있었죠. 가끔 컨디션이 좋은 날엔 침실에 있는 안락의자에 앉아 마치 권투선수처럼 두 팔을 휘두르곤 했어요. 그러곤 이렇게 중얼거리셨죠. '딱 한 번만 더, 딱 한 번만 더'라고요. 오빠는 부자였지만 사치스럽진 않았어요. 우리 애들도 사랑으로 보살펴줬죠. 제가 알기론 기부도 많이 하셨어요. 특히 전쟁 생존자들에게 관심이 많았어요. 홀로코스트 관련 단체에도 기부를 하셨고, 베트남전쟁 참전 용사들

을 위해서도 기부를 많이 하셨어요."

랄프 로렌에 대한 글이었다. 세상에, 나는 그걸 단박에 알아볼 수 있었다. 하지만 사치스럽지 않고 아이들을 사랑으로 대했다는 건, 내가 그때껏 상상해온 랄프 로렌의 모습과는 너무나 다른 것이었다. 게다가 기부라니. 놀라웠다. 하지만 정말 나를 놀라게 했던 건 바로 이 문장이었다.

R의 유언에 대해 묻자 그녀는 고개를 설레설레 흔들었다. "유언의 마지막은 절대로 시계를 만들지 말라는 거였죠……"

나는 이 문장을 읽자마자 잡지를 덮어버렸다. 주방의 형광등 불빛이 내가 앉은 쪽을 밝히고 있었다. 테이블이 있는 쪽은 어두웠다. 간간이 지나가는 자동차의 헤드라이트가 식당 안을 한 번 훑고는 사라졌다. 나는 내가 갑자기 공격을 받았다고 느꼈다. 세상에, 이럴 수가. 수영의 얼굴이 떠올랐다. 우리가 함께 있던 맥도날드. 아르바이트 복장을 하고 있는 수영이 말한다. "랄프 로렌의 시계를 원해." 그랬구나, 랄프 로렌은 원래부터 시계를 만들 마음이 없었구나.

절대로 시계를 만들지 마라.

절대로, 시계, 만들지, 마라. 갑자기 단어들 하나하나의 의미를 파악하기가 힘들었고, 이 모든 단어가 내가 세상에 태어나서 처음 들어보는 것처럼 느껴졌다. 나는 잠시 망설이다가 다시 그 페이지를 펼쳐 들었다.

시계를 만들지 말라는 유언이 변호사의 입에서 흘러나오자, 거기에 있던 사람들 입에서 한숨이 새어나왔어요. 그 당시 패션시계 시장은 점점 성장하고 있었거든요. 돈줄을 하나 걷어차버린 거나 마찬가지였죠.

이 인터뷰에서 메이지는 1998년, 그러니까 랄프 로렌이 자취를 감춘 그다음 해에 그와 만났다고 말한다. "어느 날, 검은 양복을 입은 사람들이 찾아와서 티모시 스펜서를 아냐고 물었죠. 티모시, 그게 바로 오빠의 진짜 이름이에요." 티모시, 티모시 스펜서. 세상에, 그게 랄프 로렌의 '진짜' 이름이었구나(물론, 나중에 내가 만난 사람들은 모두 랄프 로렌을 티모시 샌더슨이라는 이름으로 알고 있었다). 내가 인터넷에서 찾아본 그의 사진이 머릿속에 떠올랐다. 그 미소, 인공적일 정도로 완벽한 그 미소. 나는 그녀의 인터뷰를 다 읽고, 잡지를 덮었다. 어쩐지 그래야 할 것 같았다. 그렇게 하지 않으면 종이에 인쇄된 철자들이 신기루처럼 사라져버릴 것만 같았다. 나는 여전히 내가 읽은 게 실제로 존재하는 내용인지, 랄프 로렌에 대한 열망이 너무 강한 나머지 나타난 환각인지 구분할 수 없을 지경이었다. 나는 크게 심호흡을 한 후, 그 부분을 펼치고 다시 읽기 시작했다. 시계에 대한 이야기는 일단 외면하기로 결정하고 나자, 이번엔 이런저런 궁금증이 생겼다. 대체 '랄프 로렌'이라는 예명은 어떤 식으로 지은 것이었을까? 랄프 로렌의 마지막 인생을 함께 보냈다면 메이지는 랄프 로렌이 그렇게 은둔하며 살았던 이유에 대해서도 알고 있었을까? 랄프 로렌은 장례식도 알리지 않을 정도로 자신의 모든 것을 비밀로 했는데, 어째서 메이지는 이런 이야기를 (비록 영향력이 전혀 없는 삼류 여성잡지라고 해도) 잡지에 대고 말했을까? 그것도 이름을 R이라고 우스꽝스럽게 표기하는 방식으로? 이런 그녀의 행동을 (당연히 그럴 일은 없겠지만) 랄프 로렌이 안다면 어떤 기분이 들까?

그리고, 나는 결국 이 질문으로 돌아올 수밖에 없었다. 그는 대체 왜 그런 유언—시계를 만들지 마라—을 남긴 걸까? 나는 "절대, 찢지 마시오. 절대로, 절대로"라는 에머슨 씨의 경고를 무시하고, 그 부분을 찢기로 결정했다. 태비가 내 생각을 알아채기라도 한 것처럼 고개를 들어 나무라듯이 "야옹" 하고 짧게 울었다. 나는 태비에게 이번에는 영어로 말했다. "미안해, 정말 미안해, 이건 비밀이야." 태비가 나를 보고 두어 번 정도 더 울었고, 그러고는 계속 울기 시작했다. 에머슨 씨가 주방에서 나와서 내게 괜찮냐고 물었다.

나는 괜찮다고 대답했다.

편지를 쓸 당시, 우리는 랄프 로렌이 이미 경영에서 손을 뗐는지도 몰랐고, 당연히 죽었는지도 몰랐으며, 그가 그토록 '무시무시'한 유언을 남겼으리라고는 꿈에도 상상하지 못한 처지였다. 랄프 로렌 컬렉션을 보여준 다음날, 수영이 학원으로 나를 찾아왔다. "수영이가 찾아올 줄 몰랐어요. 누가 밑에서 나를 기다린다고만 했죠. 아침에 잠깐 소나기가 내렸고, 오후 내내 땡볕이었어요. 공기가 축축하고 뜨거웠죠. 그날 일기예보에서 오후 늦게 다시 국지성 집중호우가 내릴 거라고 했던 기억이 나요." 나는 하루종일 비가 내리던 여름날에 (잠든)

잭슨 여사에게 그날의 이야기를 해줬다. "친구 중 한 명이 국지성 집중호우가 뭐냐고 물었고, 다른 친구가 '소나기잖아, 병신 새끼야'라고 말했던 것도 기억이 나요." 건물 밖으로 나가니까, 주차장 쪽에 서 있는 수영이 보였다. 수영과 나는 삼 일 후에, 수영이 완성한 편지를 가지고 맥도날드에서 만나기로 되어 있었다. 수영은 교복을 입고 있었다. 아직 보충수업은 시작도 되지 않았고, 설사 시작됐더라도 학교에 나오지 않을 거면서 어째서 그녀는 교복을 입고 있었던 걸까? 그래도 나는 수영이 교복을 입고 있어서 좋다, 고 생각했다. "아무도 그녀가 낮에는 교실에서 엎드려 자고, 밤에는 아르바이트를 하러 다니는 학생이라는 사실을 알아채지 못할 거라는 생각이 들었거든요."

내가 수영의 이름을 부르자 그녀가 나를 향해 돌아섰다. 땀 때문에 앞머리가 이마에 딱 달라붙어 있었다. 그녀는 내게 인사도 하지 않고 이렇게 말했다.

"어, 랄프 로렌이네."

나는 고개를 숙이고 내 반팔 티셔츠에 새겨진 폴로 로고를 한 번 보았다. 왜인지 모르지만 그 로고가 좀 부끄럽다는 생각이 들었다. 그녀는 가방에서 무언가를 꺼내 내게 내밀었다.

"뭐야?"

"뭐긴, 랄프 로렌한테 쓴 편지. 니가 영어로 옮겨주기로 한 거. 나 어젯밤 꼴딱 새웠어."

"아직 며칠 남았잖아."

수영은 쑥스러운 표정으로 대답했다.

"될 수 있으면 빨리 보내고 싶어서, 편지."

나는 아마도 궁금했던 것 같다. 이애는 편지를 영역해서 보내면 랄프 로렌이 받아볼 수 있으리라고 진심으로 믿고 있는 것일까? 그리고 시계가 진짜로 만들어질 수도 있다고 생각하는 걸까? 이애는?

"잘 부탁해."

그렇게 말한 후 그녀는 다른 이야기는 하나도 하지 않고 곧바로 안녕, 잘 있어, 인사하고는 그대로 걸어가기 시작했다. 나는 시야에서 수영이 사라질 때까지 그녀를 바라보았다. 그리고 자리로 돌아와서 편지를 자세히 살펴보았다. 노란색 봉투는 조금 두껍고 까슬까슬한 재질이었고, 편지지에는 음각으로 사선이 교차하며 다이아몬드 모양이 새겨져 있었다. 단순하지만 예뻤다. 나는 수영이 문구점에서 아주 오랜 시간을 들여 봉투와 편지지를 골랐으리라고 생각했다. 하지만 대체 왜? 이걸 랄프 로렌한테 보낼 것도 아닌데, 뭐하러 이렇게까지 예쁜 편지 봉투에 담아 주는 거야? 편지는 생각보다 짧았다. 적어도 앞뒤로 세 페이지 정도는 꽉꽉 채워져 있으리라 예상했는데, 딱 한 페이지였다. 누군가가 진심을 다해 남에게 쓴 편지를 읽고 있노라니 기분이 이상해졌다. 어쩐지 얼굴이 붉어지는 느낌이었다. 나는 편지를 쓰는 수영의 모습을 상상해보았다. 수정된 부분이 하나도 없는 걸로 봐서 곧바로 편지지에 쓴 것 같지는 않았다. 아마도 연습장에다 여러 번 고쳐가며 내용을 완성한 끝에 편지지에 옮겨 적었으리라. 밤늦도록 책상 스탠드 불빛에 의지해서 썼겠지. 나는 그녀의 방이 어떻게 생겼는지, 책상은 무슨 색인지도 모르면서 내 멋대로 상상했다. 편지의 마지막 문장은 이랬다. "저의 꿈은 머리부터 발끝까지 랄프 로렌이 되는 것입니다."

"야, 연애편지 받았냐?"

친구가 실없는 소릴 했고 나는 편지를 접어서 봉투 안에 넣은 후 구겨지지 않게 가방에 집어넣었다.

그날 일기예보는 틀렸다. 국지성 집중호우가 내릴 거라고 했지만, 수업을 듣고 있는 저녁 내내 비가 쏟아졌다. 나는 수영이 우산을 가지고 있는지 궁금했다.

그후로 삼 일 동안, 나는 학원에서 수업을 들을 때나, 혹은 수학 문제를 풀 때나, 혹은 잠들기 전이나, 혹은 생각이 날 때마다 틈틈이 편지를 영역했다. 하지만 "식은 죽 먹기일 거"라던 수영의 말과는 달리 편지를 영역하는 것은 무척이나 힘든 일이었다. 예상치 못한 여러 가지 문제에 봉착했다. 이를테면 편지는 다음과 같이 시작되었다. "여기는 여름이에요. 장마가 끝나고 본격적인 더위가 시작되었어요." 나는 왜 이런 이야기로 편지를 시작해야 하는지도 납득이 되지 않았지만, 무엇보다 같은 위도에 있는 뉴욕 역시 여름이라는 사실을 수영이 전혀 고려하지 않았다는 생각이 들었다. 수영은 편지에서 자신이 맥도날드에서 일하고 있다며 햄버거 냄새만 맡아도 토할 것 같다고 말하는데, 나는 이런 내용 역시 완전히 불필요하다고 느꼈다. 세계적인 디자이너라면 굉장히 바쁜 사람일 텐데 이런 부분을 구구절절 읽고 있겠나? 게다가, 이런 걸 어떻게 설명해야 할지 모르겠는데, 나는 그녀가 쓴 문장들을 머릿속에서 영어 문장으로 떠올리는 것과 그걸 다시 글자로 쓰는 건 완전히 다른 문제라는 사실을 깨달았다. 내가 영어로 쓴 문장들을 읽고 있으면, 수영의 문장이 원래 가지고 있던 열의나 간절함이 온데간데없이 사라져버리는 느낌에 사로잡혔다. 내 문장들은 아주 '납작'해 보였다. 마치 착즙기에 넣어 꽉 짜버리고 남은 오렌지 찌꺼기 같았다. 이런 식으로는 안 될 것 같았다. 꽤 많은 양의 영어 문장을 만들어보았지만, 결국 약속한 삼 일이 지났을 때, 나는 그녀에게 건네줄 만한 문장이 하나도 없다는 것을 인정해야 했다.

삼 일 후에 나는 학원 수업이 끝나고 곧바로 강남역 맥도날드로 갔다. 그녀에게 편지를 돌려주고 내가 이 일의 적임자가 아니라고 말할 생각이었다. 편지를 제대로 영역하려면 너무 많은 시간을 뺏길 게 뻔했다. 나는 그전에 그랬던 것처럼 매장 구석에 앉아, 햄버거를 먹으며 수학 문제를 풀었다. 수학 문제를 풀다가 문득 고개를 들면 가끔 수영이 보였다. 나중에 안 사실이지만, 그날따라 갑자기 그만둔 아르바이트생이 두 명이나 되었고, 수영은 그 두 명의 몫까지 하느라 죽을 지경이었다. 영역한 편지를 가지고 왔을 거라고 짐작한 수영은 그 와중에도 나를 보면서 방긋방긋 웃었다.

"그러니까, 내 편지 내용이 문제란 말이야?"

내가 편지 내용을 영어로 옮기는 것이 쉽지 않다고 하자, 대뜸 그녀가 한 말이었다.

"아니, 그런 건 아닌데, 그냥 내가 생각했던 것처럼 단순한 일이 아닌 것 같아."

수영은 여전히 아르바이트중이었기 때문에 나와 이야기를 오래할 수 있는 처지가 못 되었다. 수영이 느꼈을 실망감을 모르는 건 아니었다. 하지만 할 수 없는 일은 할 수 없는 일이었다. 수영이 내게 다시 물었다.

"왜?"

"응?"

"왜 단순한 일이 아니냐고."

"그러니까, 모르겠어. 나도 설명을 잘 못하겠다."

이유를 콕 집어서 말할 수는 없지만, 나는 그때 약간 화가 났다. 미안해, 다른 애를 소개해줄 수도 있어. 3반에 최진홍 있지? 걔 중학교 때까지 미국에서 살아서 나보다 영어 잘해. 소개해줄까? 이렇게 말할 생각이었다. 그런데 어째서인지 내 입에서 나온 말은 정반대였다. 어떻게 그런 일이 벌어졌는지 모르겠지만, 정말로 그랬다.

"그럼 이렇게 하자. 내가 월, 수, 금 두시쯤에 이리로 올게. 네 아르바이트가 네시부터니까 그때까지 두 시간 정도 함께 의논하면서 편지 내용을 영어로 쓰는 거야."

"함께……?"

지금 돌이켜봐도 정말 얼토당토않은 제안이었다. "그런 식으로 한다고 무언가가 달라질 리 없다는 건 그때의 나도 알고 있었어요." 하지만 수영은 내 말을 아주 진지하게 받아들였다. 수영에게 그건 너무나 중요한 일이었고, 그녀가 생각하기에 어쨌거나 나는 영어 신동이었다. 그녀는 나의 의견을 따를 수밖에 없었다. 수영은 잠시 나를 쳐다보았다.

"그렇게 하면 편지를 더 잘 쓸 수 있다는 거지?"

나는 고개를 끄덕였다.

"응, 니가 쓴 편지를 이렇게 두고,"

나는 그렇게 말하며 그녀의 편지를 꺼내 테이블에 올려두려다가 테이블 위가 너무 더러워서 그만두었다.

"니가 쓴 문장에 대해 내가 궁금한 걸 물어볼게. 그러면 우리 둘이 의논을 해서 영어로 다시 쓸 수 있을 거야. 어쩌면 니 기대만큼은 안 될지도 몰라. 생각보다 시간도 오래 걸릴 수 있고. 그렇지만 최선을 다해볼게. 그러면 아마 랄프 로렌이 시계를 만들고 싶다는 생각이 들 정도로 편지를 잘 쓸 수 있을 것도 같아."

그게 시작이었다. 월요일과 수요일, 그리고 금요일에 보충수업이 끝나면 나는 그녀가 기다리고 있는 맥도날드로 갔다. 나는 늘 교복을 입고 있었다. 어머니에게는 이런저런 거짓말을 해야 했는데, 어머니는 내가 당신에게 거짓말을 하고 있다고는 전혀 눈치채지 못한 것 같았다. 그녀가 아르바이트를 시작할 시간이 되면 나는 그제야 학원으로 돌아가거나 집으로 와서 과외를 받았다. 하지만 내 머릿속은 온통 그녀와 나의 편지로 가득차 있었다. 나는 그녀에게 완벽하게 영역한 편지를 주고 싶었다. 아니, 이런 표현은 틀린 것 같고, 나는 완벽하게 '수영의 편지'를 써주고 싶었다. 랄프 로렌이 그녀의 편지를 읽고 시계를 만들기를, 그래서 수영이 자신의 랄프 로렌 컬렉션을 완성할 수 있게 되기를 진심으로 바랐던 것 같다. 함께 편지를 쓸 때, 수영은 활기차 보였다. 나는 (잠든) 잭슨 여사에게 이렇게 말했다. "저는 그 여름 내내 최대한 그 모든 일을 천천히, 그리고 신중하게 진행시켰어요. 될 수 있으면 천천히 말이에요. 그리고 나 역시 어느 순간에는 그 편지가 랄프 로렌에게 진짜로 도착할 수 있을지도 모른다는 생각을 하게 되었던 거예요. 그래서 어쩌면 랄프 로렌이 시계를 출시할지도 모른다고 말이에요. 그럼 수영이의 랄프 로렌 컬렉션이 완성될 수 있겠구나, 하고 생각했죠." 그리고 나는 이렇게 덧붙였다. "그건 헛된 생각이었어요."

그래, 그건 '헛된' 생각이었다. '헛되다'는 건 그저 막연한 의미가 아니었다. 그건 훨씬 더 구체적이고 인과성이 존재하는 표현이었다. 생각해보라, 그 시절 우리들은 전혀 몰랐지만, 수영의 랄프 로렌 컬렉션은 그녀가 이 세상에 존재하지도 않는 시계를 굳이 포함시킨 그때 이미 완성되지 못할 운명을 타고난 것이나 마찬가지였다. 그러니까, 우리는 그전에도, 그 당시에도, 그리고 앞으로도 존재하지 않을 시계를 위해 시간을 낭비하고 있었던 것이다. 그렇다. 우리는 시간을 낭비했다. 실제로 한 달쯤 후 치른 9월 모의고사에서 내 성적은 삼십 점이나 떨어졌다. 그때부터, 그러니까 이학년 이학기 동안 치른 세 번의 모의고사에서 정신을 차리지 못할 정도로 내 성적은 곤두박질쳤다.

랄프 로렌이 절대로 시계를 생산하지 말라는 유언을 남겼다는 건, 그만큼 랄프 로렌에게는 시계를 만들지 않는다는 게 중요한 일이었다는 의미일 것이다. 이를테면 자신이 죽고 난 후에라도 '살아 있어야' 하는 어떤 것이었던 셈이다. 만약 랄프 로렌이 그런 식의 생각, 그러니까 시계를 만들지 않겠다는 생각을 하지 않았다면, 진작에 시계를 만들었다면 수영의 컬렉션은 완성되었을 것이고, 그렇다면 수영은 랄프 로렌에게 보낼 편지 같은 건 생각하지 않았을 것이고, 그렇다면 나는 수영과 이야기를 나눌 필요가 없었을 것이고, 그렇다면 나는 그 여름 내내 공부에 집중했을 것이고, 그렇다면 나는 한국을 떠날 필요가 없었을 것이고, 그렇다면 나는 결코 그런 식으로 기쿠 박사님에게 쫓겨나지 않았을 것이라는 생각이 들었다. 물론 이 생각은 (따로 말할 필요도 없이) 정말 멍청한 것이었지만, 메이지 그랜트의 인터뷰가 실린 잡지를 발견한 그날 새벽에는 마치 그게 '진실'인 것처럼 느껴졌다. 나는 옆에서 계속 울고 있는 태비와 절대 펼쳐보지 않으리라고 생각했던 잡지와 주방에서 기계처럼 열심히 햄버거를 만들고 있는 에머슨 씨를 번갈아 보면서 이런 생각을 했다. 랄프 로렌은 도대체 왜 '죽어도' 시계를 만들지 않겠다고 결심한 걸까? 그게 그에게 왜 그렇게 중요했던 걸까?

나는 주방 쪽을 한 번 살핀 후, 재빨리 페이지 몇 장을 한 번에 북 찢어서 바지 주머니에 접어넣었다. 그리고 구겨진 지폐를 접시 밑에 밀어넣고 빠른 걸음으로 에머슨 씨네 식당을 빠져나왔다. 태비의 울음소리가 들렸다. 주머니에 손을 넣고 빠르게 걷던 나는 에머슨 씨가 나를 볼 수 없으리라고 생각되는 지점에서 멈춰 서서 식당 쪽을 바라보았다. 어둠의 채도는 한결 낮아져 있었다. 에머슨 씨가 홀의 형광등을 켜고 밖으로 나와서 두리번거리는 게 보였다. 그 덕분에 굳게 셔터를 내렸거나, 불이 꺼진 상점 사이에서 에머슨 씨네 식당만 밝게 빛났다. 그건 마치 연극 무대 같았다. 나는 그것을 바라보다가, 다시 걸었다. 얼마나 걸었을까. 나는 다시 멈춰 서서 주머니 안에 있는 잡지 쪼가리를 꺼내 한번 더 읽어보았다. 그리고 여러 번 접어서 이번엔 지갑에 집어넣었다. 그후로 그 잡지 쪼가리는 항상 내 지갑 안에 들어 있게 되었다.

집으로 돌아온 나는 옷도 갈아입지 않은 채로 금방 잠에 들었다. 잠에서 막 깨어났을 때는 약간 정신이 없었고, 에머슨 씨네 식당에 다녀온 일이 꿈일지도 모른다는 생각이 들었다. 나는 잠결에 벗어놓은 바지 주머니에서 지갑을 꺼내 뒤져보았다. 그 안에는 내가 몇 시간 전에 꾸깃꾸깃하게 접어넣었던 잡지 쪼가리가 들어 있었다. 창밖으로 추적추적 봄비가 내리고 있었다. 침대 위에 가만히 걸터앉아 비가 내리는 창밖을 바라보았다. 창문에 몽글몽글 빗방울이 맺혔다가 사라졌다. 나는 창문을 열고 홈통에 떨어지는 빗소리를 들었다.

문득 그런 생각이 들었다. 만약 내가 이 동네로 이사 오지 않았거나, 혹은 이사를 왔더라도 에머슨 씨네 식당에 가지 않았거나, 혹은 에머슨 씨네 식당에 갔더라도 그 잡지를 펼쳐보지 않았더라면? 그렇다면 나는 랄프 로렌의 진짜 이름이나 마지막 유언 같은 것은 영영 모른 채로 지나가게 되지 않았을까? 나는 이것이야말로 누군가의 '노크'라는 생각이 들었다. 하지만 이 모든 것은 착각이다. 왜냐하면 그냥 모르고 넘겨버렸을 뿐, 랄프 로렌이 죽기 전에 그의 여동생에 대해 언급한 기사를 내가 이미 가지고 있었기 때문이었다. 에드거 윌리엄스는 1998년 한 언론과의 인터뷰에서 "랄프 로렌이 경영 일선에서 물러난 것이 건강 때문이라는 소문이 있는데 건강이 얼마나 좋지 않은 것이냐?"는 질문을 받았을 때, 이렇게 대답한 적이 있다. "아닙니다. 다만 가족과 함께 시간을 보내고 싶어하는 겁니다." 기자가 "가족이 누구냐?"고 물었고 누군가는 혹시 숨겨둔 자식이 있는 거냐고 질문했는데, 윌리엄스는 침착하게 이렇게 대답했다. "아니요. 여동생입니다."

나는 온라인 도서관에 들어가서 검색란에 '메이지'라고 쳤다. 그러자 (메이지 그랜트와 상관없는) 너무 많은 자료 목록이 떴다. 나는 키워드난에 '랄프 로렌' '여동생'이라고 치고 엔터키를 눌렀다. 그러자 네 개의 자료가 남았다. 뉴욕타임스의 패션 칼럼 「모든 것이 완벽한 남자」, 두번째는 『코즈모폴리턴』 칼럼 「비극일까? 희극일까?」, 그리고 세번째는 시카고트리뷴에 실린 「미국인들이 가장 궁금해하는 100가지」라는 기획기사였다. 자료가 조금이라도 있다는 것을 확인한 후 나는 도서관으로 가서 직접 읽어보기로 했다. 셋 다 진지하거나 심도 깊은 내용을 다룬 것은 아니었고, 단순 흥밋거리에 불과했으며, 한 번씩 (랄프 로렌이 찾았다는 여동생의 이름) '메이지 그랜트'의 이름과 랄프 로렌의 출생지 정도가 언급되는 정도였다. 마지막 하나는 신문기사였다. 랄프 로렌사에서 메이지 그랜트에 대해 법적 조치를 취하겠다고 으름장을 놓는 내용이었다. "랄프 로렌사는 캐슬린 오브라이언의 『짧은 기록들: 진짜와 가짜』에 나오는 메이지 그랜트의 인터뷰 부분을 삭제할 것을 요청했고, 출판사는 그 요구를 받아들여 책의 초판본을 전량 회수했다." 그제야 나는 그 삼류 여성잡지가 왜 랄프 로렌이라는 이름을 R로 표기했는지 알 수 있었다. 기사 말미에는 랄프 로렌사 측근의 '비공식' 발표가 '공개'되어 있다. "그 여자는 돈에 미쳤어요. 랄프 로렌의 유언장에는 그 여자에게 자신의 이야기를 어디서도 하지 말 것을 당부하는 내용이 포함되어 있었습니다. 엄청난 재산을 남겨주면서 말입니다. 그런데도 그 여자는 돈에 미쳐서 그런 식으로 랄프 로렌의 이야기를 팔고 다니는 겁니다." 그리고 이렇게 덧붙인다. "하지만 누구든 그러고 싶지 않겠습니까?" 혹시나 하는 마음에 나는 2002년에서 2003년 사이에 나온 여성잡지 스캔본의 목차를 하나하나 읽기 시작했다. 고군분투 끝에 메이지 그랜트가 'R'에 대해 말한 인터뷰를 세 개 정도 더 찾아낼 수 있었다. 노력한다면 몇 개를 더 찾을 수도 있었을 테지만, 내용은 비슷비슷할 것 같았다.

내가 읽은 인터뷰의 단편적인 내용을 연결하면 다음과 같다. 랄프 로렌은 텍사스의 깡촌인 잭슨빌의 소작농 부모 밑에서 사남 일녀 중 사남으로 태어나 자랐다. 메이지는 자신의 가정을 '가난하지만 화목했다'고 표현한다. 랄프 로렌은 겨우 열한 살이 되던 해에 (첫번째) '야반도주'를 했는데, 메이지는 그것에 대해 이렇게 말한다. "도통 이해를 할 수 없다니깐요. 왜냐하면 우리 가족은 물질적으로는 가난하지만 행복했거든요." 그녀의 말에 따르면 랄프 로렌은 어릴 적부터 농사일하는 것을 별로 좋아하지 않았지만 머리는 무척 비상했다고 한다. 그녀는 랄프 로렌에 대해 '맹랑하다'라는 표현을 사용한다. "오빠는 어렸을 적부터 맹랑한 구석이 있었어요. 부모님이 벽장 속에 숨겨놓은 돈을 훔쳐서는 어느 날 밤 떠나버렸죠." 랄프 로렌이 떠났을 당시, 그녀는 겨우 일곱 살이었지만 그 모든 일이 똑똑히 기억난다고 말한다. 그리고 몇십 년 후 그 '티모시'는 세계적인 부자가 되어 자신의 가족을 찾는다. 하지만 살아 있는 가족은 메이지뿐이었다. 부모님과 형제들이 모두 죽었다는 사실 때문에 '티모시'는 무척 상심한다. 메이지 그랜트는 1998년부터 랄프 로렌이 죽을 때까지 약 삼 년 동안 어퍼이스트사이드에 있는 랄프 로렌의 자택에서 함께 살았고, (그녀는 이것에 대해서는 그다지 말하고 싶어하지 않는다는 인상을 주는데) 랄프 로렌은 그녀와 그녀의 가족들에게 많은 유산을 남겨주었다.

나를 가장 궁금하게 했던 건, 겨우 열한 살의 소년이 뉴욕으로 건너와서 어떻게 지냈느냐는 점이었다. 메이지 그랜트는 이렇게 말한다. "오빠는 뉴욕에 정착한 후 어떻게 살았는지에 대해서는 한 번도 이야기한 적이 없어요. 제가 아무리 물어봐도 절대 그것에 대해서는 말하지 않았죠. 하지만 그게 대수인가요? 오빠는 스스로의 힘으로 그토록 유명하고 유능한 사람이 되었는데." 하지만 나는 그 부분이 가장 궁금했다. 그는 어떻게 먹고살았을까? 그는 어떤 식으로 삶을 꾸려나갔을까? 그는 대체 어떤 식으로 교육을 받았고, 어떻게 '혁신적인' 넥타이를 들고 나와 사람들을 깜짝 놀라게 했을까? 분명히 누군가의 보살핌을 받았을 것이다. 나는 다시 한번 더 랄프 로렌의 자료들을 샅샅이 뒤지기 시작했다. 에드거 윌리엄스의 발표가 실린 기사를 놓쳤던 것처럼 내가 놓친 자료가 분명히 있을 터였다. 나는 에드거 윌리엄스에게 이메일을 보내기도 했다. 랄프 로렌이 왜 '시계를 만들지 마라'라는 유언을 남겼는지 혹시 그 이유를 알 수 있느냐는 내용이었다. 메일을 보낸 지 한 시간도 채 지나지 않아서 나는 답장을 받았다. 내용은 차갑고 명료했다. "귀하가 보내주신 랄프 로렌과 저희 회사에 대한 애정에 무한한 감사를 드립니다."

며칠 후 나는 앤 라이스의 그 책에서 한 장의 사진을 발견하게 된다. 그전에 이미 두 번이나 읽었지만, 거기에 실린 약 삼백여 장의 사진은 제대로 살펴보지 못한 상태였다. 앞서 소개한 캐슬린 오브라이언의 말마따나 그건 '시간 낭비'처럼 보였기 때문이다. 하지만 나는 이번엔 정말 시간 낭비를 하기로 마음먹었고, 거의 삼십 시간 정도를 '낭비'한 끝에 사진 한 장을 발견했다. 사진 속에는 양손에 권투 글러브를 낀, 삼십대 후반에서 사십대 초반으로 보이는 중년 남자와 열 살가량의 남자아이가 나란히 서 있다. 랄프 로렌과 관련된 그 모든 책과 기사 중에 그의 어린 시절의 모습을 보여주는 건, 이 사진 딱 한 장밖에 없다. 나는 이미 메이지 그랜트의 인터뷰를 여러 번 읽었기 때문에 사진을 보자마자, '랄프 로렌이 권투선수처럼 두 팔을 휘둘렀다'라는 표현과 이 사진이 관련있으리라는 걸 알아차렸다. 중년 남자는 글러브를 낀 오른손을 남자아이의 어깨 위에 올려두었다. 그는 하얀색 러닝셔츠와 무릎까지 내려오는 바지를 입고 있다. 남자와는 달리 소년은 한껏 차려입은 모습이다. 베레모에 나비넥타이를 하고 단정한 재킷을 입고 있다. 사진의 사이즈가 너무 조그마한데다 흑백이라 정확하게 알 수는 없지만 여하튼 그렇다. 소년에게는 이게 첫번째 사진 촬영이었던 것일까? 소년이 서 있는 포즈는 약간 어색하고, 어쩐지 경직된 것처럼 보인다. 중년 남자는 아주 환한 미소를 짓고 있는 건 아니지만, 표정에서 편안함이 느껴진다. 소년에게도 충분히 전달되었으리라고 믿을 법한 그런 편안함이다. 사진 밑에는 "1954년, 맨해튼에서 조셉 프랭클과 함께"라고 적혀 있다. 이 페이지에는 무려 여덟 장의 사진이 함께 실려 있고, 이렇게 빽빽하게 사진들이 실린 페이지가 앞뒤로 일곱 장이나 계속된다. 정말로 진지한 마음으로 섬세하고 성실하게 다루지 않는다면 그냥 넘겨버리기 쉬운, 그런 종류의 사진인 것이다. 나는 사진 속의 소년, 그러니까 어린 랄프 로렌, 아니 그 당시 티모시라는 이름을 가지고 있던 그 소년을 뚫어지게 쳐다본다. 유약하고 소심해 보이는 말라깽이 소년. 나중에 미소 한 방으로 상대를 설득시키는 마술 같은 매력을 지닌 남자로 자라났다는 것이 잘 믿기지 않았다.

사진을 보고 가장 먼저 한 생각은 랄프 로렌이 대체 왜 이 사진을 책에 실었느냐는 것이었다. 죽기 전 수소문해서 찾은 단 한 명의 혈육에게도 숨겼던 시절에 관한 사진을 결코 자진해서 실었을 리가 없다. 게다가 조셉 프랭클이라는 이름까지 함께. 그렇다면 남은 답은 딱 하나이다. 이건 분명히 앤 라이스의 주장에 따른 것이었으리라. 대체 앤 라이스는 어떤 식으로 랄프 로렌을 설득했을까? 나는 한 번도 앤 라이스(그러니까, 다른 책이 아닌 바로 『새로운 세계의 창조자, 랄프 로렌』을 쓴 앤 라이스)를 '진정한' 저널리스트라고 생각한 적이 없었다. 다른 많은 사람들이 그렇게 여겼던 것처럼 나 또한 그녀가 랄프 로렌을 '지나치게' 좋아했고 그 책은 그저 그런 사적인 감정의 결과물이며, 좀 심하게 말하면 그녀의 경력에 오점으로 남았다고 할 수도 있다고 늘 생각했다. 하지만, 어쩌면 앤 라이스의 그러한 태도—랄프 로렌을 보며 미소짓고, 고개를 끊임없이 끄덕끄덕거리는—는 이 한 장의 사진을 세상에 내보내기 위한 절대적인 목적에서 비롯된 것이 아니었을까? 조지 캠벨 같은 사람은 그 책이 랄프 로렌에 대한 잘못된 인식을 만들어내는 데 일조했다며 그녀를 비난했지만, 그녀는 이 한 장의 사진을 저널리스트로서의 자존심과 맞바꾼 게 아닐까? 물론 누군가는 이 사진이 그토록 중요한 의미를 가지는 것이냐고 반문할지도 모른다. 게다가 앤 라이스가 죽기 전까지 랄프 로렌과 돈독한 관계를 유지했다는 점을 상기해보면 이러한 나의 추측은 설득력이 떨어지는 것 같기도 하다. 하지만 다른 식으로 생각해보면 죽을 때까지 이어진 랄프 로렌과의 우정은, 저널리스트로서 그녀의 우아함과 성실함을 보여주는 척도처럼 느껴지기도 한다. 사진이 책에 실리게 된 것은 순전히 앤 라이스의 노력의 결과라고 한다 해도, 어쨌든 이 사진을 선택한 사람은 랄프 로렌 본인이었을 것이다. 그러니까 이 사진은 랄프 로렌의 삶에 대한 중요한 단서일 수도 있지만, 정반대로 아무런 의미도 가지지 못하는, 그저 구색 맞추기용 사진일 수도 있었다. 하지만 그 당시의 나에겐 매달릴 거라곤 이 사진밖에 없었다. 더 정확하게 말하자면 나는 어린 랄프 로렌이 뉴욕으로 와서 삶을 꾸리는 데 있어서 분명히 조셉 프랭클이 어떤 역할을 했으리라고 확신했다. 사진 속의 그 미소로 충분했다.

그후 나는 온 힘을 기울여 조셉 프랭클에 대한 공식 기록을 찾아다니기 시작했다. 조셉 프랭클이라는 이름이 본명이 아닐지도 모른다고 생각했지만 일단, 맨해튼 지역 전화번호부를 살펴보기로 했다. 조셉 프랭클이라는 이름이 어마어마하게 많이 있었다. 그들 모두에게 전화를 걸어서 일일이 확인하는 건 누가 봐도 멍청한 짓이었겠지만, 다른 선택의 여지가 없었다. 매일 저녁 인스턴트 라면이나 수프, 혹은 햄버거를 먹으며 나는 '조셉 프랭클들'에게 끈질기게 전화를 걸었다. 그리고 통화가 끝날 때마다 전화번호부에 적힌 '조셉 프랭클'이라는 글자 위에 커다랗게 ×표를 쳤다. 차례대로 정렬된 이름 위에 ×표를 칠 때마다, 그리고 ×표가 한 페이지를 가득 채울 때마다 나는 이상하게도 성취감을 느꼈다. 성취감이라니! 하지만 실제로 나는 그런 감정을 느꼈다. 내가 조셉 프랭클들에게 공통으로 던진 질문은 "혹시 권투를 한 적이 있습니까?"라는 것이었는데, 그중 그렇다고 답한 사람은 단 세 명뿐이었다. 하지만 그들은 내가 찾는 조셉 프랭클이라고 하기에는 이팔청춘이나 마찬가지였다. 놀라운 것은 내가 그때까지도 조셉 프랭클이 죽었을 거라고는 한 번도 생각해본 적이 없었다는 사실이다. 1954년에 삼십대 후반이었다면 이미 죽었어도 전혀 이상할 게 없는데도 말이다. 만약 그의 사망 가능성에 대해 좀더 빨리 생각했다면 위생국에 가서 신속하게 그의 마지막 거주지나 출생 연도 등을 알 수 있었을 것이다. 하지만 나는 그 가능성에 대해서는 전혀 생각하지도 못하고, 그저 낮에는 뉴욕 도서관 정기간행물실의 컴퓨터를 통해 옛날 신문 파일을 뒤지고 저녁에는 조셉 프랭클들에게 전화를 걸었다.

그렇게 열흘 정도 지났을 때, 드디어 나는 한 신문에서 조셉 프랭클의 흔적을 발견했다. 그건 바로 그의 권투경기 전적 기록이었다. 1946년도 뉴욕타임스는 그해 권투선수들의 전적을 정리해서 실어두었는데, 거기에서 조셉 프랭클이라는 이름을 발견한 것이었다. 나는 그의 경기 전적을 보고 놀랐는데 너무나 형편없었기 때문이다. 5전 1무 4패. 하지만 사진이 없었기 때문에 그가 바로 내가 찾는 조셉 프랭클이 맞는지 확신할 수 없었다. 하지만 그후 1947년도 신문 스포츠 섹션에 실린 조셉 프랭클의 사진을 발견했을 때, 나는 그를 단박에 알아볼 수 있었다. 땀에 젖어 있었고, 예의 그 믿음직한 미소는 찾아볼 수 없었는데도 그랬다. 그건 조셉 카터라는 권투선수와의 경기에 대한 기사였다. 조셉 카터는 그해, 아니 평생에 걸쳐 조셉 프랭클이 케이오승이자 유일한 승리를 거둔 경기의 상대 선수였다. 지금은 폐간된 뉴욕헤럴드트리뷴의 1947년 10월 9일판에는 '충격적이었던' 이 경기에 대한 비교적 상세한 기사가 실려 있다.

조셉 프랭클에게는 다사다난했던 한 해였다. 그는 작년 서른네 살의 늦은 나이로 자신만만하게(또한 주위 사람들의 우려 속에) 프로 권투 무대에 데뷔했지만, 데뷔 무대에서 3라운드도 제대로 뛰지 못하고 참패를 당하는 수모를 겪었다. 하지만 이것이 그가 겪은 최악의 수모는 아니었다. 그는 그다음 경기에서 겨우 2라운드에 케이오패를 당했고, 그리고 누구나 상대하기조차 꺼리는 저급 선수로 낙인찍혔다(이게 '낙인'이 아니라, 그에게 가장 잘 어울리고 정확한 평판이라는 사실이 조금 마음 아프긴 하지만). 울며 겨자 먹기로 세 경기를 더 치르고, 무승부 한 경기를 빼곤 모조리 완패한 조셉 프랭클이 올해 마지막이 될 경기, 모두 다 승패를 예상했기에 관중들도 없었던 그 쓸쓸한 경기장 안에서 엄청난 사고를 쳤다. 23전 15승 5무 3패의 통산 전적을 자랑하며(이날의 경기를 하기 전까지 그는 최근 이 년 동안 져본 적이 없었다) 최고의 성적을 내고 있던 스물여덟 살의 조셉 카터를 상대로 조셉 프랭클이 케이오승을 거머쥔 것이다. 그러니까, 우리의 조셉이 또다른 조셉에게 단 한 번의 승리를, 혹은 단 한 번의 패배를 선물한 것이다.

그리고 기사 밑에 사진이 실려 있다. 조셉 카터가 링 위에 엎드려 있고, 조셉 프랭클은 그 옆에 지친 듯 주저앉아 있다. 조셉 프랭클의 얼굴은 피투성이이고, 눈두덩이는 찢어진 것 같다. 기사의 헤드라인은 "조셉이 조셉에게 승리를 선물하다"이다. 또다른 사진. 여기엔 조셉 프랭클만 찍혀 있다. 심판에 의해서 오른쪽 손이 번쩍 들린 조셉 프랭클의 표정에서는 승리에 대한 기쁨이나 환희 같은 것을 조금도 찾아볼 수 없다. 그는 그저 지쳐 있을 뿐이다. 나는 그가 후련해하고 있는 듯한 인상을 받는다. 그는 혹시 '아, 드디어 경기가 끝났다!'라고 생각하고 있던 게 아니었을까? "아닙니다. 후련함이 아니라 아쉬움을 느끼셨을 겁니다." 조셉 카터의 아들인 헨리 카터의 말이다. "그분은 권투를 정말로 사랑하셨으니까요."

나의 말이 나의 기억을 불러온다

뉴욕헤럴드트리뷴에 실린 그 기사를 읽은 후 나는 그 외에 조셉 프랭클을 다룬 기사가 없는지 찾아보았지만, 전혀 진척이 없었다. 혹시라도 그가 결혼을 했다면 기록이 남아 있을 수도 있으니 반나절이 넘게 위생국에서 그의 이름을 찾은 적도 있었다. 그러다 문득, 조셉 프랭클이 아니라, '다른' 조셉에 대해 찾아보면 어떨까 하는 생각이 들었다. 지푸라기라도 잡는 심정으로 이번에는 다른 조셉, 조셉 카터에 대한 기사를 찾으려고 이리저리 애를 썼다. 다행스럽게도, 단 하나의 경기 기사와 경기 사진만을 남기고 공식 영역에서 금방 사라져버린 조셉 프랭클에 비하면 조셉 카터의 흔적은 좀 남아 있는 편이었다. 내가 조셉 카터의 이름을 다시 발견한 것은 1936년 7월 20일자 워싱턴포스트 스포츠 섹션에서였다. 그해 올림픽은 베를린에서, 히틀러에 반대한 많은 국가들이 참여하지 않은 채로 치러졌다. 그런 상황에 비하면 미국에서는 어쨌거나 올림픽을 즐기는 분위기가 있었던 것 같다. 대놓고 즐기지는 못했을 테지만, 여하튼 그런 분위기가 아주 없었다고 말하기는 힘들다. 워싱턴포스트는 메달리스트 후보들을 예측해 소개하는 특집 기사를 실었는데, 물론 여기에는 그해 올림픽 최고 스타인 조지 오언스가 포함되어 있었다. 백 미터 달리기 금메달리스트 후보로 지목된 조지 오언스는 이 예측을 뛰어넘어, 이백 미터 달리기, 사백 미터 계주, 그리고 멀리뛰기에서까지 금메달을 따면서 4관왕이 되었고, 이 기록은 사십팔 년이나 지난 후에야 칼 루이스에 의해 겨우 깨진다. 워싱턴포스트가 뽑은 메달리스트 유망주에는 체급별 권투선수들도 여러 명 포함되어 있었다. 이들은 권투 팬츠를 입고 맨주먹으로 카메라를 향해 훅을 날리는 포즈를 취하고 있다. 여기에 바로 그 당시 열일곱 살이었던 조셉 카터가 있다. 하지만 그해 권투에서 금메달을 딴 미국 선수는 없었다. 밴텀급에서 잭 윌슨이 은메달을, 그리고 플라이급에서 루이스 로리가 은메달을 딴 것이 전부였다.

조셉 카터는 어땠을까? 그는 비록 메달은 따지 못했지만 4위를 했다. 경기 내용은 아주 조잡했다. 그는 준결승에서 만난 아르헨티나 선수 안토니오 파스와 경기를 치렀지만 겨우 3라운드에 경기를 포기했던 것이다. 한 신문은 그의 경기에 대해 이렇게 표현했다. "겁쟁이의 경기—투지의 실종". 심지어 조셉 카터는 피 한 방울 흘리지 않았고, 얼굴에 찢어진 부분 하나 없었다. 동료들은 그를 '겁쟁이 조셉'이라고 불렀다. 조셉 카터의 입장에서도 이 패배는 무척 수치스러운 것이었고 곧바로 그는 다음 올림픽을 준비하기 시작한다. 다시 한번 더 올림픽에 나가서 그 수치를 씻어내리라 다짐했던 것이다. 하지만 사 년 후 도쿄에서 개최될 예정이었던 올림픽이 일본의 중국 침략으로 무산되면서 그는 설욕의 기회를 잃어버린다. 그렇다고 또다시 사 년을 기다릴 수도 없었다. 결국 1941년 그는 프로로 전향하기로 결정한다. 그러니까 그는, 올림픽에서 투지를 잃어버린 겁쟁이 조셉으로 영원히 남게 된 것이다(하지만 그가 만에 하나 계속해서 올림픽에 매달렸다고 하더라도 설욕의 기회는 오지 않았을 것이다. 왜냐하면 그다음 올림픽 역시 전쟁 때문에 무산되었기 때문이다). 그는 서른세 살이 되던 1952년 링을 떠난다. 그리고 (아마도 연줄이 있었던 모양인데) 특채로 뉴욕 경찰에 들어가서 죽을 때까지 경찰로 살았다. 진급한 속도로 봐서는 대단히 뛰어난 경찰은 아니었던 것 같다. 뇌물 사건에 한 번 연루된 적이 있지만 그것조차도 그 자신이 중요한 역할을 했던 것은 아니다. 몇 년 후에 일어난 여배우 살인 사건에서 그가 속한 팀이 활약하면서 매스컴에 한두 번 얼굴을 비치기도 하지만 거기서 또한 그는 그저 뒤에 서서 어리둥절하다는 듯한 표정을 짓고 있을 뿐이다. 내가 찾아본 그의 인생은 그게 전부였다. 빛나는 영예나 다이내믹함도, 혹은 타락이나 몰락도 없었다. 아마도 그의 인생을 집약적으로 보여주는 건, 그에 대한 마지막 기록, 바로 부고였으리라. "조셉 카터: 61세, 훌륭한 권투선수, 유능한 경찰, 미식가, 세심한 사진기사, 예술을 사랑한 남자, 루이제의 사랑스러운 남편이자, 헨리, 브라이언, 브라이언 주니어의 다정한 아버지. 그의 인내심과 낙천성은 언제나 모범이 되리라." 과연, 하고 나는 나도 모르게 미소를 지으며 고개를 끄덕일 수밖에 없었다. 내가 이 부고를 읽고 새삼스럽게 생각하게 된 것은 랄프 로렌에게는 부고가 없었다는 점이다(앞서 말했듯이, 짧은 성명 발표가 있었을 뿐이다). 그리고 나중에, 잭슨 여사가 죽었을 때, 그녀의 부고를 읽으면서 나는 이 문제에 대해 다시 한번 더 생각해보게 되는데, 왜냐하면 조셉 프랭클 또한 부고가 없었기 때문이다. 한마디로, 조셉 프랭클 역시 부고를 '가지지 못했다'.

내게 조셉 프랭클이 권투를 무척 사랑했다는 사실을 알려준 헨리 카터는 바로, 조셉 카터의 부고에 언급되어 있는 그 헨리이다. 사람들에게 나를 영어 이름(루크 리)으로 소개하고, 나 자신을 작가라고 거짓말한 건, 바로 헨리 카터의 연락처를 알아내던 시기에 시작된 것이었다. 나는 무슨 수를 써서든지 그의 전화번호를 알아내고 싶었다. 하지만, 그러한 거짓말과 술수를 통해 정작 헨리 카터의 전화번호를 손에 넣게 되자, 무척 망설여졌다. 그건, 내가 그의 전화번호를 손에 넣기 위해 견지하고 있었던 다소 전투적인 태도와는 무척 상반되는 종류의 감정이었다. 생각해보면, 랄프 로렌에 대한 정보를 구할 때 나는 그저 도서관이나 집에 처박혀 글을 읽기만 하면 되었다. 실제의 누군가를 만나거나 연락을 취할 필요는 없었던 것이다. 그건 온전히 나 혼자만의 세계에서 나름의 체계를 가지고 이뤄지는 행위들이었다. 물론 조셉 프랭클이 살아 있다고 철석같이 믿고 있던 나는 저녁마다 조셉 프랭클들에게 전화를 거는 행동을 그때까지도 멈추지 않았지만, 그건 단 한 명의 '헨리 카터'에게 전화를 거는 것과는 완전히 별개의 문제였다.

헨리 카터의 전화번호를 알게 된 지 일주일이 지났을 때, 나는 결국 그에게 전화를 걸기로 마음먹었다. 나는 조용한 곳, 그러니까 내가 나 혼자라는 것을 온전히 자각하게 되는 곳은 싫었다. 예를 들면, 나는 결코 내 집에선 전화를 걸지 않을 것이었다. 나는 그와의 통화를 나 자신이 너무 중요하게 여기는 것도 싫었다. 그가 혹시 조셉 프랭클에 대해 전혀 모르더라도 실망 속에 몸을 던지는 대신 분주한 사람들 사이로 섞여들어가서, 방금 전까지 내가 한 행동들을 잊어버릴 수 있는 곳이 좋았다. 헨리 카터에게 전화를 걸기 전날, 나는 뉴욕 시내의 지도를 펼쳐놓고 전화를 걸기에 좋은 장소를 찾아보았다. 결국 낙점된 곳은 타임스퀘어에서 그리 떨어지지 않은 곳에 있는 포트 오소리티 버스터미널이었다. 나는 관광객들이 가장 많을 만한 토요일 오후 두시쯤에 전철을 타고 타임스퀘어로 갔다. 날씨가 아주 좋았다. 나는 입고 있던 야상 점퍼를 벗어서 왼쪽 팔에 걸었다. 거리는 사람들로 발 디딜 틈이 없을 정도였다. 나는 몇 블록을 걸어서 버스터미널에 도착했다. 물론 터미널과 가장 가까운 전철역에서 내릴 수도 있었지만, 사람들의 얼굴을 직접 보고 부딪치며 걷는 행위가 그날의 나에게는 무척 중요했다. 터미널 안은 바깥에 비하면 텅텅 비어 있는 거나 마찬가지였다. 나는 곧바로 이층으로 올라가 어슬렁거리며 걸어다니다가, 창문 옆 의자에 앉았다. 내 앞으로 일본인 여자들 몇 명이 캐리어를 끌고 지나갔다. 버스를 기다리는 모양이었다. 그녀들은 나를 보더니 까르르 웃었다. 나는 야상 점퍼 주머니에서 휴대폰을 꺼내 헨리 카터에게 전화를 걸었다. 연결음이 이어지는 동안 가슴이 두근두근거렸다. 왜 '그렇게까지' 가슴이 두근거렸는지는 아직도 잘 모르겠다.

나는 조셉 카터를 실제로 만난 적이 없지만, 헨리 카터가 그의 아버지를 많이 닮았으리라는 것은 충분히 짐작할 수 있었다. 그는 지난 십수 년간 소호에서 고급 프렌치 레스토랑을 운영해오다가, 얼마 전 '건

강상의 문제'로 영업을 '잠시' 정리하고(하지만 그는 무척 건강해 보였다) 지금은 집에서 쉬는 중이라고 했다. 아내는 아트갤러리에서 근무하고, 두 아들은 모두 보스턴에서 대학을 다니고 있었다. 내가 전화로 조셉 프랭클의 이름을 언급했을 때, 그는 한동안 말이 없었다. 그는 기억을 '고르는' 중이었다고 했다.

"너무 오랜만에 듣는 이름이었다오."

내가 티모시를 언급했을 때는 기억을 고르는 시간이 좀 짧았다. 그는 기억이 '되살아나고' 있는 중이기 때문이라고 말했다. 수화기 너머로 그는 잠시 숨을 고르고 이렇게 말했다.

"아아, 그 배은망덕한 양반 말이오?"

그때, 나는 그의 이 말에 (아무것도 모르는 주제에) 맞장구를 쳤지만, '배은망덕하다'라는 단어는 그 이후로 랄프 로렌의 어린 시절에 대한 이야기를 나눌 때마다 내가 가장 많이 듣게 될 표현이었다.

롱아일랜드에 있는 그의 집에 갔을 때 나는 두 가지 사실 때문에 놀랐는데, 한 가지는 그의 키가 무척 컸기 때문이고(그의 키는 백팔십구 센티미터이다) 다른 하나는 응접실에 콘솔이 '너무' 많았기 때문이다. 그것들은 무분별하게, 마치 미로를 구획짓는 벽처럼 군데군데 놓여 있었다. 어느 정도였느냐 하면, 소파에서 뒤쪽에 있는 벽난로까지 가려면 콘솔 때문에 이리저리 몇 번이나 코너를 돌아가야만 했다. 콘솔 위에는 각각 종류가 다른 프랑스식 커피세트와 각종 액자들, 그리고 유리로 만들어진 꽃병이 깔끔하게 차려져 있었다. 꽃병에는 조화가 꽂혀 있었는데, 나중에 나는 그게 '잠시' 영업을 종료한 그의 레스토랑에서 가져온 것임을 알게 되었다. 아내는 그것들을 내다버리라고 했지만(모르긴 몰라도 그들 부부는 콘솔 때문에 밤마다 갈등을 일으킬 것이다), 그는 하나하나 오랜 시간에 걸쳐 수집한 고가의 물건들이라고 내게 변명하듯 말했다. 내가 그의 응접실을 보고 놀란 것처럼 그 역시 나를 보고 좀 당황한 것 같았다. 그는 통화할 때와는 달리 말을 아주 천천히, 그리고 또박또박 했는데, 아마도 통화할 때는 알아채지 못했던 내 인종을 의식한 모양이었다. 그는 내게 점심을 먹었느냐고 물었는데(이것도 아주 천천히 말했다), 이미 오후 세시였고 나는 하나도 배가 고프지 않았기 때문에, 점심은 먹었고, 그리고 그렇게 천천히 말하지 않아도 된다고 (능숙한) 영어로 대답했다. 하지만 그는 결과적으로 내 두 가지 대답을 모두 무시했다. 그는 내게 잠시만 기다리라고 (역시 이번에도 아주 천천히) 말하고는 부엌 쪽으로 사라졌다.

나는 콘솔들을 요리조리 지나치며 응접실을 둘러보았다. 롱아일랜드의 주택이 그렇듯이 고급 목재와 고가의 재료로 튼튼하고 점잖게 잘 지어진 집이었다. 나는 콘솔 위에 올려진 액자들을 하나하나 살펴보았다. 그중 제일 커다란 액자에는 사십대쯤으로 보이는 헨리 카터와 (아마도) 그의 아내가 함께 찍은 사진이 있었다. 그가 하얀색 앞치마를 착용하고 있는 것으로 보아 레스토랑을 운영할 당시 찍은 사진인 것 같다. 그는 무척 자신만만해 보인다. 카터 부인의 키는 그의 어깨 정도다. 보통 키일 텐데 무척 앙증맞아 보인다. 그녀는 허리가 강조된, 퍼프소매의 초록색 니트 원피스를 입고 검정색 실크 모자를 쓰고 있다. 예전 같으면 그런 생각을 하지 않았겠지만 문득 나는 저 여자가 입고 있는 옷의 브랜드가 궁금해졌다. 그 옆에는 젊은 시절의 카터 부인과 대여섯 살로 보이는 두 아들이 함께 찍은 사진이 있다. 카터 부인은 아이들이 스케치북에 그림 그리는 걸 도와주고 있다. 아마도 헨리 카터가 찍은 사진이리라. 나는 문득 조셉 카터의 부고 내용이 떠올랐다. "세심한 사진기사". 어쩌면 훗날, 헨리 카터의 부고에도 그와 비슷한 문구가 실릴 것 같다는 생각이 들었다. 나는 그들의 가족사진을 차례로 살펴보다가, 그 액자들 틈에서 낡은 흑백사진을 한 장 발견했다. 거기에는 권투 글러브를 낀 두 명의 남자와 두 명의 어린 남자아이가 찍혀 있었다. 자세히 보니, 그중 조금 더 나이들어 보이는 남자가 조셉 프랭클이라는 사실을 알 수 있었다. 내가 본 조셉 프랭클의 네번째 사진인 셈이었다. 사진 속의 그는 앤 라이스의 책에 실린 사진의 그보다는 좀더 젊어 보였다. 두 아이가 누군지는 잘 알 수 없었지만, 분명한 건 그중 누구도 랄프 로렌은 아니라는 점이었다.

"우리 아버지는 조셉 아저씨의 권투 선생이었소. 조셉 아저씨는 주말마다 저 권투장을 두 시간씩 빌려서 우리 아버지에게 권투를 배우곤 하셨지. 우리도 자주 따라갔다오. 아저씨는 우리를 아주 좋아했어요. 우리를 권투장 천장까지 들어올려주시곤 했소. 우리를 웃기기 위해 코미디언 흉내를 내실 때도 많았소."

어느새 나타난 헨리 카터가 콘솔 (중 하나) 위에 가지고 온 접시를 내려놓으며 말했다. 나는 헨리 카터가 장남이라는 걸 알고 있었기 때문에 사진 속의 두 아이 중 조금 더 키가 큰 쪽을 손가락으로 가리키며 말했다.

"이게 헨리 씨인가요?"

"아니오, 그건 내 동생이오, 내 동생 브라이언. 그 옆에 있는 아이가 나요. 난 어릴 땐 키가 작았어요. 열일곱 살 때 일 년 동안 무려 이십 센티가 자랐다오."

나는 소파로 가서 그의 맞은편에 앉았다.

"지금은 동생분보다 훨씬 크시겠군요."

헨리 카터는 웃었다.

"아니오, 브라이언은 내가 열네 살 때 강에서 헤엄을 치다가 죽었소. 그애가 살아 있을 때 나는 항상 그애보다 훨씬 더 작았지."

그제야 나는 조셉 카터의 부고에 실린 아들들의 이름의 의미를 이해할 수 있었다. 브라이언 주니어라는 이름은 바로 이 죽은 '브라이언'에게서 따온 것이리라. 나는 죽은 형의 이름을 가지고 평생을 살아가야 하는 사람의 마음을 헤아려보려고 애쓰며 진심으로 사과했다.

"아, 죄송합니다."

"아니오. 이젠 너무 오래된 일이라서 아무렇지도 않아요. 이렇게 누군가가 내게 그애에 대해 묻기 전에는 아예 잊어버리고 산다오."

이 말을 하고 나서 이번에는 그가 내게 사과했다.

"아, 미안해요. 내 말이 너무 빠르지요?"

"아뇨, 괜찮습니다. 전 아무 문제 없어요."

나는 평소보다 더 빠르고 정확한 발음으로 말했지만 그가 충분히 안심한 것 같지는 않았다. 그는 계속해서 내가 못 알아들을까봐 걱정했고 결국 나는 그의 걱정을 그냥 내버려두기로 했다. 하지만 그런 그의 걱정은 정말 이치에 닿지 않는 것이었다. 그는 나를 작가라고 철석같이 믿고 있었는데, 영어도 제대로 알아듣지 못한다면 그 사람이 대체 어떻게 작가로서 글을 쓸 수 있단 말인가?

"좀 먹어봐요."

여전히 그는 이치에 맞지 않는 생각에서 비롯된 (정확하고 천천히 하려고 애쓰는) 발음으로 이야기하며 방금 전 콘솔 위에 내려놓은 접시를 내 쪽으로 밀었다. 접시 위에는 블루베리 몇 알과 버터 바른 크레이프가 있었고 접시 테두리에는 슈거 파우더가 뿌려져 있었다. 설마 나를 위해 만들어놓은 것인가? 나는 나중에야 그가 그 음식으로 자신이 한때 프렌치 레스토랑의 운영자였음을 알려주고 싶어했다는 걸 깨달았다. 하지만 식욕이 전혀 동하지 않았다. 그렇지만 그가 계속해서 권했기 때문에 어쩔 수 없이 포크로 잘라 한입 먹을 수밖에 없었다.

"그러니까, 조셉 아저씨와 티모시에 대해 알고 싶다는 거죠?"

나는 따끈한 크레이프와 버터의 맛을 느끼며 고개를 끄덕였다.

"우선, 조셉 아저씨가 정말 형편없는 권투선수라는 점을 이야기하고 싶군요."

나는 그가 너무 직설적으로 말한다고 생각했다. 어쩌면 조셉 프랭클이 자신의 아버지에게 패배를 안겨준 상대여서 일부러 저런 식으로 밉살스럽게 말하는 것일 수도 있겠다는 생각이 들긴 했지만, 그래도 지나치게 신랄한 평가라는 생각이 더 많이 들었다. 내가 잠자코 있자, 그는 당황한 것 같았다. 그리고 다시 한번 더 (천천히) 반복했다.

"조셉, 아저씨는, 정말로, 형편없는, 권투선수였죠."

나는 나중에야 그가 한 말이 지나치게 신랄한 평가가 아니라 그저 농담에 불과하다는 것을, 그리고 내게 기대한 반응이 웃음이라는 것을 알게 되었다. 실제로 나는 헨리 카터 이후로 조셉 프랭클과 관련된 사람들을 만날 때마다 "조셉 프랭클은 훌륭한 권투선수였습니까?"라고 묻곤 했는데, 그러면 상대편은 십중팔구 웃음을 터뜨렸다. 나중에는 그 웃음의 크기로 조셉 프랭클과 얼마나 가까운 사이였는지 가늠할 수 있을 정도였다. 하지만 헨리 카터가 그 말을 내게 했을 땐 그 의미를 알지 못했기 때문에 오히려 이렇게 되물었다.

"하지만 카터 씨가 프랭클 씨에게 케이오패 당한 적도 있지 않습니까?"

헨리 카터는 빙그레 웃으며 말했다.

"그러니까 말이오. 그게 조셉 아저씨에게는 평생의 자랑이었소."

그리고 그는 마치 신세계를 발견하기라도 한 것 같은 표정을 지었다.

"세상에, 나의 말이 나의 기억을 불러오는군요. 아저씨는 그 경기가 있은 후에 두 팔을 크게 휘두르며 아이들을 모아놓고 이렇게 말하곤 했소. '애들아, 딱 한 방이 중요한 거란다. 딱 한 방이 다시 또 딱 한 방을 불러오는 거야. 내 말 알아듣겠니? 딱 한 방만 더, 딱 한 방만 더. 그게 권투의 기본이란다!' 아저씨는 마치 세계 챔피언이라도 된다는 듯이 의기양양해하곤 했소. 하지만 우리들은 아저씨가 형편없는 권투선수라는 걸 이미 알고 있었기 때문에 아저씨의 그 말에 와, 하고 웃음을 터뜨렸지. 악의는 없었소. 아저씨 역시 절반쯤은 우리를 웃기고 싶어하셨던 거고. 그리고 아저씨가 형편없는 권투선수라는 건 어찌 보면 너무 당연한 거니까 말이오."

그는 잠깐만 기다리라고 하고는 또다시 어디론가 사라졌다. 헨리 카터의 응접실에 (또다시) 홀로 남겨진 나는 문득 메이지 그랜트의 인터뷰 중 한 구절이 떠올랐다.

가끔 컨디션이 좋은 날엔 침실에 있는 안락의자에 앉아 마치 권투선수처럼 두 팔을 휘두르곤 했어요. 그러곤 이렇게 중얼거리셨죠. '딱 한 번만 더, 딱 한 번만 더'라고요.

잠시 후, 안경을 쓰고 나타난 헨리 카터는 내게 사진을 한 장 내밀었다. 거기에는 한쪽 눈에 (나는 나중에 이 명칭을 알게 되었는데) 아이글래스를 끼고 무언가를 들여다보는 남자의 모습이 찍혀 있었다. 사진만 봐서는 무엇을 하고 있는지 잘 알 수 없었다.

"프랭클 씨입니까?"

"그렇소. 그분이 일하던 시계방에서 찍은 사진이오."

"시계방이라고요?"

그는 내가 놀란 것인지, 아니면 내가 그의 말을 잘못 알아들은 것인지 판단하지 못한 것 같았다. 그는 다시 한번 천천히 시계-방이라고 발음했다.

시-계-방.

아마도 그 순간 나는 충격을 좀 받았던 것 같다. 나는 사진을 한번 더 보았다. 그제야 조셉 프랭클이 들여다보고 있는 것이 무엇인지 알 수 있었다. 그건 뚜껑 열린 시계였다. 헨리 카터가 말했다.

"그분은 훌륭한 시계공이었소."

머릿속이 순식간에 어지러워졌다. 마치 뭔가에 케이오 당한 느낌이었다. 바로 그때가 내가 조셉 프랭클의 진짜 직업을 알게 된 순간이었다.

헨리 카터의 말에 따르면, 조셉 프랭클은 시계방을 사십여 년이나 운영했다. 평생 독신이었고, 당연히 자식도 없었다. 또한 '형편없는' 권투선수였다. 이외에는 제대로 알 수 있는 사실이 거의 없었다. 그의 출신지나 과거에 대한 이웃들의 의견은 분분했는데, 이러한 사정은 조셉 프랭클의 실질적인 이웃이었던 사람들은 (조셉 카터처럼) 이미 죽은 지 오래되었고, 그 당시 (마치 헨리 카터처럼) 어린 꼬마였던 사람들(이제는 노인이라고 부르는 것이 훨씬 더 자연스러운)의 이야기만을 들을 수 있기 때문이었다. 하지만 그러한 점을 감안하더라도 사람들의 기억은 너무나 다양했다. 조셉 프랭클이 유대인이라는 것은 대개 알고 있었지만, 그가 어느 나라 출신인지에 대해서는 여러 가지 의견이 있었다. 헨리 카터는 조셉 프랭클이 스위스 출신이라고 했지만, 시계방의 단골(의 아들)이었던 제임스 빌은 그가 체코 사람이라고 했고, 조셉 프랭클의 다른 이웃인 유젠 카렐은 그가 오스트리아 출신이라고 했다. 특히 유젠 카렐은 결혼 후 몇 년 동안 오스트리아에 머물렀던 경험을 내세우며 자신의 의견이 전적으로 옳다고 주장했다. "오스트리아 사람들은 딱 보면 알아요. 내 눈을 속일 순 없죠." 조셉 프랭클이 이탈리아 출신 이민자이지만 유대인은 아니라는 주장도 있다. 내가 훗날 만나게 될 잭슨 여사를 제외하면 가장 연장자였던(그렇다고 하더라도 잭슨 여사와는 스무 살 정도 차이가 났다) 스티븐 프랜티스는 조셉 프랭클이 절대로 유대인일 리가 없다고 주장했다. 그가 얼마나 확신에 차 있었던지, 그의 얼굴에 깊게 팬 주름까지도 '주장'을 하고 있는 것처럼 보일 정도였다. 스티븐 프랜티스는 이렇게 덧붙였다. "그는 실수로도 이디시어를 사용한 적이 한 번도 없었소. 내가 한번 슬쩍 떠보려고 써봤는데 전혀 못 알아듣겠다는 듯이 나를 바라봤소. 유대인 학살에 대한 이야기에도 별 관심을 보이지 않았소. 무관심했지."

조셉 프랭클의 가족에 대해서도 마찬가지였다. 헨리 카터는 조셉 프랭클이 한 번도 결혼하지 않았다고 했지만, 또다른 이웃이었던 로라 무어는 그가 젊은 시절에 결혼도 했고 자식도 있다는 이야기를 '어디에선가' 들은 적이 있다고 말했다. 다른 이웃인 피터 길럼은 조셉 프랭클이 결혼을 세 번이나 했다는 이야기를 들었다고 했다. "그런데 첫번째 부인과 두번째 부인은 사고로 죽고 마지막 부인은 병으로 죽었다지 뭡니까." 살아생전 조셉 프랭클은 이러한 소문들에 긍정도 부정도 하지 않았다. 결국 이들의 입에서 흘러나온 단어들—'결혼' '자식' '죽음'—은 마치 축제용 불꽃처럼 허공으로 쏘아올려져서 한순간 모여들었다가 사방으로 흩어져 마지막에는 사라졌다(물론 그 불꽃의 마지막 화살을 쏜 건 다름아닌 바로 '작가'로 행세하는 나였다). 하지만 딱 한 가지, 그들 모두가 공통으로 언급하는 사실이 있다. 조셉 프랭클은 '형편없는' 권투선수임과 동시에 아주 '훌륭한' 시계공이라는 것이었다. "그건 조셉 씨의 대답이 필요 없었죠. 그저 다 알 수 있었으니까요. 못 고치는 시계가 없었죠. 다 죽어가는 시계도 그분께 맡기면 되살아났어요. 게다가 다시는 고장나지 않았죠." 피터 길럼의 말이다. 문득 기쿠 박사님이 떠올랐다. 기쿠 박사님이 자신의 본업이 아닌 피겨스케이팅에 몰두한 것과 마찬가지로 조셉 프랭클 역시 자신의 본업과 전혀 상관없는 육체활동에 필요 이상으로 집착했다고 말할 수 있을 것이다. 기쿠 박사님은 일 년에 약 한 달, 고작해야 시내에 있는 야외 아이스링크장에서 폴짝폴짝 뛰는 게 전부였고, 조셉 프랭클은 실제 경기에도 출전했었다는 것이 차이라면 차이이겠지만 말이다.

헨리 카터의 이야기를 듣고 있자니, '진짜' 권투선수인 조셉이 '가짜' 권투선수인 조셉에게 패배를 당한 후 둘 사이에 불화는 없었는지 궁금해졌다. 헨리 카터는 대답했다.

"그럴 리가, 전혀요. 그런 건 없었소."

그리고 잠시 후에 빙그레 웃으며 이렇게 덧붙였다.

"하지만 두 분이 평생 우애를 나누며 살았던 것은 아니오. 그러니까, 불화는 그보다 더 오랜 후에 생겼다는 뜻이오."

"그게 무슨 말씀이시죠?"

"아버지는 프로에서 은퇴한 후 경찰생활에 전념하시면서 자연스럽게 권투에서 멀어지셨소. 권투경기를 보지도, 유명한 선수에게 관심을 가지지도 않으셨지. 심지어는 조 프레이저와 무하마드 알리의 경기에 대해서도 무관심하셨다오. 무관심한 정도가 아니라 아예 그날 티브이를 켜지도 못하게 하셨지. 아버지가 권투에 관심을 가지신 경우는 오직 조셉 아저씨가 도움을 청할 때뿐이었소. 주말이건 밤이건 언제든 조셉 아저씨가 요청하면 권투장으로 가서 조셉 아저씨를 봐주셨다오. 우리를 데리고 가신 적도 있고. 조셉 아저씨는 정말 무섭게 권투에 전념했소. 맞을 때가 훨씬 더 많긴 했지만 말이오. 매주 월요일에 시계방에 가면 누구든, 눈에 멍이 들거나 입술이 찢어진 아저씨를 볼 수 있었소. 어떤 아이들은 아저씨네 시계방을 '눈탱이 밤탱이 시계방'이라고 불렀지. 아저씨는 그 말을 들을 때마다 입으로 바람 소리를 내며 익살스럽게 섀도복싱을 했다오. 우리 아버지는 이렇게 말하기도 했소. '조셉 당신은 정말로 형편없어요!' 그러면 조셉 아저씨는 이렇게 응수했소. '내게 케이오패 당한 선수가 누구지?' 그리고 두 분은 소리내어 크게 웃었지."

그는 두 조셉과 자신, 그리고 자신의 죽은 동생의 모습이 함께 담긴 사진 액자를 들고 내게 다가왔다. 그런 후, 조셉 프랭클이 아이글래스를 끼고 뚜껑이 열린 시계를 유심히 바라보고 있는 사진 액자 옆에 나란히 눕혀놓았다.

"하지만 두 분은 언젠가부터 왕래를 하지 않으셨소. 물론 우리가 롱아일랜드로 이사를 하기도 했지만, 여하튼 그렇게 된 거요. 나중에 아버지가 돌아가셨을 때, 아버지 침대 옆 서랍에 이 사진 두 장이 보관되어 있다는 사실을 알게 되었소. 좀 놀랐지. 우리 가족은 브라이언 주니어가 태어난 후로는 브라이언에 대해 어떤 이야기도 하지 않았소. 주니어는 자기에게 죽은 형이 있다는 걸 스무 살이 넘어서야 알았을 정도였지."

헨리 카터는 잠시 말을 끊고 응접실에 놓인 콘솔들을 바라보았다. 하지만 나는 그가 그 너머 어딘가를 응시하고 있다고 느꼈다. 그는 누구를 떠올리고 있는 것일까? 나는 잠시 '기다리기로' 했다. 그러다가 문득, 헨리 카터의 말투가 아주 자연스러워졌다는 걸 깨달았다. 그는 이제 더이상 내 인종을 의식하지 않게 된 것이다.

"티모시를 데리고 온 이후로는 그전처럼 권투에 집중하진 않으셨던 걸로 기억해요. 권투를 그만두셨다는 의미는 아니고, 하는 날이 점점 줄어드셨소. 당연하죠. 돌봐야 할 아이가 생겼으니 말이오. 그때만 해도 두 분은 여전히 사이가 좋았어요. 조셉 아저씨가 티모시를 데리고 우리집에 식사를 하러 온 적도 꽤 있었지. 우리 어머니는 아마도 좀 힘드셨을 거예요."

이번에는 내가 그에게 사진 두 장을 보여주었다. 하나는 신문에 실린, 경기 후 두 명의 조셉의 모습을 찍은 사진이고(그는 이 사진을 보고 아주 재미있다는 듯이 웃었다), 다른 하나는 앤 라이스의 『새로운 세계의 창조자, 랄프 로렌』에 실려 있던 사진이다. 헨리 카터를 만나기 전날 나는 이 책을 한 권 더 구입했고, 그 사진 부분만 깨끗하게 오려내서 가지고 온 것이었다. 헨리 카터는 그 사진을 보고 역시, 빙그레 웃었다.

"이 사진이 찍힌 장소와 저 사진(그는 자신이 방금 전 가지고 온 사진을 가리켰다)에 나온 장소가 같다오. 어릴 적엔 잘 몰랐지만, 나중에 나는 조셉 아저씨가 길거리에서 좀도둑질하던 소년을 데리고 와서 키웠다는 사실을 알게 되었소."

"그러니까, 프랭클 씨가 길거리에서 좀도둑질하던 티모시를 데리고 와서 키웠다는 말이로군요?"

"그렇소."

헨리 카터는 고개를 끄덕였다. 하지만 나중에 나는 이 말이 틀렸다는 걸 알게 되었다. 그건 일주일 뒤 만난, 조셉 프랭클의 또다른 이웃 케빈 윌리엄스 덕분이었다. 그는 티모시보다 한 학년이 낮았지만 고등학교를 함께 다녔다. 그는 티모시 '샌더슨'이 좀도둑이 아니라, 구두닦이 소년이었다고 말해주었다. "조셉 아저씨가 다니던 권투장 근처에서 구두를 닦던 아이라오. 거기를 지나다니면서 나도 몇 번 본 적이 있었소. 그 시절엔 그런 애들이 넘쳐났지. 찢어진 옷을 입고 휘파람을 부는 애들 말이오. 근데 어느 날 프랭클 씨가 그중 한 아이를 집으로 데리고 온 거요." 나는 왜 조셉 프랭클이 그애를 데리고 왔는지 그 연유를 아느냐고 물었지만, 그는 고개를 갸웃거렸다. "그런 건 잘 모르겠소. 그저 우리들에게 '이제 이애와 살 거야. 이애는 너희들의 친구야. 잘 대해주거라'라고 말한 게 기억나오. 어느 날 저녁식사를 할 때 우리 부모님은 조셉 아저씨가 아이를 데리고 온 것에 대해 이런 저런 이야기를 하셨소. 그러니까, 남의 아이를 키우는 것이 얼마나 어려운 일인가에 대해서 말이오. 하지만 조셉 아저씨는 그 모든 이야기를 별로 신경쓰지 않으셨던 걸로 기억한다오."

로라 무어는 이렇게 말했다. "나보다 두어 살 나이가 많았지. 아주 머리가 좋았어요. 똑똑히 기억이 나요. 우리집은 딸만 여섯이었거든. 어머니는 조셉 아저씨가 아들을 잘 주워왔다고 하셨어. 시계방을 물려줄 계획인가보다고 하셨지."

제임스 빌도 그 비슷한 이야기를 했다. 그는 코넬 대학의 경제학과 교수직에서 은퇴하고 현재 플로리다에서 살고 있었다. 우리는 이메일을 주고받았는데, 그의 이메일은 거의 대부분 이런 문장으로 시작되었다. "질문의 요지를 잘 파악하기 어려웠으나……" 그는 늘 나의 질문이 광범위하다느니 추상적이라느니 하는 지적으로 이메일을 시작하곤 했던 것이다. 나는 그에게 이메일을 보낼 때마다 시험을 치르는 기분이 되었다. 그의 이메일 첫 줄에 저런 지적이 없는 날은 마치 시험에 통과한 기분이 들 정도였다. 여하튼 그가 보낸 이메일 중 하나는 이렇게 시작됐다(그러니까 이날은 내가 시험에 통과한 날이었던 셈이다). "그는 형편없는 권투선수였습니다." 제임스 빌은 젊었을 때부터 앤티크 시계를 수집해오고 있었다. 그 취미는 (유명한 첼리스트였던) 아버지에게 물려받은 것이었고, 열다섯 살 무렵 처음으로 아버지를 따라 조셉 프랭클의 시계방에 가보았다고 말했다. 그는 자신의 취미에 대해 이렇게 표현했다. "사치스러운 취미죠. 정말로, 사치스러운 취미가 맞습니다." 그는 이렇게도 썼다. "앤티크 시계는 복잡하죠. 아무나 쉽게 만질 수 있는 그런 게 아닙니다. 하지만 그는 정말 훌륭한 솜씨로 모든 문제를 해결했습니다. 그의 단골 중에는 이름만 대면 알 만한 사람이 즐비했습니다. 그의 앤티크 시계 복원 능력은 놀라울 정도였죠. 아마 미국 내에서 그를 능가하는 사람이 없었을 겁니다. 아니 외국에도 몇 명 없었을 거예요. 그리고 지금도 없을 겁니다. 그렇지만 그는 알려지는 걸 원하지 않았어요. 모든 일을 비밀스럽게 처리했죠. 저희 아버지만 해도 아주 우연히 그의 시계방에 들르게 된 걸 계기로 단골이 되신 거였죠. 그는 중저가의 회중시계와 탁상시계 혹은 쿼츠 무브먼트로 만들어진 저가의 손목시계들로 둘러싸여 있었습니다. 저희 아버지는 그가 시계 수리뿐만 아니라, 시계 제작에도 훌륭한 자질이 있다는 걸 알고 있었습니다. 아마 그가 만든 시계는 이 세상에 다섯 개 정도 있을 겁니다. 물론 비공식적으로 말입니다. 공식적으로는 하나도 없다고 말해야겠죠. 우리 아버지도 하나 가지고 계시다가 돌아가실 때 내게 물려주셨습니다. 프랭클 씨는 오래된 밀링머신을 가지고 무브먼트의 태엽과 톱니바퀴, 플레이트까지도 일일이 직접 조립했습니다. 프랭클 씨의 시계는 정확하고, 고장도 나지 않고, 우아합니다. 아름답죠. 그는 불필요한 장식을 하지 않습니다. 정말 단순합니다. 그의 시계를 열면 그의 무브먼트를 볼 수 있습니다. 얼마나 아름다운지! 루비로 만든 롤러와 로킹바가 반짝거리죠. 그럼에도 불구하고 그는 시스루백을 경멸했습니다. 그는 절대 무브먼트를 드러내지 않았습니다. 그는 시계의 문자판이나 테두리를 보석으로 장식하는 것도 질색했어요. 제가 다이아몬드로 장식한 예물시계를 특별 주문했을 때, 그는 고개를 절레절레 흔들었어요. 그리고 특유의 익살스런 표정을 지으며 이렇게 말했답니다. '이 사람아, 그건 시계가 아니야. 그럴 바엔 보석상에 가서 화려한 팔찌를 구입하는 편이 누이 좋고 매부 좋은 거야.' 그에게 시계 브랜드를 론칭해보라고 줄기차게 권유했지만, 그는 그렇게 하고 싶어하지 않았습니다. 그는 훨씬 더 유명해지고 부자가 될 수 있었지만, 그렇게 하지 않은 겁니다. 이상한 일이죠. 그는 그저 그 시계방에 머물면서 고장난 시계를 고쳤을 뿐입니다. 눈탱이가 밤탱이가 된 채로 말입니다."

나중에 잭슨 여사는 티모시가 떠난 후의 조셉 프랭클의 인생에 대해 단순하게 이렇게 설명한다. "그는 낮-에는 시계방-에 틀어-박혀 시계를 고치고 밤과 주말-에는 권투-장에 나가 무진장 얻어-맞았어." 그리고 덧붙인다. "고칠 시-계가 많다-는 게 다행-이라고도 말했-지."

제임스 빌 역시 티모시를 기억하고 있었다. "우리 아버지는 그분을 조셉 프랭클 씨의 아들이라고 알고 있었고, 저도 그렇게 알고 있었습니다. 제 또래였어요. 프랭클 씨는 그분이 정말 똑똑하다고 자주 자랑을 했던 것 같습니다. 하나를 가르치면 열을 안다고 했죠. 그리고 거기에 대해서는 우리 아버지도 같은 의견이었습니다."

나는 제임스 빌의 이메일을 읽다가 문득 조지 캠벨이 『합리적인 숭고』에서 이와 비슷한 언급을 한 적이 있다는 것을 떠올렸다. 랄프 로렌이 시계공에게서 패션의 기본을 배웠으리라는 것이었다. 그가 '정확함'과 '단순함'이라는 캐치프레이즈에 집착했던 것에는 그러한 영향이 컸으리라고도 했다. 그는 랄프 로렌이 알려지지 않은 그의 스승에게서 일부 아이디어를 훔쳤으리라는 의혹을 제기하기도 했다. 하지만 그와 관련된 어떠한 증거도 내놓지 못했고, 사람들은 그 의혹을 '어이없게' 받아들였다. 랄프 로렌 역시 조지 캠벨의 발언에 대해 아무런 대응도 하지 않았는데, 이러한 랄프 로렌의 대응하지 않는 대응은 정말로 조지 캠벨의 말의 설득력을 깡그리 없애버렸다. 결국 조지 캠벨은 책의 다음 쇄를 찍을 때 그 부분을 덜어냈다. 하지만 조셉 프랭클이 시계공이고, 어린 티모시를 자신의 후계자로 키우고 싶어했다는 유의 이야기를 들었을 때, 나는 문득 궁금해졌다. 혹시 조지 캠벨도 이들을 만난 적이 있었던 것일까? 로라 무어와 케빈 윌리엄스와 그후에 만난 사람들은 나 말고 조셉 프랭클에 대해 꼬치꼬치 물어보는 '작가'를 만난 적은 없었다고 했다. 나중에 나는 헨리 카터에게 다시 연락해서 똑같은 질문을 했는데, 그 역시 그런 사람은 없었다고 대답했다.

『새로운 세계의 창조자, 랄프 로렌』에서 내가 반듯하게 오려온 사진을 만지작거리며 헨리 카터는 이야기를 계속 이어갔다.

"티모시는 옷을 아주 잘 입었소. 이 사진만 봐도 알 수 있지."

드디어 랄프 로렌이 어렸을 적부터 패션 디자이너로서 싹수가 있었다는 이야기가 나온 셈이었다. 하지만 여기에 대해서도 사람들의 의견은 좀 엇갈린다. 케빈 윌리엄스는 티모시가 '엄마'의 손을 타지 못한 아이치고는 꽤 깔끔했다고 기억했다. 하지만 그 이상도 그 이하도 아니었다고도 말했다. "얼굴은 그리 잘생긴 편이 아니었지만 머리색이 끝내줬죠. 금발이었거든요. 조셉 아저씨가 직접 옷을 만들어 입힐 때도 있다고 했어요." 로라 무어 역시 조셉 프랭클이 티모시의 겉모습에 무척 신경을 썼다고 이야기했다. "때로는 그런 걸 부러워했죠." 제임스 빌은 이메일에 이렇게 썼다. "프랭클 씨는 손으로 하는 건 다 잘했습니다. 시계 디자인도 했을 겁니다. 제가 기억하기로는 자신의 스케치북도 있었습니다. 뭐든 다 잘 만들었을 겁니다. 옷도 만들었을 가능성이 있죠. 하지만 잘 모르겠군요." 그는 티모시의 겉모습에 대해서는 이렇게 말했다. "그리 특별할 게 없었어요. 평범하게 생겼어요. 십대 후반이 되기 전까진 몸도 작은 편이었어요. 옷이요? 특별히 기억나는 건 없습니다."

나는 그들을 만나면서 그들 중 누구도 티모시가 랄프 로렌이라는 사실을 모른다는 것을 알아차렸다. 그들 중 티모시를 가장 많이 비난한 건 유젠 카렐이었다. 봄이 시작된 지 꽤 되었는데도 여전히 초봄용 코트를 입고, 그 안에는 목도리까지 하고 있었다. 그가 코트를 벗었을 때, 나는 살짝 웃었는데, 왜냐하면 그가 입은 니트와 두르고 있는 목도리가 랄프 로렌이었기 때문이다. 랄프 로렌 니트와 목도리를 착용한 그는 시종일관 이렇게 말했다. "티모시, 그 배은망덕한 자식." 그 시점에 나는 이미 티모시에 대해 그런 식으로 말하는 사람들을 많이 만났기 때문에 그렇게 놀라지는 않았다. 다만 유젠 카렐이 티모시가 랄프 로렌이라는 사실을 알게 된다면 저 니트를 벗어버릴지, 그러지 않을지 그런 게 좀 궁금하기는 했다. 하지만 나는 아무에게도 랄프 로렌과 티모시가 동일인이라는 사실을 이야기하지 않았다.

그들 모두에 비하면 헨리 카터는, 조셉 프랭클에 대해서 가장 애틋하고 특별한 감정을 가진 사람이면서 동시에 티모시에 대한 감정은 거의 없는 축에 속했다. 그는 티모시에 대해 좋은 감정도, 나쁜 감정도 없는 것 같았다. 물론 그 역시 티모시에 대해서는 배은망덕한 양반이라는 표현을 사용했다. 그렇다면 조셉 프랭클 역시 랄프 로렌에 대해 그런 단어를 사용했을까?

"그는 어느 날 갑자기 사라져버렸소. 아버지는 분개하셨지. 배은망덕하다고 했어. 하지만 조셉 아저씨 앞에서는 그런 이야기를 하지 못했소. 조셉 아저씨는 그에 대해 한마디도 하지 않으려 들었거든. 그가 조셉 아저씨의 돈을 들고 도망쳤다는 소문이 돌았는데도 아저씨는 입을 꾹 다물고 있었지. 우리 아버지가 경찰이니까, 그가 사라진 직후 조사를 좀 하신 모양인데 그랬더니 불같이 화를 내셨다고 했소. 그 애의 이름은 입에 올리지도 말라고, 한번 더 그러면 다시는 만나지 않을 거라고 하시면서 크게 다투셨다는 거요. 아버지는 조셉 아저씨를 좋아했고, 그분이 그토록 화를 내는 걸 본 적이 없었기 때문에 충격을 받은 것 같았소. 그래서 우리 아버지도 다시는 그 일에 대해 이야기를 꺼내지 않았을 거요. 그런데 아마도 몇 년이 지난 후에 또 말이 나온 모양이오. 우리 아버지가 정확히 뭐라고 했는지는 나도 몰라요. 아마 당사자 두 분을 빼고는 아무도 모르는 일일 테지요. 그때 두 분은 크게 싸우고 그날 이후로 말 한마디 하지 않게 되었던 거요."

여기에 대해 제임스 빌은 이메일에 이렇게 썼다. "아버지를 따라 시계방에 가면, 프랭클 씨가 그분에 대해 이런저런 이야기를 자주 하셨던 게 기억이 납니다. 저희 아버지는 고개를 끄덕끄덕하며 들으셨죠. 그러다 어느 순간부터 프랭클 씨는 그분에 대한 이야기를 입에 올리지 않았습니다. 우리 아버지가 어느 날 그분에 대해 물어봤더니, 그냥 어디에 좀 갔다고 얼버무렸습니다. 우리 아버지는 유학을 갔으리라 생각하신 거 같아요. 그러니까, 그분을 시계공으로 만들고 싶어 했으리라 생각하신 거죠. 프랭클 씨는 그분이 자신의 곁에 없는 것에 특별히 마음을 쓰는 것 같지는 않았습니다. 아무런…… 심적 동요를 느낄 수가 없었다는 의미입니다." 케빈 윌리엄스는 이렇게 말했다. "잘 모르겠어요. 슬퍼했던 건지 화가 났던 건지 모르겠어요." 또다른 이웃이었던 이언 크루거도 비슷한 이야기를 했다. "슬퍼한다거나 하는 기색은 못 느꼈소. 티모시가 떠난 후 한 번도 티모시란 이름을 입에 올린 적이 없었거든. 그애를 원망하지도 않았지만, 그렇다고 그리워하는 것 같지도 않았소. 한편으로는 후련해 보이기도 했어요." 가장 분노에 찬 목소리로 유젠 카렐이 말했다. "아무도 조셉 씨 앞에서 티모시라는 이름을 입에 올릴 순 없었어. 나는 그분이 아마도 배신감을 느꼈을 거라고 생각한다오. 왜 아니겠소? 그런 식으로 갑자기 곁을 떠나버렸는데. 배은망덕한 놈이었지."

나는 헨리 카터에게 질문했다.

"조셉 프랭클 씨를 어디서 만날 수 있습니까?"

헨리 카터는 잠시 동안 말을 잇지 못하다가 무척 미안해하며 대답했다.

"그분은 돌아가셨어요. 당연히 알고 있으리라고 생각했소만. 그분이 살아 계셨다면 백 살은 되었을 테니까 말이오."

그제야 나는 조셉 프랭클이 죽었다고 생각하는 편이 훨씬 더 이치에 맞는다는 것을 알아차렸다.

헨리 카터는 또다시 나에게 잠깐만 기다리라고 하고는 사라졌다. 이번에 그는 커다란 파일첩을 들고 나타났다. 나는 그가 조셉 프랭클에 관련된 자료를 저렇게나 많이 가지고 있나 싶어서 깜짝 놀랐는데, 그건 완전히 틀린 생각이었다.

"나는 권투라는 경기를 증오한다오. 현재는 '권투 금지 위원회'에서 활동중이지."

'건강상의 문제'로 레스토랑을 '잠시' 그만둔 후, 그는 이 활동에 많은 시간을 바치고 있다고 말했다. 그는 자신의 아버지 조셉 카터가 비교적 젊은 나이에 폐기종에 걸린 것이 모두 권투 탓이라고 생각하고 있었다. 나는 폐기종에 대해 잘은 몰랐지만 흡연과 관련이 있다는 건 어렴풋이 알고 있었다. 게다가 권투를 하는 사람들이 모두 다 일찍 죽는 건 아닐 거라는 생각이 들기도 했다. 하지만 권투라는 운동이 육체를 장기적으로 손상시킨다는 생각에는 어느 정도 동의할 수 있었다.

"그런 육체적인 손상 자체도 문제이긴 하죠. 하지만 정말 큰 문제는 권투를 하면 계속 때리거나 얻어맞아야 하는데, 그때 느끼게 되는 스트레스가 엄청나다는 거요."

"야만적인 스포츠라는 말씀이신가요?"

"야만적이지. 그건 교양 없는 스포츠요. 아니, 스포츠라고 말하기도 민망하군. 하지만 내가 이야기하고 싶은 건, 권투경기는 결국 감정적인 소모를 불러온다는 말이오. 링 위에서는 이기는 사람조차도 맞아야 하오. 이기는 사람조차 링 위에서는 얻어터져야 하지. 그리고 그들은 이기기 위해 상대방을 계속 두드려 패야 한단 말이오. 그들은 불의不義의 위에서만 이기고 질 수 있다는 말이오. 그게 얼마나 부담스러운 일인지 생각해봤소? 어떤 사람들은 남을 때리는 데서 원초적인 쾌감을 느낄 수 있다고도 말하지만, 그건 아주 찰나의 쾌감일 뿐이라오."

그러고는 그는 파일첩을 한 장 한 장 넘기며 보여주었다. 거기에는 권투선수의 죽음에 대한 기사가 정리되어 있었다. 무하마드 알리가 파킨슨병에 걸렸다는 내용의 각종 기사와 세계 웰터급 타이틀 방어경기 도중 링 위에서 쓰러져서 열흘쯤 후 죽은 베니 페렛에 대한 기사도 있었다. 나는 나중에 권투선수 중에서도 아주 오랫동안 산 사람들이 있다는 것을 알게 되었다. 이를테면 링 위에서 아무리 맞아도 절대 쓰러지지 않는 걸로 유명했던 제이크 라모타 같은 선수는 여전히 살아 있다. 하지만 콘솔이 가득한 헨리 카터의 응접실에서 나는 그런 사실을 몰랐고, 어쩐지 그의 이야기에 수긍할 수 있을 것 같은 기분이 되었다. 내 눈을 가장 끈 것은 비행기 사고를 당한 헤밍웨이에 대한 기사였다. 나는 그의 작품을 제대로 읽은 적이 없었지만, 나에게는 『노인과 바다』 한국어 번역본이 있었다. 미국에 유학 올 때 한국어 책을 몇 권 가지고 왔었다. 그 책들은 뉴욕 대학교 근처 아파트의 책장을 거쳐, 이제는 브루클린의 허름한 내 집 어딘가에 굴러다니고 있을 터였다. 나는 그걸 한 번도 펼쳐본 적이 없었다.

“헤밍웨이는 정말 위대한 작가지. 그가 노벨상을 받았을 때, 시상식에는 참석하지 못했소. 그거 알고 있었소?”

헤밍웨이가 시상식에 참석하지 못했다는 사실은 몰랐다.

“그게 얼마나 안타까운 일이겠소? 노벨상 시상식에 참석하지 못하다니 말이오.”

문득 기쿠 박사님이 떠올랐다.

“그가 왜 시상식에 참석 못했는지 알고 있소?”

헨리 카터가 내게 물었다. 나는 고개를 가로저었다.

“그는 권투를 즐겨 했었소.”

헨리 카터는 아주 엄숙한 목소리로 말했다.

“그게 무슨 상관이 있습니까?”

“그는 권투를 하면서 지속적으로 자기 몸을 망가뜨린 거요. 오십대쯤에 이미 그의 몸 상태는 말이 아니었지. 노벨상을 받던 해에 그는 비행기를 직접 몰고 아프리카로 가다가 사고를 당해서 죽을 뻔했소. 비행기 사고가 왜 났다고 생각하시오? 그는 비행기 안에서 갑자기 과호흡 상태가 되었고, 정신을 잃었소. 폐질환이었소.”

나는 고개를 끄덕였다.

“권투는 스스로를 조금씩 천천히 죽이는 활동이오. 권투선수는 결국 건강하지 못한 삶을 살다가 죽을 거라는 점에서 모두 패자에 가깝소. 승자는 아무도 없다는 말이오.”

그는 파일첩을 계속 넘기다가 기사 하나를 보여주었다. 그건 ‘권투 금지 위원회’ 시위와 관련된 것이었다. 사진 속에는 약 쉰 명의 ‘권투 금지 위원회' 사람들이 피켓을 들고 있었다. 그들이 든 피켓들을 이으면 이런 문장이 만들어졌다. "권투를 올림픽 정식 종목으로 채택하지 말 것". 수년 동안 올림픽 무대에서 설욕할 기회만을 엿보다가 결국 포기한 남자의 아들이 하는 활동으로는 잘 어울리지 않는다는 생각이 들었다. 그러다 문득, 내가 그 수많은 조셉 프랭클들에게 전화를 걸었을 때, 그중 권투를 해본 경험이 있는 사람이 고작 세 명뿐이었다는 사실이 떠올랐다. 어쩌면 이들의 활동은 꽤 영향력을 발휘하고 있는 것일지도 몰랐다. 그는 내게 파일첩을 넘겨주었고, 내가 파일을 넘겨보는 동안 프랑스식 커피세트로 직접 커피를 내려주었다. 그런 후, 내 접시에 남아 있는 크레이프를 가져가서 따뜻하게 데워주기까지 했다. 나는 여전히 배가 고프지 않았지만, 성의를 생각해서 다 먹었다. 이윽고, 그는 다시 내 인종을 의식하기 시작했다. 그의 이상하고도 불쾌하며, 동시에 배려심 넘치는 말투가 다시 시작되었던 것이다. 그리고 그 말투는 내가 그 집을 나올 때까지 계속되었다. 이윽고 내가 돌아가야겠다고 말했을 때, 그는 다시 한번 더 잠깐 기다리라고 말하고는 사라졌다가 나타났다. 그의 손에는 소형 녹음기가 들려 있었다. 극구 사양하는 내게 떠밀듯이 그걸 주면서 그는 말했다. "작가라면 이런 게 필요할 테죠." 이를테면 헨리 카터는 끝까지 내게 베풀 수 있는 호의를 맘껏 베풀었던 셈이다.

그날 저녁, 가로수가 죽 늘어서 있고 깨끗하게 길이 정비된 롱아일랜드의 한적한 마을을 떠나 부서진 길과 콘크리트 벽투성이인 브루클린으로 돌아온 나는 갑자기 엄청난 허기를 느꼈고 에머슨 씨네 식당에서 파는 햄버거와 양파튀김을 떠올렸다. 하지만 거기에 갈 수는 없었다. 에머슨 씨의 잡지에서 몇 페이지를 찢은 후, 나는 딱 한 번 그의 식당에 들른 적이 있었다. 그는 음식을 만드느라 주방에 들어가 있었고, 동양인—한국인—점원이 서빙을 하고 있었다. 나는 쭈뼛거리며 스탠드 의자에 앉았다. 그리고, 오래된 그 잡지들이 모두 사라졌다는 걸 알게 되었다. 나는 동양인—그러니까, 한국인—점원에게 잡지가 어디 갔냐고 (영어로) 물었다. 그러자 그는 에머슨 씨가 그걸 치워버렸는데 어디로 가져갔는지, 아니면 버렸는지 잘 모르겠다고 (영어로) 대답했다. 그 말을 들은 나는 주문을 취소하고 곧바로 식당 밖으로 나왔다. 그리고 그후로 한 번도 그곳에 가지 않았다.

집에서 나를 기다리고 있는 건, 좁은 거실 소파 위에 펼쳐져 있는 전화번호부였다. 수많은 ×표 아래의 조셉 프랭클들의 전화번호를 손가락으로 죽 짚어나가다가, 아무런 표시도 되어 있지 않은 조셉 프랭클의 전화번호에 다다랐다. 이중에 내가 찾고 있는 조셉 프랭클은 없을 것이었다. 왜냐하면 그는 이미 죽었으므로. 나는 대충 그 모든 정보를 엮을 수 있었다. 조셉 프랭클이라는 시계공은 거리에서 떠돌던 소년을 데리고 와서 정성을 다해 길렀지만, 그 소년은 청년이 되었을 때, (그의 인생의 두번째) '야반도주'를 한다. 그리고 그는 미국의 상징적인 디자이너가 되고, 성공한 경영자도 되었다. 따지고 보면 내가 알게 된 사실들 중, 랄프 로렌이 왜 평생 시계를 만들지 않겠다고 다짐했는지 설명해주는 건 하나도 없었다. 하지만 그런 생각이 들었다. 대체 그게 뭐란 말인가? 그게 왜 중요하단 말인가? 나는 지갑 안에 꼬깃꼬깃하게 접어넣은 메이지 그랜트의 인터뷰 기사를 펼쳐서 테이블 위에 올려놓았다.

"가끔 컨디션이 좋은 날엔 침실에 있는 안락의자에 앉아 마치 권투 선수처럼 두 팔을 휘두르곤 했어요. 그러곤 이렇게 중얼거리셨죠. '딱 한 번만 더, 딱 한 번만 더'라고요."

그리고 나는 헨리 카터의 말을 떠올려보았다.

"아저씨는 그 경기가 있은 후에 두 팔을 크게 휘두르며 아이들을 모아놓고 이렇게 말하곤 했소. '얘들아, 딱 한 방이 중요한 거란다. 딱 한 방이 다시 또 딱 한 방을 불러오는 거야. 내 말 알아듣겠니? 딱 한 방만 더, 딱 한 방만 더. 그게 권투의 기본이란다!'"

나는 랄프 로렌이 무엇을 그토록 '한 번만 더' 하기를 간절하게 바랐을까 생각해보았다. 잘생긴 랄프 로렌, 마치 이 세상의 온갖 사랑을 다 받고 있다는 듯이 웃음짓던 남자가 어느 날 자취를 감추고 자신의 집에 스스로 갇힌 후에 한 번만 더 하기를 바랐던 건 무엇이었을까? 나는 소파에 가만히 앉아서 아무것도 생각하지 않으려고 애썼다. 잠시 후에 나는 화장실에 들어가 세수를 했다. 그리고 침대 위에 누워 멍하니 생각에 잠겼다가 전화기 쪽으로 갔다. 그리고 아무런 표시도 되어 있지 않은 조셉 프랭클들의 전화번호를 누르기 시작했다.

멈춤

대기는 점차 어둠으로 차오르기 시작했다. 나는 창에 딱 붙어 서서 수화기에서 흘러나오는 신호음을 들으며, 자전거를 타고 지나가는 흑인 소년을 바라보고 있었다. 길 건너편 담벼락 위에는 장미가 줄지어 피어 있었다. 처음 이곳에 왔을 때만 해도 맞은편 담벼락에 식물 줄기가 있을 거라고는 생각지도 못했다. 뻔히 눈에 보이는데도 그랬다. 나는 저 소년이 잠깐 자전거를 멈추고 장미꽃 한 송이를 꺾어갔으면 좋겠다는 생각을 했다. 내가 그런 생각을 하는 동안에도 수화기 너머로는 통화중임을 알리는 신호음이 몇 번이고 반복되었고, 나는 참을성 있게 그것을 듣고 있었다. 그 이전에도 여러 번 그래왔던 것처럼. 나는 손가락으로 훅 버튼을 누르고는 능숙하게 재다이얼 버튼을 눌렀다. 내 시야에서 흑인 소년이 사라지기도 전에, 내 예상을 완전히 벗어난 소리가 들려왔다. 수화기 너머에서 "여보세요?" 하는 목소리가 흘러나온 것이다.

헨리 카터를 만난 이후 나는 그의 소개로 케빈 윌리엄스와 이언 크루거 그리고 유젠 카렐과 로라 무어 등을 만날 수 있었고, 제임스 빌과는 이메일을 주고받으며 여러 가지 이야기를 들을 수 있었다. 나는 그들과 만날 때마다 헨리 카터에게 받은 소형 녹음기를 챙겨 나갔다. 물론 내 휴대폰으로도 녹음이 가능했기 때문에 녹음기가 따로 필요한 것은 아니었다. 그렇지만, 나는 녹음기를 꺼내서 그걸 테이블 위에 올려놓고, 녹음 버튼을 누르기까지의 그 짧은 시간을 좋아했다. 테이블 위에 녹음기를 올려놓으면 상대방은 "내 이야기를 녹음하려는 거예요?" 하고 물었다. 내가 그렇다고 말하면, 확실히 공기의 흐름이 변했다. 나나 상대나 마치 아주 중요한 일을 하고 있다는 착각에 빠지게 되는 것이다. 물론 내가 미국에 '남아 있던' 기간 동안 랄프 로렌과 관련된 자료들을 긁어모으고, 읽어대고, 조셉 프랭클들에게 전화를 하고, 조셉 프랭클과 관련된 사람들을 만나던 그 행위들은 모두 그런 '착각'에 기반한 행동들이었으리라.

그들을 만나고 돌아온 날 밤이면, 커다란 컵에 인스턴트커피를 담아서 노트북 앞에 앉았다. 그런 후에 녹음해온 것을 들으며 타이핑하기 시작했다. 나는 그들의 이름과 이야기를 나눈 날짜와 시간, 그리고 장소를 파일 제목으로 정리해뒀다(헨리 카터와의 인터뷰는 녹음을 하지 않았기 때문에 손으로 적은 메모를 바탕으로 타이핑해뒀다). 물론 그 당시의 나는 (지금 내가 쓰는 식으로) 그 내용을 다시 하나의 이야기로 엮게 되리라고는 전혀 생각도 못한 상태였다. 그저 그 행위들은, 내가 침대 위에서 손만 뻗으면 닿을 수 있는 곳에 랄프 로렌과 관련된 자료를 배치해두거나, 한밤중에 깨어나 더너웨이의 영화를 반복해서 보던 것과 같은 의미였을지도 모른다. 확실히 사람들의 목소리를 기록하는 동안, 견딜 수 없을 정도로 괴로운 불면이나 자책감이나 걱정 같은 것은 사라졌다. 아주 없어진 것은 아니었겠지만, 여하튼 나는 그 감정들을 감당할 수 있게 되었다. 그렇지만 그게 과연 바람직한 결과였을까? 글쎄, 모르겠다. 나는 그런 무의미한 일들에 열중하면서 그저 그 모든 것들을 옆으로 치워두기만 한 건 아니었을까?

하지만 다른 한편으로 나는 그들의 목소리를 글자로 기록하면서 내가 미처 깨닫지 못한, 아주 조그마한 실마리라도 발견하게 되기를 아주 순수한 마음으로 바랐다. 그 당시 내가 세웠던 원칙 가운데 하나는 그들이 해준 이야기 중 랄프 로렌(티모시)과 조셉 프랭클에 관련된 내용만 기록해둔다는 것이었다. 하지만 그들 각각의 기억들은 지극히 제한적이어서 때때로 정면으로 배치되고 모순되고, '순수하게' '말이 안 되기도' 했다. 재미있는 것은 그들과 이야기를 나누는 동안에는 그러한 어긋남을 전혀 알아차리지 못한다는 사실이다. 나는 그들의 목소리를 나중에 '들음으로써' 그들이 혼란스러워한다는 사실을 알게 된다. 이야기를 하는 사람들 역시 마찬가지이다. 그들 중 대부분은 이야기를 시작한 이후에야, 자신의 머릿속을 채우고 있던 풍부하고 생생한 기억의 토막들이, 언어화되는 동안 믿을 수 없을 만큼 단순해진다는 사실을 깨닫는다. 그들은 마치 안개 속을 더듬거리는 사람처럼 조심스러워진다. 그렇지만 시간이 조금 지나면 방금 전까지의 머뭇거림이 무색할 정도로 이야기에 탄력이 붙는다. 그리고 어느 순간, 용케도 그 시절의 자기 자신을 끄집어낸다. 심지어 처음엔 아무것도 기억나지 않는다던 사람들마저 그랬다. 그들의 목소리를 기록하고 있노라면, "나의 말이 나의 기억을 불러오는군요"라는 헨리 카터의 말이 그저 수사가 아니라는 사실을 새삼 깨닫곤 감탄했다. 그들의 말이 불러온 그들의 기억 중에서 조셉 프랭클이나 랄프 로렌과 관련된 이야기, 그리고 '말이 되는' 것만 기록하면, 의외로 아주 적은 분량만 남았다. 그리고 '살아남게 된' 그 적은 분량의 문장 속에서 그들이 공통으로 언급하는 이름이 하나 있었다. 레이철 잭슨. 그 모든 사람들과 조셉 프랭클에 대한 대화를 나누다보면 결국에는 잭슨 여사에 대한 이야기가 나왔던 것이다.

그녀는 조셉 프랭클이 미국에 온 이후로 삼십 년이 넘는 동안 그의 집안일을 도왔고, 그 일을 그만둔 뒤에도 조셉 프랭클과 가깝게 지낸 사람으로 이미 백 살이 넘은 할머니였다(정확하게는 백네 살이었다). 잭슨 여사의 존재를 처음 알게 된 것은, 물론 헨리 카터를 만났을 때의 일이다. 하지만 한 달이 되도록 그녀에게 연락을 하지 않았는데, 나는 아마도 잭슨 여사를 랄프 로렌과 조셉 프랭클에 대한 이야기를 찾아가는 일종의 종착역으로 여겼던 것 같다. 그리고 언제나처럼 사람들의 이야기를 문장으로 옮기고 있던 어느 날 밤, 문득 나는 종착역에 다다를 시점이라는 생각을 하게 되었다. 다음날 헨리 카터에게 전화를 걸어서 잭슨 여사의 연락처를 물어봤다. 친절한 헨리 카터는 내게 연락처를 알려주며, 자신이 미리 잭슨 여사에게 전화를 걸어 양해를 구해놓겠다고 했다. "그러면 훨씬 더 편하겠지. 안 그렇소?" 이틀 후, 나는 잭슨 여사에게 전화를 걸었다. 하지만 나는 그후로도 사흘 동안이나 그녀와 통화를 할 수 없었다. 항상 통화중이었던 것이다. 나는 헨리 카터가 정말로 잭슨 여사에게 내 이야기를 해둔 것이 맞는지 의심스러웠다. 그리고 드디어 나흘째가 되는 날, 장미꽃 덩굴을 그냥 지나치는 흑인 소년을 바라보다가, 나는 겨우 통화에 성공하게 된 것이었다.

수화기 너머에서 들려온 목소리가 예상과 너무나 달라서 적잖이 당황했다. 나는 멍청하게도 백네 살의 할머니가 직접 전화를 받을 거라고 예상하고 있었던 것이다. 수화기 너머의 목소리는 고작해야 삼십대 정도로 들렸다. 그녀는 내게 누구냐고 물었고 나는 너무 당황해서 내 영어 이름 대신 한국 이름을 말해버렸다. 헨리 카터가 미리 언질을 해두겠다고 이야기했지만, 전화를 받은 여자는 아무것도 모르겠다는 말투로 내게 용건이 뭐냐고 물었다.

"잭슨 여사의 집이 맞습니까?"

"네, 그래요."

"카터 씨가 미리 전화를 걸어두겠다고 하셨는데요."

"그런데요?"

"약속시간을 잡을 수 있을 거라고 하셨는데요."

"누구요?"

"헨리 카터 씨가요."

"아니, 당신 말이에요."

나는 결국 세 번이나 내 이름을 말해줘야 했다. 더욱 놀라웠던 건, 며칠 후 내가 요크빌에 있는 잭슨 여사의 집을 찾아갔을 때 그녀가 보인 반응이었다. 그녀는 문을 열더니, 나를 보고 이렇게 말한 것이었다.

"세상에, 당신, 동양인이었어요?"

그녀는 내 이름 같은 건 주의깊게 듣지도 않았던 것이다. 나중에야 나는 그게 그녀의 성격이라는 걸 알게 되었다. 그녀는 매사 그런 식이었는데, 남의 말을 귀기울여 듣지 않을 때가 많았고, 말을 함부로 했으며, 단정짓는 걸 좋아했다. 그녀는 자기 자신에 대해 이런 식으로 이야기했다. "직설적인 면이 있지만, 활달하고 대범하며 맺힌 곳이 없죠." 그녀는 마치 국가공인이라도 받은 사실인 양 이야기했는데, 나는 아무런 반박도 못하고 그저 고개를 끄덕거릴 수밖에 없었다. 왜냐하면 나중에 나는 그 말에 완전히 동의하게 되었기 때문이다. 게다가 그녀는 자신에 대해 이렇게 말하기도 했다. "이기적이고 독단적인 면이 있어요. 정말 싫은 면이죠." 자기 자신에 대한 신랄한 평가에 오히려 내 쪽에서 그녀에 대한 변명을 할라치면 그녀는 내 말을 끊고 이렇게 말했다. "변명의 여지가 없어요."

남의 말을 귀기울여 듣지 않고 함부로 말하며 단정짓는 걸 좋아하는, 그리고 직설적인 면이 있긴 하지만 활달하고 대범하며 맺힌 곳이 없는 그녀가 바로 섀넌 헤이스였다. 나와 동갑이었고, 잭슨 여사의 입주 간호사로 고용되어 삼 년째 일해오고 있었다. 잭슨 여사의 가족은 직장 때문에 다른 지역에 뿔뿔이 흩어져 살고 있었다. 그들은 잭슨 여사를 요양원에 입원시키기로 결정했지만, 잭슨 여사는 자신이 한평생 산 집을 절대로 떠나지 않겠다고 고집을 부렸고, 결국 입주 간호사를 들일 수밖에 없었다. 섀넌은 탤러해시에서 태어나 자랐고 우여곡절 끝에 간호대학을 졸업한 후 개인 요양사 일을 시작했다.

그리고 삼 년 전, 잭슨 여사가 입주 간호사를 구한다는 신문광고를 보고 줄곧 살아온 그곳을 떠나 뉴욕으로 날아왔다. 하지만 이런 것들은 나중에야 알게 될 사실이었다. 그때의 나는 그녀의 반응—아니, 당신 동양인이었어?—에 압도당해서 그저 우두커니 문 앞에 서 있을 뿐이었고, 내 눈에 그녀는 무례한 젊은 백인 여자로만 보였다. 아마도 섀넌은 내가 그런 생각을 하고 있든지 말든지 전혀 상관하지 않았을 것이다. 그녀는 호탕하게 웃으며 "안 들어올 거예요?"라고 말하곤, 잭슨 여사의 방으로 안내해주었다. 그러고는 내게 한 시간 삼십 분 정도만 허락해줄 수 있다고 말했다. "그게 최대치예요. 나이가 많으셔서 그보다 오래 집중하기는 힘드실 거예요." 그녀는 내가 동양인이어서 깜짝 놀랐다고 했지만 헨리 카터처럼 말을 천천히 한다거나 하는 배려 같은 건 하나도 없었다. 물론 그런 게 필요한 건 아니었지만, 그녀의 태도 때문에 나는 묘하게 기분이 상했다. 돌이켜보면 그날 나는 섀넌에게 물 한 잔도 얻어 마시지 못했던 것이다.

잭슨 여사는 꽃무늬가 들어간 플란넬 원피스를 입고 자신의 방 한가운데에 휠체어를 탄 채 다소곳이 앉아 있었다. 방안은 간소했다. 편안해 보이는 작은 침대와 화장대, 그리고 화분이 올려져 있는 간이의자와 수증기가 퐁퐁 뿜어져나오는 가습기. 잭슨 여사를 처음 봤을 때 나는 좀 당황했던 것 같다. 물론 나는 그녀의 나이를 알고 있었다. 하지만 백 살이 넘었다는 것, 그러니까 정확하게 백네 살이라는 것, 다시 말하자면 백사 년이나 이 세상을 살아왔다는 사실에 대해서는 한 번도 진지하게 생각해본 적이 없었다. 그저 막연하게, 언젠가 보았던 일본의 장수 마을을 다룬 다큐멘터리를 떠올릴 뿐이었다. 주름이 자글자글하긴 하지만, 활력이 넘치고 방긋방긋 웃을 줄 아는 노인들 말이다. 잭슨 여사를 보고 가장 먼저 든 생각은 그녀가 방치된 식물 같다는 것이었다. 내가 미국에 와서 처음으로 혼자 살게 되었을 때, 의욕적으로 키우려고 사왔다가 말려 죽인 화분들이 떠올랐다. 잭슨 여사는 너무 조그마했고 쭈글쭈글했고 그리고 바싹 말라 있었다(나는 과연 그녀가 한 시간 반 동안이나 나와 이야기할 수 있는 건지 걱정이 앞섰다). 하지만 (당연하게도) 그녀는 방치되어 있지 않았다. 그녀는 오히려 굉장히 세심한 관심 속에 있었다. 섀넌은 잭슨 여사의 옆에 머물면서 그녀를 씻기고 입히고 먹였다. 그녀는 잭슨 여사에게 매일 관절염 완화제를 발라줬고, 근육이 굳지 않도록 오일로 마사지를 해줬고, 목욕이 끝난 후에는 화학 성분이 들어가지 않은 보디로션을 꼼꼼히 발라줬으며, 잭슨 여사가 필요로 할 때마다 대소변을 처리하는 걸 도와줬다.

나는 나중에 왜 그토록 잭슨 여사의 집전화가 통화중이었는지도 알 수 있었다. "수화기를 하루종일 내려놓아요." 그때 섀넌은 그 말을 하면서 잭슨 여사의 빨래를 세탁기에서 꺼내고 있었다. 잭슨 여사는 똑같은 무늬의 옷을 색깔과 소재별로 여러 벌 가지고 있었다. 섀넌은 빨랫감을 모아뒀다가 일주일에 한 번 세탁한다고 했다. "전기랑 물을 아껴야죠. 환경오염이 정말 심각하거든요." 그녀는 유기농 세제와 안전마크가 찍혀 있는 섬유유연제를 썼다. 그렇게 관리되는 잭슨 여사의 옷에서는 항상 좋은 냄새가 났다. "레이철 할머니는 전화벨 소리를 정말 싫어하시거든요." 그녀는 잭슨 여사가 잠에 들면 잭슨 여사의 손자 손녀들에게 전화를 걸었는데, 통화 상대는 대부분 막내 손녀인 줄리언 모던인 경우가 많았다. 섀넌은 잭슨 여사의 가족과 통화할 때 한 번도 자신의 휴대폰을 사용하지 않았다. "쓸데없이 내 돈을 쓰지 않는 거죠." 그것이 그녀의 원칙이었다. 나는 그녀가 줄리언 모던을 비롯한 잭슨 여사의 가족을 직접 본 일이 있는지 궁금했다. "당연히 있죠! 일 년에 서너 번은 가족들이 여기에 와요. 봄, 여름, 그리고 겨울에 오죠." 물론 그중 가장 자주 오는 건 모던 부인이었다. 섀넌은 줄리언 모던에 대해 이렇게 말했다. "전형적인 새침데기죠." 그리고 덧붙였다. "근데 난 새침데기들이 좋더라." 섀넌이 줄리언 모던을 새침데기라고 생각하거나 말거나, 혹은 줄리언 모던이 섀넌을 어떤 식으로 생각하거나 말거나 그 둘은 사적인 이야기는커녕 농담도 일절 나누지 않는다고 했다. "맨날 하는 이야기도 똑같아요. 레이철 할머니가 몇시에 일어났고, 식사는 무엇을 드셨고, 책은 어떤 걸 읽어드렸고, 뭐 그런 거예요. 모던 부인이 원하시면 통화도 하고요." 그녀는 이렇게도 말했다. "마치 나를 전화 로봇처럼 대한다니깐요." 하지만 섀넌은 줄리언 모던을 비롯한 잭슨 여사의 손주들에게 불만은 없었다. 그들은 그녀에게 돈을 주는 사람들이었고, 그녀는 돈을 받는 만큼 그들을 존중할 수 있다고 말했다. 어쩌다 줄리언 모던이 전화를 받지 않으면 다른 손주들에게 전화를 걸었다. 드물게, 그들 중 누구와도 통화가 되지 않는 날도 있었다. 그러면 그녀는 다시 줄리언 모던에게 전화를 건 후, 자동응답기에 하고 싶은 말을 남겼다. "어차피 난 전화 로봇이니까요." 섀넌은 이런 말을 할 때도 자조적이라는 인상을 주지 않았다. 그렇다고 상대방을 비꼬는 것도 아니었다. 그녀는 자신에 대해 이야기를 할 때 늘 그런 말투를 사용했다. 그러니까 마치 판결문을 읽는 사람처럼 말이다. 물론 섀넌 쪽에서 전화 거는 일을 빼먹은 적은 단 한 번도 없었다. 게다가 (이 부분이 가장 놀라운데) 섀넌은 마치 초능력자처럼 잭슨 여사가 자신을 필요로 할 때가 언제인지도 정확하게 알고 있었다. 이를테면 그녀는 잭슨 여사와 내가 대화를 할 때는 어디론가 사라져 있다가 잭슨 여사가 그녀를 필요로 할 때면 따로 부르지 않았는데도 귀신같이 알고 금방 나타났다. 하지만 이런 것들도 나중에야 알게 될 사실들이었다.

잭슨 여사의 방문 앞에 서서, 플란넬 원피스를 입고 있는 그녀를 멀뚱하니 바라보고 있던 때의 나는 내가 앞으로 그런 사실들을 알게 될 거라고는 꿈에도 생각하지 못했다. 물론 내가 앞으로 몇 달 동안이나 정기적으로 잭슨 여사를 찾아가게 될 거라는 사실도 전혀 알지 못했다. 심지어 나는 그때 섀넌의 이름도 모르는 상태였다.

"안녕하세요, 잭슨 여사님."

나는 혹시라도 그녀가 내 말을 듣지 못할까봐 아주 커다란 목소리로 인사를 건넸는데, 잭슨 여사가 뭐라고 대답도 하기 전에 섀넌이 끼어들었다.

"그렇게 큰 소리 낼 필요 없어요. 엄청 성능이 좋은 보청기를 끼고 계시니까."

섀넌은 팔짱을 낀 채 의기양양한 표정으로 나를 바라보았다. 나는 그녀가 왜 그런 표정을 짓는지도 알지 못했고, 나를 그런 식으로 쳐다보는 것도 썩 기분좋지 않았다. 잭슨 여사는 아무 말도 하지 않았다. 나는 잭슨 여사의 표정에서 아무것도 읽을 수가 없었다. 표정을 읽기에는 너무나 주름이 많았고 피부는 몹시 두꺼워 보였다. 그러다 나는 그 굴곡진 피부 아래에 미소가 숨어 있다는 것을 알아차렸다. 하지만 그 사실은 나를 안심시키기보다는 오히려 당황스럽게 만들었다. 어쩔 수 없이 섀넌에게 물어야만 했다.

"다시 인사해야 할까요?"

그러자, 잭슨 여사가 대신 대답했다.

"아니, 그—럴 필—요 없다우."

잭슨 여사는 음절과 음절 사이를 길게 끌었고, 아주 천천히 말했다. 발음은 대체로 정확했지만, 입과 혀, 성대를 움직이는 것이 그녀에게는 너무 많은 에너지를 요하는 것 같았다. 하지만 일단 말을 시작하자, 잭슨 여사는 더이상 죽은 식물이 아니라, 그저 마른 식물처럼 보였다. 그래도, 그러니까 어느 정도, 일부는 살아 있는 식물 말이다. 섀넌은 (고생 좀 해보라는 듯이) 내 어깨를 두어 번 두드리고는 나와 잭슨 여사를 남겨두고 방을 나가버렸다. 섀넌은 내가 앉을 의자도 하나 내어주지 않았기 때문에 나는 계속 우두커니 서 있어야만 했다. 솔직히 방에 그렇게 남겨졌을 때 나는 좀 무서웠다. 나는 정말로 두려움을 느끼고 있었다. 잭슨 여사가 지금 당장 죽는다고 해도, 이상할 게 없다는 생각이 들었던 것이다.

"조셉—에 대—해 궁—금—해하고 있—다고 들—었는데."

"네."

"어디서— 왔어요?"

"한국에서 왔습니다."

"아,"

잭슨 여사가 고개를 끄덕거렸다. 그러고는 작은 화분이 올려져 있는 간이의자를 턱으로 가리켰다. 나는 화분을 바닥에 내려놓은 후 거기에 앉았다.

"메릴린— 먼로는 자신이 그렇—게 영향—력이 있다는— 사실을— 한국—전쟁 직후 한국을 방문한— 후에야 알았—다고 했지."

나는 잭슨 여사가 갑자기 왜 그런 말을 하는지, 그 말의 의미가 무엇인지 하나도 파악하지 못했다. 나는 메릴린 먼로가 한국을 방문한 적이 있다는 사실도 몰랐었다. 나는 어색하게 웃어 보이며 쭈뼛쭈뼛 그녀에게 다가가 앤 라이스의 책에 실린 사진을 건넸다. 잭슨 여사가 앙상하고 주름투성이인 손을 내밀어 사진을 받았다. 잭슨 여사는 잘 안 보인다는 듯이 사진을 눈 앞에 갖다 댔다 멀리 떼었다를 반복했는데, 그러자, 어떻게 알았는지 섀넌이 돋보기안경을 가지고 들어와서 잭슨 여사에게 씌워주고는 나를 힐끗 한 번 보더니 방밖으로 나갔다.

"조셉—이 살아— 있을 때, 어떤 사람—이 이— 비슷한— 사—진을 가지고 조—셉을— 만나러 온— 적이 있었—어."

나는 그게 누구인지 알 것 같았다. 아마도 그가 가지고 온 사진은 비슷한 사진이 아니라, 바로 이 사진이었을 것이다. 그리고 똑같은 책의 사진을 오려왔을 그 사람은 조지 캠벨이었으리라. 세상에, 조지 캠벨은 나보다 몇십 년이나 전에 이미 조셉 프랭클의 존재를 알아차렸고, 여기까지 왔던 것이다. 조지 캠벨이 자신의 책에서 '시계공' 운운했던 것이 단순한 추측은 아니었던 셈이었다. 나는 잭슨 여사에게 그 일을 자세하게 물어보고 싶었지만, 너무 서두르지 않기로 했다. 일단은 그녀가 이야기하는 대로 내버려두기로 한 나는 녹음기를 꺼내 녹음 버튼을 눌렀다. 잭슨 여사가 그게 뭐냐고 물었고 나는 우리가 나누는 이야기를 녹음할 거라고 설명해줬다.

잭슨 여사가 조셉 프랭클을 처음 만난 건 조셉 프랭클이 미국으로 건너온 직후인 1940년의 일이었다. 그녀는 서른두 살이었고, 남편인 찰스 잭슨과의 사이에서 열 살짜리 아들과 여덟 살짜리 딸을 두고 있었다. "우리 부부는— 설탕공장에서— 만났다우—." 결혼 전 그녀는 설탕공장에서 수납원으로 일했고, 찰스는 제분 일을 했다. 그녀는 그들이 데이트하던 날들을 가리켜 '달콤한' 시절이라고 표현했다. 놀랍게도 잭슨 여사는 찰스에게 프러포즈 받았던 날을 아주 또렷하게 기억했다. "우리—는 코—니아일—랜드의 해—변가에 있—었다우. 엄—청나게 해—가 뜨—거운 여름—날이었어. 피—부가 녹아—내릴 것 같—았지." 그들은 가족들과 친구들을 불러 설탕공장 창고에서 '달콤한' 결혼식을 올렸다. 아마도 그건 비유적인 표현만은 아닐 것이라는 생각이 든다. 결혼식은 설탕공장에서 일하는 사람들로 복작거렸을 테고, 분명히 어딘에선가 달콤한 냄새가 폴폴 났으리라. 하지만 그들 결혼생활의 '달콤함'은 설탕의 달콤함과는 달리 그리 오래가지 못했다. 결혼하고 수납원 일을 그만둔 이듬해에 그녀는 아들을 낳았고 이 년 후에는 딸을 낳았지만, 찰스 잭슨의 월급은 뻔했다. 그들은 밤마다 돈 때문에 한숨을 짓곤 했다. 그 당시 잭슨 부부는 찰스의 먼 친척이 그들에게 남겨준, 방이 여러 개인 낡아빠진 집에서 살고 있었는데, 그녀는 그 집을 개조해서 하숙을 치기로 결정한다. 그녀는 매일 아침 하숙생들의 빨래를 하고 밥을 차리느라 "팔이 빠질 것 같았"지만, 그래도 생활은 조금 여유로워졌다.

"조셉—은 우리— 하숙집에 머물렀—어."

조셉 프랭클은 그 하숙집에서 육 개월 정도 지냈다. 그 당시 뉴욕에는 여러 가지 사정을 가진 이민자들이 많이 있었다. 조셉 프랭클의 첫 번째 인상에 대해 잭슨 여사는 이렇게 말한다. "말이 없었—다우. 조용한 사람이었지. 난 조셉이 처음엔 어느— 나라에서 온 사람—인지도 몰랐—어." 그는 항상 '갈팡질팡하는' 사람처럼 굴었다. 그는 자신이 머물러야 하는 건지, 아니면 떠나야 하는 건지, 만약 떠난다면 '어디로' 떠나야 하는지도 몰랐다. 그가 미국에 정착하기로 결심한 것은 뉴욕에 오고 반년이 지난 후였다.

잭슨 여사가 "여섯 달"이라고 발음할 때, 그만 그녀의 입에서 틀니가 빠졌다. 세상에, 태어나서 틀니를 처음 본 탓에 나는 필요 이상으로 놀랐다. 역시 어디선가 섀넌이 나타나서 틀니를 세척한 후 잭슨 여사의 입안에 세심하게 끼워주었다. 섀넌은 이번에는 내 쪽은 아예 쳐다보지도 않고 밖으로 나갔다. 섀넌이 사라지고, 잭슨 여사는 무언가가 생각난 듯이 손가락으로 화장대를 가리켰다(그녀는 여전히 화장대를 가지고 있었고, 그 위에는 소박하지만 화장품들이 종류별로 정리되어 있었다). 나는 그녀가 시키는 대로 화장대 왼쪽 아래의 서랍장을 열었다. 잭슨 여사는 그 안에 들어 있는 것들 중 자주색 앨범을 꺼내보라고 했다. 앨범 앞부분에는 잭슨 부부의 젊었던 시절의 사진이 몇 장 있었다. 잭슨 여사는 돋보기안경을 고쳐 쓰고는 그중 한 장을 뚫어지게 쳐다보았다. 그건 잭슨 여사가 젊었을 때 찍은 독사진이었다. 흑백사진 속의 그녀는 소매가 없는 흰 블라우스와 흰 와이드팬츠를 입고 있다. 아주 미인이라고 할 수는 없지만, 강단 있어 보이고, 턱과 팔이 특히 튼튼해 보인다. 한 번도 아픈 적이 없었을 것 같은, '건

강하다'라는 표현에 딱 맞는 여자였다. 우리는 흔히 골골대는 사람들이 오래 산다고 이야기하지만, 그녀는 그런 우스갯소리가 틀렸음을 증명하는 예일 것이다(돌이켜보면 내 작은이모도 평생 골골댔지만, 결국은 일찍 돌아가셨다). 너무나 오랜 세월이 흐른 탓에 얼핏 보면 내 눈앞에 있는 백네 살의 그녀와 사진 속의 그녀는 다른 사람이라고 느껴질 수도 있지만, 자세히 보면 직선으로 쭉 뻗은 코의 모양과 얼굴의 골격이 여전히 비슷하게 남아 있다. 아마도 이날 그녀는 사진을 찍기 위해 가장 아름다운 옷을 입고, 멋진 포즈를 취했으리라. 잭슨 여사는 한동안 아무 말도 하지 않고 자신의 사진을 바라보다가, 안경을 벗고 앨범을 한 장 넘겼다. 찰스 잭슨과 함께 찍은 사진이 여러 장 있었다. 검은 머리칼을 기름으로 쫙 올려붙인 그는 멋진 콧수염도 기르고 있다. 눈매는 날카롭지만 전체적으로 유쾌한 인상을 준다. "술을―좋아―하긴― 했지만 좋은― 아빠이자― 남편이었다우." 찰스 잭슨은 그들이 결혼한 지 십일 년쯤 후에 여느 날처럼 늦은 밤 술에 취한 채 집으로 돌아오다가 차에 치여 죽었다. "너무― 일찍 죽은― 게 유일한 흠이라우." 잭슨 여사가 말했다.

앨범을 여러 장 더 넘기니 조셉 프랭클의 젊었을 때 사진이 나왔다. 내가 여섯번째로 보는 그의 사진이었던 셈이다. 그리고 아마도 가장 젊은 시절의 사진이었으리라. 그는 이제까지 내가 본 모습보다 말랐고, 머리숱이 많았다. 수염은 깔끔하게 정리되어 있다. 그의 곁에는 오동통한 아이들 두 명이 있다. 여자아이는 부끄러운지 고개를 숙인 채로 얼굴만 살짝 들어 카메라를 바라보고 있다. 아마도 잭슨 여사는 딸아이의 고개를 들게 하려고 입으로 웃긴 소리를 냈을 것이다. 돌이켜보면, 내가 본 조셉 프랭클의 사진에는 대부분 그런 식으로 아이들이 옆에 서 있었다. 젊은 조셉 프랭클과 아이들은 '오동통한 세월'을 지나 이제는 더이상 오동통하지 않고 심지어 바싹 말라서 땅 밑에 묻혀 있구나. 조셉 프랭클의 사진을 여러 번 봤지만, 그런 생각을 한 것은 처음이었다. 게다가 그날 그 방에 있던 나는 잭슨 여사의 아이들이(물론 그 시점에서는 이미 아이들이 아니었지만) 죽었는지 살아 있는지 그런 것조차 전혀 알지 못하는 상태였다. 그런 생각 속에서 나는 기분이 이상해졌고, 한참 동안 그 사진 속의 조셉 프랭클을 바라보았다.

얼마나 시간이 흘렀을까. 사진에서 눈을 거둔 내가 잭슨 여사 쪽으로 고개를 돌렸을 때, 그녀는 휠체어 등받이 부분에 머리를 기댄 채 눈을 감고 있었다. 아, 돌아가신 거구나. 직감적으로 그런 생각이 들었다. 조금 전에 그녀가 자신의 젊은 시절 사진을 오랫동안 쳐다본 사실이 떠올랐다. 마음 밑바닥으로 무언가가 쿵 떨어진 것 같은 느낌에 사로잡혔다. 세상에, 그게 신호였구나. 그제야 손발이 후들후들 떨리기 시작했다. 죽은 사람의 몸(그 당시 나는 '시체'라는 단어를 떠올릴 수 없었다)이 바로 내 앞에 있다니. 문자 그대로 머릿속이 하얘지는 느낌이었다. 그러다 내가 다시 고개를 들었을 때, 새넌이 방문 앞에 서서 나를 빤히 쳐다보고 있었다. 그녀는 바닥에 주저앉아 휠체어의 손잡이 부분을 꽉 붙잡고 있는 나와, 눈을 감은 채 휠체어에 기대어 있는 잭슨 여사를 번갈아 보더니 내게 왜 그러는 거냐고 물었다.

나는 아무런 대답도 하지 못했다.

"이따가 깨어나실 거예요."

내가 영문을 몰라 섀넌과 잭슨 여사의 얼굴을 번갈아 바라보자, 섀넌이 다시 한번 말했다.

"돌아가신 거 아니라고요. 코밑에 손대봐요."

나는 잭슨 여사의 코밑에 집게손가락을 대보았다. 그녀의 코안에서 규칙적으로 날숨이 빠져나오고 있었다. 그런 나를 보고 섀넌은 이렇게 말한 후 방밖으로 사라졌다.

"좀 기다려봐요. 깨어나실 거예요."

그후로 나는 그런 일을 수도 없이 겪게 된다. 잭슨 여사는 종종 그런 식으로 잠에 빠져들곤 했다. 나중에 섀넌은 기면증하고는 다른 것이라고 설명해주었다. "피곤함을 조금이나마 덜어내기 위해서 몸이 자연스럽게 잠드는 거예요. 일종의 충전이라고나 할까요." 하지만 처음 그 일을 겪은 날, 나는 잭슨 여사가 죽은 게 아니라는 사실을 알았지만, 도저히 그 방에 계속 앉아 있을 엄두가 나지 않았다. 어쨌든 나는 그녀가 죽었다고 생각했었고, 그런 생각을 했었다는 사실만으로도 마음이 적잖이 심란했다. 나를 더 심란하게 만든 것은, 잭슨 여사가 죽었다고 생각했을 때 나를 그토록 놀라게 한 게 그녀가 '죽었다는' 사실이 아니라, 그녀가 '내 앞에서' 죽었다는 사실이라는 점이었다. 결국 나는 잠든 잭슨 여사를 두고 방밖으로 나왔다. 섀넌은 식탁에 앉아서 차를 마시며 잡지를 읽고 있었다. 나는 내가 한참 전부터 굉장히 목이 말랐다는 걸 깨달았고, 거기서 여유를 즐기며 잡지를 넘기고 있는 그녀를 보자 화가 났다.

"한 시간 삼십 분 동안은 집중할 수 있다고 말했잖아요."

섀넌은 그게 무슨 말이냐는 듯이 나를 쳐다보더니 그제야 알아챘다는 듯이 말했다.

"잠들었다가 깨어났다 하는 시간 포함이요. 어쩔 수 없어요. 백네 살이시잖아요."

그녀는 마치 내가 화가 난 이유가 잭슨 여사가 잠들었기 때문이라는 듯이, 그게 아니면 '지나치게 많은' 잭슨 여사의 나이 때문이라는 듯이 말했다. 그건 사실도 아니었고, 그런 식의 오해를 받는 것도 싫었다.

"이봐요, 나는 그래서 화가 난 게 아니라고요."

섀넌은 의외의 공격이라도 받았다는 듯, 그렇지만 전혀 당황해하지 않고 진지해진 말투로 물었다.

"그러면 왜 화가 났어요?"

"네?"

나는 그녀의 말에 대답할 수 없었다. 나는 왜 화가 난 걸까? 하지만 정작 그녀는 내 대답은 별로 상관도 없다는 듯이, 식탁 위에 놓인 바구니에서 사과를 꺼내 한입 베어 물더니 내게 이렇게 물었다.

"내일 또 올 거예요?"

"뭐라고요?"

"내일 또 올 거냐고요."

나는 아무런 대답도 하지 않았다. 잭슨 여사가 잠들기 전까지 한 이야기에 조셉 프랭클의 이름은 겨우 두어 번 나왔을 뿐이다. 그녀가 말했다.

"그래요. 그럼 오늘은 이만 가고 내일 와요. 레이철 할머니가 깼을 때 당신이 없으면 좀 섭섭해하시겠지만 어쩔 수 없죠 뭐."

그녀가 또다시 나를 아주 무례한 사람으로 만들고 있다는 생각 때문에 불쾌해하고 있을 때, 섀넌은 사과를 씹으면서 이렇게 물었다.

"그런데 당신, 입양아예요?"

정말로 구제불능인 여자구나. 나는 이번에도 아무런 대답도 하지 않았고 (당연한 말이지만) 그녀에게 인사 같은 건 건네지도 않은 채 그대로 밖으로 나왔다. 잭슨 여사의 집에 다시는 가지 않을 작정이었다.

그날 밤, 오랜만에 나는 더너웨이의 〈엄마의 두 얼굴〉을 보았다. 보통은 불면이 심한 날에, 그러니까 거의 새벽녘이 다 된 시간에 보곤 했지만, 그날은 저녁식사를 한 후 곧바로 영화를 보기 시작했다. 영화가 시작되고 얼마 지나지 않아 졸음이 몰려왔고, 깜빡 잠에 들었다가 깨어났을 때 이미 영화는 종반부를 향해 달려가고 있었다. 어느새 영화의 결말 부분. 스무 살이 된 딸이 그녀를 떠나려고 할 때, 카메라는 떠나려는 딸의 팔뚝과 더너웨이의 얼굴을 번갈아 보여준다. 더너웨이가 딸의 팔뚝을 잡는다. 그것은 아주 부드럽고 말랑말랑한 카스텔라 같다. 그리고 풀 숏. 그들은 모녀처럼 보이지 않는다. 그렇다면 무엇처럼 보일까? 이윽고 더너웨이가 텅 빈 그 눈빛으로 이렇게 말할 차례이다. "얘야, 모든 건 다시 돌아오게 되어 있단다. 그냥 사라지는 건 없어. 알아듣겠어?" 나는 언제나처럼 그 영화를 통해 더너웨이의 실패를 본다. 더너웨이는 딸을 떠나보내는 엄마의 심정 같은 건 전혀 내보이지 않는다. 더너웨이의 그 대사는 마치 (섀넌의 말투처럼) 판결문 같다. 두 시간 내내 자다가 일어난 나는 더너웨이의 "알아듣겠어?"라는 대사를 듣자, 갑자기 눈물이 났다. 이상한 일이었다. 그 영화를 한두 번 본 것도 아닌데. 창피한 마음이 든 나는 소매로 눈물을 닦아낸 후, 수영이 보낸 청첩장과 메모지를 꺼내 보았다. 브루클린으로 온 후 읽어보는 건 처음이었다.

"디어 종수"로 시작하는 메모의 문장을 여러 번 읽다보니 문득 웨딩드레스를 입은 수영의 모습이 궁금해졌다. 하지만 그 모습을 영원히 알 수는 없으리라. 그날 밤, 수영의 청첩장과 메모를 다시 보면서, 나는 우리가 랄프 로렌에게 보내는 편지를 끝까지 다 완성했는지, 혹은 내가 그녀의 편지를 완벽하게 다 영역했는지 정확하게 기억하지 못한다는 사실을 깨달았다. 결국 수영은 랄프 로렌에게 편지를 보냈던가? 나는 그녀의 편지를 끝까지 제대로 번역해주었던가? 어째서 이 부분이 비어 있는 거지? 나중에 나는 (잠든) 섀슨 여사에게 이야기를 건네는 행위를 통해, 적어도 수영과 나의 마지막이 어땠는지를 기억할 수 있게 되었다. 하지만 그날 밤, 그러니까 더너웨이의 영화를 보고 눈물을 흘린 날 밤, 나의 기억은 (당연히) 그 근처에도 가지 못했고, 그저 수영과 내가 그해 여름방학이 끝날 때까지 편지 '쓰는 걸' 완성하지 못했다는 사실 정도를 기억해냈을 뿐이다. 그리고 그게 전적으로 나 때문이었다는 것도. 나는 그녀가 쓴 문장 하나하나에 토를 달아 설명을 요구했으며, 랄프 로렌의 마음을 움직이기 위해선 고민을 더 해야 한다고 닦달했다. 수영은 좀 당황했을 것이다. 그녀는 그 일이 그렇게까지 오래 걸리리라고는, 그런 식으로 복잡하고 어려워질 것이라고는 예상을 못했을 테니까. 그저 자신이 쓴 편지를 내가 번역하기만 하면 끝이 날 거라고 생각했을 것이다. 내가 그녀를 그렇게 닦달한 것은, 그녀의 랄프 로렌 컬렉션이 완성되기를 바라는 순수한 마음 때문이기도 했지만, 사실은, 언젠가 (잠든) 잭슨 여사에게 말했던 것처럼 그저 그 일들을 될 수 있으면 오래 지속시키고 싶었던 마음이 더 컸다. 나는 어떤 의미에서는 일부러 그 일들을 지속시키고 있었던 것이다. 그런 줄은 꿈에도 몰랐을 수영은 오히려 내게 미안하다고 했다. "내가 니 시간을 너무 많이 빼앗는 거 같아." 나는 수영에게 괜찮다고 했다. 너를 위해 내 시간을 내줄 의향이 있다고, 그러니까 미안해하지 말라고 이야기했다.

더너웨이의 영화를 보고 울음을 터뜨린 그날, 내 기억은 꼬리에 꼬리를 물어 다른 장면들을 불러왔다. 아마 헨리 카터의 말을 이런 식으로 응용할 수 있을 것이다. '나의 기억이 나의 기억을 불러온다.'

여름방학이 끝난 후의 교실은 약간 혼란스러웠다. 이제 한 학기만 지나면 고3이 된다. 후회와 어설픈 다짐, 원하지 않는 나태함과 의도된 무심함이 교실 곳곳에 퍼져 있었다. 그렇다면 나는, 나는 어땠을까? "모르겠어요." 나중에 나는 이 이야기를 (잠든) 잭슨 여사에게 하면서 픽 웃었다. 나는 여전히 점심시간에는 학습실로 갔지만, 더이상 수학 문제를 풀지는 않았다. 그저 멍하니 앉아 있곤 했다. 수업시간에는 수영을 흘긋흘긋 돌아보았다. 그녀는 여전히 구석 분단 마지막 자리에 앉아 꾸벅꾸벅 졸곤 했다. 개학 후에도 우리는 일주일에 두세 번씩 밤에 맥도날드에서 만나 편지 '쓰는 걸' 계속했지만, 교실 안에서는 특별히 대화를 나누지 않았다. 가끔, 눈빛을 주고받을 때가 있었다. 손인사를 하거나, 서로 눈이 마주치면 씩 웃거나, 살짝 알은척을 하거나. 하지만 내 친구들 중 그 누구도 내가 수영과 '그런' 관계라는 걸 알아차리지는 못했다.

그런 식으로 개학 후 열흘 정도가 지났을 때였다. 5교시 역사시간이었다. 담임이 담당인 과목이었다. 담임은 삼십대 중반의 여자였다. 더위가 채 가시지 않아 교실 안은 후덥지근했다. 당연히 분위기가 좋지 않았고 담임은 이런저런 잔소리를 시작했다. 하지만 그녀가 특별히 나쁜 사람은 아니었다고 생각한다. 욕심이 좀 지나쳤지만, 자신의 잇속을 채우려는 것은 아니었다. 특별히 우리에게 부도덕한 일을 요구한 적도 없었다. 그날 담임은 꾸벅꾸벅 졸고 있던 수영을 깨웠다. 수영이 부스스 일어났고, 어쩐지 그 나른한 동작이 담임의 화를 돋운 것 같았다. 담임은 수영과 그 곁에 있는 친구들 몇 명—세상에, 나는 그녀들의 이름을 몰랐고 지금도 모른다—을 불러냈다. 나는 수영이 그 전날 늦게까지 아르바이트를 했다는 걸 알고 있었다. 담임은 수영과 친구들에게 뒤로 가서 서 있으라고 말했고, 이럴 거면 왜 학교에 나오냐고, 대학은 안 갈 거냐고 물었다. 수영과 친구들은 고개를 푹 숙이고 있었다. 웃음소리, 그때 웃음소리가 들렸다. 누가 웃었을까? 담임이 수영 '일행'에게 다가갔고, 들고 있던 역사책으로 그녀들의 머리통을 때렸다. 교실 안이 순식간에 조용해졌다. 나는 고개를 숙였다. 수영을 보고 싶지 않았다. 나는 내가 '알고 지내는', 그러니까 내가 '좋아하는' 누군가가 그런 식의 대우를 받는 게 싫었다. 돌이켜보면 여름방학 전에도, 그러니까 내가 수영을 '알기 전'에 이미 여러 번 봤을 법한 장면이었다. 어쩌면 나는 그럴 때마다 고개를 돌려 그들을 바라보며 어떤 생각들을 했을지도 모른다. 하지만 그날 나는 고개를 숙이고 이런 생각을 했다. 수영이가 아르바이트를 그만하면 좋겠다. 랄프 로렌 컬렉션을 완성하겠다는 생각 같은 건 그만둬도 좋지 않을까. 그녀가 '평범한' 학생처럼 공부에 전념하면 좋겠다고 말이다. 어쩌면 내가 그녀에게 도움을 줄 수 있을지 모른다고 생각했을 것이다. "하지만 그건 이미 불가능한 일이었을 거예요." 나는 나중에 (잠든) 잭슨 여사에게 이렇게 말했다. "이미 우리는 '같은' 부류가 아니었으니까요. 나에게는 같은 동네에 살고, 부모들끼리 정보를 공유해서 선택한 학원을 같이 다니고, 때로는 그룹 과외를 같이 하는 친구들이 있었으니까요. 부모님이 어렵지 않게 랄프 로렌의 옷을 구입해줄 수 있고, 방학 때는 해외여행을 떠날 수 있고, 돈에 대해서 고민할 필요가 없었던 그런 친구들 말이에요." 수영뿐만이 아니었다. 마흔다섯 명 정도의 같은 반 학생들 중 내가 말을 걸어보고 함께 무언가를 나눠본 친구는 아마 절반도 되지 않았을 것이다. 하지만 그날 고개를 숙이고 앉아 있던 내 머릿속을 가득 채웠던 건, 혹시 수영이 이 일 때문에 나와 만나지 않으려 하면 어쩌나 하는 것이었다. 웃기는 생각이었다. 수영이 랄프 로렌 컬렉션을 완성하려는 걸 그만두면 좋겠다고 생각했으면서 한편으로는 더이상 우리가 함께 편지를 쓰지 못하게 되면 어쩌나 하는 걱정을 하고 있었으니까. 바로 그날 밤에 나는 수영이 일하는 맥도날드에 찾아가기로 되어 있었다. 나는 수영이 오지 말라고 할까봐 걱정이 되었다. 그녀는 무척 자존심이 상했을 테니까. 어쩌면 이제 더이상 편지 같은 건 됐다고 할지도 모른다는, 내 얼굴 같은 건 보고 싶지 않다고 생각할지도 모른다는 두려움이 들었다. "하지만 괜한 걱정이었어요. 우리는 그날 만나서 편지를 같이 썼어요. 평소와 다를 바 없이."

다시는 잭슨 여사를 찾아가지 않겠다고 다짐한 지 일주일 정도가 지났을 때, 나는 또다시 잭슨 여사네 집의 초인종을 누르고 있었다. 어쨌든 잭슨 여사는 내게 종착역이나 마찬가지였고 종착역을 그저 지나칠 수는 없는 노릇이었다. 그런 건 불가능했다. 하지만 이번에는 미리 약속도 하지 않고 내 멋대로 찾아갔다. 그런 식으로 최소한의 자존심은 지키고 싶었다. 문 앞에 서 있는 나를 본 섀넌은, 나무라는 듯한 말투로, 저번에 다녀갔을 때 다음날 오기로 해놓고 약속을 어기면 어떡하냐고 말했다. 질문인지, 화를 내는 것인지 도통 구분하기 어려운 말투였는데, 나중에야 나는 그게 궁금해하는 말투라는 것을 알게 되었다. 하여튼 그 당시의 나는 섀넌이 그런 말을 한다는 것 자체가 어이없었다. 그렇게 무례하게 대해놓고 내가 다시 올 거라고 철석같이 믿고 있었다니? 섀넌은 나를 집안으로 들어오게 했다. 그러고는 잭슨 여사의 방으로 안내하면서 왜 그 전주에 오지 않았는지 계속해서 물어보았다. 짜증이 난 나는 결국 섀넌에게 이렇게 말하고야 말았다.

"난 내 입으로 다음날 오겠다고 한 적 없어요."

섀넌은 이 말을 듣더니 금방 조용해졌다. 아마도 일주일 전에 우리가 나눈 마지막 대화를 복기하고 있는 것 같았다. 잠시 후 그녀는 내 얼굴을 바라보았고, 빙그레 웃었다.

"당신 말이 맞는 거 같아요. 당신은 대답 안 했어요. 맞죠?"

그녀가 말을 이었다.

"난 가끔 내 마음대로 생각해버리고 그걸 진짜라고 믿어버리는 실수를 종종 하거든요. 내 실수가 맞네요. 미안해요. 잠깐만 여기서 기다려요. 레이철 할머니에게 지금 당신을 만날 수 있는지 물어보도록 할게요."

그녀의 사과에 나는 어리둥절해졌다. 그녀가 왜 사과했는지 잘 모르겠다는 생각도 들었다. 잠시 후 잭슨 여사의 방에서 나온 그녀는 내게 방안으로 들어가보라고 했다. 여전히 방안에는 내가 앉을 의자 하나 없었다. 나는 저번처럼 화분을 내려놓고 간이의자에 앉았다. 약간의 준비시간을 가진 후, 녹음기를 꺼내서 잭슨 여사에게 보여주었다. 그리고 그녀가 고개를 끄덕거리는 것을 확인한 후 녹음 버튼을 눌렀다.

"시계-방을 차리고 자기-집을 마련한- 후에도 조셉은- 자주 우리-집에 왔-어요." 몇 개월 후 잭슨 여사의 하숙집이 법적인 문제에 맞닥뜨려서 문을 닫아야 할 상황이 되자, 조셉 프랭클은 그녀에게 자기집 일을 좀 봐주면 어떻겠느냐고 물었다. 그녀는 일주일에 두 번씩 오전 열한시쯤 조셉의 집으로 찾아갔다. "하지만 내가- 그렇-게 오-래 그 집 일을 하-게 될- 거라고는 생각도 못-했지. 집이 정-말 엉망-진창이었어. 첫날에- 나는- 빨래와 설거지를 한-후에, 그-가 먹을 음식을 좀- 만들어-놨어요. 그런데, 집으로 돌-아온- 조셉이- 깨끗-하게 정리-된 집을 보더니 엉엉- 울-었어. 마치 어린아이-처럼 말이에요. 그이가 우는 걸 본 건 그때-가 처음-이자 마지막-이었어요." 이야기를 하는 도중 잭슨 여사가 기침을 한 번 하자, 섀넌이 따뜻한 허브티가 가득 든 머그컵을 하나 들고 나타났다. 이번에도 나를 위한 건 아무것도 없었다. 잭슨 여사는 차로 목을 축인 후 계속해서 이야기했다. "조셉이 티모시를 데리–고 왔을– 때, 나는 좀 당황–했어요. 생각–해봐요. 그 집 일을 하는 사람은 나–였으니 실질–적으로 그애를 돌봐–야 하는 사람은 내가 아니–었–겠어요? 하지만 조–셉은 항상 시계–방에 그애와 함께 갔어요. 권투–장에도 데–리고 갔지. 아마도 그런 걸 꿈–꾸지 않았–겠어요? 함께 링에 올라–서 경기를 한다–든가 뭐 그런– 거요. 티모–시는 착한 애였–어요. 똑똑–했지. 하나를 알려–주면 열을 아는 그런 애였–어요."

내가 두번째로 잭슨 여사를 찾아간 날, 잭슨 여사는 이 이야기를 하다가 잠이 들었다. 이번에 나는 그녀가 잠드는 과정을 보게 되었는데, 그녀는 이야기를 하다 잠시 생각에 빠진 듯이 허공 어딘가를 바라보았고, 그러다 아주 자연스럽게 눈을 감았다. 눈을 감고도 그녀는 마치 노래를 부르듯이 입을 오물오물거리며 이야기를 이어가려고 애쓰고 있었다. 그러다가, 문득 잠에 빠져드는 것이다. 마치 그녀의 작은 몸 위로 잠이라는 얇은 막이 스르르 떨어지는 것 같은 모습이었다. '그것'은 그녀를 포근하게 감싸주는 것일까? 아니면 그녀를 불편하게 만드는 것일까? 그런 일이 있을 거라는 걸 이미 알고 있었음에도 당황스러웠다. 나는 침착하려고 애쓰며 녹음기를 끄고 그녀가 잠들 때를 대비해서 가지고 온 책을 가방에서 꺼냈다. 헤밍웨이의 『노인과 바다』였다. 그 전날, 온 집안을 뒤져 이 책을 찾아냈을 때 나는 좀 놀랐다. 노벨문학상 수상작(물론 그후에 나는 노벨문학상이 작품이 아닌 작가에게 돌아간다는 사실을 알게 되었다)이니까 무척 두툼할 줄 알았는데 예상외로 너무 얇았기 때문이다. 책 표지에는 『노인과 바다』의 노인으로 추정되는 남자의 얼굴과 그 얼굴 뒤로 해안가와 작은 배가 그려져 있다. 아주 투박하고 촌스러운 그림체이다. 나는 조용히 첫 페이지를 펼쳤다.

그는 멕시코 만류에서 조그만 돛단배로 혼자 고기잡이를 하는 노인이었다. 팔십사 일 동안 그는 바다에 나가서 고기를 한 마리도 못 잡았다. 처음 사십 일 동안은 한 소년이 그와 함께 나갔다. 하지만 사십 일이 지나도록 고기를 한 마리도 잡지 못하자 소년의 부모는 노인이 이젠 정말이지 돌이킬 수 없게 '살라오', 즉 운수가 완전히 바닥난 지경이 되었다고 소년에게 말했다.

잠시 후에 잠에서 깨어난 잭슨 여사가 내게 말했다.

"아이고─. 내가 잠─에 들었─었군요. 미안─해요."

잭슨 여사는 좀 당황한 것처럼 보였다. 나는 괜찮다고 대답했다.

"책을 읽고 있었어요."

잭슨 여사는 내 손에 들린 책을 보았다.

"『노인과 바다』예요. 한국어 책이죠."

나는 잭슨 여사에게 책을 건네주었다. 그러자 이번에도 섀넌이 들어와 잭슨 여사에게 돋보기안경을 건네주고는 밖으로 나갔다.

"이게─ 한국─어군요."

잭슨 여사는 돋보기를 끼고 한참 동안 『노인과 바다』를 바라보았다. 우리는 한동안 침묵 속에 남아 있었다. 내가 어색하다고 느낄 즈음에, 이윽고 돋보기를 벗은 그녀가 나를 바라보더니 이렇게 말했다.

"나도– 좋아–하는 책이– 있어요."

나는 어색함에서 빠져나올 찬스라고 생각했고, 고개를 끄덕였다. 당연히 섀넌이 책을 가져다줄 거라고 예상했지만 이번에는 섀넌의 도움을 필요로 하지 않는 모양이었다. 그녀는 직접 휠체어를 움직여 침대 머리맡 쪽으로 갔고, 베개 밑에서 책 한 권을 꺼내 내게 보여주었다. 붉은 표지 한가운데에 한 여성의 상반신이 찍힌 흑백사진이 들어가 있다. 그녀는 검정색 폴라 니트를 입은 채, 한 손으로 턱을 괴고 카메라를 바라보고 있다. 그녀는 아주 여유만만하게 웃고 있다. 그 미소는 너무나 아름답지만, 무언가 알 수 없는 미묘함이 느껴진다. 어쩌면 사진을 찍기 바로 직전까지 울고 있었고, 사진을 다 찍은 직후에는 곧바로 울음을 터뜨렸을 것 같은 얼굴이다. 슬퍼 보인다기보다는 지쳐 보이는 쪽에 가깝다. 표지에는 "MY STORY"라고 적혀 있고, 나는 그 밑의 이름을 보고서야 저 모순적인 미소를 짓고 있는 여성이 누구인지 알 수 있었다. 메릴린 먼로였다.

"여기–엔 먼–로가 한–국을 방–문한 이야–기가 나와 있–어. 1–9–5–4년의 일이–에요. 그거– 알고– 있어요? 조셉이– 티모시를 데–리고 온 것–도 바로 19–54년이었다는 사실– 말이에요."

조셉 프랭클이 티모시를 데리고 온 게 정확하게 몇 년도인지 알게 되는 순간이다.

"그해가 시작–될 때 메릴린– 먼로가 결혼–을 했지. 유명한 야구선수 조 디마지오랑 말이야. 물–론 첫–번째 결혼은 아니–었어. 여하튼 난 그– 여자가 결혼–하지 않–기를 바랐–어. 그래서– 무척– 실망–했던 기억–이 나요. 이혼–을 한다고– 했을 땐– 당연–하다고–

생각했고. 또 몇 년 후에 그— 여자가 죽었—을 때, 웃—기—게도 난 그런— 생각을— 했어요. 만약— 그 여자—가 이—혼하지 않—았다면, 한— 남자—에게 정착—했다면— 죽—지 않을— 수 있었—을까— 하는 뭐 그런— 생각 말—이에요."

잭슨 여사는 살짝 웃었다.

"말도— 안— 되는— 생각—이지."

나는, 젊은 시절 설탕공장에서 일을 했고, 제분 일을 하던 남자와 설탕 냄새가 나는 창고에서 결혼식을 올린 어떤 여자가, 한 번도 아픈 일이 없었을 것 같은 어떤 여자가 메릴린 먼로를 좋아했고, 여전히 좋아한다는 사실이 잘 어울리면서도 동시에 잘 어울리지 않는다는 생각이 들었다. 잭슨 여사는 내게 책을 건네며 일부분을 읽어줄 수 있느냐고 물었다. 나는 고개를 끄덕거렸다. 그리고 아무 페이지나 펼쳐서 읽기 시작했다.

"노마 진으로서의 내 이야기는 여기서 끝난다. 짐과 나는 이혼했다. 그러고 나서 나는 할리우드로 이사 와서 혼자 살았다. 그때 열아홉 살이었던 나는 내가 누구인지 알고 싶었다.

'노마 진은 여기서 끝난다'고 지금 막 쓰고 나니, 마치 거짓말을 하다 들킨 것처럼 얼굴이 달아오른다. 너무 조숙했던 이 슬프고 가련한 아이는 내 마음에서 떠난 적이 거의 없기 때문이다. 내가 큰 성공을 거둘 때도 나는 노마 진의 겁에 질린 눈이 아직 내 속에 있다는 걸 느낄 수 있었다. 그녀는 계속해서 이렇게 말한다. '나는 즐겁게 살지 못했고 한 번도 사랑받지 못했어.' 그렇게 말하고 있는 것이 나인지 생각하며 혼란에 빠진다."

잭슨 여사의 방에서 나왔을 때, 섀넌은 내게 잠깐 기다리라고 했다. 그녀는 잭슨 여사의 방에 들어갔다가 잠시 후에 나왔다. 그리고 나를 보더니 이렇게 물었다.

"왜 안 가고 서 있어요?"

내가 어버버하자 그녀는 내 어깨를 치며 한참 웃었고, 웃음을 그친 후에는 차나 한잔 마시고 가라고 말했다.

우리는 그날, 그러니까 우리가 두번째로 만난 날, 레이철 잭슨 여사가 침대 위에 누워 숙면을 취하는 동안, 부엌 싱크대에 나란히 기대서서 함께 차를 마셨다. 그녀는 내게 뭐하는 사람이냐고 물었다. 나는 준비된 답을 늘어놓았다.

"작가예요. 집필을 준비중이죠."

"무슨 책을 쓸 건데요?"

"노인에 대해서요."

섀넌은 무슨 말인지 알겠다는 듯이 미소를 지었다. 그리고 이렇게 말했다.

"안성맞춤이죠."

나는 그녀의 얼굴을 쳐다보지 않고 고개를 끄덕였다. 잠시 침묵이 흘렀고, 곧이어 섀넌이 입을 열었다.

"작가라는 말, 거짓말이죠?"

그녀가 나를 바라보고 있다는 걸 알 수 있었다. 그녀가 내 거짓말을 알아차렸다고 해서 내게 무슨 일이 생기는 건 아니었다. 내가 그들에게 딱히 피해를 준 것도 아니었고, 금전적 이득을 얻은 것도 아니니까 법적으로 처벌받을 일도 없었다. 그저 속였다는 걸 인정하고 이 집을 나가서 다시는 돌아오지 않으면 그만이었다. 하지만 그 순간, 나는 그보다 더 두려운 일은 없는 것처럼 느꼈다. 가슴이 쿵쾅쿵쾅 뛰었고, 손바닥에 땀이 배었다. 나는 혹시라도 떨어뜨릴까봐 걱정이 되어서 찻잔을 싱크대 위에 조심스럽게 내려두었다. 먼저 입을 연 건 섀넌이었다.

"당신은 책 쓰는 사람처럼 보이지 않아요. 작가처럼 보이진 않는다고요."

또다시 얼마간의 침묵이 흘렀다. 섀넌이 결심했다는 듯이 입을 열었다.

"내 예전 남자친구가 작가라서 아는데, 작가들은 엄청 삐쩍 말랐다고요. 스트레스가 이만저만이 아니고…… 그 남자는 머리카락도 얼마 남지 않아서 머리를 아예 빡빡 밀었죠. 그렇지만 잘생겼었어요…… 옷은 또 얼마나 이상하게 입고 다녔는지 두 손 두 발 다 들 정도였다니까요. 고집은 얼마나 세고, 성격은 얼마나 예민한지. 그래서 결국 때려치웠거든요. 그런데 당신은……"

그녀는 나를 바라보더니 납득하기 어렵다는 듯한 표정을 지었다.

"너무 평범해요."

나는 그녀의 편견에 기겁했지만, 그런 이야기를 아무 거리낌도 없이 하다니 한편으로는 대단하다는 생각이 들기도 했다.

"하긴 사람이란 건 다양하니까."

이번엔 그녀가 내 눈을 피하고 자신의 찻잔을 내려다보며 중얼거렸다. 그런 그녀를 보자, 뜬금없게도 그녀가 내가 상상한 것만큼 '나쁜'

사람은 아닐지도 모른다는 생각이 들었다. 나는 그녀에게 말했다.

"혹시 랄프 로렌 알아요?"

"랄프 로렌? 옷 브랜드 말이에요?"

나는 고개를 끄덕였다.

"혹시 랄프 로렌 옷이나 신발 뭐 그런 거 하나라도 가지고 있는 거 있어요?"

그녀는 생각도 별로 하지 않고 고개를 흔들며 대답했다.

"예전엔 있었지만 지금은 없어요. 아, 모르겠어요. 찾아보면 있을지도."

"그 신발은 어디 거죠?"

나는 그녀의 하얀 옥스퍼드화를 가리키며 물었다.

"이건 레페토라는 거예요. 한 삼백 불 정도 하죠."

그리고 내게 아주 당연한 사실을 알려준다는 듯 이야기했다.

"랄프 로렌은 한물갔죠."

순간, 나는 그 말이 나를 모욕하고 있다고 느꼈던 것 같다. 하지만 그건 나의 착각이었다. 그녀는 나를 모욕하는 것에 하나도 관심이 없었다. 내가 모욕감을 느끼거나 말거나 그녀는 이렇게 말하며 악수를 청했다.

"섀넌이에요. 내 이름이요. 섀넌 헤이스."

나는 고개를 끄덕이고 그녀가 내민 손을 맞잡았다.

미국에 마지막으로 머물던 그해, 나는 약 반년 동안 일주일에 서너 번씩 잭슨 여사를 찾아갔다. 밤에는 잭슨 여사의 이야기 중 조셉 프랭클과 랄프 로렌에 관련된 것들을 기록해뒀다. 그리고 아주 가끔씩 기록해둔 것을 한국말로 옮겨두기도 했다. 앞에서도 말했지만, 조셉 프랭클이나 랄프 로렌의 이야기를 글로 쓸 생각은 전혀 없었다. 그럼에도 불구하고 나는 그런 일들을 했다. 마치 그보다 더 중요한 일은 없다는 듯이 그 작업에 몰두했다. 잭슨 여사의 이야기를 정리하는 것은 (다른 사람들의 녹음을 정리하는 것보다 훨씬 더) 고된 일이었다. 잭슨 여사의 이야기는 한마디로 뒤죽박죽이었기 때문이다. 조셉 프랭클이 삼십대였을 적의 이야기를 하다가 갑자기 칠십대의 이야기로 넘어가거나 하는 일이 부지기수였다. 그녀는 그날그날 혹은 그때그때 머릿속에 떠오르는 걸 말했다. 같은 이야기를 반복하는 일도 잦았고, 똑같은 시기의 이야기인데도 무언가 미묘하게 달라질 때도 있었다. 디테일이 간략해지는 날도 있었고, 반대로 풍부해지는 날도 있었다. 내용 자체가 바뀌는 날도 있었다. 나는 그녀의 이야기를 연도별로 정리했고, 나중에 그녀의 이야기 속에 등장하는 디테일은 다시 추가해두었다. 이런 식으로 이 일을 반복하는 동안 내 머릿속에서는 조셉 프랭클 연보가 완성되었다. 내용이 바뀌는 경우에는 그 전후 시기에 대해 그녀가 이야기한 것을 바탕으로 좀더 이치에 맞는다고 판단되는 쪽으로 수정했고, 이치에 맞지 않는다고 판단되는 내용도 삭제하지 않고 따로 파일을 만들어 정리해두었다. 아주 사소한 것까지 또렷하게 떠올리고 이야기한 날이면 잭슨 여사는 평소보다 좀더 오랜 시간 동안 깊게 잠들곤 했다. 그동안 나는 헤밍웨이의 소설을 읽으며 그녀가 깨어나길 기다렸다.

내가 잭슨 여사를 찾아간 지 한 달 정도가 지났을 때의 일이다. 그날, 조셉 프랭클의 이야기를 하던 도중, 언제나 그랬던 것처럼 잭슨 여사는 잠에 들었다. 나는 녹음기를 끄고 책(그 당시 나는 『누구를 위하여 종은 울리나』를 읽고 있었다)을 꺼내려고 가방을 뒤적거리다가, 책을 가지고 오지 않았다는 사실을 알게 되었다. 섀넌에게 한 권 빌려 달라고 부탁할 수도 있었다. 한 달 동안 우리 사이에 특별한 교류가 있었던 건 아니지만, 그래도 그 정도 부탁을 할 정도는 되었으니까. 하지만 나는 그러지 않았다. 나는 잠든 잭슨 여사를 바라보았다. 가만히 있으니까, 쌔근쌔근하는 숨소리가 들려왔다. 한 달 전에 퐁퐁거리며 수증기를 내뿜던 가습기는 사라지고 이제 그 자리에서는 소형 선풍기가 탈탈거리며 돌아가고 있었다. 잭슨 여사는 평소에 빛이 들어오는 걸 별로 안 좋아해서 방안을 약간 어둡게 해놓는 편이었지만, 커튼이 반쯤 쳐진 창밖으로 초록 잎을 단 나뭇가지들이 빛을 반사하며 바람에 이리저리 휘청거리는 게 보였다. 6월의 바람이었다.

여름이 시작되겠구나.

지난겨울, 기쿠 박사님의 연구실에서 나와 가방과 런치박스도 챙기지 않고 바로 아파트로 걸어가던 그 길이 생각났다. 그때 우습게도 나는 영원히 그 길이 계속 이어져서 나 자신이 다시는 아파트로 돌아갈 수 없을까봐 두려워했었다. 그건 아주 바보 같은 생각이었는데, 그 길이 영원히 이어질 리가 없어서 그랬던 것이 아니라, 아파트는 내가 '돌아가지 못할까봐' 두려워할 만한 그러한 장소가 아니었기 때문이다. 그건 정말로 커다란 착각이었다. 하지만 그건 다른 측면에서는 아주 온당한 착각이기도 했다. 그날, 내가 돌아갈 곳이 그곳 말고 어디 있었겠는가? 그날 밤, 그곳—학부 시절부터 십 년 가까이 거주했고,

항상 내 집이라고 불러왔던, 그런 식으로 떠나게 될 거라고는 한 번도 생각해보지 못했던 곳, 내가 '그들로부터' 자취를 감춘 후 지아 류가 매일매일 노크하던 그곳, 어느 날 밤 야반도주하듯 떠나지 않으면 안 되었던 바로 그곳—이 아니라면 이 지구상에 내가 갈 곳이 어디에 있었을까?

"이제 내 방의 문을 두드릴 사람은 아무도 없을 거라는 생각이 들었어요."

문득 내가 소리내어 말하고 있다는 사실을 깨달았다. 게다가 한국어로. 나는 아주 조용조용한 목소리로, 잠든 잭슨 여사에게 말을 걸고 있었던 것이다. 잭슨 여사는 여전히 아까와 같은 포즈로 잠들어 있었다. 나는 입을 다물고 가만히 잭슨 여사를 바라보다가, 이번에는 방금 내가 했던 말을 영어로 말해보았다.

"이제 내 방의 문을 두드릴 사람은 아무도 없을 거라는 생각이 들었어요."

지금도 그 순간을 머릿속으로 그려보면 이상한 감정에 사로잡힌다. 내가 입 밖으로 낸 문장이 아무런 의미도 갖지 못하고 어디론가 사라져가는 그런 기분.

"온 우주에 그럴 사람은 단 한 명도 없어요."

그후로, 잭슨 여사가 잠들면 나는 녹음기의 정지 버튼을 누르고, 책을 읽는 대신 '말'을 했다. 잭슨 여사의 이야기가 녹음된 파일을 자세히 들어보면, 이런 소리가 들리는 순간이 있다. 달칵. 미세하게 무언가 단절되는 소리. 그건 바로 잭슨 여사가 잠드는 순간이다. 그리고 한편으로는 내가 '말'을 시작하는 순간이기도 하다. 내가 한 이야기 역시 순서가 뒤죽박죽이었다. 그전에 했던 이야기와 이어질 때도 있었고, 혹은 아무런 상관도 없는 이야기를 할 때도 있었다. 나는 한국어로 말할 때도 있었고, 영어로 말할 때도 있었다. 심지어는 섞어서 할 때도 있었다. 잠든 잭슨 여사에게 내가 미국에 와서 어떤 식으로 공부했는지, 그것이 내게 어떤 의미인지에 대해 이야기했다. "한 번도 이런 식으로 쫓겨날 줄은 몰랐어요. 우습게도 저는 제가 꽤 잘하고 있다고 생각하고 있었거든요." 나는 에머슨 씨네 식당에서 잡지를 찢어온 이야기를 했고, 거기서 일을 하던 한국인 점원에 대해 말했다. "그는 왜 거기서 일을 하고 있었을까요? 쓰는 영어를 봐서는 교포는 아닌 것 같았는데. 그는 나를 어떤 사람이라고 생각했을까요? 나를 한심하게 생각했겠죠?" 나는 겨울에 자유의 여신상을 보러 가다가 그냥 되돌아온 일에 대해서도 이야기했다. "거기에 관광을 온 것처럼 보이는 한국인 여자들을 봤어요. 이상하죠? 남들은 외국에서 같은 나라 사람을 만나면 무척 기쁘다고 하던데, 전 그때 도망치고 싶었어요." 잠든 잭슨 여사에게 그런 식으로 이야기한다는 것이 때때로 우스꽝스럽게 느껴졌지만, 얼마 지나지 않아 나는 그 시간을 좋아하게 되었다. 아니, 좋아했다는 표현 정도로는 부족하다. 나중에는 내가 그녀의 이야기를 들으러 가는 것인지, 내 이야기를 하러 가는 것인지 알 수 없게 되어버렸을 정도였다.

한 가지 덧붙이고 싶은 사실이 있다. 지금 이 시점에서 돌이켜 생각해보면 굉장히 의아한 일이지만, 잭슨 여사는 한 번도 내가 이야기하는 도중에 깨어나는 법이 없었다. 잭슨 여사는 항상 내 이야기가 일단락이 되면 그때야 눈을 떴고, 이렇게 물었다.

“내가– 어디–까지 이–야기했–더라?”

그리고 잭슨 여사는 다시 이야기를 시작했다. 그렇게 우리의 ‘대화’는 지속되었다.

무인지대

조셉 프랭클은 1912년 작은 무역상을 운영하는 함부르크의 유대인 가정에서 태어났다. 조셉 프랭클의 아버지는 그가 십대 초반일 때 죽었고, 그후로 조셉 프랭클의 어머니가 식료품 가게를 운영하며 그를 키웠다. 잭슨 여사는, 조셉 프랭클의 아버지가 살아 있었던 때부터 조셉 프랭클 가족은 유대인이라는 의식이 별로 없었던 것 같다고 말한다. "그의 가족-은 하-누카 기-간을 지키-지도 않았-고, 이디-시어를 사용-하지도 않았-다고 했어요." 그의 아버지가 돌아가신 이후에도 조셉 프랭클 가족은 매년 크리스마스마다 트리를 만들었고, 트리 아래에는 선물 상자를 놓았다. 하지만 조셉 프랭클의 가장 오래된 기억 속의 자신은 크리스마스트리 아래의 선물 상자를 열어보는 모습도 아니고, 자전거를 타는 모습도 아니며, 겁에 질려 어머니의 손을 잡고 마을 이발소에 처음 들어가는 모습도 아니었다. "마을- 광장에 있는 커다란 벽-시계를 바라-보는 장면-이라고 했어요. 완-전히 마음을— 빼앗겼다고— 했지."

내가 여러 사람들의 이야기를 토대로 떠올린 조셉 프랭클은 시계공으로서의 명성이나 부에는 그다지 관심이 없어 보이는 사람이었다. 그도 그럴 것이 조셉 프랭클은 심지어, 평생 동안 자기 자신을 권투 선수라고 소개했을 정도였으니까 말이다. 하지만 전혀 뜻밖에도, 잭슨 여사의 이야기를 들어보면 젊은 시절의 조셉 프랭클은 굉장한 야망가처럼 보인다. 그는 1935년, 그러니까 스물세 살 때 제네바 시계학교CFP-Technique에 입학한다. 지금도 그렇지만, 당시 제네바 시계학교의 입학 조건과 졸업 요건은 아주 까다로웠다. 무엇보다 입학시험을 치르려면, 이 년 이상의 견습생 경력이 있어야 했고, 영어와 독일어와 불어를 할 줄 알아야 했다. 스위스 국적이 없는 사람에게는 입학이 허가된 적도 없었다. 조셉 프랭클이 혈혈단신으로 스위스로 건너간 건 1931년도의 일이다. 그는 오로지 자신의 실력으로 샤프하우젠에 위치한 슈빌라 공방에 견습공으로 들어간다. 1910년대 말, 스위스의 유명 시계회사였던 IWC는 2대 경영자인 요하네스 라우셴바흐 셍크가 죽은 후, 그의 둘째 사위였던 에른스트 야코프 홈베르거가 운영하고 있었다. IWC가 좀더 혁신적으로 나아가야 한다고 판단한 홈베르거는 루이 브란트 소속의 시계 장인 프랑수아 슈빌라를 자신의 회사로 데려와서 그에게 시계 제작에 관련된 전권을 넘기고 지원을 아끼지 않는다. 1920년대 중반에 제네바에 새롭게 세워진 슈빌라 공방은 이러한 IWC와 슈빌라의 합작품이었다. 슈빌라는 공방의 견습생을 선발하고 교육시키고 관리하는 일까지 꼼꼼하게 돌보았고 몇 년 지나지 않아 슈빌라 공방은 시계공을 꿈꾸는 사람이라면 꼭 한 번 경험해보고 싶은 곳이 되었다. 훗날 손에 꼽히는 시계공으로 성장하며, IWC의 황금시대를 '다시' 도래하게 만든 알베르트 펠라톤은 어느 인터뷰에서 슈빌라에 대해 이렇게 말한다. "그분은 눈에 불을 켜고 젊은이들을 찾아 헤맸죠. 그러니까 젊은 천재들 말입니다."

조셉 프랭클은 자신의 슈빌라 공방 견습공 시절에 대해 이러쿵저러쿵 떠들지 않았다(조셉 카터를 상대로 거둔 케이오승을 평생 동안 으스댔던 것을 생각하면 의외다). 그는 그저 이렇게 말했을 뿐이다. "스위스 국적이 없었지만, 슈빌라 선생님이 애를 써준 덕분에 학교에 입학할 수 있었어요. 슈빌라 선생님께도 정말 힘든 일이었을 겁니다." 더이상의 설명을 아꼈지만, 아마도 조셉 프랭클은 슈빌라가 그토록 찾아 헤매던 '젊은 천재' 중 한 명이었으리라. 조셉 프랭클은 이렇게도 덧붙였다. "나 자신의 국적이랄까, 정체성이랄까, 그런 걸 뼈저리게 느낀 순간이기도 했죠." 물론 제네바로 건너오기 이전에도 자신의 인종—유대인—에 대해 생각하게 되는 순간들이 있었다. 유대인이라는 점이 정작 자기 자신에게는 '중요한' 사실이 아니었는데도 그랬다. 1934년 여름, 조셉 프랭클은 함부르크로 돌아가서 몇 달을 머물렀다. 함부르크에서는 조셉 프랭클이 떠나오기 전에 약혼한 여자가 그를 기다리고 있었다. 그 여성의 이름은 헨리나 빅토르였고, '아리아인'이었다. 그들은 결혼식을 올릴 예정이었다. 충분히 예상할 수 있는 시련이 있었다. 1930년대 초반, 독일에서는 유대인에 대한 공공연한 탄압이 자행되고 있었다. 1933년에는 비아리아인은 정부 기관에서 일할 수 없다는 법안이 통과되었다. 하지만 조셉 프랭클은 이런 법안에 대해 심각하게 여기지 않았다. 이미 말했지만, 그는 자신이 유대인이라는 사실에 대해 진지하게 생각해본 적이 없었기 때문이다. 아리아인과 유대인의 결혼을 금지하는 법이 생기기 전이었지만(이 법안은 1935년 만들어졌다), 헨리나의 가족들은 처음부터 이들의 약혼을 강하게 반대했다. 그렇지만 헨리나와 조셉이 서로에게 가지고 있었던 믿음은 좀처럼 깨지지 않았다. "그런 게— 사랑—이 아니—겠어요?" 잭슨 여사는 이렇게 덧붙인다. "조셉은— 여기에 사는— 동안에도 누군가를— 만난— 적이 없어요. 내가 아는— 한에—서는 그랬—어요. 아마도— 아내를— 잊—지 못해서—였겠죠." 조셉과 헨리나가 각각 제네바와 함부르크에 머물고 있었지만 '거리'는 그들의 사랑에 아무런 방해가 되지 않았다.

잭슨 여사는 그게 '진짜' 사랑이라고 말한다.

1934년 함부르크에서 열린 아주 간소하고 조촐한 결혼식은 '진짜' 사랑의 결실이었다. 유대교식 결혼식도 아니었지만 헨리나의 가족들은 아무도 참석하지 않았다. 헨리나의 가족들은 끝까지 그토록 냉정했다. "조셉은 아내—를 데리—고 제네바로 들어—가길 원했다고— 말했어요." 하지만 그럴 수는 없었다. 그가 아무리 슈빌라에게 총애를 받았다고 해도 제네바에서의 생활은 불안정했다. 모든 상황이 여의치 않았다. "어쩔— 수 없었—다고 했어. 아내를— 함부—르크에 두고 올— 수밖에 없었—다고 했—지. 곧 데리—러 갈 생각—이었다고— 했어." 결국 조셉 프랭클은 혼자 제네바로 돌아온다. 그들이 헤어질 때 어떤 마음이었을지는 안 봐도 훤하다고 잭슨 여사는 말한다. 그래도 헨리나는 아주 '의연했다'. "헨리나는 울지 않았—다고 말—했어. 다시 만날— 텐데 왜 울어—야 하—냐고 말했—다고 했지. 오히려 운 건 조셉 본인—이었다고 했다—우." 대신 조셉 프랭클은 일 년에 서너 번 함부르크로 돌아가 아내와 시간을 보냈다. 잭슨 여사는 말한다. "얼마—나 애틋했—겠어." 당연히, 무척이나 애틋했을 것이다. 견딜 수 없을 정도로.

1936년 헨리나는 함부르크에서 아이를 출산한다. 아들이었다. 나는 사실 이 이야기를 듣고 약간 충격을 받았다. 세상에, 그러니까, 조셉 프랭클에게 아들이 있었던 것이다. 조셉 프랭클에게서 그 이야기를 들었을 때 충격을 받은 건 잭슨 여사도 마찬가지였다. "나는— 조셉이— 그 이야기를 털어—놓기 전—까지— 한 번—도 아들—에 대해 말한 적이 없—다는 사—실을 믿을— 수가 없—었어요. 어떻—게 그런—일이 가능—할 수가 있었—겠어?" 문득 나는 랄프 로렌을 떠올렸다. 말년에, 세상으로부터 멀어졌던 랄프 로렌이 극비리에 수소문해서 그 당시 남아 있던 단 한 명의 혈육 메이지 그랜트를 찾아냈던 사실을 말이다. 랄프 로렌은 자신의 여동생을 집안으로 들여서 몇 년 동안 함께 살았고 죽을 때 엄청나게 많은 재산을 남겨'주었다'. 이 행동에 다른 의도는 없었을 것이다. 그저 랄프 로렌은 정말로 그녀를 자신의 가족으로 여겼던 것뿐이리라. 랄프 로렌의 여동생은 오빠와의 약속을 저버리고 오빠에 대한 이야기를 여기저기 떠벌리고 다녔다. 하지만 역설적이게도 나는 그녀의 이야기 속에서 랄프 로렌에 대한 (단지 부자 오빠 이상의) 애정을 느낄 수 있다. 메이지 그랜트는 자신의 오빠가 입었던 옷과 머리 모양, 그리고 사소한 버릇까지 아주 정확하게 기억하고 있었다. 어쩌면 메이지 그랜트는 자신이 무슨 이야기를 하고 있는지 '정확하게' 알고 있었지만, 한편으로는 '아무것도' 몰랐던 것인지도 모른다. 한 가지 의문점이 있다. 그토록 가볍기 그지없었던 메이지 그랜트의 입에서 어째서 한 번도 조셉 프랭클이라는 이름이 나오지 않았을까? 그녀는 조셉 프랭클이라는 이름은커녕 시계공에 대한 이야기조차 한 적이 없었다. 이게 뜻하는 게 뭘까? 그건, 단 하나다. 랄프 로렌은 조셉 프랭클에 대해 단 한 번도 이야기한 적이 없다는 사실이다. 이것에 대해 잭슨 여사가 말한 것보다 더 정확한 표현을 찾을 수는 없을 것이다. '어떻게 그럴 수 있었을까?'

조셉 프랭클은 아들이 태어나자 잠시 휴학하고 함부르크로 돌아가 반년 정도를 머물렀다. "꿈결 같은 시간"이었다고 조셉 프랭클은 잭슨 여사에게 말했다. 1937년 초에 다시 제네바로 돌아갈 때에도 조셉 프랭클은 아내와 아들을 함부르크에 그대로 남겨두었다. "분위-기가 흉흉-했지만 곧 괜찮아-질 거라고 생각-했다고 말했지." 실제로 독일 내에 그런 분위기가 있었다. 나는 나중에 아주 우연히 프리모 레비의 『이것이 인간인가』를 읽다가 '낙관주의'라는 단어를 발견했다. 놀랍게도, 그 당시 독일 내 유대인들 사이에는 여전히 낙관적인 분위기가 있었다. 프랭클 부부 역시 그런 생각을 했을 것이다. 그게 마지막 만남이 되리라고는 전혀 예상하지 못했을 것이다. 원한다면 언제든 다시 만날 수 있을 거라고, 그게 그렇게 어려운 일은 아닐 거라고 생각했을 것이다. 이때에도 헨리나 프랭클은 울지 않았다. 하지만 그들은 다시는 만나지 못했다. 나중에 조셉 프랭클은 자신의 가족들을 제네바로 불러들이기 위해 갖은 애를 썼지만, 스위스 정부가 공식적으로 유대인의 입국을 거부하는 바람에 그들은 정말로 다시는 만나지 못하게 된다. "그 일-이 있-은 후, 조셉은 시계-학교를 그만-두고 스위-스를 떠나 미국-으로 건너-오게 된- 거야." 조셉 프랭클은 수소문한 끝에 헨리나를 비롯한 자신의 가족들이 폴란드행 기차에 올랐다는 사실을 알게 되었다. 그건 이상한 일이었다. 그 열차는 독일 내 폴란드 국적 유대인을 고국으로 돌려보내기 위한 기차였기 때문이다. 그는 자신의 가족들이 왜 그 열차에 올랐는지 영원히 알지 못했다. "아마도- 그게- 자신들을- 탈출-시켜-주리라-고 믿었던-거겠지." 잭슨 여사는 그렇게 추측했다. 어쨌든 '어리석은' 선택이었다. 역시 나는 나중에 우연히 라울 힐베르크가 쓴 『홀로코스트, 유럽 유대인의 파괴』라는 책에서 이것과 관련된 구절을 찾게 되었다.

> 1938년 10월에 독일 외교부는 독일 지배 지역 유대인의 약 10퍼센트가 폴란드 국적이라는 사실을 발견했다. 그러나 폴란드 정부에게는 그 국민들을 재입국시킬 의사가 별로 없었다. 그해 10월 9일, 폴란드 정부는 오히려 여권에 폴란드 정부의 공인이 찍혀 있지 않은 유대인이 10월 29일 이후에 폴란드에 입국하는 것을 금지했다.
>
> 독일 외교부가 즉각 반응했다. 폴란드 국적 유대인을 폴란드로 추방해버리기로 결정한 것이다. 그리하여 유대인 수천 명을 실은 밀봉 열차들이 10월 말에 폴란드 국경도시 즈방쉰에 도착했다. 폴란드는 열차를 막았고, 기차는 독일과 폴란드 초소 사이의 '무인지대'에 섰다. 게다가 독일인들은 곧바로 그들이 지독하게 오판했음을 알게 되었다. 독일 국적의 유대인들을 잔뜩 실은 기차가 정반대 방향에서 달려온 것이다.

이 부분을 읽다가 나는 '무인지대'라는 단어가 나올 때, 그게 무엇을 뜻하는지 '몰라서' 잠깐 멈췄다. 하지만 나는 곧바로 무인지대가 무엇을 뜻하는지 모른다는 것이 말도 안 된다는 것을 깨달았다. 무인지대. 말 그대로, 사람이 없는 땅을 뜻하는 것이었으리라. 열차는 아주 오랫동안 허허벌판에 멈춰 있어야만 했다. 막 겨울이 시작되는 무렵, 열차는 얼마나 거기에 머물러 있었을까? 10월 말이었다면, 추위를 피할 만한 따뜻한 외투 같은 건 가지고 있었을까? 그때 헨리나는 자신의 시어머니와 아들 사이에 앉아서 무엇을 바라보고 있었을까? 창밖에는 어떤 풍경이 펼쳐져 있었을까? 잭슨 여사는 이렇게 말했다. "조―셉은 그 열―차에 올라―탄 사람―들이 어―떤 식으로 되었―는지 알고 싶지 않―다고 했―어."

잭슨 여사가 이 이야기를 시작한 건 내가 잭슨 여사를 찾아간 지 석 달 정도가 지난 8월 셋째 주의 일이었다. 그 전주에는 '줄리언 모던 경계령'이 내려졌다. 샌프란시스코에 사는 줄리언 모던이 가족들을 데리고 잭슨 여사를 방문한 것이다. "일종의 휴가라고 받아들여요." 그즈음에 섀넌과 나는 좀더 친밀해져 있었다. 간단하게 설명하자면, 이제 섀넌은 잭슨 여사에게 차를 가져다줄 때 내 것도 한 잔 더 준비해주는 정도는 되었다. 어쨌든 나는 평상시의 섀넌이 그런 식으로 비유를 사용하지 않는다는 것을 알고 있었고, 뭔가 껄끄러운 일이 생긴 게 틀림없다는 생각이 들었다. 섀넌은 줄리언을 비롯한 자신의 고용인들에게 내 존재를 숨기고 있었다는 사실을 털어놓았다. 이 사실을 실토하면서 섀넌은 약간 멋쩍어했다. 미안한 말이지만, 그런 그녀의 모습을 보는 것은 즐거운 일에 가까웠다.

"어쩔 수 없었어요. 이전에 모던 부인에게 종수 이야기를 했더니 질색하더라고요. 당신이 작가이고, 레이철 할머니의 도움을 필요로 한다고 말했더니 노발대발했어요. 당신이 진짜 작가라는 보장도 없는데 어중이떠중이를 집안에 들이냐고요. 당신이 도둑질을 하거나 강도로 돌변하면 어떡하냐고요. 설령 당신이 진짜 작가라고 하더라도, 그런 식의 방문 때문에 레이철 할머니의 건강이 나빠지면 책임질 거냐고도 다그쳤죠. 하지만 레이철 할머니는 당신이 왔다 간 날엔 정말 행복해하신단 말이에요. 그러니까 일주일 동안은 이곳엔 얼씬도 하지 말아요. 어쨌거나 모던 부인은 나를 고용한 사람이니까요. 절대 들켜서는 안 돼요."

나는 섀넌이 모던 부인의 표현—어중이떠중이, 도둑질, 강도 등등—을 가감 없이 사용한 것 때문에 약간 언짢았지만, 잭슨 여사가 내 덕분에 행복해한다는 이야기와 어쨌거나 섀넌이 나 때문에 거짓말을 하고 있었다는 사실이 언짢은 기분을 상쇄시켜주었다. 섀넌이 경고하듯 한번 더 말했다.

"일주일 동안은 이 근처엔 얼씬도 하지 말아요."

나는 얌전하게 알았다고 대답했다.

줄리언 모던 경계령이 끝나고 잭슨 여사를 찾아간 날, 방에 들어가기 전에 섀넌이 나를 부엌으로 불렀다. 섀넌은 잭슨 여사 앞에서 모던 부인에 대한 이야기를 꺼내지 않는 게 좋을 것 같다고 말했다. "그들이 떠나서 무척 섭섭해하세요. 어제까지는 집이 엄청 복작거렸는데 말이에요." 섀넌은 아주 오래전 추억을 떠올리는 사람처럼 부엌을 둘러보았다. 나는 알았다고 했다. 섀넌은 '손녀 가족을 다음에 또 볼 수 있을 겁니다' 유의 말도 하지 말라고 신신당부했다. 그런 말을 할 생각은 애당초 없었지만, 섀넌의 그런 생각이 너무 가혹하다고 느꼈다.

섀넌이 걱정했던 것만큼 잭슨 여사가 울적해하거나 기운 없어 보이지는 않았다. 하지만 나는 잭슨 여사에 대해서는 전적으로 섀넌의 의견을 따르는 게 좋다는 것을 알고 있었다. 평소라면 잭슨 여사가 충분히 생각을 하게 내버려두고 그녀가 입을 열 때까지 기다렸겠지만(나는 먼저 질문을 한 적이 없었다), 이번에는 잭슨 여사의 입에서 '줄리언'이라는 이름이 나오기 전에 내가 먼저 말을 하기로 했다.

"티모시가 떠난 후 조셉 프랭클 씨가 티모시에 대해 이야기한 적은 단 한 번도 없습니까?"

나는 이 질문의 답을 알고 있었다. 랄프 로렌이 떠난 후 조셉 프랭클이 랄프 로렌에 관한 이야기를 한 번도 한 적이 없다는 사실은 이미 귀에 못이 박히도록 들었기 때문이다. 왜 아니겠는가? 조셉 프랭클은 '티모시'라는 이름을 입에 올렸다는 이유만으로 자신의 가장 오랜 친구이자, 그토록 헌신적이었던 조셉 카터조차도 평생 용서하지 않았는데 말이다. 하지만 나는 답—'한 번도 없었어요'—이 명백한 질문이, 손녀와 증손자들을 여전히 그리워하고 있는 잭슨 여사에게 도움이 되리라고 생각했던 것이다. 그런데, 잭슨 여사의 입에서 나온 이야기는 예상과는 달랐다.

"티모–시가 조셉을 떠나–고, 딱 한– 번 티모시의 이–름을 입–에 올린 적–이 있었어요."

잭슨 여사는 그렇게 말한 후 입을 다물었다. 마치 그녀는 아무런 원칙이나 질서도 없이 채워진 레코드장에서 특정 가수의 레코드판을 찾는 사람처럼 무언가를 뒤적거리는 듯한 표정을 지었다. 그리고 마침내 발견한 것 같은 표정으로 다시 한번 더 말했다.

"딱 한— 번."

조셉 프랭클은 일흔 살이 되던 해에 시계방을 그만두었다. 나는 이때의 상황을 제임스 빌에게서 이미 들은 적이 있었다. 항상 이메일로만 연락하던 그는 딱 한 번 내게 우편물을 보냈는데 거기에는 조셉 프랭클이 '프랭클 시계방'의 문을 닫을 당시 단골손님에게 보냈던, 자필 서명이 되어 있는 편지의 사본이 동봉되어 있었다. 제임스 빌은 그것에 대한 설명을 이메일로 따로 써서 보냈다. "의외라고 생각했습니다. 왜냐하면 프랭클 씨의 실력은 여전히 좋았기 때문입니다. 그분이 마지막으로 손봐주신 제 시계를 보면 여전히 감탄이 흘러나올 정도죠. 외국의 유명 시계 장인들은 여든이 넘어도 공방을 운영하곤 하거든요. 솔직히 그런 결정을 내린 게 자못 원망스러웠습니다. 그후로 프랭클 씨만큼 뛰어난 시계 장인(물론 그분은 이런 식으로 표현하는 걸 싫어하시겠지만 말입니다)은 만나지 못했습니다." 제임스 빌이 보내준 조셉 프랭클의 편지에는 딱 두 줄이 적혀 있었다.

> 귀하의 가정에 행운이 깃들기를 바랍니다.
> 프랭클 시계방은 오늘로 문을 닫습니다.

나는 그가 백여 장의 편지지를 한쪽에 올려둔 채 글자 하나하나를 눌러쓰고 서명을 남기는 모습을 상상해보았다. 그는 대체 무슨 생각을 하고 있었을까? 감사했다는 표현도 없고 회한에 잠겼다거나 하는 흔한 감상 하나 느껴지지 않았다. 무려 사십여 년이나 일했던 가게의 문을 닫는 사람이 쓴 문장치고는 지나치게 간단명료했다. 게다가 행운이 깃들기를 바란다니. 그는 대체 무슨 생각으로 그런 문장을 쓴 것일까? 그가 시계방의 문을 닫기 전에, 자신의 인생에 속해 있던 문들 가운데 영원히 닫아버린 것이 하나 더 있었다. 그건 바로 권투였다. 나는 이 이야기를 듣고 좀 놀랐는데, 조셉 프랭클이 권투를 무척 사랑했다는 사실은 알고 있었지만, 그렇다고 하더라도 일흔 살까지 했을 거라고는 상상도 못했기 때문이다. 놀랍게도 잭슨 여사는 조셉 프랭클이 다녔던 체육관의 이름을 기억하고 있었다. '스트롱 맨 체육관'. 잭슨 여사는 이 체육관의 이름이 '웃긴다'고 했다. 나도 동의한다. 나는 어떻게 그가 일흔 살까지 권투장에 나갈 수 있었는지 궁금했다. 그가 그 나이까지 권투를 할 수 있었을까? 그건 그저 단순히 상징적인 행위였을 뿐일까? 잭슨 여사는 조셉 프랭클이 링 위에서 '진짜' '경기'를 하고 싶어했다고 말했다. 조셉 프랭클과 진짜 경기를 하려 했던 젊은이가 있었을까? "다행히도," 잭슨 여사는 계속 말을 이었다. "젊은-이 한 명이 조셉의 상대-를 해-주었어요." 그 젊은이는 조셉 프랭클이 권투를 그만두기 전 약 이 년 동안 조셉 프랭클의 상대를 해주었다. 나는 잭슨 여사에게 그 젊은이의 이름을 아느냐고 물었다. 잭슨 여사는 고개를 가로저었다.

여하튼 조셉 프랭클은 그런 식으로 '바깥'으로 통하는 두 개의 문을 닫은 후, 다시는 그 문 가까이 얼씬도 하지 않았다(당연히 노크도 하지 않았을 것이다). 그리고 조셉 프랭클은 빠른 속도로 늙어갔다. "노인의 삶-이란 그런 거-라우. 게다가 조셉-에게는 가-족도 없었-잖우." 하지만 나는 그 말 속에 잭슨 여사 본인이 다름아닌 조셉 프랭클의 가족이었다는 의미가 숨어 있다는 것을 안다. 그녀는 조셉 프랭클네 집에 자주 찾아갔다. 가끔 거실 의자에 조용히 앉아 있는 조셉 프랭클의 뒷모습을 볼 때마다, 잭슨 여사는 어쩔 수 없이 처음 그를 만났던 시절을 떠올렸다. 그녀가 알고 있는 조셉 프랭클의 삶에서 그가 가장 슬프고 괴로워 보였던 시기. 살이 찌고, 얼굴에는 수염이 덥수룩하게 자라 있고, 머리털이 빠지고, 피부가 늘어진 겉모습을 걷어내면 마치 미국에 처음 왔을 때, 그 스물여덟 살의 조셉 프랭클—겁에 질리고, 두려워하고, 갈팡질팡하는—을 다시 보는 것 같은 착각에 빠지곤 했다. 그런 생각을 하면서 잭슨 여사는 이런 궁금증이 들었다. "조셉-의 눈-에 나-는 어떤 식으로 보일-까, 그게 궁금-했다우."

조셉 프랭클이 권투와 시계방을 그만두고 삼사 년 정도가 지났을 때, 조셉 프랭클의 집에 남자가 한 명 찾아온다. "난 그-날 꽃-꽂이를 함-께 배-우는 여편-네들(실은 잭슨 여사보다 평균 열 살은 어린 사람들이었다)이랑 〈토스-카〉를 보러- 링컨-센터에 가기로 했-어요. 오페-라 말이에요. 생각-해-보니 그- 여편네-들도- 이제-다- 죽었군요." 그녀는 그날 오랜만에 화장을 하고, 종아리를 덮는 녹색 니트 원피스를 입었다. 진주 귀걸이와 목걸이를 착용하고 모자도 썼다. 그녀는 링컨센터에 가기 전에 조셉의 집에 들렀다. 전날 만든 잼을 전해줄 참이었다. "그런데 그날, 조셉네 집 응접—실에 어떤— 남자가 앉아— 있는 게 아니겠수." 아주 드문 일이었지만, 조셉 프랭클을 찾아오는 손님이 있었다. 가끔, 잭슨 여사가 조셉 프랭클의 집에 머무르는 동안, 손님—그게 은행 직원이든 잡상인이든 여호와의 증인이든—이 방문하는 때가 있었다. 이상하게도 그런 방문을 목격할 때마다 그녀는 마음이 놓였다. 어찌되었든 조셉 프랭클과 이 사회의 끈이 끊기지 않았다는 증거였으므로. (그 이유가 무엇이든 간에) 어디에선가 조셉을 찾는 사람이 있다는 의미였으므로. 그럴 때마다 잭슨 여사는 그 손님에게 빵과 커피를 내주는 오지랖을 부렸다(어쨌든 그녀는 조셉 프랭클의 집 주방을 조셉 프랭클보다 훨씬 더 잘 알고 있었다). 그녀는 그들이 조금이라도 더 오래 머물기를 바랐다. 여호와의 증인은 한곳에 오래 머무는 것을 편안하게 여겼지만, 은행 직원이나 잡상인들은 일정 시간이 지나면 어쩐지 초조해하곤 했다(이 이야기를 들으며 나는 헨리 카터가 내게 보인 그 세심한 친절함을 다시 떠올릴 수밖에 없었다). 그날, 어떤 남자가 응접실에 앉아 있는 걸 확인한 잭슨 여사는 곧장 부엌으로 갔다. 그녀는 가지고 온 잼을 빵에 발라서 남자에게 나눠줄 생각이었다. 하지만 분위기가 심상치 않았다. "조셉—은 좀— 화—가 난 것— 같았어. 조셉은 외판—원이 찾아—와도 귀찮아—하긴— 했지만— 소리—를 지르—거나— 화—를 내진 않았—단 말이—야. 나—는 빵—을 내주—려다 그만두고 부엌—에 가만—히 앉아서 그— 남자가 돌아갈— 때까지 기다렸—지." 남자는 조셉 프랭클에게 무언가를 계속 물어봤고, 그때마다 조셉 프랭클의 대답은 똑같았다. "잘 모르겠소." "그렇지 않소." "대체 내게 뭘 원하는 거요?" 드디어 남자가 돌아가고 잭슨 여사가 거실로 나갔을 때, 응접실의 티테이블 위에는 사진이 한 장 있었다. (잭슨 여사는 몰랐겠지만) 그 남자는 바로 조지 캠벨이었다. (역시, 잭슨 여사는 몰랐겠지만) 바로 그날이 조지 캠벨이 앤 라이스의 책에서 오린 사진을 가지고 조셉 프랭클을 방문한 날이었다. 조지 캠벨은 자신이 별 소득 없이 돌아갔다고 생각했겠지만 그날의 방문은 조셉 프랭클의 마음을 완전히 헤집어놓았다.

조지 캠벨이 돌아간 후 잭슨 여사는 티모시가 떠난 뒤 처음으로 조셉 프랭클에게 티모시에 대해 물어봤다고 했다. "사실- 나는 그-애가 죽었-을 거-라고 생각-했거든. 그 남자가 티모시의 죽음에 대해 이야기-하러 온 사람-이라고 생각-했었지. 그래서 조셉에게 티모시가 혹-시 죽은 거냐고 물-었어."

조셉 프랭클은 잭슨 여사의 물음에 이렇게 대답했다.

"그애는 살아 있어요. 게다가 아주아주 잘살고 있으니 그런 말 말아요."

잭슨 여사는 조셉의 말투에서 조셉이 아주 오래전부터 티모시에 대한 소식을 알고 있었다는 인상을 받았다. 그녀는 무엇인가 더 물어보고 싶었지만, 조셉 프랭클이 더이상 아무런 대답도 해주지 않으리란 걸 알았다. 그런 말 말아요. 그게 바로 티모시가 조셉 프랭클을 떠난 이후 조셉 프랭클이 처음이자 마지막으로 티모시에 대해 한 말이었다. 조셉 프랭클은 죽을 때까지 다시는 티모시, 그러니까 랄프 로렌에 대한 이야기를 꺼내지 않았다.

잭슨 여사는 결국 링컨센터에 가는 약속을 취소했다. 대신 조셉 프랭클과 함께 저녁을 먹었다. "조셉이 밥을 먹다-가 갑자기 그런 이야기를 했-다우. 자기에게는 아내와- 아들이 있었-다고. 그런데- 아주 오래-전에 죽었-다고 말이야." 잭슨 여사를 만나기 전, 나는 이미 여러 사람들을 통해 미국에 오기 전 조셉 프랭클의 행적이 불분명하다는 이야기를 들은 바 있었다. 그리고 어떤 의미에서 나는 그러한 '불분명함'이 자연스러운 것이라고 생각하고 있었다. 조셉 프랭클을 기억하는 사람들이 나이를 너무 많이 먹었기 때문이다. 그들의 늙음을 탓하는 것이 아니라, 많은 시간이 흐른 탓에 생길 수밖에 없는 기억의 착오를 인정한다는 의미이다. 그렇지만, 잭슨 여사를 만나고 난 이후로, 나는 사람들의 기억이 어긋나는 이유가 조셉 프랭클의 의도적인 거짓말(혹은 얼버무림) 때문일 수도 있다는 생각을 하고 있었다. 실제로 잭슨 여사는 조셉 프랭클이 과거에 대해 이야기할 때 그게 사실인지 아닌지(그러니까, 그가 거짓말을 하고 있는 건 아닌지) 때때로 헷갈릴 때가 있었다고 솔직히 고백한 적도 있었다. "내-가 조셉-에게 시계를 고치는 건 어디서 배웠-냐고 물었-더니, 스위-스에 있는 시-계학교를 나-왔다고 했다-우. 그런-데 내가 나중-에 스위스-에서 얼마나 살았-냐고 물었-을 땐, 잠시 동안 대-답을 안 하는- 거야." 잭슨 여사는 그때 조셉 프랭클의 표정을 잊지 않고 있었다. "화-가 난 것-만 같았-어." 그렇지만 그는 화를 내지는 않았다. 아주 잠깐 침묵을 지켰고, 그런 후에는 웃음을 지으며 자신은 스위스에는 가본 적도 없다고 대답했다. 언젠가 잭슨 여사가 아주 조심스럽게 가족들은 어디 있느냐고 묻자, 조셉 프랭클은 그녀의 얼굴을 보지도 않고 심드렁하게 자신의 가족들은 독일에 살고 있다고 대답했다. 나중에 잭슨 여사가 가족들이 보고 싶지 않냐고 물었더니 조셉 프랭클은 약간 싸늘한 말투로 이렇게 대답했다. "난 가족이 없어요, 레이철." 물론 이렇게 대답한 후 조셉은 잭슨 여사를 바라보며, 자신이 방금 한 말에 아무런 중요한 의미도 없다는 듯 격의 없이 웃었다. 잭슨 여사는 이런 조셉 프랭클의 태도에 어떻게 반응했을까? "그이가 무엇-인가를 숨기-고 있다는 인상을 받았-지만, 꼬치-꼬치 물어볼 마-음은 들지 않았-다우."

그런 조셉 프랭클이, 조지 캠벨이 자신을 만나고 돌아간 후, 자신의 과거 이야기를 꺼낸 것이다. 그 둘이 알고 지낸 지 무려 사십 년도 넘은 후에 말이다. 그리고, 내가 잭슨 여사의 집을 방문한 지 석 달 정도가 지난 후에야 잭슨 여사의 입에서 이 이야기가 나오게 된 것이다. 잭슨 여사가 이 이야기를 하는 방식은 '특별'했다. 잭슨 여사는 이 이야기를 '순서대로' 전해주었다. 다른 이야기들이 시간을 건너뛰고, 되돌아오는 과정을 거쳤던 것과 비교하면 이례적인 일이었다. 또 한 가지 특별한 점이 있다. 이 이야기는 다시는 잭슨 여사의 입에서 '반복'되지 않았다는 점이다. 다른 모든 이야기가 여러 번의 반복과 정체와 회귀와 비약을 거친 후에야 비로소 일단락된 것과 비교하면 이것 역시 의외의 일이었다.

이 이야기가 끝나던 날을 기억한다. 가을이 막 시작될 무렵이었다. 이야기를 하던 중간에 잭슨 여사는 언제나 그랬던 것처럼 갑자기 말을 멈췄다. 나는 그녀가 또 잠에 빠져드나보다 생각하고 녹음기의 정지 버튼을 눌렀다. 딸각. 그러나, 그때 그녀는 잠들지 않았다. 그저 잠시 침묵을 지키고 있을 뿐이었다. 나는 다시 녹음 버튼을 눌렀다. "그

이—는 끝—까지— 아들의— 이름을 말—하지— 않았—지.” 이렇게 말한 후 잭슨 여사는 다시 침묵을 지켰다. 나는 이번에야말로 잭슨 여사가 잠들지 않을까 생각했지만, 그녀는 잠들지 않았다. 그저 나를 바라볼 뿐이었다. 그녀는 그때, 그 눈으로 무엇을 보고 있었을까? 나는 잭슨 여사가 바로 그 순간—조셉 프랭클이 자신의 이야기를 다 토해낸 그 마지막 순간—을 떠올리고 있으리라고 짐작했다. 마지막 문장은 무엇이었을까? 이야기를 다 끝낸 후 조셉 프랭클은 어떤 표정을 지었을까? 그는 후련해했을까? 혹은 두려워했을까? 하지만 잭슨 여사는 그 순간에 대해 하나도 이야기하지 못했다. 조셉 프랭클과의 기억을 '말'로 '충실히' 설명해냈던 잭슨 여사도 조셉 프랭클이 이야기를 끝낸 그 순간만큼은 도저히 말로 옮길 수 없었던 것이리라.

지금에 와서 나는 이런 식으로 그 상황을 설명하고 싶은 (그릇된) 충동을 느낀다. 그러니까, 잭슨 여사가 일종의 기억의 '무인지대'에 도달한 것이리라고.

잠시 후, 잭슨 여사는 무인지대에서 빠져나왔다. 그녀는 조셉 프랭클의 이야기가 자신을 혼란스럽게 했다고 솔직하게 털어놓았다. “나는 그를— 혼자— 내버려—두고 그— 집을 나왔죠. 난 아—이 둘을— 키운 엄마예요. 내가 같은 상황—이었다면 난— 내 자식들을— 포기하지— 않았을— 거라는 생각이 들었—죠. 그렇지만 그건— 그냥— 생각일 뿐이죠. 난 결—국 그를 이해—하게 되었어요. 그의— 과거를 이해—했다기보다는 아마도 그의— 현재를 이해—했다고 봐야—겠죠. 내가 조셉을 혼자— 남겨두—고 그— 집을 나왔—을 때, 그 집 문을 닫았—을 때 그가 느꼈을— 감정을 이해—했다고나— 할까?”

물론 무인지대에 대한 생각은 시간이 많이 흐른 후에—그러니까, 이 글을 쓰기로 결정한 후에—떠올린 것이고, 그때까지만 해도 나는 잭슨 여사가 내게 해준 (조셉 프랭클의 과거) 이야기에 그다지 관심이 없었다. 아니, 이런 표현은 틀린 것 같다. 나는 분명히 조셉 프랭클의 과거에 '관심'이 있었다. 어떤 부분—이를테면 그에게 아내를 비롯한 가족이 있었고, 그들의 생사조차 알 수 없는 채로 평생을 살았다는 그런 부분—은 다소 충격적이었다. 하지만 그건 흥미로운 삶을 살았던(어떤 방식으로든 친밀감을 느끼고 있었던) 타인에 대한 호기심(긍정적이든 부정적이든) 그 이상도 그 이하도 아니었다. 나는 조셉 프랭클을 '개별적인' 존재가 아닌, 랄프 로렌과의 연결고리로만 여기고 있었던 것이다. 여전히 나는 '만약 랄프 로렌이 시계를 만들었더라면 수영이 랄프 로렌에게 편지를 쓸 이유가 없었을 것이고, 그렇다면 수영이 내게 영역을 부탁하지도 않았을 것이고…… 나는 미국에 오지 않았을 것'이라는 루틴 속에 머물러 있었다. 나는 이런 문장이 어떤 종류의 '오해'를 불러올까봐 좀 두렵다. 그래서 다시 한번 더 반복하자면, 물론 나는 잭슨 여사나 헨리 카터 같은 사람들에게 조셉 프랭클에 대한 이야기를 들으며 그에게 인간적인 연민이라든지 궁금증이라든지 친밀감 같은 것들을 분명히 느꼈지만, 그 당시 내가 밤마다 녹음해온 잭슨 여사의 이야기를 반복해서 들었던 건, 순전히 랄프 로렌과 '관련된' 실마리(그것이 티끌만한 것이라고 해도)를 찾으려는 의도였지, 조셉 프랭클의 삶에 대한 순수한 관심 때문은 아니었던 것이다.

나의 감정을 이렇게 '과도하게' 설명하는 이유는, 내가 (잭슨 여사에게서 들었던) 조셉 프랭클의 제네바 시절 이야기 중 이상한 점을 발견한 게 순전히 우연이었다는 것을, 그러니까 작정하고 찾아낸 것이 아니었다는 점을 강조하고 싶기 때문이다. 맞다. 나는 '착오'를 발견했다.

잭슨 여사가 기억의 무인지대에 머물렀던 그날 밤, 집으로 돌아온 나는 덩달아 새벽까지 잠들지 못했다. 잠이 오지 않는 날이면 그랬던 것처럼 랄프 로렌과 관련된 기사들을 다시 읽고, 여러 사람들을 만나 인터뷰한 내용을 들은 후에, 더너웨이가 나오는 영화까지 돌려 보았지만 여전히 잠이 오지 않았다. 산책이라도 하려고 주섬주섬 옷을 챙겨 입다가 나는 문득 제네바 시계학교의 홍보실에 메일을 보내보면 어떨까 하는 생각이 들었다. 랄프 로렌과 관련된 자료를 조사하면서 이런저런 궁금한 점이 생기면 상대방의 이메일 주소를 알아내 메일을 보내는 것에 이미 매우 익숙해진 상태였다. 답이 오는 경우도 있었고, 그렇지 않은 경우도 있었고, 그리고 답이 왔지만 별 쓸모 없는 경우도 있었다. 메일을 보낸다는 건, 누군가에게 편지를 쓴다는 건, 어쨌거나 기분좋은 일이었다. (물론 이건 의도된 착각이었겠지만) '쓸모 있는' 이유로 누군가에게 말을 거는 '생산적'인 활동임과 동시에 누군가에게 말을 건다는 사실 자체는 무척 즐거운 것이었다(그리고 이건, 내가 잭슨 여사와 반년에 걸쳐 이상한 방식의 '대화'를 지속한 이유이기도 했다). 그러니까, 그날 새벽 내가 제네바 시계학교측에 이메일을 보낸 건, 순전히 내 기분을 좋게 만들고 싶은 의도 때문이었지 새로운 정보를 얻을 목적에서 비롯된 건 전혀 아니었다는 의미이다.

나는 홈페이지에 들어가 홍보실 메일 주소를 확인한 후, 1920년대 말에서 1930년대 중반까지 학교에 입학한 사람 중 스위스 국적을 가지지 않은 학생이 있는지 묻는 메일을 보냈다. 나 자신은 뉴욕대 출신의 작가 지망생이며 시계공에 대한 글을 준비중이라는 구구절절한 거짓 설명을 덧붙였다. 메일을 다 썼을 때는, 이미 날이 밝은 후였다. 며칠 동안 나는 메일을 보낸 사실 자체를 아예 잊어버리고 있었다. 애초에 답장을 받을 수 있을 거라고는 기대도 안 했기 때문인데, 나흘쯤 후에 제임스 빌의 메일을 확인하다가 나는 제네바 시계학교로부터 온 답장을 발견하게 되었다. 시간을 확인해보니 내가 메일을 보낸 지 겨우 두 시간 만에 도착한 것이었다. 내용은 간결했다. "미스터 리, 보내주신 문의사항을 확인해보았습니다만, 아니요, 없습니다. 저희 학교는 개교 이래 외국인을 받은 적이 없습니다." 메일 제일 아래에는 메일을 보내는 사람의 서명—요제프 샤키리—이 있었다. 나는 그에게 곧바로 다시 메일을 보냈다. "미스터 샤키리, 혹시 귀하의 학교에 1935년에 입학한 조셉 프랭클이라는 '외국인'이 없었습니까?" 나는 일부러 외국인이라는 단어를 작은따옴표로 표시해두었다. 이번에는 답이 오는 데 하루 정도 걸렸다. 얼굴도 나이도 성별도 알지 못하지만, 지독하게 성실한 것이 틀림없는 제네바 시계학교의 직원 요제프 샤키리는 이렇게 썼다. "그분은 법적으로는 외국인이 아닙니다. 제가 알아본 결과, 그분은 1934년 5월에 스위스 시민권을 취득하셨습니다." 그리고 덧붙였다. "좋은 책을 쓰기를 바라며, 혹시라도 더 궁금한 점이 있다면 또 메일을 주십시오."

메일을 확인한 후, 나는 며칠 전 녹음한 잭슨 여사의 이야기를 다시 들어보았다. 잭슨 여사는 분명히 조셉 프랭클이 "스위스 국적이 없었지만, 슈빌라 선생님이 애를 써준 덕분에 학교에 입학할 수 있었"다고 말하고 있었다. 그렇다면 이건 어떻게 된 일일까? 잭슨 여사의 기억의 오류일까? 충분히 그럴 가능성이 있었다. 너무나 오래전의 이야기이고, 사소한 내용이어서 잭슨 여사가 잘못 기억하고 있는 것일 수도 있었다. 게다가 조셉 프랭클이 스위스 시민권을 취득했든 그렇지 않든 그게 그후에 일어날 일들에 어떤 주요한 영향을 끼쳤을 리도 없었다. 그가 스위스 시민이었든 아니든 그의 가족들은 폴란드행 기차에 올라탔을 것이고 그리고 영영 생이별하게 되었으리라는 말이다.

그럼에도 불구하고 나는 그 당시 제네바 시계학교의 졸업앨범을 뒤지고 결국은 슈빌라와 관련된 자료들을 찾기 시작했다. 지금 돌이켜보면 참 이상한 순간에, 이상한 방식으로, 비로소 조셉 프랭클에 대한 '순수한' 궁금증이 생겨난 것이다. 수소문 끝에 나는 슈빌라의 개인문서들이 (이유는 알 수 없지만) 영국의 에든버러 시계박물관에 보관되어 있다는 사실을 알게 되었다. 에든버러까지 가야 하는 게 아닌가 불안했지만, 다행히도 박물관 홈페이지에 슈빌라의 개인문서 목록이 정리되어 있었다. 열 페이지에 가까운 목록 속에서 나는 슈빌라가 조셉 프랭클에게 받은 편지를 세 통 발견했다. 나는 곧바로 박물관측에 이메일을 보냈고 이러저러한 책략을 사용한 끝에 보름쯤 후에 편지의 사본을 국제우편으로 받아볼 수 있었다. 세 통 다 불어로 쓰여 있었는데, 그리 길지 않았다. 다행히도 고등학생 때 이 년 동안 불어를 배운 적이 있었던 터라 불어사전과 인터넷의 도움을 받아 떠듬떠듬이나마 편지를 읽을 수 있었다.

조셉 프랭클은 슈빌라에게 1934년 7월, 1935년 5월, 1936년 10월 세 차례 편지를 썼다. 모두 그가 제네바를 떠나 함부르크에 머물던 당시에 보낸 것이다. 내 불어 실력으로 편지의 모든 내용이나 뉘앙스를 정확하게 파악할 수는 없었지만 겨우 그런 수준의 번역을 통해서도 분명히 느낄 수 있는 게 있었다. 조셉 프랭클이 슈빌라를 스승 이상으로 존경하고 믿었다는 사실이다. 그는 자신이 함부르크에 머무는 동안 느꼈던 감정에 대해 굉장히 진솔하게 쓰고 있다. 그는 자신이 시계를 만지지 못하는 동안 "손이 감각을 잃을까봐" 혹은 "뒤처질까봐" 걱정이 된다고 쓰고 있다. 하루빨리 제네바로 돌아가고 싶지만 "이곳"의 상황이 "여의치 않은 것"이 "유감"이라고도 쓰고 있다. 이런 내용도 있다. "제가 가장 그리운 것은 아침마다 닦던 공방의 창문입니다. 혹시라도 창문에 작은 자국이라도 생길까봐, 그래서 선생님이 완벽한 자연광 아래에서 작업을 하는 데 방해를 받을까봐 두렵습니다." 나는 편지를 여러 번 읽었는데 그때마다 이상한 위화감 같은 것을 느끼곤 했다. 처음에 나는 그 위화감이 어디에서 온 건지 몰랐다. 두번째 읽을 때에는 아마도 언어의 문제 때문일지도 모른다는 생각을 하게 되었다. 하지만 세번째로 편지를 읽으면서 나는 한 가지 중요한 사실을 깨닫게 되었는데, 그 사실을 깨닫고 나자 그렇게 중요한 사실을 그제야 깨달은 나 자신에게 놀랄 지경이었다. 편지 속의 그는 전혀 행복해 보이지 않았다. 헨리나와의 결혼을 위해 제네바를 떠나 있었던 것이 분명한 1934년에 보낸 편지에서 그는 자신의 결혼에 대해 일언반구도 하지 않았다. 그건 1936년에 보낸 편지에서도 마찬가지이다. 그는 아내의 출산 때문에 함부르크에 머물렀으면서도 아들에 대해 한마디도 하지 않았다. 이건 너무 부자연스러운 일이다. 그가 제네바를 떠났다는 것은 휴학을 했어야 한다는 말이기도 하고, 그렇다면 모르긴 몰라도 슈빌라에게 자신이 제네바를 떠나는 이유를 밝혔을 것이다. 왜 아니겠는가? 숨길 일도 아닌데. 아니, 오히려 축하받을 만한 일이 아닌가? 그럼에도 그는 편지에 그런 말은 하나도 적지 않았다. 왜 그랬을까? 그는 왜 그렇게 부자연스럽게 굴었을까? 그럴듯한 추측은 하나뿐이다. 조셉 프랭클이 슈빌라에게 자신의 결혼을 비밀로 했다는 것이다. 만약 그렇다면 그 이유는 무엇이었을까? 시계공 일을 하는 데 결혼을 했다는 사실이 방해물로 작용했을까? 그럴 리는 없었을 것이다. 세상의 많은 시계공이 결혼을 했고, 아이를 키웠다. 슈빌라 역시 젊은 시절에 결혼을 했고, 그 당시 베를린 대학에서 공부중인 딸이 있었다. 대체 왜 조셉 프랭클은 그런 사실을 숨겨야 했을까?

이전에도 자료를 조사하다가 중요한 것들을 못 보고 지나친 적이 여러 번 있었기 때문에, 이번에 나는 다시 한번 슈빌라의 개인문서 목록을 찬찬히 살폈다. 그리고 (그럴 줄 알았다) 조셉 프랭클이 슈빌라에게 보낸 편지 한 통을 더 발견했다. 하지만 이번에는 편지를 발견하지 못한 논리적인 이유가 있었다. 나는 조셉 프랭클의 제네바 시절에 해당하는 기간의 목록만 검토했는데, 이 편지는 조셉 프랭클이 미국으로 건너온 후, 그러니까 1945년에 쓰인 것이었기 때문이다. 나는 다시 박물관에 연락했고 이 주가 흘렀을 때 편지의 사본을 손에 얻을 수 있었다. 신기하게도 편지는 영어로 작성되어 있었다. 조셉 프랭클은 왜 이 편지를 영어로 썼을까? 편지에서 그는 드레스덴 공습과 히로시마 원자폭탄 투하를 비롯한 전쟁중의 공습과 폭탄 투하에 대해 아주 세세하게 서술하고 있다. 그 모든 사건 중 마지막으로 언급되는 것은 1944년 4월, 연합군이 IWC가 있던 샤프하우젠에 실수로 폭탄을 떨어뜨린 일이다. "어쩌면 이 모든 게 실수 같습니다. 어떤 일이 또 어떤 식으로 벌어질지 예상도 할 수 없습니다. 그들은 대체 왜 죽어야만 했습니까? 실수로?" 그리고 이렇게도 덧붙였다. "모든 게 변할 겁니다." 하지만 무엇이 변할 것인지, 그것이 무슨 의미인지에 대해서는 언급하고 있지 않다. 편지의 마지막에 그는 이렇게 썼다. "선생님이, 그리고 공방의 공기가 무척 그립습니다. 모든 게 잘못되었고, 그건 명백히 제 잘못입니다. 아마도 제가 다시 연락을 드리는 일은 없을 겁니다. 선생님, 당신을 제 아버지처럼 따랐습니다. 이렌이 걱정됩니다. 그녀에게 제 이야기를 하지 말아주십시오." 이게 끝이다. 마지막 인사도 없다. 마치 갑자기 절단된 것 같다. 수많은 결심과 머뭇거림 후에야 말과 말을, 시간과 시간을, 감정과 감정을 한순간 뚝 끊어버린 것만 같다. 나는 그가 잘라낸 것(혹은 잘라내고자 한 것)이 무엇인지 궁금했다. 그리고 조셉 프랭클 자신이 저런 편지를 썼던 사실을 기억하는지도 궁금했다. 하지만 그걸 알 도리는 없을 것이다. 두 가지 중 하나였겠지. 기억하거나, 기억하지 못하거나.

조셉 프랭클이 슈빌라에게 보낸 네 통의 편지에서 딱 한 번, 마치 쥐어짜듯이 마지막 줄에 언급되고 사라져버린 이름의 주인공은 누구일까? 이렌, 이렌 슈빌라. 바로 슈빌라의 딸이다. 나는 나중에 그녀가 오스트리아 출신의 물리학자 리제 마이트너의 총애를 받았던 이렌 슈빌라라는 사실을 알게 된다. 조셉 프랭클과 이렌 슈빌라는 대체 무슨 사이였을까? 조셉 프랭클은 왜 이렌에게 자신의 이야기를 하지 말아

달라고 부탁한 것일까? 나는 혹시나 슈빌라의 개인문서들 중 조셉 프랭클과 관련된 자료가 더 있을까 하는 생각으로 몇 주 동안 이리저리 수소문했지만 더이상의 자료는 찾을 수 없었다. 조금 시간이 흐른 후에, 그러니까 내가 뉴욕을 떠나오기 전에 나는 '이렌'이라는 이름과 마주칠 기회를 얻게 된다. 하지만 그 당시의 내가 그런 기회를 만나리라고 예측하는 건 (당연하게도) '불가능'했다.

9월의 어느 날, 잠든 잭슨 여사를 침대에 눕히고 나오는데 섀넌이 나를 불렀다. 잭슨 여사를 침대에 눕히는 건 섀넌의 일이었지만, 가끔 내가 대신 할 때가 있었다. 그날 섀넌은 그녀답지 않은 실수를 했다. 이야기가 거의 끝나갈 무렵 잭슨 여사가 마른기침을 몇 번이나 했지만, 섀넌이 물을 가지고 오지 않아서 내가 밖으로 나가 섀넌에게 직접 차를 부탁해야 했던 것이다. 섀넌이 내게 말했다.

"아깐 번거롭게 해서 미안해요."

나는 괜찮다고 했다. 그 한 번의 실수를 제외하면 그녀는 그날도 여전히 훌륭하게 잭슨 여사를 돌보았다. 다만 섀넌의 '초능력'에 무슨 문제가 생긴 건 아닌지 걱정이 되긴 했다. 그녀는 내게 커피를 대접하고 싶다고 말했고, 우리는 종종 그랬던 것처럼 부엌 싱크대에 나란히 기대서서 맛없는 인스턴트커피를 마셨다. 나는 집안에 훌륭한 커피머신이 있다는 걸 알고 있었지만, 섀넌은 한 번도 그걸 사용해서 내게 커피를 대접한 일이 없었다. 나는 그게 섀넌이 인색해서가 아니라, 잭슨 여사의 물건에 함부로 손대고 싶어하지 않아서라는 걸 알고 있었다(그녀는 자신이 먹을 음식도 직접 마련해두었다). 아무 말 없이 커피를 홀짝이던 섀넌이 내게 무슨 걱정거리가 있느냐고 물었다. 나는 없다고 대답했다. 나는 걱정거리는 당신에게 있는 것 같다고 대꾸하려다가 그만두었다. 그즈음 나는 이렌 슈빌라의 흔적을 찾기 위해 고군분투하는 중이었고 완전히 꽉 막혀서 오도 가도 못하고 있었지만, 그게 걱정거리라고 말할 수는 없었다. 섀넌은 내 얼굴을 한 번 바라보더니 이렇게 말했다.

"옛날 내 남자친구 있잖아요. 작가라고 말했던 그 애인이요. 대머리에 성격은 예민하고 옷도 이상하게 입고 다니고……"

섀넌을 내버려두면 그 남자에 대한 더 심한 이야기가 나올 것 같아서 나는 기억난다고 얼른 대답했다.

"그 사람이 책을 냈더라고요."

"제목이 뭔데요?"

"알려줄 수 없어요."

"왜요?"

"그냥요."

섀넌은 한 손으로는 찻잔을 들고 다른 한 손은 주머니에 넣고는 한숨을 푹 쉬었다. 나는 섀넌이 옛날 애인의 책 때문에 괴로워한다는 사실이 조금 놀라웠다. 섀넌은 갑자기 뭔가 생각난 사람처럼 찻잔을 내려놓고 내 어깨를 두드리며 이렇게 말했다.

"너무 애쓰지 말아요."

나는 그녀가 왜 내게 그렇게 말하는지 알 수 없었고, 나중에 그녀에게 이 말의 의미에 대해 물었을 때 섀넌은 기억도 하지 못했지만, 나는 그게 그녀의 초능력이라는 걸 의심하지 않았다. 그녀는 잭슨 여사의 방을 손가락으로 가리키고는 나에게 잘 가라는 손짓을 했다. 아마도 잭슨 여사가 잠에서 깨어나서 섀넌을 필요로 하는 것 같았다. 나는 섀넌이 찬장에서 고무 물주머니를 꺼내 방으로 들어가는 걸 보면서 섀넌의 초능력에 아무런 문제가 없어 다행이라고 생각했다.

일주일쯤 후, 집에서 잭슨 여사의 녹음 파일을 듣던 나는 문득 조셉 프랭클이 일흔 살에 권투를 그만뒀다는 부분에서 녹음기의 정지 버튼을 눌렀다. 그는 시계방을 '갑작스럽게' 닫은 것처럼 비슷한 시기에 권투도 '갑작스럽게' 그만두었다. 나는 조셉 프랭클이 권투를 그만둔 계기가 무엇인지 궁금해졌다. 권투를 왜 그만뒀는지 알게 되면 시계방을 갑자기 닫은 이유도 알 수 있게 되지 않을까 하는 생각도 들었다. 조셉 프랭클이 일흔 살까지 권투장을 다녔다면 그 권투장은 적어도 1980년까진 맨해튼에 있었다는 말이 된다. 잘하면 아직 운영중일지도 몰랐다. 하지만 추측은 전혀 들어맞지 않았다. 나중에 알고 보니 '스트롱 맨 체육관'은 1990년대 초에 완전히 폐업한 상태였다.

나는 며칠 동안 이러저러한 연결고리를 계속 찾아봤고 (이번에도 역시) 이러저러한 책략과 약간의 돈을 이용해서, 1970년대 말 이후부터 '스트롱 맨 체육관'을 다녔던 은퇴한 권투선수 중 한 명이 차이나타운에서 조그만 체육관을 운영한다는 사실을 알게 되었다. 체육관의 이름은 '넘버원 에일로'였다. 에일로는 체육관 관장의 성이었다(나는 이 체육관의 이름에 대해서는 잭슨 여사가 뭐라고 할지 궁금했다).

9월의 마지막날, 나는 '넘버원 에일로'를 찾아갔다. 관장에게 나를 (언제나 그랬던 것처럼 거짓말로) 소개한 후 조셉 프랭클이라는 이름을 들어본 적이 있느냐고 물었다. 어쩐지 무척 긴장되었다.

"'스트롱 맨 체육관'에 다니셨다고 했어요."

처음에 에일로는 그 이름을 듣고 아무런 기억도 못하는 것 같았는데, 체육관을 다닐 당시 그의 나이가 일흔 살 즈음이었다고 하자 단박에 기억해냈다.

"아, 그 할아버지 복서?"

그 말 때문에 나는 기분이 좀 이상해졌는데, 왜냐하면 그 역시 '할아버지 복서'였기 때문이다. 하지만 그런 게 중요한 것은 아니었다. 내가 '할아버지 복서'의 링 파트너를 했던 젊은이를 기억하느냐고 물었더니, 그가 고개를 끄덕거렸다.

"알다마다. 그 젊은이 이름도 똑똑히 기억하는걸."

나는 그의 뒷말을 기다렸지만, 그는 한동안 아무 말도 하지 않았다. 내가 다시 질문했다.

"이름이 뭐죠?"

그가 웃었다. 그리고 덧붙여 말했다.

"대니."

나는 그가 이름을 이야기하기 전에 보인 침묵이 무언가를 '찾는' 침묵이 아니라는 것을 눈치챘기 때문에 그런 식으로 이름을 자신 있게 말하는 것이 좀 미심쩍었다. 그런 나의 표정을 읽었는지 그는 좀 심각한 표정으로 다시 한번 말했다.

"나요, 바로 나. 대니 에일로."

"아."

나는 그가 조셉 프랭클과 함께 링 위에 서 있는 모습을 상상해보려고 애썼지만, 잘되지 않았다. 당연한 일이었다. 그 당시의 대니 에일로는 그때의 내 나이보다도 어렸을 테니까.

“그분을 처음 만난 건 스무 살 때의 일이죠. 1970년대 말의 일일 겁니다.”

이미 조셉 프랭클이 예순 살을 넘은 시점부터 권투장의 젊은이들은 조셉 프랭클과 함께 링에 서는 걸 꺼렸다. 당연한 일이었다. 링 위에서가 아니라면 권투장의 젊은이들도 조셉 프랭클을 좋아했다. 아니, 좋아할 이유는 없었겠지만, 그렇다고 조셉 프랭클을 싫어하거나 피할 필요도 없었다. 왜냐하면 그는 젊은이들의 삶에 섣부른 참견이나 충고를 하지 않았기 때문이다. 그건 그가 그만큼 지혜로워서였다기보다는 그가 타인의 삶을 문자 그대로 타인의 삶으로 받아들였기 때문일 것이다. 하지만 링 위에서라면 이야기가 달라졌다. 링 위에서 젊은이들은 그를 어떤 식으로 대해야 하는지 잘 몰랐다. 여전히 조셉 프랭클은 링 위에서 ‘경기’를 하고 싶어했다. 그는 라운드가 끝날 때까지 ‘맞고’ 때리고 싶어했다. 하지만 젊은이들은 조셉 프랭클에게 펀치를 날릴 수도 없었고, 그렇다고 그의 펀치를 계속 ‘기다리고’ 있을 수만도 없었다. 젊은이들은 본인이 조셉 프랭클의 입술을 찢거나 눈언저리를 다치게 하는 사람이 되는 걸 원하지 않았다. 당연한 일이었다. 조셉 프랭클이 날리는 펀치의 강도가 점점 낮아지는 것도 문제였다. 아무리 운동을 열심히 한다 해도 그가 ‘자연’을 상대로 싸워서 이길 수는 없는 노릇이었다. 그렇다고 하더라도, 젊은 대니 에일로는 늙은 조셉 프랭클을 좋아했다. 자신이 그 나이에 점점 더 가까이 가면 갈수록 더욱더 좋아지는 것 같다고 말했다.

"그분이 시계공 일을 하셨다니, 정말 어울리지 않는군요. 전혀 몰랐습니다. 그런 이야기는 나눈 적이 없어요. 우린 그저 링 위에서 주먹으로 대화를 나누는 사이였죠. 그분은 권투가 얼마나 훌륭한 스포츠인지 잘 알고 있었습니다. 내가 이렇게 나이가 들고 보니, 그분처럼 권투를 계속한다는 게 얼마나 어려운 일인지 알 것 같아요."

그제야 그의 사무실 벽에 걸린 신문기사의 헤드라인이 눈에 들어왔다. "거침없는 전진, 강인한 훅과 훅의 조화". 대니 에일로는 마치 훅을 날리려고 전진하는 권투선수처럼 조셉 프랭클의 마지막 경기에 대한 이야기를 시작했다.

"그날 난 약속한 시간에 권투장에 나가질 못했죠." 가끔 그럴 때가 있었다. 그래도 조셉 프랭클은 괜찮았을 것이다. 어차피 그의 주말은 권투를 위해 온전히 비어 있었으니까. 그는 권투장 주위를 어슬렁어슬렁거리며 젊은이들과 농담을 주고받거나 줄넘기를 하거나 혼자 샌드백을 때리거나 하면서 대니 에일로를 기다렸다. "그런데 그날 '다른' 일이 일어난 겁니다." 그날 새로 온 '애송이' 한 명이 권투장을 어슬렁어슬렁거리는 노인을 보게 된다. 애송이는 늙은이가 권투를 무척 좋아하는데 아무도 그를 상대해주지 않는다는 이야기를 얼핏 들었고, 문득, 고향에 있는 자신의 아버지를 떠올린다. 자신의 아버지가 젊은이들 사이에서 어울리지 못하고 웃음거리가 되는 모습을 말이다. 그는 순전히 호의로 조셉 프랭클에게 스파링 파트너를 해주겠다고 이야기한다. 조셉 프랭클은 스파링 대신 '정식으로' 경기를 하고 싶다고 말하고, 애송이는 그 부탁을 받아들인다. 힘없는 펀치를 좀 맞아주고, 살짝살짝 노인에게 훅을 날리는 척을 하면 될 거라고 생각했을 것이다. 그리고 그는 그렇게 '잘'한다. 아무도 그다지 맞지도, 때리지도 않고, 맨송맨송하게 1라운드가 끝났을 때, 조셉 프랭클은 애송이에게 무척 화를 낸다. 애송이가 자신을 모욕하고 있고, 그건 자신뿐만 아니라, 권투라는 스포츠 자체를 모욕하는 일이라고 길길이 날뛴다. 그제야, 애송이는 다른 이들이 왜 이 노인을 상대하길 꺼렸는지 그 이유를 알게 된 것이다. 조셉은 누군가가 자신을 노인 취급하는 것을 원하지 않았다. 그는 '정말로' 링 위에서 '때리고' '맞고' 싶어했다. 애송이는 1라운드로 경기를 끝내는 것이 노인에 대한 모욕이라는 것도 깨달았다. 그래서 그는 2라운드에 올라갔을 때, '최소한으로' '진지하게' 경기에 임했다. 하지만 그건 아주 어려운 일이었다. 애송이는 그 균형을 맞출 수 없었다.

대니 에일로는 여러 번의 시도 끝에, 노인의 신체 손상을 최소화하면서도, 노인이 자신을 봐주고 있다는 걸 눈치채진 못할 만큼의 '위력적인' 주먹을 휘두를 수 있게 되었다. 실제로 대니 에일로와의 경기를 끝낸 후, 조셉 프랭클의 입술은 찢어져 있었고, 입안이 터져 침을 뱉으면 피가 섞여 나왔다. 아주 가끔씩은 눈 위가 찢어지거나 멍이 들었다. "아마도 그분은 누군가에게 '맞고' 싶어한 건지도 모르지요. 그런 생각이 아주 별난 건 아닐 겁니다. 의외로 많은 사람들이 그런 생각을 합니다. 나도 마찬가지입니다." 하지만 (그 당시의 대니 에일로와 마찬가지로) 애송이는 '그때까지는' 그런 생각을 해본 적이 없었다. 애송이는 그런 것들을 전혀 몰랐다. (다시 한번 더, 그 당시의 대니 에일로와 마찬가지로) 애송이는 절대로 링 위에서 누군가에게 얻어터지고 싶지 않았다. 애송이는 여하튼 이 노인네가 노인이라고 봐주는 것을 원하지 않는다는 사실만은 정확하게 인지하게 되었다. 하지만 노인을 다치게 하고 싶지도 않았다. 그런 일을 해서는 안 되었다. 누군가가 고향에 있는 자신의 아버지를 때린다면 어떻게 하겠는가? 그가 그런 생각에 빠져 있을 때, 노인이 그에게 레프트 훅을 날렸다. 분명히 그리 위협적인 것은 아니었으리라. 그렇지만 훅과 훅 사이에서, 위력적인 주먹과 순발력 있는 방어 사이에서, '진짜' 스포츠와 '진짜' 노인 사이에서 갈팡질팡하던 애송이는 주먹이 자신의 복부를 파고드는 걸 인지하는 순간, 자신의 온 힘을 실어 (자신도 모르게) 조셉 프랭클의 오른쪽 볼을 가격했다. 쿵, 하는 소리와 함께 조셉 프랭클은 링의 가장자리에 쓰러졌다. 그러고 한동안 미동도 하지 않았다. 사람들이 몰려와 조셉 프랭클을 일으켜세우려고 애쓰고 누군가는 앰뷸런스를 부르는 동안, 애송이는 아마도 자신이 살인자가 되었다고(혹은 될지도 모른다고) 생각했을 것이다. 그는 얼어붙었다. 앰뷸런스가 와서 조셉 프랭클을 실어간 후에도 애송이는 방금까지 노인이 쓰러져 있던 자리에 흩어져 있는 핏자국을 바라보고 있었다.

"그 친구는 다시는 권투장에 나타나지 않았소."

대니 에일로가 말했다.

"그리고 프랭클 씨도."

"프랭클 씨를 찾아가볼 생각은 하지 않았나요?"

내가 물었다.

"아니오. 우린 그저 링에서만 만날 수 있는 사이라고 생각했소. 병원에 누워 있는 모습을 내게 보여주고 싶어하지 않을 거라는 생각을 했어요."

그는 이렇게 덧붙였다.

"하지만 지금 생각해보면 찾아갔어도 괜찮았을 거라는 생각이 드는군요."

이야기를 끝낸 후, 대니 에일로는 사무실 유리창으로 비치는 권투장을 둘러보며 말했다.

"아마 이 권투장도 조만간 문을 닫게 될 거 같소."

링 위에서 스파링을 하고 있는 두 명을 제외하고 권투장에는 아무도 없었다.

"요즘은 권투하려는 사람이 별로 없어요. 진짜 권투 말이에요."

그는 대부분의 사람들이 다이어트나 운동을 목적으로 권투장에 온다고 말하고, 다시 한번 그 말을 반복했다.

"진짜 권투를 하려는 사람이 없어요."

대니 에일로는 '북아메리카 권투협회'의 회원으로도 활동중이라고 했다.

"간단하게 말하면, 권투가 우아하고 교양 있는 스포츠라는 사실을 대중들에게 알리는 일을 하는 겁니다. 이를테면 이종격투기 같은 거랑은 근본적으로 다른 거라고요."

이 말을 듣고 나는 문득 두 가지 궁금증이 들었는데, 한 가지는 헨리 카터와 이 남자가 만나면 무슨 이야기를 나눌지에 관한 것이었고, 다른 하나는 이종격투기 관계자가 이 이야기를 들으면 뭐라고 말할까에 관한 것이었다. 하지만 그의 이야기를 다 듣고 가장 궁금했던 건 따로 있었다. 조셉 프랭클은 링 위에서 '적당히' 얻어터지면서 무슨 생각을 했던 것일까? 그날 처음 보는 애송이에게 '진짜로' 얻어터졌을 때는 무슨 생각을 했을까? 그리고 그는 어째서 그길로 권투를 그만두고, 시계방 문도 닫은 것일까? 그는 대체 왜 세상과 단절되는 걸 '선택'했을까? 나는 대니 에일로에게 마지막으로 질문했다.

"조셉 프랭클 씨와 경기할 때 말입니다. 조셉 프랭클 씨는 당신이 자신을 위해 힘을 조절하고 있다는 사실을 눈치채고 있었을까요?"

대니 에일로는 씩 웃으며 답했다.

"아니요, 아마 절대 모르셨을 겁니다. 저는 애송이가 아니니까요."

그날 밤, 대니 에일로를 만나고 집으로 돌아오기 위해서 전철을 탄 나는 차창 밖으로 빠른 속도로 지나치는 터널의 까만 벽면을 바라보고 있었다. 그러다 문득 에머슨 씨네 식당에서 찢어온 잡지—지갑 속에 넣어두었던—를 꺼내서 펼쳐보았다. 접힌 부분이 거의 다 해져 있었다. (역시나) 한 부분이 눈에 띄었다. "가끔 컨디션이 좋은 날엔 침실에 있는 안락의자에 앉아 마치 권투선수처럼 두 팔을 휘두르곤 했어요. 그러곤 이렇게 중얼거리셨죠. '딱 한 번만 더, 딱 한 번만 더'라고요." 나는 문득 에머슨 씨네 식당이 그리워졌다. 태비는 잘 있을까? 식당 안은 음식을 먹거나 기다리는 사람들로 북적이겠지. 그리고 그 안은 음식 냄새로 가득할 거야. 에머슨 씨네 식당을 떠올리자, 나는 나 자신이 마치 무인지대에 홀로 서 있는 것 같다는 느낌에 사로잡혔다. 하지만 그건 말도 안 되는 생각이었다. 밤이 깊은 시간이긴 했지만, 전철 안에는 여전히 많은 사람들이 있었다. 말하거나 논쟁하는 사람들, 생각에 잠겼거나 웃고 있거나 잔뜩 표정을 구긴 사람들, 그리고 꾸벅꾸벅 졸고 있는 사람들.

어째서 그런 일을 했는지 모르겠지만 나는 다음 역에서 내렸다. 그리고 지상으로 나온 후, 주머니에서 휴대폰을 꺼내 잭슨 여사네 집으로 전화를 걸었다. 하지만 통화중이었고, 나는 두세 번 정도 더 통화를 시도하다가, 결국 다시 전철을 타고 잭슨 여사네 집으로 갔다. 잠시 후에 문을 열고 나온 섀넌이 어리둥절하다는 표정으로 나를 바라보았다. 그녀는 잘 준비를 다 끝낸 후였는지 머리가 축축하게 젖어 있었고 안경을 쓰고 있었다. 섀넌은 깜짝 놀란 표정으로 물었다.

"세상에, 종수, 무슨 일 있어요?"

나는 고개를 가로저으며 대답했다.

"아니요. 그런 건 아니고 궁금한 게 있어서요."

"뭔데요?"

여전히 나를 문 앞에 세워놓은 채 섀넌이 물었다.

"당신 예전 남자친구가 출간했다는 책 말이에요. 그 책 제목 알려줄 수 있어요?"

내 말을 들은 섀넌은 영문을 알 수 없다는 표정으로, 그렇지만 단호하게 대답했다.

"아니요."

나는 섀넌이 문을 닫아버릴까봐 약간 허둥지둥하며 입을 열었다.

"그래요. 미안해요. 어, 하나만 더 물어보고 싶은 게 있어요."

섀넌은 내 얼굴을 바라보기만 했다.

"우리 데이트할래요?"

섀넌은 놀라지도, 웃지도, 불쾌해하지도 않았다. 그녀는 마치 미래를 내다보는 초능력자처럼 이런 일이 있을 줄 미리 알았다는 듯이 그냥 이렇게 대답했다.

"그래요."

거짓말들

섀넌과 데이트를 한 건, 내가 그런 덜떨어진 방법으로 데이트 신청을 하고 일주일 정도 지난, 10월 초의 일이다. 장을 보기 위해 섀넌이 잭슨 여사를 혼자 집에 남겨두고 외출한 적은 있었지만, (당연하게도) '데이트' 때문에 그렇게 하는 것에는 섀넌이나 나나 별로 동의하지 않았다. 결국 우리는 첫번째 데이트를 부엌에서 하기로 결정했다. 나는 그녀가 뉴욕에 온 후로 친구를 사귄 적도 없고 남자친구를 만든 적은 더더군다나 없다는 사실을 알고 있었기 때문에 좀더 특별한 곳에서 첫번째 데이트를 하고 싶었지만 어쩔 수 없는 노릇이었다. 섀넌은 우리가 잭슨 여사의 부엌에서 데이트를 하기로 결정한 이후부터 그곳을 '부엌'과 '잭슨네 식탁Jackson's Table'이라는 두 개의 표현을 사용해서 지칭했다. 이를테면 우리가 일상적인 대화를 나누거나 할 때는 평소처럼 그곳을 '부엌'이라고 불렀지만, 우리의 데이트에 대해 이야기할 때는 '잭슨네 식탁'이라고 부르는 식이었다.

첫번째 데이트를 구상하는 과정에서 나는 새삼 섀넌의 입주 간호사 생활에 대해 생각해보게 되었다. 섀넌은 일 년 중 대부분을 잭슨 여사에게 매여 있었다. 일 년에 고작 서너 번, 잭슨 여사의 가족들이 번갈아서 방문할 때가 섀넌에게는 유일한 휴가나 마찬가지였다. 그럴 때에도 섀넌은 잭슨 여사네 집 근처 호텔에서 머물곤 했다. "난 여행을 정말 싫어하거든요." 하지만 나는 그녀가 굳이 잭슨 여사네 집과 도보로 불과 이십 분 거리에 숙소를 마련하는 건, 혹시라도 잭슨 여사가 그녀를 필요로 하는 순간이 있을까봐 걱정이 됐기 때문이라는 것을 안다. 지난 삼 년 동안 그런 적이 몇 번 있었다. 섀넌을 가장 정신없게 만든 건 일 년 전 겨울, 고등학교를 졸업한 잭슨 여사의 증손자가 자신의 친구 두 명을 데리고 뉴욕을 방문했던 일이다. 그들은 거의 일주일 동안 잭슨 여사의 집을 호텔처럼 사용했고, 섀넌은 마치 '청소부'처럼 그들의 뒤치다꺼리를 했다. "걔네들이 어지르고 나간 집안을 청소하고 레이철 할머니 식사까지 챙겨드리고 호텔로 돌아오면 이상한 기분이 드는 거예요. 특히 화장실요. 휴지는 전날에 다 쓰지도 않았는데 새걸로 바뀌어 있죠. 끝이 세모로 접힌 채 말이에요. 쓰레기 하나 없고, 세면대 위에는 비닐로 봉해놓은 작은 비누랑 미니 사이즈의 세면도구들이 앙증맞게 주르르 서 있잖아요. 새 수건들로 수납장 안이 채워져 있는 걸 보면 정말이지…… 먼지 한 점도 없다니까요."

시간이 많이 흐른 후에, '먼지 한 점' 남아 있지 않은 호텔 화장실에 우두커니 서 있는 섀넌의 모습을 상상해본 적이 있는데, 나야말로 정말 이상한 기분에 사로잡히고 말았다. 어쩐지 그 장면 안에는 내가 설명할 수 없는 이 세상의 원칙이 숨겨져 있는 것만 같았다. 하지만 이 이야기를 들을 당시 가장 궁금했던 건, 가족들이 방문한다고 해서 어째서 섀넌이 그 집을 떠나 있어야 하느냐는 것이었다. "처음부터 계약에 포함되어 있었던 사항인걸요." 이 말을 할 때, 우리는 잭슨네 식탁에 있었다. 항상 포니테일 스타일로 머리를 묶어올렸던 섀넌은 이번엔 머리를 늘어뜨리고 어깨가 드러나는 검정색 원피스를 입은 채 내가 사온 와인을 마시고 있었다. 그날 우리는 번거로움을 피하기 위해 각자 저녁식사를 하고 만나기로 했다(이 아이디어를 낸 건 물론 섀넌이었다). 나는 섀넌을 만나기로 한 날 저녁에 내 집 부엌, 아니 이렇게 표현하는 건 너무 거창하고, 싱크대에 기대서서 참치샌드위치를 우적우적 씹어 먹었다. 그리고 손을 씻고 내가 가진 단 하나의 넥타이를 맨 후, 역시 내가 가진 단 한 벌의 블레이저를 입었다. 나는 근처 주류 판매점에 들러 레드와인을 한 병 사고, 꽃집에 들러 수국 한 다발을 샀다. 섀넌은 와인을 보고는 무척 기뻐하는 것 같았고, 수국을 보고는 알 듯 말 듯 한 미묘한 표정을 지었다. 내가 꽃을 싫어하느냐고 묻자, 섀넌은 오히려 이렇게 되물었다.

"그럴 리가 있어요?"

잭슨네 식탁에는 앙증맞은 보라색 양초가 세 개 켜져 있었다. 섀넌이 마련해둔 것이었다. 섀넌은 내가 가져간 수국을 유리병에 담아서 초 옆에 놓고는 굉장히 힘든 일을 마친 사람처럼 후, 소리를 냈다. 식탁에서 조금 떨어진 싱크대 위에는 섀넌의 것으로 추정되는 독서등이 있었는데, 나는 섀넌이 식탁에서 책을 읽다가 미처 방으로 갖다놓는 걸 깜빡 잊은 게 틀림없다고 생각했다. 그건 섀넌답지 않은 일이었다. 그녀는 그런 식으로 물건을 아무 곳에나 두지 않기 때문이다. 하지만 당연하게도 섀넌은 깜빡 잊은 게 아니었다. 섀넌은 과일과 치즈, 크래커를 담은 접시를 식탁 위에 올려둔 후, 거실과 부엌의 전등 스위치를 차례로 내렸다. 식탁 위의 작은 촛불을 제외하고는 빛이 없어서 너무 어둡다고 생각한 찰나, 섀넌이 독서등을 켰다. 적당한 빛과 어른거리는 촛불이 어울려 꽤 분위기가 났다. 역시 섀넌이구나, 하는 생각이 들었다. 잭슨 여사가 깰까봐 아주 낮은 목소리로 대화를 나눠야 했고 당연히 음악도 틀 수 없었지만, 나는 아주 오랜 시간이 흐른 후에도 그 순간을 잊지 못할 거라고 생각했다. 그녀의 손을 잡거나 키스를 한 것은 아니다. 우리는 그저 어둠 속에 앉아 조그만 빛에 의지해 서로의 눈을 바라보며 이야기를 나눴을 뿐이다. 그날 처음으로 섀넌은 내게 자신에 대한 이야기를 했다. 하지만 어떤 사실을 털어놓는다는 느낌은 전혀 주지 않았고, 오히려 그녀는 말을 하면서 어떤 사실들을 질서정연하게 배열해두는 것 같았다. 이혼한 적이 있다는 이야기를 한 것도 그날이었다. 탤러해시에서 태어나 쭉 그곳에서 살았다는 이야기도(그녀는 탤러해시에 대해 이렇게 말했다. "당신, 한번 꼭 가봐야 해요. 정말 거긴 천국이거든요!"), 거기에 있는 프린터 회사에서 접수원으로 아주 잠깐 일했다는 이야기도, 그러다가 플로리다에 있는 간호대에 들어갔다는 이야기를 한 것도 그날이었다. 그녀는 삼 남매 중의 막내였고, 오빠와 언니는 모두 결혼해서 그 지방에서 살고 있다고 했다. 나는 섀넌이 얼마 전 책을 출판했다고 말했던 전 남자친구가 사실은 전남편인지 묻고 싶었지만, 그 부분에 대해서는 더이상 질문하지 않기로 약속했기 때문에 그러지 않았다. 집으로 돌아가기 전에 나는 현관에 서서 그녀에게 또 데이트를 할 수 있는지 물었고 그녀는 망설이지도 않고 좋다고 대답했다. 나는 그녀에게 키스하고 싶었지만 그래도 되는지 약간 헷갈렸다. 그녀는 다정하게 내 오른쪽 팔뚝을 잡았다.

"나, 한 가지 부탁할 게 있어요."

나는 침을 꿀꺽 삼켰다.

"뭔데요?"

"우리가 밖에서 만나든, 혹은 잭슨네 식탁에서 만나든, 다음에는 꽃을 사오지 말아요."

나는 당황해서 왜냐고 물었다.

"생화를 오래 살려두기가 얼마나 어려운지 알아요?"

나는 그런 건 몰랐다.

"매일매일 물을 갈아주고, 밑동을 조금씩 잘라내줘야 한답니다."

익살스러운 표정으로 말한 후, 혹시 내가 농담으로 받아들일까 걱정이 되었는지 섀넌은 금세 심각한 표정으로 바꾸고 이렇게 덧붙였다.

"고된 일이죠."

정말 몰랐다. 나는 생화에 그렇게 손이 많이 가는지 정말 몰랐다.

"게다가 그렇게 해도 일주일도 안 살아 있어요."

나는 알았다고 대답했다.

데이트를 한 후 처음으로 잭슨 여사네 집에 갈 때, 무엇을 입어야 하는지 약간 고민스러웠다. 데이트 때처럼 입어야 하나? 아니면 그전처럼 격식 없이 아무렇게나 입어도 되는 건가? 나는 결국 데이트 때처럼 셔츠에 타이를 매고 블레이저를 입고 갔다. 평소와 같은 옷차림을 하고 머리를 묶어올린 섀넌이 말했다.

"세상에, 종수, 오늘 데이트라도 가는 거예요?"

나는 몹시 창피해졌다. 내가 선물한 수국은 잭슨 여사 방문 바로 옆 콘솔 위에 있었다. 내가 잘 볼 수 있도록 배려한 것이리라. 게다가 섀넌은 그후로도 수국을 열흘이나 넘게 살려두었다. 나는 어떻게 그게 가능한지 궁금했는데 나중에 그녀는 잭슨 여사가 알려준 대로 한 거라고 말해주었다. "매일 아스피린을 녹인 얼음물로 갈아주면 좀더 오래 살려둘 수 있다고 하셨어요." 나는 잭슨 여사가 꽃의 출처가 어디인지 알고 있느냐고 물었다. 섀넌이 왜 그런 당연한 걸 묻느냐는 표정으로 말했다. "당연하죠. 여기는 레이철 할머니 댁인걸요. 할머니의 허락이 없으면 우리가 부엌에서 어떻게 데이트를 할 수 있었겠어요?" 나는 또다시 창피한 마음이 들었다.

첫 데이트 후, 잭슨 여사의 집을 방문한 날과 관련된 기억이 하나 더 있다. 그날, 잭슨 여사와의 이야기를 끝내고 나는 섀넌에게 인사하려고 부엌 쪽으로 갔다. 그리고 거기에 놓여 있는 식탁—그러니까, 며칠 전 데이트를 했던 잭슨네 식탁—을 봤을 때, 나는 그 식탁이 이루 말할 수 없이 초라하다고 느꼈다. 마치 자정이 지나 모든 마법의 효력이 사라져버린 신데렐라의 호박마차처럼 보였다. 하지만 티셔츠와 청바지를 입고 레페토를 신은 섀넌이 잭슨 여사에게 가져다줄 물을 끓이고 있는 걸 보자, 그런 생각이 얼마나 멍청한지 곧바로 깨달았다. 그곳은 잭슨네 식탁도 아니고, 호박마차는 더더군다나 아니었다. 거기는 잭슨 여사의 '집'이었고 섀넌 헤이스의 '일터'였다.

섀넌과 내가 첫번째 데이트를 했던 날 밤 집으로 돌아가면서 나는 내 인생의 첫번째 데이트를 떠올렸다. 내 인생의 첫번째 데이트 상대는 바로 수영이었다. 9월 모의고사를 친 그 주 토요일 오후에 나는 학원에서 조금 일찍 나왔다. 학원에는 보충과외가 있다고 이야기하고, 어머니에게는 학원이 끝나고 친구들과 피자를 먹으러 갈 거니까 데리러 오지 말라고 말했다. "애들이 자꾸 마마보이라고 놀린단 말이에요." 내 기억에 어머니에게 그런 식으로 말한 것은 그때가 처음이었다. 어머니가 어떤 표정을 지었더라? 며칠 후에 우리집에 온 작은이모가 내게 이런 말을 했던 기억이 난다. "너, 애들이 마마보이라고 놀린다며?" 실제로 그런 식으로 놀리는 애들은 없었다. 어머니는 9월 모의고사 성적표가 언제 나오느냐고 물었다. 나는 곧 나온다고 대답했다. 가채점도 하지 않았지만, 시험을 망쳤다는 건 이미 알고 있었다. 그런 이야기를 어머니에게 하지는 않았다.

나는 오후 다섯시쯤에 교복 차림으로 수영이 일하는 맥도날드로 갔다. 미리 약속 같은 건 하지 않은 채였다. 그러니까 수영은 내가 오리라고는 꿈에도 생각하지 못했으리라. 매장 문을 열고 들어가자마자 수영이 음식 쟁반이 지저분하게 쌓여 있는 선반을 치우는 게 보였다. 나는 수영이 피곤해 보인다고 생각하며 처음 거기에 갔던 날 앉았던 구석 의자로 갔다. 하지만 그때처럼 수학 문제를 풀지는 않았다. 나는 영어사전과 수영의 편지를 꺼내서 영역을 하기 시작했다. 아마도 수영에게 그런 내 모습을 보여주고 싶었던 것이리라. 하지만 수영이 나를 발견한 건, 거의 한 시간이나 흐른 후였다. 수영이 놀란 표정으로 내게 다가왔다.

"우리 오늘 만나기로 했어?"

"아니."

나는 고개를 흔들었다.

"근데? 무슨 일이 있어?"

나는 수영의 얼굴을 한 번 쳐다보고, 테이블 위에 놓인 편지지와 영어 문장이 적힌 연습장과 펼쳐진 사전을 한 번 쳐다봤다. 그리고 백 번쯤은 연습했던 말을 내뱉었다.

"같이 놀자고."

"같이 놀자고?"

수영이 웃으며 되물었다. 나는 고개를 끄덕였다. 나는 그녀의 웃음이 무얼 뜻하는지 몰랐다.

"근데, 알바 끝나려면 나 좀더 있어야 해."

나는 기다리겠다고 말했다. 수영은 좀 난감한 표정을 지었다.

"나 신경쓰지 마."

수영은 어깨를 한 번 으쓱거리곤 고개를 끄덕였다. 그리고 한참 후에 아르바이트복에서 교복으로 갈아입은 수영이 내 앞에 나타났다. 토요일 저녁에, 교복을 입은 나와 교복을 입은 수영이 함께 강남대로를 걸었다. 그날 우리가 뭔가 특별한 일을 한 것은 아니었다. 정말 별것도 없었다. 피자헛에 가서 피자를 먹고, 영화가 보고 싶어서 극장에 갔지만 볼만한 영화가 없어서 커다란 통에 든 팝콘만 샀다. 우리는 그 커다란 팝콘 통을 들고 강남대로를 하염없이 걸었다. 걷다보니까, 이럴 수가, 맥도날드가 나왔다. 물론 수영이 아르바이트하는 매장은 아니었다. 수영은 맥도날드에 들어가고 싶다고 말했다. 대체 왜? 햄버거 냄새만 맡아도 토할 것 같다고 하지 않았었나? 하지만 나는 잠자코 그녀의 뜻을 따랐다. 그녀는 마치 맥도날드에서 아르바이트 같은 건 한 번도 한 적이 없는 그런 학생인 것처럼 굴었다. 글쎄, 이게 무슨 말인지 나도 모르겠다. 하지만 정말 그때의 그녀는 그렇게 보였다. 나는 그녀가 시킨, 아무 맥락도 없는 음식들—콜라와 프렌치프라이와 애플파이와 선디 아이스크림—을 바라보았다. 선디 아이스크림에 프렌치프라이를 찍어 먹으며 수영이 내게 물었다.

"우리, 편지 언제쯤 완성될까?"

나는 이번 달 안으로는 끝나지 않겠느냐고 말했다.

"이번 겨울에 랄프 로렌 더플코트를 사면, 그 코트를 입을 거야."

"왜?"

정말이다. 나는 그렇게 물었다. 왜, 냐고. 너는 '아까워서' 한 번도 랄프 로렌을 입은 적이 없었잖아. 하지만 그렇게 말해놓고 보니 그 맥락에서 왜라는 질문만큼 나쁜 질문도 없는 것 같았다. 세상에서 가장 나쁜 말 같다고나 할까. 다행히도 수영은 별로 신경쓰지 않는 것 같았다.

"겨울에 머리부터 발끝까지 랄프 로렌을 입는 거야. 그게 내 계획이야."

"머리부터 발끝까지?"

"응. 랄프 로렌 속옷을 입고(속옷이라는 단어를 발음하면서 수영은 약간 얼굴이 붉어졌다. 아마 내 얼굴도 붉어졌으리라), 랄프 로렌 헤어밴드, 헤어슈슈, 액세서리를 착용하는 거야. 그리고 랄프 로렌 셔츠랑 니트 조끼를 입고, 아무래도 추울 테니까 면바지를 입어야겠지. 그리고 랄프 로렌 양말을 신고, 랄프 로렌 옥스퍼드화를 신는 거지. 그리고 랄프 로렌 더플코트를 걸치는 거야."

수영은 꿈을 꾸고 있는 듯한 표정을 지었다. 그렇지만 이내 시무룩해졌다.

"하지만 그건 불완전한 거야. 왜냐하면 시계가 없으니까, 완전한 게 아니야."

나는 뭐라고 해야 할지 잘 몰랐다. 갑자기 수업시간에 엎드려 자던 수영의 모습과 얼마 전에 담임에게 혼나던 모습이 떠올랐다.

"편지를 얼른 완성하자."

나는 수영에게 그렇게 말했다. 우리가 맥도날드에서 나온 건 거의 밤 아홉시가 다 되었을 무렵이었다. 버스를 타기 위해 그녀가 일하는 맥도날드 쪽으로 다시 걸어가야 했다. 함께 걷는 건, 좋았다. 즐거운 일이었다. 게다가 나는 깜깜한 밤에 여자애와 그런 식으로 길을 걷는 게 처음이었다. 나는 사람들이 나를 어떤 식으로 생각할지 걱정이 되면서도 한편으로는 좀 자랑스러웠던 것 같다. 지금 생각해보면 나는 어쩌면 그녀가 내게 가졌던 것 이상의 친밀감을 그녀에게 느끼고 있었던 건지도 모른다. 왜 안 그랬겠는가? 나는 그녀 때문에 난생처음으로 어머니에게 거짓말을 하고 학원을 빠졌고, 공부 외의 다른 일에 시간을 빼앗겼고, 성적도 떨어졌는데 말이다. 나는 그녀와 함께 있는 시간이 즐거웠지만, 다른 한편으로는 나 자신이 잘못된 장소에 있고, 빨리 제자리로 돌아가야 한다는 걱정도 하고 있었다. 그건 특별한 게 아니라, 일상적으로 느낀 감정이었다. 하지만 그날 밤에는 그 감정들이 아주 특별한 것처럼 느껴졌다. 그녀에게 어떤 말이든 하지 않으면 안 될 것 같았다. 나는 그녀에게 이렇게 물었다.

"더플코트를 사면, 아르바이트는 그만둘 거야?"

"글쎄, 그럴 수도 있지 않을까?"

수영은 심드렁하게 대답했다. 그런 건 중요하지도 않다는 듯한 말투였다. 나는 수영을 바라보았다. 그리고 이렇게 말했다.

"내가 랄프 로렌 코트를 줄게."

나는 지금도 가끔 이 문장에 대해 생각해본다. 내가 랄프 로렌 코트를 줄게. 그녀에게 랄프 로렌 코트를 사주겠다는 의미였던가? 아니면 내가 가진 코트를 주겠다는 의미였던가? 분명한 건 진심이었다는 것이다. 무엇이 진심이었는지도 모르겠지만 여하튼 그랬다. 나는 그녀에게 그렇게 말했다. 내가 너에게 랄프 로렌 코트를 줄게.

갑자기 수영이 멈춰 섰다. 그러고는 내 얼굴을 뚫어지게 쳐다보았다.

"아."

그녀는 탄식처럼 짧게 내뱉고는 웃었다. 그리고 이렇게 덧붙였다.

"그래, 나도 알아. 너라면 그렇게 할 수 있을 거야. 그렇지?"

그녀는 알아, 라는 대답을 반복했다. 나는 그녀와 마주본 채 거리에 가만히 서 있었다. 한 여자가 대체 왜 이렇게 길 한복판에 서 있는 거야, 라며 우리 귀에 들리도록 불평을 하며 지나갔다. 나는 나중에 (잠든) 섀슨 여사에게 이 이야기를 하면서 물었다. "그녀는 무얼 안다고 말했던 걸까요?" 그날 밤, 우리는 버스를 기다리며 시시콜콜한 이야기를 나눴다. 아마도 그랬을 것이다. 그러니까 다른 낌새 같은 건 없었다는 의미이다. 내가 타야 하는 버스가 먼저 왔지만, 나는 그녀의 버스가 올 때까지 기다려주겠다고 했다. 수영은 고개를 끄덕였다. 그리고 우리는 시시콜콜한 이야기를 좀더 나눴다. 잠시 후에 그녀가 탈 버스가 왔다. 나는 수영이 버스에 올라타기 전에 나를 한 번 돌아봤던 걸 기억한다. 나는 그녀에게 손을 흔들었다. 그녀 역시 내게 손을 흔들었다. 버스 안에는 사람이 많았다. 나는 많은 사람들이 토요일 밤의 데이트를 끝내고 집으로 돌아가는 길인가보다 하고 생각했다. 그리고 수영도 나도 그런 다른 사람들처럼 토요일 밤에 버스를 타고 집으로 돌아가는 거라고 생각했다. 나는 버스에 올라탄 그녀를 눈으로 좇으려고 했지만, 보이지 않았다. 사람들 속으로 푹 숨어버린 것 같았다. 다음날 아침에 나는 어머니에게 랄프 로렌 더플코트를 꺼내달라고 말했다. 아직 입으려면 멀었는데 왜 그걸 찾느냐고 싫은 소리를 좀 하셨지만, 어머니는 코트를 가져다주었다. 코트는 드라이클리닝되어 있었다. 남색 더플코트. 주르르 달린 갈색 토글, 그리고 조금 크다 싶은 후드와 후드 끝에 나란히 달린 금속 단추들. 나는 이걸 수영이 입을 수 있을지 궁금했다. 수영에게 이걸 준다면 수영은 곧 아르바이트를 그만둘 수 있을까? 나는 수영이 수업시간에 잠들지 않는 모습, 그러니까 수영이 수업에 집중하는 모습을 상상해보았다. 선생님의 말에 고개를 끄덕끄덕거리는 모습을 떠올려보았다. 우리가 함께 학원에 다니거나 함께 공부를 하는 장면도 떠올려보았다. 나는 수영에게 수학이나 물리 문제 푸는 방법을 가르쳐줄 수도 있을 것이다. 그런 생각들을 하자, 무척 행복해졌다. 정말로 그랬다. 앞으로 수영과 더 많은 데이트를 할 수 있으리라 생각했다.

섀넌과 나는 두번째 데이트를 위해 열흘 후, 똑같은 장소에서 만났다. 이번에도 나는 격식을 차려 블레이저를 입고 와인을 한 병 들고 갔다. 내 손에는 꽃 대신 노트북이 들려 있었다. 역시, 격식을 차려 실크 원피스와 하이힐을 착용한 섀넌과 나는 식탁에 나란히 앉아서 이어폰을 끼고 노트북으로 옛날 영화를 봤다. 더너웨이의 영화를 볼까도 생각했지만, 활기가 넘치는 영화가 나을 것 같았다. 우리는 두번째 데이트중이었으니까 말이다. 나는 (랄프 로렌을 그토록 우아한 언어로 비난했던) 장 자크 밀레노 감독의 〈훌륭한 남자들〉을 골랐다. 웃기는 사실이지만 그전까지는 나 역시 이 영화를 본 적이 없었다. 미리 영화를 보고 선택하는 편이 여러모로 안전했겠지만 나는 '미리' 본 영화를 섀넌과 함께 보고 싶지 않았다. 어쩐지 그런 기분이었다. 본 적도 없으면서 장 자크 밀레노의 〈훌륭한 남자들〉을 고른 데에는 영화 포스터가 주요한 역할을 했다. 누구라도 이 영화의 포스터를 봤다면 반해버리고 말았을 것이다. 채도가 낮은 붉은 벽돌벽을 배경으로 (마치 찰리 채플린처럼) 콧수염이 나 있고, 턱시도와 나비넥타이를 착용한 금발의 잘생긴 남자 일곱 명이 일렬로 서서 얼굴을 내밀고 활짝 웃고 있다. 어떤 사람은 손에 모자를 들고 있고 어떤 사람은 지팡이를 들고 있기도 하다. 이미 당대 최고였던 배우(클린트 이스트우드, 다니엘 젤랭)도 있고, 유명했지만 이제는 잊혀진 화가(라이언 오닐)도 있고, 훗날의 스타(노먼 주이슨, 미셸 드웨인)도 있으며, 이 영화를 끝으로 다시는 영화를 찍지 못한 배우(리오 대니얼)도 있으며, 그리고 장 자크 밀레노 감독의 친구인 영화감독(피에르 파올로 파솔리니)도 있다. 그들의 머리 위로 동글동글한 글씨체의 문구가 아치 모양으로 적혀 있다. "세상에서 가장 멋진 남자들의 다시는 보지 못할 진짜 진짜 진짜 묘기". '진짜'라는 단어는 대문자로 다른 글자보다 두 배 정도 크다. 이 문구는 더이상 적합한 표현을 찾을 수 없을 정도로 진실되기도 하고, 다른 의미에서는 완전한 거짓이기도 하다. 그들은 시종일관 춤을 추고 술을 마시고 노래를 부르고 거리를 뛰어다닌다. 자동차에 치이기도 하고(정말로 그렇다!) 맨홀에 떨어지기도 하고 계단에서 구르기도 한다. 그럴 때조차 그들은 시종일관 웃고 있다. 그 행위들은 '묘기'처럼 보이기도 하고 정말로 어디서고 '다시는 보지 못할' 것 같기도 하다. 그건 짜고 치는 고스톱이 아니라 '진짜' 같다.

잘못된 선택이 아닌가 싶어 불안했는데 다행히도 섀넌은 영화를 보며 많이 웃었다. 잭슨 여사가 깰까봐 섀넌은 자주 입을 막고 끅끅거렸는데 나중에는 눈물까지 흘릴 정도였다. 영화가 끝난 후 그녀는 작지만 힘이 잔뜩 들어간 목소리로 말했다.

"이렇게 기괴한 영화는 어디서고 본 적이 없어요!"

나 역시 목소리를 낮추고 속삭이듯이 반박했다.

"하지만 당신은 진짜 유쾌하다는 듯이 웃었잖아요."

섀넌은 전혀 당황해하지 않고 이렇게 대답하며 씩 웃었다.

"그건 기괴한 걸 볼 때마다 내가 웃는 방식이랍니다."

영화를 보는 도중에, 섀넌이 갑자기 일어나서 잭슨 여사의 방으로 들어갈 때가 있었다. 목이 말라서 혹은 화장실에 가고 싶어서 잭슨 여사가 잠에서 깨어날 때를, 섀넌은 정확하게 알고 있었다. 볼 때마다 경이로웠다. 그녀에게는 정말로 그런 초능력이 있는 걸까?

영화를 보고 난 후 와인을 마시며 섀넌은 내가 쓰는 책에 대해 물었고, 나는 간단하게 어떤 '유대인'에 대해 쓴다고 말했다. "내가 쓰는 책의 주인공이 바로 잭슨 여사님의 친구분이세요." 이 말을 하면서 나는 내가 '책을 쓰기 때문에' 그녀가 나를 좋아하는 걸지도 모른다는 생각이 들었다. 그럴 가능성이 있었다. 어쨌든 그녀의 전 남자친구(혹은 전남편)도 작가였으니까. 첫번째 데이트 이후에 나는 시내에 있는 서점의 논픽션 신간 코너에서 반나절 넘게 죽치고 앉아 진열되어 있는 책들을 살펴본 적이 있었다. 작가의 사진을 들춰보면서 누가 그녀의 전 남자친구(혹은 전남편)인지 알아보려고 했던 것이다. 터무니없는 행동이었지만, 나는 대머리에 이상한 스타일로 옷을 입고 있는 남자를 찾으려고 애썼다. 내가 확인한 것은 그즈음 신간을 낸 작가들 중에는 탈모가 시작된 사람들이 꽤 있었다는 점이다. 어쩐지 나는 그런 부분에 금방 납득하고 말았다. 그런 시기도 있는 것이리라. 책을 출판하는 작가들 중에 탈모인이 많은 그런 시기. 수염을 기른 사람이 유독 많을 때도 있을 것이고, 숏커트를 한 여자 작가들이 많을 때도 있을 것이고, 머리카락에 웨이브를 넣은 남자 작가들이 많은 시기도 있을 것이다. 작가가 아닌 나는 모르는 그런 유행들이 그들 사이에 있을지도 모른다. 유대인에 대한 책을 쓴다는 이야기를 듣고 섀넌은 잠시 생각에 빠졌다가, 내게 유대인이냐고 물었다. 나는 동양인인 내게 왜 그런 질문을 하는지 이해하지 못했다. "그러니까, 그런 걸 뭐라고 하지? (그녀는 단어를 떠올리는지 잠시 미간을 찌푸렸다) 후천적 유대인? 뭐 그런 거요." 놀랍게도 그녀는 그때까지도 나를 입양아라고 생각하고 있었고, 유대인에 대한 책을 쓴다는 말을 듣자마자 내가 유대인 부부에게 입양된 아이라는 결론을 내린 것이다. 나는 그녀의 무신경함에 또 한번 놀랐는데 그녀는 내 이름이 '종수-리'라는 걸 알고 있었기 때문이다. 나는 뭐라고 설명해야 할까 망설이다가 그냥 고개를 끄덕였다. 섀넌은 무언가를 기다리는 듯한 표정으로 나를 바라봤지만 내가 아무 말도 하지 않았기 때문에 미소지으며 이렇게 말했다. "좋아요, 그렇군요."

두번째 데이트가 있고 일주일 정도 지난 후에, 잭슨 여사의 방에서 나오는 나에게 섀넌이 '좋은' 소식을 전해주었다. 세번째 데이트는 밖에서 할 수 있으리라는 것이었다. 잭슨 여사의 손자 중 한 명인 앤드루 잭슨이 자신의 가족—아내와 세 아이들—을 데리고 며칠 동안 맨해튼에 머물 예정이라고 섀넌에게 급작스럽게 '통보'한 것이다. 나는 섀넌이 호텔에 혼자 머물러야 한다는 사실이 신경쓰였고, 그녀가 잭슨 여사와 그 가족으로부터 배려받지 못한다는 게 무척이나 못마땅했다. 잭슨 여사의 손주들이 정말로 섀넌을 '간호사 로봇'쯤으로 여기고 있다는 생각을 지울 수 없었다. 하지만 섀넌은 이런 나의 생각을 오히려 이해하지 못하는 것 같았다. "세상에, 종수, 거기가 얼마나 비싼 호텔인지 알아요?" 섀넌은 이렇게 덧붙였다. "종수, 그들은 가족이에요. 그런데도 고작해야 일 년에 몇 번밖에 못 만나잖아요. 그들에게는 가족의 시간이 필요해요. 게다가 레이철 할머니는 무리해서 그렇게 좋은 호텔을 잡아주는 거라고요." 섀넌에게 당신도 가족이나 다름없는 게 아니냐고 하자, 섀넌은 예의 그 판결문을 읽는 듯한 말투로 이렇게 말했다. "아니죠. 종수, 나는 레이철 할머니의 가족이 아니죠. 나는 레이철 할머니의 친구도 아니에요. 나는 입주 간호사예요." 더이상 이러쿵저러쿵 불평할 입장도 아니었기 때문에 나는 그만 입을 다물었다. 따져보자면 그런 이유로 나는 그녀와 '정식' 데이트를 할 수 있는 것이었으니까.

그날 밤, 나는 안대를 쓴 채 오랫동안 침대 위에서 뒤척거렸다. 잠이 오지 않았다. 약간 창피하지만, 나는 세번째 데이트 때문에 들떠 있었다. 무엇을 할까? 새넌과 소호나 어퍼이스트사이드에 있는 고급 레스토랑에 가도 좋을 것이다. 예전에 여자친구와 갔던 파크 애비뉴에 있는 레스토랑이 떠올랐다. 아주 훌륭한 곳이었다. 조명은 적당히 어둡고, 직원들은 정중하고, 손님들은 정장을 차려입고 우아하게 음식을 먹는 곳. 내가 대학원에서 입학 허가를 받았던 즈음이었다. 허가를 받는 데 약간 어려움을 겪은 후였고, 부모님께 전화로 소식을 알렸을 때 아버지는 "당연한 결과지"라고 말했었다. 여자친구는 나와 같은 한국인 유학생이었다.

그 시기를 기억하다 문득, 나는 그동안 까맣게 잊어버리고 있었던 장면을 떠올리게 되었다. 그건 기쿠 박사님과 관련되어 있는 것이다. 그날—한국인 여자친구와 고급 레스토랑에서 식사를 하다가—나는 혼자 있는 기쿠 박사님을 보았던 것이다. 우리는 그를 볼 수 있지만, 그는 우리를 볼 수 없는 그런 자리였다. 기쿠 박사님은 코스 요리를 주문한 것 같았는데, 어찌된 일인지 코스와 코스 사이에 공백이 무척 오래 생긴 모양이었다. 그는 약간 화가 난 표정으로 식탁 위의 버터를 노려보고 있었고 나는 아마 그를 보면서 '어떤' 생각들을 했을 것이다. 우스운 이야기이지만, 당시 나는 내가 여자친구와 결혼하리라고 생각했었다. 그것도 아주 빠른 시일 안에. 나는 이제 곧 권위자(그러니까, 기쿠 박사님)의 연구실에 들어가 경력을 쌓을 것이었고 그녀는 영문학과에서 우수한 학생으로 통하고 있었다. 나는 그녀의 부모님에 대해서도 잘 알고 있었다. 주위에는 그런 식으로 일찍 결혼을 하는 유학생들이 종종 있었다. 그때, 모든 것이 완벽한 그 레스토랑에서 나는 우리가 몇 달 후 헤어지리라는 것도, 몇 년이 지나 결국 내가 그 세계적인 권위를 인정받는 교수의 연구실에서 쫓겨나리라는 것도 전혀 알지 못했다. 그런 징후는 조금도 없었다. 더이상 완벽해지는 것이 불가능할 정도로 좋은 시절이었다. 그러니까 몇 년 후, 브루클린의 험난한 동네의 허름한 방 한구석에서 그날을 떠올리게 될 기미 같은 건 전혀, 없었다는 말이다. 나는 안대를 벗고 침대에서 일어나 앉았다. 문득 그런 궁금증이 들었다. 기쿠 박사님은 자신의 미래에 대해 어떤 예상을 했을까? 그러고 보니 올해는 노벨물리학상 발표일도 그냥 지나쳤구나, 하는 생각이 들었다. 뒤이어 (어쩔 수 없이) 이런 궁금증도 일었다. 기쿠 박사님은 돌아오는 겨울에 또다시 브라이언트 파크 아이스링크장 한가운데에서 스케이트를 타고 있을까? 나는 인터넷으로 노벨물리학상 수상자를 검색해보았다. 한 기사의 헤드라인은 이랬다. "초신성 관찰을 통해 우주 팽창의 가속화 발견한 애덤 가이 리스에게 노벨물리학상 돌아가". 적어도 돌아오는 겨울에 기쿠 박사님이 '어디에' 있을진 정확하게 알게 된 셈이었다. 그렇다면 나는 어디에 있게 될 것인가? 나는 애덤 가이 리스에 대한 기사를 읽는 내내 그런 생각을 하고 있었다.

세번째 데이트이자 첫번째 '정식' 데이트를 위해 나는 파크 애비뉴에 있는 고급 프렌치 레스토랑을 예약했다. 저녁을 먹기 전에는 우리 둘 다 가본 적이 없는 하이라인 파크를 산책하고, 저녁을 먹은 후에는 플라자호텔 라운지 바에서 칵테일을 마실 생각이었다. 하지만 그날 우리는 하이라인 파크에 가지 못했다. 레스토랑에도 못 갔고, 칵테일도 못 마셨다. 결정적인 원인은 날씨였던 것 같다. 하이라인 파크 입구 쪽으로 걸어가는 도중 비가 내리기 시작했던 것이다. 우리는 일단 비가 그치기를 기다리며 근처 조그만 카페에 들어갔다. 그녀는 별로 고민도 하지 않고 콜롬비아커피를 주문했다. 그녀의 머리카락에 빗방울이 맺혀 있었다. 커피가 나오자, 섀넌은 눈을 감고 마치 그 주위의 공기를 모두 빨아들일 것처럼 커피잔에 대고 힘껏 숨을 들이쉬며 향을 맡았다. 그리고 아주 신중하고 진지한 표정으로 커피 한 모금을 마셨다. 잠시 후 섀넌이 감동했다는 듯이 "이 커피 정말 맛이 좋네요"라고 말했을 때, (섀넌에겐 미안하지만) 나는 잭슨 여사네 집의 맛없는 커피와 차를 떠올리고 있었다. 섀넌은 그런 것들을 후루룩후루룩 잘도 마셨다. 솔직히 나는 섀넌이 미맹이 아닌가 하고 의심하고 있었던 것이다.

우리가 커피를 한 잔씩 더 마신 후에도 비는 여전히 내리고 있었다. 섀넌은 창밖으로 보이는 길 건너편의 펍을 가리키며 스테이크와 맥주를 먹자고 말했다. 그 순간, 어쩐지 섀넌에게 레스토랑을 예약해놓았다는 말을 꺼내면 안 될 것 같다는 생각이 들었다. 그게 마치 큰 잘못이라도 되는 듯 느껴졌던 것이다. 그래서 우리는 몸을 움츠린 채 빗길을 뛰어 펍 안으로 들어갔다. 돌이켜보면 그녀가 나를 데이트 계획도 하나 짜오지 않은 무심한 남자로 여겼을지도 모른다는 생각이 들기도 하지만, 이건 잘못된 추측이다. 왜냐하면 만약 섀넌이 그런 불만이 있었다면 분명히 내게 이야기했을 것이기 때문이다. 그녀는 그런 말은 한마디도 하지 않았고, 우리는 싸구려 스테이크와 맥주를 먹었다. 솔직히 스테이크는 엄청나게 맛이 없었다. 고기를 잘못 구웠는지 타이어처럼 질겼다. 나는 방금 전 카페에서 커피맛에 감동하던 그녀의 모습을 떠올리며 좀더 맛있는 음식을 먹었어야 하는 게 아닌가 하고 걱정했지만, 그녀는 (놀랍게도) 스테이크 접시를 깨끗하게 비웠다. 음식을 남긴 건 오히려 내 쪽이었다. 그 맛없는 스테이크를 앞에 두고 나는 그날 처음으로 내가 대학원을 다니다가 그만두었다는 사실을 이야기했다. 대학원에서 하던 실험들, 살던 아파트를 떠나기 전 두어 달 동안의 생활, 빙판 위에서 멋지게 스핀을 돌던 지도교수(그의 이름을 밝히지는 않았다)에 대한 이야기도 해주었다.

물론, 그 모든 이야기에는 미묘한 거짓이 섞여 있었다. 생략과 강조를 통한 전형적인 거짓말들. 그 결과 섀넌은 내가 대학원을 자의로 그만둔 것으로, 지아 류가 나를 평소에 무척 의지하고 있었던 것으로 생각하게 되었다. 기쿠 박사님이 내게 밀크티를 타주며 대학원을 떠나달라고 빙빙 돌려 말한 그날을 설명할 때, 박사님이 말한 내용은 거의 이야기하지 않고, 다만 그가 내게 밀크티를 얼마나 열심히 만들어줬는지, 나를 부르기 위해 자신의 연구실을 얼마나 깨끗이 청소했는지를 중점적으로 말했다. "그는 한 번도 학생에게 그런 식으로 차를 만들어준 적이 없어요. 그런 식으로 깨끗한 연구실에 학생을 초대한 적은 더더군다나 없죠." 그녀는 나를 학문에 싫증을 느껴 한순간에 직업을 바꿔버린 자유로운 영혼쯤으로 생각하게 되었다. 실제로 그녀는 이렇게 말하기도 했다. "많은 작가들이 그런 것 같아요. 운명적으로 자신이 쓰고 싶은 게 떠오르는 거죠. 그리고 그걸 쓰지 못하면 불행해지는 거예요." 나는 실제로 작가들이 그런지 어떤지 알 수 없었고(지금도 모른다), 아마 섀넌도 그랬으리라고 생각했다. 어쩌면 섀넌의 전 남자친구(혹은 전남편)는 알고 있을지도 모르겠다. 섀넌의 전 남자친구(혹은 전남편)는 정말로 '그런' 식으로, '불행해지고 싶지 않아서' 작가가 되었는지도 모른다. 그게 그들의 관계에 어떤 영향을 끼쳤을까? 여하튼 그녀는 내가 자신이나 잭슨 여사에게 거짓말을 한다고는 눈곱만큼도 생각하지 않는 것 같았다. 나중에 우리가 영원히 작별인사를 나누는 그 순간까지도 그녀는 단 한 번도 나를 의심한 적이 없다. 어떻게 그럴 수 있었을까? 그 허술한 거짓 속에서 어째서 그런 것들을 하나도 간파하지 못한 것일까? 섀넌의 초능력을 생각하면 참으로 이상한 일이다.

어쨌든 그날 밤 나는 그런 이야기를 하면서 조금 의기양양해졌던 것 같다. 문득 그녀에게 에머슨 씨네 식당에서 잡지를 찢어온 이야기를 해줘야겠다는 생각이 들었다. 그 이야기야말로 내 안에 숨겨져 있는 '특별한' 자질—한순간에 '유능한' 대학원생에서 '작가'로 변신한 남자의 비범함—을 드러내기에 적합한 것으로 느껴졌기 때문이다.

"섀넌, 해줄 이야기가 또 있어요."

나는 섀넌을 보며 미소지었다. 그녀에게 '매력적으로' 보이기를 바라면서. 그러니까 마치 랄프 로렌의 미소처럼. 그런 식으로 '완벽하게' 매력적이기를. 미소를 띤 채로 나는 그녀에게 에머슨 씨네 식당에 대해 이야기하기 시작했다. '코끼리 뚱뚱보' '모기 목소리' 에머슨 씨에 대해, 새벽에 산책을 하다가 그곳에 들어가 만난 고양이 태비에 대해, 절대로 찢지 말라는 경고가 적힌 메모지를 무시하고 잡지의 몇 페이지를 찢어버린 것에 대해. 구체적인 내용은 (당연히) 밝히지 않았지만, 나는 그 페이지에 내가 그토록 찾아 헤맸지만, 절대 찾지 못하리라고 여겼던 내용이 들어 있었다고 말했다. "마치 운명이 날 그곳으로 끌어당긴 것 같았죠." 이야기를 하는 동안, 나는 이 모든 일이 너무나 드라마틱하게 일어났다는 생각에 빠져 있었다. 나 자신이, 써야 하는 것을 운명적으로 찾아낸 작가, 어려움에 빠질 때마다 운명의 도움을 받는 선택받은 작가라는 생각도 들었다(어쩌면 이 글을 쓰는 내내 나는 이런 식의 착각에 빠져 있는 건지도 모른다). 그리고, 이런 나를 섀넌이 무척 마음에 들어하리라는 확신까지도.

"그리고, 다음에 갔을 땐 식당의 잡지가 다 사라졌더라고요. 기분이 이상했어요."

"잡지가 다 사라졌다고요?"

"네, 정말 이상하죠?"

섀넌은 자못 심각한 표정으로 대답했다.

"네, 정말 이상하네요."

"그리고 그다음에 갔을 땐 식당 문이 아예 닫혀 있었고요."

물론 거짓말이었다. 나는 잡지가 사라진 걸 확인한 후로는 에머슨 씨네 식당 근처에도 가지 않았다(게다가 식당 문을 닫았을 리도 없었다). 하지만 내가 섀넌에게 한 이야기 중 가장 마음에 드는 부분이기도 했다. 어느 날 갑자기 문을 닫아버린 식당. 그걸 바라보고 있는 나.

이런 게 '운명'이 아니라면 도대체 무엇을 '운명'이라고 부를 수 있단 말인가? 이 이야기 속에서 에머슨 씨네 식당은 오로지 나를 도와주기 위해서만 존재하는 환상 속 건물같이 느껴졌다. 나는 다시 한번, 섀넌이 이 이야기를 마음에 들어하리라고 확신했다. 내가 섀넌을 바라보자 그녀는 잠시 동안 생각에 빠진 듯하더니 여전히 심각한 표정으로 이렇게 물었다.

"그러니까, 종수가 그 잡지를 찢어서 훔쳐온 후에 식당 주인이 문을 닫았다는 거죠?"

"뭐라고요?"

나는 그녀에게 되물었다.

"그러니까, 그 잡지의 일부를 도둑질당한 후에 주인이 식당 문을 닫았다는 말이잖아요."

"훔치다뇨, '훔쳤다'는 표현은 좀 과하지 않나요?"

"왜요? 절대로 찢지 말라는 경고까지 써붙여놨는데 그걸 몰래 찢어서 가지고 온 거잖아요."

나를 탓한다기보다는 정말로 이해하지 못하겠다는 듯한 말투였다. 섀넌은 나를 운명의 부름을 받은 작가가 아니라, 햄버거 가게 주인이 소중하게 여기는 것을 몰래 가져온 도둑놈으로 생각하고 있었다. 괜한 거짓말을 했다는 후회가 밀려왔다. 그 순간 시급하게 해야 하는 일은 섀넌에게 내 입장을 납득시키는 것이었다. 나는 그녀가 나를 나쁜 사람으로 보는 것도, 나를 싫어하게 되는 것도 원하지 않았다. 그건 정말로 끔찍한 일이었다.

"이걸 어떻게 설명해야 할지 잘 모르겠군요. 나도 마음이 안 좋았어요. 기분이 무척 안 좋아서 몇 번이나 그 앞에 가보곤 했죠. 하지만 이젠 모든 게 괜찮아졌어요. 식당은 다시 문을 열었으니까. 에머슨 씨는 다시 맛있는 음식을 만들고 있죠."

허술한 변명처럼 들리지 않기를, 나는 진심으로 기도했다.

"왜죠?"

"뭐가요?"

"훔친 걸 되돌려줬어요?"

더이상의 거짓말은 위험하다는 생각이 들었다. 뭔가 다른 시도를 해봐야 하지 않을까? 망설이던 나는 이번엔 솔직해지기로 했다.

"아니요."

섀넌은 여전히 이해가 안 된다는 표정으로 나를 바라봤다. 나는 마음속으로 강약 조절, 이라고 중얼거렸다. 그래, 이번에는 그녀에게 거짓말을 할 차례다. 그것도 아주 완벽한 거짓말을. 하지만 어떤 거짓말을 해야 할까? 그때 내 머릿속이 순식간에 환해지는 듯한 느낌이 들었다. 그녀를 속이고, 게다가 그녀를 이 이야기 속에 포함시킬 수 있는 아이디어가 떠올랐기 때문이다. 나는 재킷 주머니에서 지갑을 꺼내 테이블 위에 올려놓았다. 그리고 거기서 예의 그 꼬깃꼬깃 접힌 잡지 페이지를 끄집어내 펼쳐 보였다. 섀넌은 잠자코 그걸 바라보았다.

"이게 당신이 훔쳐온 거로군요?"

나는 그녀가 여전히 '훔쳤다'라는 표현을 사용하는 게 마음에 걸렸지만, 말없이 고개를 끄덕였다.

"그래서 오늘 나는 당신이랑 거기에 가려고 해요."

"어딜요?"

"에머슨 씨네 식당이요. 가서 이걸 돌려주려고요. 일부러 오늘 들고 나온 거예요. 그동안 너무나 괴로웠거든요. 몇 번이나 혼자 가려고 해봤지만, 사실 너무 겁이 났어요."

섀넌은 잠시 생각에 잠긴 듯했다. 그녀가 무슨 생각을 하고 있는지 좀처럼 짐작할 수 없었기 때문에 애가 탔다. 이윽고 섀넌이 입을 열었다.

"이해해요."

됐어, 속으로 외치고 나는 거짓말의 액셀을 밟기로 했다.

"당신이 나를 좀 도와줬으면 좋겠어요. 그게 오늘 내 계획이에요."

"정말로요?"

"같이 가줄래요?"

그녀는 내가 처음 데이트를 신청했을 때 그랬던 것처럼 별로 어려운 일도 아니라는 듯이 대답했다.

"그래요."

그리고 덧붙였다.

"당신이 그러고 싶다면야. 기꺼이. 맙소사, 종수, 그동안 얼마나 괴로웠어요?"

고양이 도둑

그날 밤은 그야말로 감정의 롤러코스터를 탄 듯한 시간의 연속이었다. 에머슨 씨네 식당으로 향하는 택시 안에서 나는 온갖 생각에 사로잡혀 있었다. 무엇보다 스스로 감탄해마지않았던 내 계획에 전면적으로 의심이 들기 시작했다. 섀넌을 데리고 에머슨 씨네 식당에 가다니, 이 얼마나 미친 짓인가? 결국 나는 제멋대로 들떴던 나를, '진짜' 작가라는 착각에 빠져서 말도 안 되는 운명 타령을 하던 나를 원망하기에 이르렀는데, 지금 와 생각해보면 그후에 벌어진 일들에 비하면 택시 안에서 느꼈던 감정들은 그저 머리카락을 살짝 흔드는 산들바람에 불과했다. 그렇다고 그후에 벌어진 일들이 나빴다는 의미는 아니다. 아니, 어쩌면 오히려 그건 내게 좋은 쪽의 일이었는지도 모른다. 다만, 내가 한 번도 상상하지 못했던, 조금 엉뚱한 식으로 일이 진행되었다는 의미에서 그렇다. 어쩌면 그날 밤, 그곳에서 일어난 일들이야말로 '운명적'이라고 말해야 하는지도 모른다. 하지만 이런 문장 역시 잘못된 것이리라. 이 세상에 '그런' 식으로 운명적이지 않은 일이 무엇이 있겠는가?

우리가 택시에서 내렸을 때에는 비가 그치고 기온이 뚝 떨어져 있었다. 섀넌은 트위드 재킷의 단추를 여몄다. 차가운 바람에 그녀의 머리칼이 날렸다. 나는 식당 유리창 너머로 테이블을 닦고 있는 에머슨 씨를 보았다. 손님은 아무도 없었다. 약간 살이 빠진 것 같았지만, 그냥 내 기분 탓일 가능성이 컸다. 식당 안으로 들어가기 전에 (여러 가지 의미에서) 마음의 준비를 하고 싶었지만, 섀넌은 그런 것은 상관도 없다는 듯이 성큼성큼 걸어서 입구 쪽으로 갔고, 내가 따라오고 있는지 어떤지 확인도 하지 않고 문을 열었다. 나는 허둥지둥 그녀의 뒤를 쫓아갔다. 그렇게 얼이 빠진 상태로 나는 몇 달 만에 에머슨 씨네 식당 안에 발을 디뎠다.

테이블을 닦던 에머슨 씨가 문 쪽으로 고개를 돌렸다. 처음에는 나를, 그다음에는 섀넌을 바라봤다. 그리고 다시 나를 쳐다보았다. 에머슨 씨는 우리를 그저 '평범한' 손님으로 여기는 것 같았다. 그는 우리에게 편한 곳에 앉으라고 말했다. 나는 나중에 그 장면을 떠올리면서 이런 생각을 하게 되었다. 에머슨 씨가 나를 다른 누군가로 착각한 게 아닐까 하는. 그러니까, 그 순간, 그의 눈에 잠깐 나타났다 사라진 미묘한 실망감 같은 것이 있었다. 하지만 어쩌면 그건 '순수한' 기억이 아니라, 순전히 내가 '만들어낸' 에머슨 씨의 표정일지도 모른다. 내가 그날 섀넌과 함께 에머슨 씨의 이야기를 들었기 때문에 나중에 내 머릿속에서 그런 식으로 기억이 '추가'되어 '완성'된 것인지도.

우리는 입구와 가까운 자리에 앉았고, 잠시 후에 에머슨 씨가 메뉴

판을 들고 나타났다. 나는 섀넌이 에머슨 씨에게 (평소처럼) 단도직입적으로 굴지 않을 거라는 사실을 알고 있었다. 택시 안에서 그녀는 내게 자신이 구체적으로 무얼 도와주면 되겠느냐고 물었고, 나는 '그냥' '가만히' 있어달라고 대답했기 때문이다. "당신이 내 옆에 있는 것만으로 힘이 되니까요." 지금 생각해도 정말로 생뚱맞은 말이었다. 그 말을 듣고 섀넌이 어떤 생각을 했는지는 모르겠지만, 여하튼 그녀는 약속대로 다른 말은 하지 않고 그저 에머슨 씨가 갖다준 메뉴판을 살펴보다가 감탄하듯 말했다.

"정말 음식 사진을 잘 찍었네요."

그런 섀넌을 바라보며 에머슨 씨가 말했다.

"삼십 분 후에 식당 문을 닫을 건데 괜찮겠어요?"

나는 그 말이, 우리가 음식을 다 먹든 못 먹든 간에 삼십 분 후에는 식당 밖으로 나가야 한다는 의미라는 걸 알고 있었다. 나는 뭘 먹고 싶다는 생각이 별로 없었다. 당연히 (스테이크 접시를 싹싹 비웠던) 섀넌도 그럴 거라고 생각했지만, 그녀는 피클튀김과 칠리치즈프라이, 그리고 치즈버거를 주문하고 맥주도 한 병 추가했다.

"정말 아무것도 안 먹을 거예요?"

나는 고개를 끄덕였다. 섀넌은 목소리를 낮추고 내게 말했다.

"내가 음식을 다 먹기 전에는 당신이 그 잡지를 찢어서 훔쳐갔다는 말 하지 말아요."

섀넌이 계속해서 '훔치다'라는 표현을 쓰고 있다는 사실이 그리 마음에 들지 않았지만, 이미 택시 안에서 섀넌은 그 단어를 사용하는 것에 이견이 있을 수 없다는 주장을 펼쳤기 때문에 나는 그냥 이렇게 물었다.

"왜요?"

"좋은 분위기에서 음식을 먹고 싶거든요."

"그게 무슨 말이죠?"

"그냥 혹시나 해서요."

섀넌은 어깨를 으쓱해 보였다. 잠시 후 에머슨 씨가 김이 모락모락 올라오는 접시 여러 개를 능숙하게 가져다주었다.

"사진보다도 훨씬 더 맛있어 보여요."

섀넌은 오후에 커피를 마셨을 때 그랬던 것처럼 눈을 감고 음식 냄새를 힘껏 맡았다. 그런 후, 치즈버거를 두 손에 들어 한입 베어 물고 우물우물 씹었다. 그리고 (이번에도) 감동한 듯한 표정으로 말했다.

"세상에, 엄청 맛있어요."

나는 그제야, 섀넌이 '미맹이 아닌' 정도가 아니라, 미식가일지도 모른다는 생각을 했다. 하지만 어떻게 저런 미식가가 잭슨 여사네 집에서 그토록 맛없는 차와 커피만 마실 수 있었던 것일까? 어쨌든 나는 그녀가 맛있게 무엇인가를 먹는 모습을 보는 게 좋았고 그녀의 식사가 끝날 때까지 에머슨 씨에게 아무 말도 하지 않을 작정이었다. 그렇지만 음식이 조금씩 사라져갈수록 초조해지는 건 어쩔 수 없었다. 에머슨 씨에게 어떤 식으로 말을 걸어야 할까? 그는 누군가가 자신의 잡지를 찢어간 걸 알고 있을까? 그날 새벽, 내가 도망치듯 그곳을 빠져나왔고 얼마 뒤 에머슨 씨가 밖으로 나와서 그 주변을 두리번거렸지만, 그건 잡지와는 아무런 상관 없는 행동이었을 수도 있었다. 그후에 그가 식당에서 잡지를 치워버린 건 사실이었지만 그것 역시 나 때문이라고 생각하는 건 비약이었다(그리고 이런 '비약'은 섀넌의 특기였다). 결정적으로 그는 나를 알아보지 못했다. 그 잡지가 그토록 중요한 것이라면 내 얼굴을 보자마자 알아챘어야 하는 게 아닌가? 일단 나는 에머슨 씨를 슬쩍 떠본 후에 어떤 식으로 행동할지 결정하기로 마음먹었다.

에머슨 씨가 틀어놓은 라디오에서는 옛날 노래가 흘러나오고 있었다. 내가 아는 노래는 한 곡도 없었다. 잠시 후 디제이의 멘트가 끝나고 가구점 광고가 나오기 시작했다. 목소리에 자신감이 넘치는 남자가 "세계에서 가장 싸고 가장 좋은 가구들이 여기에 있습니다"라는 말을 다섯 번이나 반복하는 광고였다. 나는 그 목소리가 너무 신경쓰였지만 그 안에서 광고 때문에 기분이 상한 건 나밖에 없는 것 같았다. 섀넌은 여전히 천천히 음미하며 음식을 먹었고, 에머슨 씨는 스탠드 안쪽 의자에 앉아서 마른 천으로 맥주잔을 닦고 있었다. 그가 내 정면에 있었기 때문에 나는 멍하니 그를 바라보게 되었는데, 갑자기 에머슨 씨가 고개를 들었고 나와 눈이 딱 마주쳤다. 어느새 라디오에서는 다시 옛날 노래가 흘러나오고 있었다. 눈을 피하는 것도 어쩐지 이상해 보일 것 같아서 나는 미소를 지어 보였다. 최대한 자연스럽게 굴고 싶었지만, 내 표정이 어떨지는 안 봐도 비디오였다. 그는 내 미소를 보고 의미를 알 수 없다는 듯한, 무언가 알쏭달쏭한 문제를 푸는 듯한 표정을 지었다. 그러고는 시계를 보더니 갑자기 끙, 소리를 내며 그 커다란 몸을 일으켰다. 그리고 아주 천천히 우리 자리로 다가왔다. 에머슨 씨가 나를 기억해냈구나! 나는 정말로 초조해졌고 어떻게 해야 할지 판단이 서지 않았다. 그가 우리 자리에 도착하기까지 걸린 시간은 실제로는 아주 짧았겠지만, 그동안 내가 느낀 감정은 오만 가지였다. 결정을 내려야만 했다. 어떻게 해야 할까? 나는 결국 지갑에서 잡지 쪼가리를 꺼내 손에 꼭 쥐고 있다가, 그가 다가오자마자 테이블 위에 올려놓았다. 섀넌은 좀 놀란 것 같았다. 에머슨 씨는 당황한 듯한 표정으로 잠시 동안 나와 잡지 쪼가리를 바라보다가 우리 테이블 위에 계산서를 내려놓고는 잡지 쪼가리를 집었다. 그는 그저 우리가 빨리 계산하고 나가기를 바란 것뿐이었다.

"이게 뭡니까?"

(모기같이) 조그맣고 앵앵거리는 그의 목소리를 듣자, 나는 예상치 못한 곳에서 깨어난 사람처럼 혼란스러워졌다. 내가 아무런 대답도 못하고 쩔쩔매고 있자, 눈살을 찌푸린 채로 잡지 쪼가리를 눈앞에 가까이 댔다 멀리 뗐다 하던 그가 평소와는 다른 큰 목소리로 한번 더 물었다.

"이게 뭐예요?"

섀넌은 입안에 든 음식을 아주 천천히 씹으며 나와 에머슨 씨를 번갈아 보았다. 에머슨 씨는 스탠드 위에 놓아두었던 안경을 가지고 와서 잡지 쪼가리를 한번 더 보았고, 결국 그게 무엇인지 알아챘다.

"이건 내 식당에 있던 잡지구만."

"아닌데요."

나는 순간적으로 그렇게 말했다. 그러고는 그 말이 세상에서 가장 재치 있는 농담이라도 되는 것처럼 큰 소리로 웃었다. 에머슨 씨는 잡지 쪼가리를 자신의 코 가까이에 대고 냄새를 맡았다.

"여기서 내 식당 음식 냄새가 나는군."

내가 몇 달 동안이나 간직하고 있었던 그 잡지 쪼가리에서 정말로 에머슨 씨네 식당 음식 냄새가 나는지 의심스러웠지만, 그걸 따질 상황이 아니었다. 게다가 더이상의 변명이나 (재미없는) 농담은 통하지 않을 것이 분명했다. 섀넌은 접시를 자신 쪽으로 더 가까이 당긴 후, 아주 느릿느릿하고 조심스러운 몸짓으로 음식을 계속 먹었는데, 마치 그렇게 하면 아무도 자신이 먹고 있다는 걸 알아차리지 못하리라고 믿고 있는 사람 같았다.

"당신이 이걸 훔쳐간 거겠지."

"훔친 게 아니라, 몇 장 찢어간 것뿐입니다."

주눅이 든 목소리로 이렇게 말한 후 나는 얼른 덧붙였다.

"물론 죄송하게 생각하고 있습니다."

"내가 잡지 커버에 써붙여놓은 문장을 읽은 적이 있소?"

나는 고개를 끄덕거렸다.

"뭐라고 쓰여 있었죠?"

나는 그가 내 입으로 그 문장을 읊기를 기다린다는 걸 알고 있었다. 에머슨 씨가 잔인하게 굴고 있다고 생각했지만, 다른 도리가 없었다.

"절대, 절대, 찢지 말라고 쓰셨죠."

"그런데, 당신은 이걸 찢어갔지."

한 가지 불행 중 다행은 그때까지도 에머슨 씨는 내가 그날 새벽에 찾아왔던 바로 그 남자라는 사실은 알아채지 못했다는 것이었다. 어쨌든 돌려주었으니 된 것이다. 나는 섀넌이 빨리 음식을 다 먹어치우기를, 그래서 얼른 함께 식당을 빠져나갈 수 있게 되기를 바라고 있었다. 이 정도면 섀넌도 이해할 것이다.

"난 도대체 사람들이 왜 그 잡지들을 찢어가는지 모르겠어. 그건 아주 옛날 잡지야. 게다가 삼류 잡지지. 거기에 나오는 배우나 가수들도 이제는 다들 구닥다리가 되었어. 지금 제대로 살고 있는 사람도 드물지. 다들 약물중독이니 뭐니…… 기사들은 또 어떻고! 절반은 그냥 막 써댄 거짓말들이지! 그런데 왜 다들 그 잡지들을 뜯어가는지 정말 이해가 안 된단 말이야."

그는 꽤 오랫동안 우리 옆에 서서 푸념을 늘어놓았다. 내게 하는 말인지 혼자 중얼거리는 것인지 판단할 수 없었지만 그의 말에 전적으로 동감하고 있었다. 하지만 적어도 내 경우는 달랐다. 나는 그 잡지가 꼭 필요했었다. 섀넌은 음식을 먹으며 에머슨 씨와 나를 번갈아 바라보았다. 나는 에머슨 씨의 말을 그저 듣고만 있어도 되는 것인지 혼란스러웠고, 그의 말을 듣는 내내 가슴이 쪼그라드는 것 같았다. 하지만 더 안 좋은 일은 그다음에 일어났다. 에머슨 씨가 갑자기 말을 멈추고 내 얼굴을 뚫어지게 쳐다보다가 이렇게 말한 것이다.

"당신, 몇 달 전 새벽에 왔던 그 남자지? 갑자기 나타나서 내 햄버거를 먹고 사라진 그 남자! 세상에, 난 당신에게 호의를 베풀었는데 당신은 완전히 배은망덕하게 굴었어!"

나는 여기서 다시 한번 헨리 카터의 그 문장—나의 말이 나의 기억을 불러온다—을 떠올릴 수밖에 없었다. 레스토랑을 말아먹어버린 운영자 헨리 카터의 통찰력이 또다시 빛나는 순간이었다. 나는 에머슨 씨의 손에 들린, 내가 그날 새벽에 '훔쳐온' 잡지 쪼가리를 보았다. 모서리는 너덜너덜하고, 접힌 부분은 접힌 선을 따라 찢겨 있었다. 더이상 할말이 없었다. 나는 고개를 흔들며 말했다.

"죄송합니다. 정말 죄송해요."

섀넌은 더이상 먹기를 포기한 것 같았다. 그녀는 씹고 있던 음식을 목구멍으로 억지로 한 번에 넘기고는 접시를 옆쪽으로 밀어두었다. 음식이 거의 절반이나 남아 있었다. 나는 섀넌에게 진심으로 미안한 마음이 들었다. 에머슨 씨는 잠시 동안 입을 다문 채 잡지 쪼가리만 뚫어지게 쳐다보았고, 나와 섀넌 역시 아무 말도 하지 않은 채로 거기에 그대로 앉아 있었다. 이윽고 섀넌이 무엇인가를 결심한 듯한 표정을 지었다. 나는 제발 그녀가 아무 말도 하지 않기를 바랐다. 그녀가 말을 해서 상황이 더 나빠지는 걸 원하지 않았다. 섀넌이 입을 열었다. 아주 부드러운 말투였다.

"이 친구는 그걸 돌려드리려고 여기에 온 거예요. 그러니까 너무 화내지 마세요."

섀넌의 말은 씨알도 먹히지 않았다. 에머슨 씨는 잡지 쪼가리를 자신의 앞치마 주머니 속에 집어넣은 후 말했다.

"화를 내지 말라고? 당신 지금 내가 화내는 걸로 보여요? 천만에. 이제 난 이런 일에 화를 내는 것도 지쳤소. 당신들은 그만 나가주는 게 좋겠소."

나는 음식이 남은 섀넌의 접시를 바라보았다. 지금 돌이켜보면 바보 같지만, 그 당시 나는 섀넌이 음식을 마저 다 먹을 수 있게 해야 한다는 절박한 심정이 되었다. 그럴 수만 있다면 무슨 일이든 하리라. 하지만 내가 할 수 있는 일은 그저 진심을 담아 사과하는 것뿐이었다.

"화나셨다는 거 알아요. 죄송해요. 제가 한 일에는 변명의 여지가 없어요. 그렇지만, 이런 말 하면 어떻게 생각하실지 모르겠지만요, 전 정말로 위기에 처해 있었어요. 지난 십 년간의 내 삶이 그저 거짓의 연속이었다는 사실을 깨달아버렸거든요. 과거가 나를 공격하기 시작하는 거예요. 나는 벗어나려고 애쓰고 있었어요. 그런 적 없으세요? 도망치지 않으면 살 수 없을 것 같은 그런 기분이 들 때 말이에요. 하지만 누구도 그런 식으로 영원히 도망다닐 수 없죠. 언젠가는 그 사실과 직면해야 한다는 걸 알고 있어요. 그렇지만 조금만 뒤로 미룰 수도 있잖아요. 비겁하다고 해도 그게 한 가지 방식이 될 수는 있잖아요. 안 그래요? 그날 새벽에 그 잡지를 발견하지 못했다면 저는 아마 아무것도 견딜 수 없었을 거예요. 정말이지 아무것도요. 그래요. 이런 식으로 보든 저런 식으로 보든 저는 최악의 인간이에요. 하지만 그 잡지기사를 읽는 순간, 저는 마치 신의 계시라도 받은 기분이었어요. 조금의 시간을 더 얻은 기분이었어요. 비겁한 말이지만 조금 더 도망쳐도 된다고 허락을 받은 기분이었어요."

여기까지 말한 나는 숨을 한 번 골랐다. 그러지 않으면 눈물이 날 것 같았기 때문이다. 왜 그런지 몰랐다. 내 말이 사과가 맞긴 한 건지도 판단이 되지 않았다. 처음의 목적—섀넌이 음식을 마저 다 먹을 수 있도록 해야 한다는—과도 완전히 멀어져 있었다. 대체 내가 무슨 말을 하고 있는 걸까? 섀넌은 걱정스러운 표정으로 나를 바라보고 있었고, 에머슨 씨는 나를 뚫어지게 쳐다보다가 이렇게 물었다.

"대체 이 잡지 쪼가리를 가지고 가서 무얼 한 거요?"

나는 감정을 추스르려고 애썼고, 이윽고 조금씩 평정심을 되찾았다. 내가 해야 하는 말이 무엇인지도 알 것 같았다.

"전, 작가예요. 더 정확하게 말하면 작가 지망생이죠. 어…… 저는 유대인에 대한 글을 쓰고 있어요. 어렸을 적에 유대인 부모에게 입양되었거든요. 어…… 그분들은 정말 저를 사랑으로 보살펴주었고, 그래서 보답을 하고 싶은 마음에 유대인에 대한 책을 쓰기로 결정한 거예요. 그런데 그 잡지에 실린 기사가 제 글에 굉장히 중요했어요."

"왜 그런 생각을 했소?"

나는 질문의 의도를 파악할 수 없었다.

"뭐가 왜 그러냐는 뜻이죠?"

"당신이 책으로 쓰려고 하는 유대인이 당신의 양부모와 관련이 있어요?"

"아니요…… 그런 건 아니에요."

"그런데 그게 어째서 고맙다는 마음을 표현하는 방식이 되는 거요?"

"그냥…… 그런 식으로 무언가를 남겨두는 거죠."

"그러면 당신 양부모에 대한 글을 쓰는 건 어때요? 그들은 글의 소재가 될 만한 사람이 아닌가요?"

나는 그가 왜 그런 식으로 말하는지 이해할 수 없었다. 대체 그게 자신의 잡지를 찢어간 것과 무슨 상관이 있단 말인가? 하지만, 질문의 의도가 무엇이든 일단 에머슨 씨는 화가 좀 누그러진 것 같았다. 말투도 한결 부드러워져 있었다. 문득 그가 키우던 고양이가 떠올랐다. 허심탄회하게 내 마음을 털어놓았고 비밀로 해달라고 부탁까지 했었던 그 고양이 말이다. 나는 약간 쭈뼛거리다가 분위기도 전환할 겸 그에게 물었다.

"고양이는 잘 있나요? 이름이 데……비라고 했던가요?"

"태비요. t-a-b-b-y."

에머슨 씨는 부루퉁한 표정으로 고양이의 이름을 정정해준 후, 나와 섀넌의 얼굴을 번갈아 보았다. 그러고는 나에게 다시 물었다.

"그러니까, 당신은 당신 양부모에게 고마운 마음을 전하기 위해 그분들과는 전혀 상관도 없는 어떤 유대인에 대한 책을 쓴다는 말이군. 그리고 그걸 위해 내 잡지가 필요했고."

나는 고개를 끄덕였다. 에머슨 씨는 잠시 망설이다가 섀넌의 접시와 시계를 번갈아 보았다. 그가 말했던 삼십 분은 이미 훌쩍 지나 있었다. 에머슨 씨는 간판의 불을 끄고 식당 유리벽 차양을 내린 후 스탠드 뒤쪽으로 돌아가 라디오를 껐다. 식당 안이 갑자기 조용해졌다. 그러더니 그는 섀넌의 접시를 들고 주방으로 사라졌다. 우리는 영문을 몰라 그의 행동을 지켜보기만 했다. 잠시 후 우리에게 다가온 그의 손에는 따뜻하고 먹음직스러운 음식이 담긴 접시가 들려 있었다.

"음식을 좀더 만들었소."

그는 접시를 섀넌 앞에 놓으며 말했다.

"아직까지 밥도 못 먹은 거요?"

"저녁은 많이 먹었는데, 여기 음식이 너무 맛있어서요."

섀넌은 하나도 어색해하지 않고 그의 질문에 답했다.

"저는 음식을 소처럼 저장해둘 수 있거든요."

섀넌은 나름대로 분위기를 바꿔보려고 애쓰는 중이었다. 그리고 그건 어느 정도 성공했다. 에머슨 씨가 빙그레 웃었던 것이다. 그리고 옆 테이블에 있는 의자를 끌어와서 우리 옆에 앉았다. 의자가 작아서 그의 몸을 잘 지탱할지 걱정이 되었다. 그는 헛기침을 여러 번 하고 심호흡을 한 후, 이렇게 말했다.

"당신에게 태비에 대한 이야기를 하고 싶소."

그의 말이 무슨 의미인지 도통 알 수 없었다. 왜 내게 태비에 대한 이야기를 하겠다는 걸까? 음식을 씹으며 섀넌이 나 대신 말했다.

"궁금해요. 이야기해주세요."

그는 한번 더 깊게 심호흡을 한 뒤 입을 열었다.

"아주 영리한 고양이였소. 당신이 떠난 후 잡지 위에 앉아서 계속 울어댔었다오. 나에게 알려준 거지."

처음 보는 사이임에도 내게 엄청 친밀하게 굴다가 내가 잡지 몇 장을 '훔쳐서' 달아날 때 앙칼지게 울던 고양이 태비를 떠올리며 나는 그의 다음 말을 기다렸다.

"태비는 지난 십이 년 동안 내 유일한 가족이었소. 그렇지만 이제 태비는 여기에 없소. 나는 그 이야기를 하고 싶어요. 아무에게도 털어놓은 적이 없는 이야기라오."

"죽었나요?"

섀넌이 말했다. 나도 같은 생각을 했지만 차마 입 밖에 내기는 어려운 질문이었다. 에머슨 씨는 고개를 저었다.

"아니오."

그리고 나를 바라봤다.

"당신, 이름이 뭐요?"

에머슨 씨가 내게 물었다. 나는 한국식 이름을 말할지, 미국식 이름을 말할지 고민하다가 이렇게 말했다.

"루크."

"좋아요, 루크. 당신 작가라고 했죠?"

나는 고개를 끄덕였다.

"그렇다면 내 고양이 이야기도 글로 쓸 수 있겠소? 소설 같은 거 말이오."

내가 뭐라고 대답도 하기 전에 섀넌이 말했다.

"그럼요. 쓸 수 있고말고요."

에머슨 씨가 나를 바라봤다. 나는 마지못해 고개를 끄덕였다.

"나는 고양이를 도둑맞았소."

그날 나는 에머슨 씨의 이야기를 녹음했다. 녹음기를 챙겨 나오지 않아서 휴대폰을 사용해야 했지만, 언제나처럼 '녹음하는 행위'는 효과를 발휘했다. 그는 테이블 위에 놓인 휴대폰으로 자신의 목소리가 녹음되는 걸 보고 헛기침을 몇 번 했고, 물 한 컵을 벌컥벌컥 마셨다. 그의 손에 들린 유리컵이 무척 앙증맞아 보였다. 섀넌은 그의 이야기를 들으면서 따끈한 음식을 계속해서 먹었다. 에머슨 씨의 이야기가 끝났을 때에는 섀넌의 접시도 깨끗하게 비워져 있었다. 헤어질 때 에머슨 씨는 식당 밖까지 우리를 배웅해주었다. 식당에 도착했을 때보다도 바람이 더 차가워졌고, 빗줄기가 아주 약하게 흩날리고 있었다. 에머슨 씨는 앞치마에서 그 잡지 쪼가리를 꺼내 내게 건네주었다.

"이건 이제 당신 거요."

그의 입에서 입김이 나왔다. 가을이 끝나가고 있는 것이다. 나는 그것을 받아서 다시 내 지갑에 넣어두었다. 내가 지갑을 주머니 속에 집어넣은 후에야 에머슨 씨가 말했다. 단호함과 망설임이 동시에 묻어 있는 말투였다.

"이제 여기에 다시는 오지 말아요."

나는 그의 마음을 백분 이해할 수 있을 것 같았다. 아마 섀넌도 그랬으리라. 우리는 동시에 고개를 끄덕였다. 에머슨 씨는 나와 섀넌을 차례로 꼭 안아주었다. 그의 품은 넓고 따뜻했다.

나는 그 녹음본을 아직도 가지고 있다. 그 시기에 내가 녹음한 모든 마이크로 테이프가 다 조금씩은 그런 기분을 불러일으키지만, 그걸 듣고 있으면 형체가 불분명한 아주 희미한 어떤 것이 내 마음속을 헤집고 다니는 듯한 기분이 든다. 에머슨 씨의 가늘고 조그마한 목소리, 그 사이로 들리는, 컵이 테이블에 딸깍거리며 부딪치는 소리, 섀넌의 음식 씹는 소리, 그리고 가끔씩 저멀리서 들려오는 사이렌 소리…… 내가 이 글을 쓰겠다고 마음을 먹은 후에 한 일 중 하나는 소설가 S에게 그 파일을 들려준 것이었다. 나는 그에게 그걸 모티프로 단편소설을 한 편 써줄 수 있느냐고 물었다. 물론 에머슨 씨는 읽지 못하겠지만 나는 에머슨 씨가 그 소설을 '읽기' 원하는 건 아닐 거라는 생각이 들었다. 만약 그가 그걸 원했다면 내게 완성된 원고를 요구했을 것이다. 하지만 그는 다시는 자신을 찾아오지 말라고 했다. 그는 그저 그 이야기가 이 우주 어딘가를 떠돌아다니기를 바랐을 것이다. 완전히 사라지지도, 그렇다고 완전히 남아 있는 것도 아닌 채로 말이다. 섀넌 헤이스에게 전달하지 못하리라는 것을 알면서도 내가 그저 무작정 이 글을 쓰고 있는 것처럼 말이다.

자정이 훌쩍 넘은 시간에 에머슨 씨네 식당을 나온 후, 나는 섀넌을 우리집으로 데리고 갔다. 어째서 그런 일이 벌어졌는지 모르겠지만 여하튼 그랬다. 나는 그녀의 트위드 재킷이 젖지 않도록 내 재킷을 벗어 그녀의 어깨에 걸쳐주었다. 낡고 냄새나는 계단을 하나하나 올라가면서 우리는 단 한마디도 나누지 않았다. 그때 나는 무슨 생각을 하고 있었을까? 섀넌은 대체 무슨 생각을 하고 있었을까? 열쇠 구멍에 열쇠를 밀어넣고 문을 딸깍 연 순간, 섀넌은 아, 하고 새된 소리를 냈다. 맞은편 건물의 거대한 네온사인이 규칙적으로 깜빡깜빡거리고 있었고, 그 깜빡거리는 빛과 물기를 머금은 차가운 바람이 창문을 통해 들어오고 있었다. 나는 창문을 닫고 커튼을 쳤다. 몇 달이나 살았던 집인데도 불구하고 약간 허둥거린 후에야 형광등 스위치를 찾을 수 있었다. 원래도 그렇게 생각했지만, 섀넌과 함께 집안에 있으니까, 그 어느 때보다 집이 '지나치게' 좁고 더럽게 느껴졌다. 그녀와 나는 마치 먼저 움직이거나 말을 하면 큰일이라도 나는 것처럼 서로 그 자리에 그대로 서 있기만 했다. 잠시 후 섀넌이 내 책상 겸 티테이블 겸 식탁 쪽으로 걸어갔다. 그녀는 그 위에 아무렇게나 놓여 있던 『노인과 바다』와 『태양은 다시 떠오른다』 한국어 번역본을 펼쳐보았다. 내가 한국어라고 하자, 그녀는 큰 인상을 받았다는 듯이 고개를 끄덕거렸다. 나는 노트북 옆에 있는 컵들—먹다 남은 커피가 말라붙었거나 혹은 곰팡이가 펴 있는—을 들어서 재빨리 싱크대에 갖다놓았다. 내가 소파 위에 널브러진 옷과 책들을 대충 정리하는 사이에 섀넌은 책상 겸 티테이블 겸 식탁 위에 놓인 커다란 박스의 뚜껑을 열어보았다. 그 안에는 마이크로 테이프들이 들어 있었다. 테이프에는 노트북 파일과 같은 제목의 라벨(사람 이름/날짜/시간/장소)을 붙이고 기록을 다 끝낸 테이프의 라벨엔 붉은색으로 동그라미를 그려놓았다.

"와, 엄청 많네요."

유심히 그것들을 살펴보던 그녀가 말했다. 섀넌은 여전히 내 재킷을 걸친 채였고 나는 커피포트에 물을 붓고 스위치를 누른 후 그녀에게 내 파란색 칼하트 점퍼를 가져다주었다. 그녀는 내 재킷과 자신의 트위드 재킷을 벗은 후 점퍼를 걸쳤다. 그러고는 노트북 바탕화면의 파일명을 살펴보았다.

"레이철 할머니 말고 다른 사람들 것도 많이 있네요?"

그리고 감탄했다는 듯이 말했다.

"이걸 다 이렇게 문서화해두는 거군요."

나는 깨끗하게 씻은 머그컵에 커피를 따른 후 그녀에게 가져다주었다. 섀넌은 머그컵을 받아든 후에도 마이크로 테이프들을 만지작만지작거렸다.

"들어볼래요?"

섀넌은 그래도 되는지 모르겠다고 대답했다.

"이분들은 당신이 책을 쓸 수 있도록 자신의 이야기를 허심탄회하게 털어놓은 걸 텐데 내가 들어도 되는 건지 모르겠어요."

돌이켜보면 그 당시의 나는 다른 사람들의 목소리를 녹음한다는 게 그리 단순한 일이 아닐 수도 있다는 사실을 알지 못했다.

"어차피 책이 출간되면 다른 사람들이 다 읽게 될 텐데요."

"그게 그거랑 다르다는 걸 잘 알고 있잖아요?"

섀넌이 커피를 한 모금 마시곤 나를 질책하듯 말했다. 그런 말을 들으면서도 나는 여전히 '그게' '그거'랑 어떻게 다르다는 것인지 잘 이해하지 못하고 있었다.

"그럼 이렇게 해요."

"어떻게요?"

그녀가 물었다.

"이 안에는 녹음된 테이프도 있고 빈 테이프도 있고 녹음이 되다 중간에 끊긴 것도 있어요. 눈을 가리고 하나를 뽑아서 들어보는 겁니다. 만약 빈 테이프라면 그냥 깨끗하게 포기하는 걸로."

"운명에 맡기자고요?"

운명, 그래, 운명에 맡기는 거다. 나는 섀넌의 질문에 어깨를 한 번 으쓱해 보였다. 섀넌은 갈등했지만 결국 호기심이 이겼다. 그녀는 눈을 가리고 박스 안에서 테이프를 하나 뽑아 내게 건네주었다. 무척 궁금하다는 표정으로 섀넌이 나를 바라보았다.

"빈 테이프가 아니네요."

그녀가 뽑은 테이프는 랄프 로렌이 티모시였던 시절 그의 이웃에 살았던 육십대 후반의 여성인 로라 무어의 이야기를 녹음한 것이었다. 테이프를 듣기 전에 그녀는 형광등을 끄고 싶다고 말했다.

"이렇게 밝은 곳에서는 차마 못 듣겠어요."

나는 두말 않고 형광등을 껐다. 주위는 어두워졌고, 커튼을 뚫고 들어온 희미하게 깜박거리는 네온사인 빛만이 방안을 채웠다. 우리는 소파에 나란히 앉아서 플레이어에 연결된 이어폰을 각각 한쪽 귀에 나누어 끼었다. 섀넌이 다시 한번 말했다. 하지만 이번엔 예의 그 판결문을 읽는 듯한 말투가 아니라, 정말로 무언가 커다란 걱정을 하는 목소리였다.

"우리 지금 세상에서 제일 나쁜 사람들이에요."

나는 고개를 끄덕이며 플레이어의 재생 버튼을 눌렀다. 그렇게 우리는 어두운 밤, 방안으로 들어오는 네온사인의 빛 가운데에서, 나란히 앉아 로라 무어의 목소리를 듣기 시작했다.

로라 무어 티모시는 팔다리가 길고 말랐었어요. 왜 그런 사람들 있잖아요. 무슨 옷을 입어도 잘 소화시키는 사람. 아마도 그이가 그런 종류의 사람이었던 것 같아요. 아주 근사했지. 내가 티모시를 좋아했는지도 몰라요. 하지만 난 정말 사랑에 잘 빠지는 그런 여자애였어요. 중학교 졸업식 날 그애가 하고 왔던 넥타이가 지금도 생각나요. 우리 아버지가 하던 거랑 달라서 내가 아직도 기억을 하지. 요즘이야 그런 넥타이가 많지만, 그때만 해도 그런 게 드물 때였거든. 폭이 좀 좁고 길었어요. 게다가 아가일 패턴이 자수로 새겨져 있었어요. 내 헤어밴드보다도 예뻤지.

나 정말로요? (이 부분에서 섀넌은 조그만 목소리로 "종수예요?"라고 물었다. 내가 아니면 누구란 말인가?)

로라 무어 내가 그애에게 이렇게 예쁜 넥타이는 어디서 샀냐고 물었더니 조셉 아저씨가 만들었다고 했어요. 난 아저씨가 그런 것도 만든다고는 생각도 못했지. 물론 티모시가 조셉 아저씨의 진짜 아들은 아니었지만, 그래도 부러웠어요. 그러니까, 이를테면 '외동'인 거니까요. 당신은 형제가 어떻게 되나요?

나 저도 외동이에요.

로라 무어 어때요? 마음에 들었어요? 형제가 없다는 게?

나 글쎄요. 잘 모르겠어요.

로라 무어 우린 딸만 여섯이고 난 그중에서도 넷째여서 무엇을 하든 무척 불리했다우. 나는 언니들의 옷을 물려받아서 입었지만, 나까지 입고 나면 그게 너무 낡아 있는 거예요. 그래서 오히려 내 동생 캐럴라인은 새 옷을 입을 기회가 많이 있었다우. 그땐 그게 얼마나 억울하던지. 차라리 나도 더 늦게 태어나는 게 좋았을 뻔했다고 생각했어요. 물론 내가 더 많이 한 생각은 첫째로 태어났으면 좋았겠다는 거였죠. 첫째 언니 루이스는 단지 첫째라는 이유 때문에 너무 많은 혜택을 받았다고 생각했거든요. 하지만 지금 돌이켜보면 이건 정말 말도 안 되는 생각이죠. 언니는 우리 때문에 많은 걸 희생했어요. 그걸 알고 있죠. 언니는 우리 때문에 자기가 사랑하지도 않는 남자와 결혼했어요. 아버지가 돌아가신 후에 말이에요. 어머니는 아무것도 할 줄 몰랐어요. 우리에게 남겨진 거라곤 은행빚밖에 없었죠. 난 형부를 당첨된 복권이라고 생각했어요. 부자였고, 우리 뒷바라지를 해주겠다고 했거든요. 그런데 루이스 언니는 결혼을 결정한 후에 많이 울었어요. 난 그때 언니가 왜 우는지 알 수 없었죠. 형부는 잘생겼고, 부자고, 매너도 좋았는데 말이에요. 다시 말하지만 난 그게 복이라고 생각했어요. 언니가 팔려간다고는 상상하지도 못했죠. 언니에게 사랑하는 남자가 있었다는 건 아주 나중에야 알게 되었죠. 언니가 결혼하기 전날, 엄마는 언니에게 그냥 기다리라고 말했어요. 역시 나중에야 난 그게 아주 끔찍한 말이라는 걸 알게 되었죠. 물론 그후로 언니는 잘살았어요. 아들도 세 명이나 낳았어요. 그 아들들이요? 다들 아이비리그에 갔고, 잘살아요. 형부가 재작년에 죽고, 언니는 십 년 전에 죽었어요. 죽을 때 언니가 그러더라고요. 얘, 로라, 인생은 참 길구나. 그 말을 잊을 수가 없어요.

로라 무어 역시 다른 많은 사람들이 그랬던 것처럼 티모시에 대해 말하다가 자연스럽게 자신에 대한 이야기로 옮겨간다. 로라 무어는 나이에 비해 무척 건강했기 때문에 목소리가 또렷하고 발음도 분명하다. 노인치고는 말도 빠른 편이다. 그녀는 별로 힘들어하지 않았다(하긴 따져보면 그녀는 잭슨 여사보다 서른 살도 더 어렸으니까). 하지만 이 부분에 가면 그녀의 말은 조금 느려지고 약간 주저주저한다. 문장과 문장 사이의 공백도 좀 있다(나는 로라 무어가 이 부분을 이야기할 때 주저주저했다는 것을 녹음한 테이프를 들을 때에야 비로소 알았고 녹음할 당시에는 전혀 몰랐다). 하지만 내가 그날 밤 섀넌과 함께 듣던 로라 무어와의 인터뷰 중 유독 이 부분을 여기에 옮겨둔 건, 바로 이 부분을 듣다가 갑자기 섀넌이 정지 버튼을 눌렀기 때문이다. 나는 영문을 몰라서 그녀의 얼굴을 바라보았다. 하지만 섀넌은 나를 상관하지 않고 테이프를 앞으로 돌리고는 이 부분(루이스 언니는 결혼을 결정한 후에 많이 울었어요. 난 그때 언니가 왜 우는지 알 수 없었죠. 형부는 잘생겼고, 부자고, 매너도 좋았는데 말이에요. 다시 말하지만 난 그게 복이라고 생각했어요. 언니가 팔려간다고는 상상하지도 못했죠. 언니에게 사랑하는 남자가 있었다는 건 아주 나중에야 알게 되었죠. 언니가 결혼하기 전날, 엄마는 언니에게 그냥 기다리라고 말했어요. 역시 나중에야 난 그게 아주 끔찍한 말이라는 걸 알게 되었죠)을 다시 들었다. 그리고 한번 더 정지 버튼을 누르고 방금과 똑같은 행동을 했다. 나는 그녀가 그 행동을 그만둘 때까지 잠자코 기다렸다. 그녀는 그런 행동을 여러 번 반복한 후에야 이어폰을 빼고 내게 플레이어를 돌려주었다.

"이제 그만 들어도 될 것 같아요. 충분해요."

나는 로라 무어 이야기의 어떤 부분이 그녀의 마음을 파고들었는지 궁금했지만, 묻지 않았다. 그럴 수 없었다. 섀넌은 고개를 숙이고 두 손으로 얼굴을 가렸다. 나는 네온사인의 빛 때문에 음영이 졌다가 빛이 새겨졌다가를 반복하는 그녀의 머리카락과 얼굴을 감싼 두 손과 그녀가 걸치고 있는 내 파란색 칼하트 점퍼를 바라보았다.

"종수, 당신은 좋은 사람이에요. 당신은 겨우 잡지 몇 장 훔친 것 때문에 계속 괴로워하고, 용기 있게 그걸 돌려줬잖아요."

섀넌은 여전히 고개를 숙이고 얼굴을 가린 채로 이야기했다. 하지만 나는 그 잡지 때문에 그다지 죄책감을 느낀 적이 없었다. 나는 유대인 양부모가 있지도 않다. 나는 작가도 아니고, 결정적으로 나는 좋은 사람이 아니었다. 그 순간 내가 원한 딱 한 가지는 섀넌이 나를 좋은 사람이라고 기억해주는 것이었다. 아주 오랜 후까지, 우리가 다시는 만나지 못하게 될지라도. 나는 내가 마치 좋은 사람이라도 되는 양, 굉장한 비밀이라도 아는 양, 그녀에게 속삭였다.

"섀넌, 나는 당신이 어떤 생각을 하고 있는지, 무엇을 떠올리고 있는지 몰라요. 당신이 지금 어떤 감정을 느끼고 있는지도 몰라요. 그렇지만, 내 말 들어봐요. 당신은 정말 좋은 사람이에요. 나쁜 사람이 아니에요. 이봐요, 몇 달 전에 난 여기로 이사 와야만 했어요. 그전에 나는 꽤 괜찮은 삶을 살았거든요. 누군가를 아프게 한 적도 없고 상처 준 적도 없다고 믿으면서 살아왔어요. 난 나를 좋은 사람이라고 생각했어요. 그런데 내가 대면해야 하는 삶이 너무 가혹하다고 느꼈어요. 이봐요, 거기엔 엄청 훌륭한 학생이 있었거든요. 지아 류 말이에요. 있잖아요, 그 친구는 내가 학교에 안 나간 후부터 내 집 문을 두드렸어요. 노크 말이에요. 누군가 내 집 문을 노크해줬죠. 섀넌, 나는 그걸 계속 비웃었지만, 이제는 비웃는 걸 그만해야 할까봐요. 섀넌, 이 세상의 누군가는 당신의 문을 두드리고 있을 거예요. 그냥 잘 들으려고 노력만 하면 돼요. 그냥 당신은 귀를 기울이기만 하면 돼요."

섀넌은 그 말을 듣고 가만히 있었다. 잠시 후에 그녀가 고개를 들었다. 그녀의 표정을 보자, 이상한 생각이 들었다. 왜 그런 생각이 들었는지 모르겠지만, 만약 정말로 이 세상에 섀넌의 문을 두드리는 사람이 있다고 하더라도, 그녀가 누군가가 자신에게 '노크'하기를 바란다고 하더라도 그건 내가 아닐지도 모른다는 생각이 들었던 것이다. 그렇지만 나는 입을 다물지 않았다. 나는 계속 말했다.

"걱정 말아요. 섀넌, 인생은 길어요. 인생은 아주 길어요."

나는 나 자신도 기쿠 박사님에게서 그 말을 들은 적이 있다는 사실을 기억해냈다. 섀넌이 내 얼굴을 잠깐 바라보았다. 그리고 그녀는 나에게 키스했다. 우리는 아주 오래도록 키스했다.

수영과 나의 마지막 데이트에 대해서도 이야기하고 싶다. 하지만 이런 식으로 쓰는 건 그저 속임수에 지나지 않는다. 왜냐하면 수영과의 첫번째 데이트가 바로 마지막 데이트였기 때문이다. 나는 그녀에게 랄프 로렌 더플코트를 주지도 못했다. 그러기는커녕 그후로 수영과 단 한마디도 나누지 못하게 되었다. 월요일에 학교로 갔을 때, 수영의 태도는 달라져 있었다. 원래 수영과 교실 안에서 특별히 친밀함을 표현했던 건 아니지만, 그렇다고 하더라도, 월요일에 수영과 마주쳤을 때, 나는 뭔가 달라졌다는 걸 바로 알았다. 그건 아주 미묘한 변화이기도 했고, 다른 한편으로는 아주 급격한 변화이기도 했다. 수영은 우연히라도 내 쪽으로는 고개를 돌리지 않았고 나는 수영과 눈 한 번 마주치지 못했다. 나를 더 당황스럽게 만든 건, 그녀의 이런 행동들이 아주 자연스럽게 느껴진다는 사실이었다. 그녀의 이런 행동들에선 나에 대한 적대감이나 분노, 어색함 같은 건 하나도 찾아볼 수 없었다. 그녀는 조금도 불편해 보이지 않았다. 우리 사이는 학습실로 수영이 나를 찾아왔던 그전으로 돌아간 것 같았다. 한 번도 나와 친밀했던 적이 없었던 것처럼. 그 시간이 통째로 사라져버린 것 같았다. '한 번도 그런 일이 없었던 것처럼.' 우리 사이에는 더이상 어떻게 해볼 수 없는 그런 틈이 생겨버린 것 같았다.

며칠 후에는 9월 모의고사 성적표가 나왔다. 전국 0.5퍼센트 안에 들던 내 성적은 3퍼센트대까지 떨어져 있었다. 전국 3퍼센트로는 부족했다. 학습실에는 간당간당하게 붙어 있을 수 있었다. 어쨌거나 굴욕이었다. 부모님은 화를 내거나 다그치지 않았다. 어머니는 내게 공부하는 게 힘드냐고 물었고, 학원이나 과외를 좀 쉬어도 좋다고 말했다. 나는 아니라고 대답했다. 어머니는 내가 다니던 학원과 과외 선생님을 바꾸었고, 나는 군소리 없이 그 선택에 따랐다. 나는 수업에 집중하려고 애썼고, 학원 수업과 과외에 전념하려고 노력했다. 랄프 로렌을 입고 학원에 갔고, 친구들과 어울려 피자를 먹었다. 점심시간에는 농구를 했다. 더이상 점심시간에 학습실에서 수학 문제를 푸는 일은 없었다. 거기에 혼자 앉아 있으면 뭔가 견딜 수 없는 기분이 들었기 때문이다. 수영은 여전히 수업시간에 엎드려 자다가 선생님에게 싫은 소리를 들었고, 야간 자율학습엔 항상 빠졌다.

한 달 후, 나는 평소보다 한 시간 정도 일찍 학교에 갔다. 교실에는 아무도 없었다. 수영의 책상 앞에 잠시 멍하니 서 있다가, 나는 우리가 함께 의논하고 작성하던 편지 문장이 들어 있는 연습장과 영어사전을 수영의 책상 서랍 속에 넣어두었다. 그리고 그 안에 들어 있는 교과서 중 하나를 꺼내서 펼쳐보았다. 수학 교과서였나? 문학 교과서였나? 페이지 아래쪽 모서리에 낙서가 있었다. 아마도 수업시간에 지루함을 참을 수 없어서 그린 것이리라. 의미 없는 것들이었다. 기하학적인 무늬가 대부분이었지만, 가끔 여자의 옆모습도 있었다. 아마도 앞모습은 그릴 줄 모르는 것 같았다. 그림에는 아무런 소질이 없는 게 분명했다. 수영이 그린 여자의 턱은 너무 뾰족하고 머리카락은 치렁치렁 길었다. 얼굴은 비정상적으로 길고 다리는 비정상적으로 짧았다. 손목에는 시계가 채워져 있었다. 나는 그 그림을 한참 동안 바라보았다.

10월 모의고사 성적은 9월보다 더 떨어졌다. 나는 학습실에서 '퇴출'당했다. 하지만 별다른 기분이 들지는 않았던 것 같다. 어쩌면 나는 수영에게 물어봐야 했는지도 모른다. 왜 그래? 내가 뭘 잘못한 거야? 편지는 이제 안 쓸 거야? 그런 질문들을 다른 누군가가 아닌 수영에게 한 번쯤은 했어야 했던 건지도 모른다. 하지만 나는 수영에게 한 번도 그런 걸 물어보지 않았다. 나는 수영이 일하는 맥도날드에 한 번 가볼 생각도 하지 않았다. 아니, 생각은 해봤겠지만, 차마 갈 수가 없었다. "전 그녀가 그 편지를 어떻게 했는지 영원히 알 수 없게 되어버린 거예요." 나는 (언제나처럼 잠든) 잭슨 여사에게 말한다. "수영이는 그 편지를 랄프 로렌에게 보냈을까요?" 그리고 나는 잭슨 여사에게 칠 년 전에 수영이 보낸 청첩장에 대한 얘기도 한다. "그녀는 왜 내게 그런 메모지를 보냈을까요?" 혹은 이렇게 묻는다. "난 그걸 칠 년 전에 읽었으면서 어떻게 그 내용에 대해 하나도 궁금해하지 않을 수 있었을까요?" 혹은 이렇게도. "나는 왜 그걸 서랍 속에 넣고 잠가버렸을까요?" 이 질문은 그후로 아주 오랫동안 나를 궁금하게 만들었지만, 그것과 관련된 기억은 마치 도둑맞은 것 같다(대체 그 기억을 누가 훔쳐 간단 말인가?). 나는 그 기억을 '되돌려받고' 싶지만 그럴 수 없으리라는 것을 안다. 하지만 그날 새넌과 밤을 보내면서, 나는 어렴풋이나마 그 답—왜 나는 수영이 보낸 청첩장을 서랍 속에 넣고 잠가버렸을까, 에 대한—을 알 것 같았다. 아마도, 나는 그렇게 하면 거기서 영원히 도망갈 수 있으리라고, 어떤 식으로든 한 번도 붙잡히지 않을 수 있으리라고 생각했으리라. 나는 수영이 보낸 청첩장과 메모—디어 종수, 나는 아주 잘 지내. 곧 결혼식을 올릴 거야. 나는 무척 행복해. 너도 잘 지내길 바란다—의 의미를 잘 알고 있었다. 한 번도 몰랐던 적이 없었다. 거기에는 수영과 내가 함께 보낸 여름에 대한 조소가 들어 있다. 수영은 아주 짧고 간명한 문장으로 내게 자신의 경멸을 담아 보낸 것이다. 너는 내가 인생을 망칠 거라고 생각했을 거야. 망치지는 않더라도, 내가 '괜찮은' 삶을 살 수 있으리라 믿지 않았을 거야. 나를 한

심하게 생각했겠지. 그렇지만 나는 이렇게 잘 지내고 있단다. 넌 어떤 식으로 살고 있니? 종수야?

넌 어떤 식으로 살고 있니? 종수야?

나는 그저 도망친 것뿐이었다. 누군가에게 상처를 줬다는 사실로부터, 혹은 (아마도 이편이 더 적절할 것 같은데) 내가 누군가에게 그토록 미움을 받을 만한 사람이라는 사실로부터. 그날 밤 섀넌의 눈동자를 바라보며 나는 그런 생각을 하고 있었다. 섀넌 헤이스는 나를 그런 식으로 기억하지 않기를. 그녀는 나를 좋은 사람으로 기억하기를.

세뇨리타, 좋은 일이 생길 겁니다

눈을 떴을 때, 나는 소파 위에 몸을 웅크린 채 담요로 온몸을 칭칭 감고 혼자 누워 있었다. 담요 위에는 섀넌에게 꺼내 주었던 파란색 칼하트 점퍼가 덮여 있었다. 문득 그런 생각이 들었다. 일 년 전에 나는 뉴욕 대학 근처의 깔끔한 아파트에 머물고 있었지만, 이제 나는 몇 달 후 겨울에는 어디에 있을지 가늠할 수 없는 처지가 되었다. 크라운하이츠의 이 더러운 집에 계속 머물게 될지 아니면 더 허름한 곳으로 옮겨가게 될지, 혹은 서울로 돌아가게 될지 예측할 수 없는 삶. 나는 그런 삶을 살고 있었다. 어쩌면 누군가는 인생을 예측할 수 있는 사람은 없다고 말하고 싶을지도 모른다. 하지만 정말 그럴까? 문득 궁금해졌다. (이번에도 노벨상을 수상하지 못한) 기쿠 박사님은 몇 달 후에도 스케이트를 신고 균형을 잡으려고 애쓰며 아이스링크장 위에 있게 될까? 마지막에 누구라도 감탄할 만한 스핀을 돌게 될까? 점프 실력은 좀 늘었을까? 이번에도 그는 우연히 그걸 지켜본 사람들의 박수를 받고 그들에게 우아하게 인사를 하게 될까? 그는 앞으로도 겨울마다 '거기에' 있게 될까? 대체 얼마나 더 오랫동안? 노벨상을 받지 못한 채로 그가 아이스링크장 위에서 스핀을 도는 것을 그만두게 된다면, 그건 노벨상을 포기하게 되는 것일까? 피겨스케이팅을 포기하게 되는 것일까? 그가 포기하게 되는 것은 무엇일까?

섀넌에게 전화를 걸어보고 싶었지만, 과연 섀넌이 그걸 원할지 확신이 없었다. 새벽에 섀넌은 한참 동안 내 얼굴을 바라보았다. 나는 무슨 말을 해야 할지 알 수 없었다. 나는 그저 그녀의 말을 기다렸다. 이윽고 그녀는 이렇게 말했다. "집으로 돌아가야겠어요." 그녀는 전혀 허둥대지 않았고, 긴장하거나 혼란스러워하지도 않았다. 마치 '집으로 돌아갈 것'이라는 계획을 미리 세워둔 사람 같았다(하지만 이 글을 쓰면서 지금 이 순간 내가 알게 된 사실이 있다. 섀넌 역시 어쩌면 조금은 긴장했으리라는 것이다. 그녀는 당시 분명히 '집으로' 돌아간다고 말했는데, 이전에 한 번도 잭슨 여사의 집을 '잭슨 여사의'라는 표현을 빼고 지칭한 적이 없었기 때문이다. 게다가 그녀는 그날 임시로 머물고 있던 호텔로 돌아갔을 것이다). 잭슨 여사를 보러 가는 김에 섀넌을 만날 수도 있었겠지만, '앤드루 잭슨 경계령'이 내려져 있어서 그것도 불가능했다. 섀넌은 그 집에 있지도 않을 것이었다. 앤드루 잭슨이 떠나려면 이틀 정도를 더 기다려야 했다. 부모님에게 전화를 걸어볼까 하다가 그만두었다. 한 달 전 어머니와 통화를 할 때 어머니는 내 학교생활에 대해 계속 물었고 나는 거짓말을 하느라 진땀을 빼야만 했다.

조지 캠벨에게 연락을 취해보면 어떨까 하는 생각을 떠올린 건 바로 그때였다. 마치 섬광처럼 떠올랐는데, 한번 떠올리고 나자, 지난 몇 달 동안 그런 생각을 눈곱만큼도 하지 못했다는 사실이 어처구니없이 느껴졌다. 나는 저멀리 제네바의 시계학교 직원에게도 무작정 메일을 보낸 적이 있었고, 단지 랄프 로렌사의 대변인이라고 신문에 보도되었다는 이유만으로 (아무것도 모르는 것이 분명한) 에드거 윌리엄스에게 메일을 보냈다가 딱 두 줄로 쓰인 '차갑기 그지없는' 답메일을 받은 적도 있었다. 나의 허술함은, 심지어 잭슨 여사가 1980년대 초중반에 조지 캠벨이 조셉 프랭클을 찾아온 적이 있다는 이야기를 했을 때에도 조지 캠벨에게 연락을 해봐야겠다는 생각은 하지도 못했던 점에서 단연 빛을 발한다. 앞에서도 썼지만, 조지 캠벨은 몇 년 동안이나 랄프 로렌을 존경한다는 사실을 숨기지 않고 글로 썼고 어느 순간부터는 공공연하게 랄프 로렌을 비난하는 글을 썼다. 랄프 로렌에 대한 자료를 수집하는 입장에서 조지 캠벨에게 신뢰감을 가질 수 있는 이유는 바로 그것이었다. 그가 그 누구보다 랄프 로렌을 사랑한 적이 있고, 그 누구보다 랄프 로렌을 증오한 적이 있다는 바로 그 사실 말이다.

나는 옷을 챙겨 입고 도서관으로 나갔다. 파란색 칼하트 점퍼를 입을까 했지만(그건 여전히 소파 위에 펼쳐져 있었다), 그걸 입기에는 아직 이른 것 같았다. 나는 후드 집업과 패딩 조끼를 껴입었다. 낙엽들이 젖은 보도에 딱 달라붙어 있었다. 오랜만에 뉴욕 도서관 검색대 앞에 서니 기분이 좀 이상해졌다. 나는 몇 달 전 이 검색대 앞에서 랄프 로렌과 그의 여동생에 대한 글을 찾았었다. 그리고 그게 조셉 프랭클과 관련된 사람들을 만나는 시작이 되었다. 그리고 그 덕분에 나는 섀넌을 만나게 된 것이다…… 검색대의 컴퓨터 화면은 조지 캠벨이 예순 살이 넘은 나이이지만, 여전히 정력적으로 글을 발표한다는 사실을 알려주고 있었다. 가장 최근에 그가 뉴욕타임스에 기고한 글 말미에 적혀 있는 그의 이메일 주소를 확인한 후, 나는 검색용 컴퓨터를 사용해서 곧바로 메일을 썼다. 그가 메일을 확인할지는 확신할 수 없었지만 '밑져야 본전'이었다. 메일에서 나는 내가 초짜 작가라는 점을 무척 많이 강조했고, 랄프 로렌에 대한 글을 쓰고 싶은데 도움을 줄 수 없겠느냐고 썼다. 조셉 프랭클에 대한 이야기는 조금도 꺼내지 않았다. 말미에는 이런 말을 덧붙였다. "저는 선생님이 가지고 계신 랄프 로렌에 대한 견해에 전적으로 동감하는 바입니다." 박쥐같이 보이겠지만 어쩔 수 없었다.

조지 캠벨은 『합리적인 숭고』 이후로도 여러 권의 책을 펴냈다. 그는 한 가지 분야에 얽매이지 않았다. 『어제의 사실』은 그가 알래스카를 여행하며 쓴 에세이이고, 『절대음감』은 오페라에 관한 것이다. 『연기, 지루함, 통증』은 연극과 배우를, 『망가지는 것』은 9·11 테러로부터 시작해 각종 테러를 다루고 있다(그는 9·11 테러 이후 이보다 소규모이지만 더 악랄한 종류의 테러들이 판을 칠 것이라고 예언했다. 그러면서 그는 이렇게 말한다. "나는 노스트라다무스가 되기를 원하지는 않는다"). 그의 책들은 "비전문인이 가진 또다른 시점을 가장 전문적으로 구현한다"는 평가를 받고 있다. 가장 최근에 나온 그의 책, 『아름다움: 세기의 디자이너들』의 제목을 보고 곧바로 든 생각은, 내가 또 부주의했구나, 라는 자책이었다. 조지 캠벨이라면 당연히 그 책에 랄프 로렌에 대한 글을 실었을 거고, 그건, 내가 놓쳐버린 랄프 로렌에 대한 자료가 또 있다는 사실을 의미하기 때문이었다. 처음부터 제대로 찾아내지 못한 기사나 자료 때문에 시간을 낭비한 일을 몇 번 겪은 나로서는 당연한 반응이었다(사실, 이런 생각도 웃기는 것이었다. 왜냐하면 내가 그 일 년 동안 한 일 자체가 바로 '낭비'였기 때문이다). 하지만 목차를 살펴보니 이런 자책감조차도 '낭비'였다. 왜냐하면 조지 캠벨은 그 책에서 랄프 로렌을 다루지 않았기 때문이다. 그가 이번에는 어떤 식으로 얼마나 신랄하게 랄프 로렌을 비판했을지 궁금했기 때문에 조금 아쉬웠던 것도 사실이다.

조지 캠벨이 쓴 글을 뒤적거리는 동안 얻은 뜻밖의 수확도 있었다. 랄프 로렌이 죽은 지 몇 년 후에 일간지와 주간지에 대대적으로 실린 랄프 로렌 브랜드에 대한 기사를 차분하게 읽어볼 기회를 가지게 되었다는 점이다. 그전에는 이 시절의 기사까지는 들춰볼 생각을 하지 못했다. 처음에는 읽을 게 너무 많아서였고 나중에는 조셉 프랭클과 관련된 사람들을 만나면서 랄프 로렌에 관한 새로운 기사는 거의 찾아보지 않은 탓이었다. 기사의 내용은 하나같이 부정적이었다. 2005년 랄프 로렌사는 제3세계의 노동력을 착취하고 있다는 사실이 폭로되면서 여러 곤경에 처하게 되는데, 거기에 관한 기획기사들이 여러 개 나왔다. 대부분의 기사에서는 이러한 문제가 랄프 로렌이 회사의 오너로 있을 때 만들어진, '악랄한' 시스템 때문이라고 비난하고 있었다. 랄프 로렌사의 대변인은 다음과 같은 성명을 발표해서 더 큰 비난을 받는다. "이러한 시스템은 우리 회사만의 것이 아닙니다. 이 시스템이 사라진다면 우리 모두는 훨씬 더 심한 곤경에 처할 것입니다." 이 시점에서 조지 캠벨은 랄프 로렌에 대한 기사를 쓰지 않았다. 이런 조지 캠벨의 행위는 그가 (랄프 로렌이 죽은 지 일 년 후인) 2002년에 다음 내용의 칼럼을 이미 쓴 적이 있다는 사실을 떠올려보면 납득하기 쉬운 일이기도 하고, 혹은 반대로 납득하기 어려운 일이기도 하다.

> 랄프 로렌은 패션계가 하향 평준화되는 데 일조했다. 그는 자신이 마치 예술가인 것처럼 굴었지만, 1990년대 중반부터 나오기 시작한 계량화된, 공장에서 찍어낸 기성복은 랄프 로렌이 유행시킨 것이다. 랄프 로렌이 갑자기 은퇴를 선언했던 것은 실제로는 자신의 브랜드가 가진 구태의연함을 돌파하려는 시도에 불과하다. 그는 죽기 직전까지 장막 뒤에 숨어서 모든 것을 조종했다. 물론 효과가 있었다. 그는 여전히 예술가 혹은 디자이너라는 호칭을 얻고 있다. 랄프 로렌을 따라 하는, 계량화된 기성복을 공장에서 찍어내 파는 후발주자들이 있다. 하지만 이들과 랄프 로렌의 커다란 차이점이 바로 여기에 있다. 후발주자들은 자신들을 예술가라고 자처하지 않는다. 이들은 그저 사업가라고 자신의 정체성을 솔직하게 밝힌다. 하지만 랄프 로렌은 끝까지 자신을 예술가라고 말했다. 다시 말하지만 나는 그가 그런 식으로 은퇴한 것 역시 하나의 쇼에 불과하다는 것을 알고 있다. 그는 아마 죽을 때도 자신을 입생 로랑이나 칼 라거펠트와 어깨를 나란히 하는 예술가라고 생각하며 눈을 감았으리라.

마지막 문장은 너무나 악의적으로 느껴져서 마음이 아플 정도이다. 어쩔 수 없이, 조지 캠벨이 예전에 썼던 랄프 로렌에 대한 글을 떠올릴 수밖에 없다. "그의 도전이 그의 얼굴에 감도는 감미로운 미소처럼 끊이지 않기를 바란다." 조지 캠벨은 그렇게 썼었다. 대체 무엇이 이들을 이렇게 갈라놓은 것일까?

앤드루 잭슨 경계령이 끝나기만 하면 바로 잭슨 여사를 찾아가리라 벼르고 있던 나는, 정작 경계령이 끝나고도 며칠 동안 그녀의 집을 방문하지 못했다. 녹음기를 챙겨들고 지하철역까지 갔다가 되돌아온 적도 있었다. 인정하고 싶지 않았지만, 섀넌의 얼굴을 마주해야 한다고 생각하면 도저히 발길이 떨어지지 않았다. 나는 섀넌에게 전화 한 통 하지 않았고, 섀넌 역시 그랬다. 나는 섀넌의 전화를 기다렸지만, 다른 한편으로는 그녀가 전화를 걸지 않았으면 좋겠다는 생각을 하기도 했다. 하지만 분명한 것은, 내가 섀넌을 보고 싶어했다는 점이다. 나는 섀넌 헤이스가 보고 싶었다.

내가 잭슨 여사네 집을 다시 방문하게 된 건, 앤드루 잭슨 경계령이 끝나고도 열흘이나 지난 후의 일이었다. 어느 날 오후에 내게 전화를 건 섀넌은 거두절미하고 "잠깐만요"라고 말하고는 잭슨 여사를 바꿔주었다. 곧이어 수화기를 든 잭슨 여사는 어째서 자신의 집에 오지 않는 거냐고, 이제 자신에게 들을 이야기가 없는 거냐고, 이제 자신은 "쓸모없어진" 것이냐고 내게 물었다. 잭슨 여사는 나를 놀리느라 그런 식으로 말한 것이었겠지만, 나는 당황해서 말을 더듬었다. 당연히 그런 게 아니라고 했고 그건 진심이었다.

잭슨 여사를 만나러 가는 내내 나는 섀넌에게 무슨 말을 해야 할지 머릿속으로 그려보고 있었다. 예상했던 바이지만, 섀넌은 하나도 어색해하지 않았다. 다만 그녀는 무척 바빠 보였다. 문을 열어준 그녀의 손에는 비닐장갑이 끼워져 있었고 나를 보자마자 수선스러운 말투로 이야기했다. "종수, 왜 이렇게 오랜만에 온 거예요?" 섀넌은 비닐장갑 때문에 곤란하다는 듯 손을 들어 보였다(대체 뭐가 곤란하단 말인가?). "청소중이에요. 왜 이렇게 오랜만에 왔어요? 레이철 할머니가 얼마나 종수를 보고 싶어했는지 알아요? 할머니가 직접 전화를 걸 때까지 기다리다니, 정말 너무했어요." 지난 반년간 잭슨 여사의 집을 들락날락했지만, 섀넌이 청소하는 모습을 본 건 그때가 처음이었다. 내가 갈 때마다 잭슨 여사의 집은 항상 청소 완료 상태였다. 섀넌은 내게 도와줄 수 있느냐고 물었다. 잭슨 여사와 대화가 끝나면 도와주겠다고 하자 섀넌이 대답했다. "아, 세상에 종수, 농담이에요. 농담." 혼자 까르르 웃던 섀넌이 갑자기 정색하고 말했다. "알죠? 가족들이 다녀간 후 해서는 안 되는 말이요. 지금 레이철 할머니는 좀 우울해하신단 말이에요." 섀넌은 어떻게 저런 식으로 자유자재로 표정을 바꿀 수 있는 것일까? 저것도 그녀의 초능력 중 하나일까? 하지만 나는 그녀의 말을 진지하게 새겨듣지는 않았다. 줄리언 모던 경계령이 끝났을 때에도 섀넌은 잭슨 여사가 우울해할까봐 내게 해서는 안 되는 말—앞으로를 기약하는 말—을 알려주며 수선스럽게 굴었지만 실제로 잭슨 여사는 그렇게 우울해하지 않았기 때문이다.

이번에도 내 예상처럼 잭슨 여사는 그다지 우울해 보이지 않았다. 다만 오랜만에 잭슨 여사를 만나러 왔구나 하는 실감이 들긴 했다. 마지막으로 잭슨 여사를 방문했을 때만 해도 가을의 끝자락이었는데 이제 잭슨 여사는 플란넬 원피스 위에 두꺼운 울카디건을 걸치고 있었다. (내가 최초로 이 방에 왔을 때는 있었다가) 여름 한철 동안 사라져 있던 가습기가 다시 나타난 것도 변화 중 하나였다. 나는, 섀넌이 잭슨 여사의 방에 들어갔다가 공기가 건조해질 것을 대비하여 창고에서 가습기를 꺼내 준비하는 장면을 떠올렸다.

그날은 놀랍게도 나를 위한 의자도 따로 마련되어 있었다. 이 집에 들락날락한 이래로 처음 있는 일이었다. "섀―넌이 준비―한 거예요." 잭슨 여사가 한쪽 눈을 찡긋해 보였다. 나는 잭슨 여사가 나와 섀넌 사이를 '오해'하고 있는 거라고 생각했다. 하지만 그것에 대해서는 아무런 이야기도 하지 않을 작정이었다. 잭슨 여사 역시 따로 그것에 대해 묻지 않았다. 모든 것이 언제나처럼 똑같이 진행되었다. 내가 녹음기를 꺼내서 녹음 버튼을 누르면, 잭슨 여사가 이야기를 하기 시작한다. 그날 제일 처음 나온 이야기는 조셉 프랭클과 티모시 '샌더슨'을 집에 초대했던 날에 관한 것으로, 역시 이미 몇 번이나 반복한 이야기였다.

"우리―집에 데―리고 올― 때는 머리를 잘 정리―해주고 가장 좋은― 옷을 입혔―어. 처음― 봤을― 당시에는 잘― 몰랐―지만 웬―걸, 커―갈수록 점점― 미남이 되었지."

하지만 나는 마치 처음 듣는 이야기인 양 예전에 했던 질문을 또다시 한다.

"티모시가 떠날 기미는 전혀 없었나요?"

잭슨 여사 역시 마치 처음 대답하는 양 단호하게 말한다.

"그런― 건― 없었어. 물론― 내가― 모―르는 부분―도 있었―겠―지. 게―다가 티모―시도 열다섯― 여섯― 살 이후―로는 조셉과 우리―

집에 함—께 오는 일이 드물—긴 했—으니까. 그렇지만 그건 우리— 애들도 마찬가지—였어요. 부모와 어딘—가에 함께 가는 걸 싫어—하기 시작—하지. 특—별한— 일—이 아니—란 말—이에요."

나는 이 이야기를 들으며 나의 열다섯 살, 열여섯 살, 열일곱 살, 그리고 열여덟 살을 떠올렸다. 나는 부모님이 내게 주려고 노력했던 그 모든 것들에 대해 생각해보았다. 그 시절에 부모님은 내가 공부하는 데 아무런 불편함이 없기를 바랐다. 그건 '특별한 일'이 아니었다.

"그렇—다고 하더—라도, 티모—시는 학교—에 가거나 하는 시—간을 제외—하면 늘 조셉과 함께 시계—방에 있—었어. 권투—장에도 따라—갔지. 늘— 그런 식—으로 조셉—을 지켜보—고 있었—지."

"조셉 프랭클 씨가 티모시를 아들 대신으로 여겼을까요?"

이 질문은 그날 처음 한 것이었는데 이런 식으로 내가 새로운 질문을 하는 것도 종종 있는 일이었다. 하지만 내 예상과 달리 잭슨 여사는 이 질문에 대해서는 확답을 하지 못했다. 잭슨 여사는 잘 모르겠지만 아마도 그랬을 거라고 말했다. 나는 또다른 질문을 했다. 이것 역시 그날 처음 했던 질문이다.

"조셉 프랭클 씨는 티모시가 떠날 걸 예감하고 있었을까요?"

잭슨 여사는 이번에는 '정말로' 잘 모르겠다고 했다.

돌이켜 생각해보면 그날은 정말 이상한 날이었다. 새넌은 처음으로 비닐장갑을 낀 채 나를 맞이했고, 잭슨 여사의 방에는 처음으로 내 의자가 놓여 있었다. 그날 가장 이상했던 점은 잭슨 여사가 한 번도 잠들지 않았다는 것이다. 잭슨 여사는 거의 한 시간 반 동안 잠들지 않고 조셉 프랭클과 자신에 대한 이야기를 했다. 더 놀라웠던 것은 그동안 섀넌이 한 번도 방안으로 들어와보지 않았다는 점이다. 그래서 잭슨 여사를 위해 내가 직접 부엌에 몇 번이나 갔다 오거나 여러 번 섀넌을 불러야 했다. 이렇게까지 심하게 섀넌의 초능력이 발휘되지 않은 건 거의 처음 있는 일이었다.

그날 잭슨 여사가 새롭게 꺼낸 일화도 있다. 그건 조셉 프랭클과는 전혀 상관없는 것으로, 잭슨 여사 본인의 결혼 이야기 이후로 처음으로 하는, 온전히 자신과 관련된 이야기였다. 잭슨 여사가 한 이야기 중 가장 최근 것이기도 했다.

"십— 년 전의 일이—라우. 여름이었어. 로마—로 가족들—과 여행을— 떠났—지."

십 년 전이라면 잭슨 여사의 나이가 무려 아흔네 살 때의 일이다. 나의 이런 마음을 눈치챘는지 그녀가 웃으며 덧붙였다.

"그—때만— 해도 건—강이 훨씬— 더— 좋았—어. 젊—었—지—."

잭슨 여사는 '젊었다'라는 단어를 사용하며 쑥스럽다는 듯이 웃었다. 십 년 전은 잭슨 여사가 휠체어 신세를 지지 않아도 되었던 때이기도 하고, 아들이 여전히 살아 있던 때이기도 하다. 그 여행에서 돌아온 후 몇 년 사이에 그녀의 아들은 죽었다. 사실, 로마 여행에 대한 잭슨 여사의 기억은 무척 흐릿했다. 심지어 훨씬 더 오래전의 일인 자신의 결혼식보다도 세세한 부분을 기억해내는 데 어려움을 겪었다. 그래도 "나의 말이 나의 기억을 불러온다"던 헨리 카터의 그 문장은 이 경우에도 잘 들어맞았다. 계속 헤매면서도 잭슨 여사는 로마 여행 이야기를 멈추지 않았다. 그녀는 어떻게 해서든지 그 시절의 로마와

자기 자신과 가족들을 기억 속에서 헤집어서 꺼내려고 노력하고 있었다. 그녀의 기억은 막다른 골목에 들어갔다가 다시 나오고, 그리고 다시 골목으로 빠져 또다른 막다른 골목을 만나는 식으로 어렵게 진행되었다. 그 이야기를 따라가야 하는 나 역시 잭슨 여사와 함께 막다른 골목에 들어갔다 나오는 것을 반복하고 있었다. 잭슨 여사의 기억은 비틀비틀거리면서도 멈추지 않았고, 결국 잭슨 여사를 줄리언 모던과 함께 포폴로 광장 앞 카페테리아에 머물던 그 시점으로 데리고 갔다.

"그날—은— 내가— 무척— 지쳤—어. 아마도 성당— 근처—였던 것 같아—. 다른— 가족들은— 성당— 안으로 들어갔고— 나와 줄리언만 남아— 근처— 카페—로 들어가서— 쉬기로— 했어. 줄리언은 그 여행 내—내 불평—불만만 했었어. 성당에도 들어가기— 싫다고 했—지. 우리는— 근—처 카페의 노천— 테이블에— 앉았어."

잭슨 여사와 줄리언 모던이 들어간 카페는 음료와 간단한 식사를 함께 할 수 있는 곳이었다. 점심시간이 막 지난 후였는데 낮부터 맥주나 와인을 마시는 사람들로 분주했다. 그들도 커피와 샴페인을 한 잔씩 주문하고는 멍하니 성당 앞 광장에 사람들이 모여서 노는 걸 보고 있었다.

"여자—가 있었어. 아마도 사장—이거나 지배인—이거나 그랬던 것 같아. 손—님이 많아서 분주—하게 이리—저리 걸어—다니면서 지시를 하고— 있었거든. 사십대— 후반 정도로 보였어. 키가— 크고 깡—마른 여자—였지. 긴— 머리카락이 오렌지—색이었어. 정말로— 그런 색깔—이었지. 염색을 한— 건지, 아니면— 진짜— 머리—색인지 궁금—했어. 파마—를 했는데, 손질—할 시간이 많진— 않았던 것 같아.

부스스-했지. 몸에- 딱 달라-붙는 옷을 입은- 것도 기억이- 나네.

우리- 테이블을 담당-하던 남자-가 있었어. 머리를 짧게 밀어-올리고, 몸집이 큰- 남자였지. 까만- 재킷과 푸른색- 셔츠를 입고 있었어. 일종의- 유니폼이었던 것- 같아. 날씨에 비해- 더운 복장이었지. 정말로- 이마에 땀이- 송골송골- 맺혀- 있었-어. 나이-를 가늠할- 수 없었-지. 이탈리아- 사람도- 아니었어. 미국- 사람은- 더더군다나 아니-었고. 이탈리아어는- 잘- 못했고, 영어는- 잘했지. 알고 보니- 필리핀- 사람이었어. 난 사실- 필리핀이 어디에- 붙어 있는-지도 잘- 몰라. 종수는 알아? 필리핀에 가본-적이 있나? 난- 그이-에게 필리핀-에서는 무얼- 했냐고 물-었지. 그이는- 그냥 웃기-만- 했어. 내가- 그이와- 이야기를 나-누는 동안 줄리언은 한 손으로 턱을- 괴고 선글라스를 쓴- 채 광-장을 계속- 바라보고- 있었어. 난- 줄리언이 행복-하기를 바-랐어. 줄리언-뿐만이- 아니라 내- 자식들이 모두 행복-하길 바-랐지. 당연-한 바람-이지만, 너-무 큰 욕심-이기도 하-지. 나도- 알고-있어. 정말- 많은 일-을 겪-었어. 싸-움이 있었지. 아들과 나는 몇 년- 동안 의절-한 적도 있어. 인-생은 후-회의 연-속이야. 나이-가 들수록- 그렇게- 돼.

여하튼 난 그날, 적어-도 줄리언이 유쾌한- 필리핀 청년-과 웃고- 떠들기를- 바랐지. 하지만- 줄리언은 내-내 관심이 없었-어. 그렇다고- 해도 그-이는 아주 친절-한 남자-였어. 나-를 세뇨리타라고 불러-줬지. 줄리언은 그 남자-에게 친-절하게 대해-주지 않았고 웃어-주지도 않-았지만, 난 그- 남자가 마음에 들-었지.

궁금—했어. 왜 이탈리아어도— 잘하지— 못하는데— 거기에— 있는 걸까? 필리—핀에 있거나 미—국에 살면— 안 되는 걸까?

그 여자— 사장이 그— 남자의 이름을 계속— 불렀어. 이름—이 뭐였—더라? 쿠피? 피넛? 여하튼 계속— 불렀어. 화—가 난 것 같—았어. 이탈리아— 말로 그—에게 뭐라고 소리를 질—렀던 것도 기억—나. 그 남자는 노천— 테이블들 사이에 서서 그 말을 듣—고 있었어. 하지만— 사장의 말—이 너무 빠—르고 톤이 높아—서 거의— 알아—듣지 못하는 것 같—았지. 무척— 곤란하고 난감—해 보였어. 나는 그이—가 울지— 않을까— 걱정이 되었—어. 사장—은 정말—이지 화가— 많이 났던— 모양—이야. 손님—들이 다— 보는— 데서 그렇게 화를 낼 정도—였으니까 말—이야. 줄리언이 또—다시 불평—불만을 늘어—놓았어. 시끄러워—죽겠네, 조용—히 살고— 싶어요. 그애가 말—했지. 나는 마음이— 아팠어. 그애는 미국—으로 돌아—가고 싶—다고도 말—했지. 할머니— 이— 여행은 최악—이에요. 이렇게— 한다고 뭔가—가 달라—지지도 않을— 거고요. 아주— 먼 훗—날 우리— 모두는 이— 여행을 후회—하게 될—거예요. 세상—에, 나는 벌써—부터 후회가— 되네요. 나는 할—말이 없었어. 그—애는 뭔가가— 부서지기—만을 기다—리는 것 같았—지. 그애가— 쓴— 선글라스— 때문에 나는 그애가 나를— 쳐다보는지— 아닌지도 알지— 못했어.

잠시— 후에 사라졌다가 나타난 그 필리핀 남자—는 재킷을 벗고 있었어. 소매는 걷어—올리고 있—었고. 그리고 노천의 빈 테이블— 옆에서서 담배를— 피우기 시작—했지. 그런데 얼마— 안 있자— 사장이— 나와서 그—이의 이름을— 또 불렀어. 피코! 그래, 피코가 그이의 이름-이었어. 피코! 피코! 피코! 계속- 불렀지. 피코는 느릿느릿-하게 움직였어. 담배를- 멀리 던져 끄고- 사장에게로- 갔어. 그리고 둘이- 함께 건물- 안으로 사라-졌지.

잠시- 후에 피코가 내게 다시- 와서 세뇨리타, 커피 더 드릴까요? 라고 물었어. 줄리언-은 피코에게 딱딱거렸어. 우리- 할머니에게 세뇨리타라고 부르지- 말아요. 그애가 경고-했지. 물론 이제 줄리언은 그런- 식으로 딱딱-거리지 않-아. 아주 안정-되어 보-이지. 그런- 걸 보는- 게 아주- 좋아. 하지만 줄리언의 그- 시간은- 뭐랄까, 암흑이야. 하지만 내가- 모르는 그-애의 시-간이 얼마나- 많겠어. 아무리- 가까운- 사이라 해도 서로-에게 암흑과- 같은 시간을- 주게 되는- 거겠지. 그건- 때로는- 선물-이야. 안 그런가? 여하튼- 피코는- 말이지, 줄리언의 그런- 말에 별로- 신경-쓰지- 않았어. 줄리언이 그러지 말라고 했는데도 카페를- 나갈- 때 나는- 이 유로를 피코에게 팁으로- 줬어. 겨우- 이 유로였지. 그런데- 피코는 마치 그게- 이백 유로라도- 되는- 것처럼 오랫동안- 바라-보았어. 그리고 내 두- 손을 꼭- 잡고 말했지.

'세뇨리타, 좋은 일이 생길 거예요.'

나는 그게- 이상한- 말이라고 생각-했어. 난- 그때 이미- 아흔네- 살이었어. 언제- 죽어도 이상-하지 않은- 나이였지. 몸은- 점점- 통제-에서 벗어나고, 음식맛-도 잘 느끼지- 못하게 되었지. 사랑하는- 사람들이 점점- 떠나가는 걸- 지켜봐야 했고, 때로는- 너무 외로웠-어. 내가- 노망난- 늙은이라도 내게 좋은 일이- 생길- 턱이 없다는 것- 정도는 알고- 있었지. 하지만 난- 피코의 그- 말에– 고개를 끄덕–였어. 그래야– 할 것 같았–거든. 궁금하구만, 피코는 이제 이탈리아어를 능숙–하게 잘–할까? 여전히– 거기에서 커피를 따르고– 있을까? 사장은 아직–도 계속–해서 피코의 이름을 부–르고 있을까? 결혼은– 했을까? 아이는 낳았–을까? 그이가 잘–살았으면 좋겠–다는 생각이– 드는–구만, 여하튼."

여기까지 말하고는 잭슨 여사가 나를 바라보았다. 나는 어깨를 한번 으쓱해 보였다. 대체 무엇 때문에 잭슨 여사는 내게 이런 이야기를 해주는 걸까?

"그– 여행은 완전– 망했다우. 줄리언이– 먼저– 귀국해버리고, 줄리언네– 부모, 그러니까 내– 아들과 며느리는 계속– 싸우기만–했어. 하지만– 종수, 피코 말이– 맞았어. 그후로도– 좋은 일이 많이– 생겼어. 줄리언에게도– 좋은 일이 많이– 생겼지. 몇 년 후 결혼을– 했고, 아이도– 낳았지. 종수– 한 번도– 줄리언을 못 봤지? 무척– 이쁜 아이야. 증손자들이 내– 이름을– 부르며 사랑한다고 말해줄– 땐 정말–이지 너무나– 행복하다우."

그제야 나는 잭슨 여사가 내게 왜 그런 이야기를 하는지 알 것 같았다. 그녀는 '종수에게도 좋은 일이 생길 거야'라고 말해주고 싶은 것이리라. 그러니까, 그녀는 내게 위로를 전해주고 싶었던 것이다. 내가 그런 생각을 하고 있을 때, 잭슨 여사가 빙그레 웃으며 내게 말했다.

"그러니까, 종수, 난– 앞으로–도 내게– 좋은– 일이 생길– 거라고 믿–고 있–어."

아, 그렇구나. 웃음이 났다. 실망감이나 민망함을 감추기 위한 그런 웃음이 아니라, 마음속에서 우러나온, 정말로 즐거워서 나온 웃음이었다. 대체 잭슨 여사가 왜 나를 위로해줘야 한단 말인가? 그날 한 시간 반 동안 잠들지 않고 '수다를 떨었던' 잭슨 여사가 (드디어) 잠에 들었을 때, 나는 언제나 그랬던 것처럼 내 이야기를 하기 위해 녹음기를 껐다. 게다가 그날 나는 잭슨 여사의 이야기를 들으며 새로운 기억을 떠올린 참이었다.

하지만 결국 나는 잭슨 여사에게 아무런 말도 건네지 않았다. 내 이야기는 다음번에 하자, 나는 그렇게 생각했다. 그날만큼은 잭슨 여사가 내 이야기 없이, 온전히 자신의 이야기 속에서 잠들기를 진심으로 바랐다. 잭슨 여사를 휠체어에서 안아올려서 침대에 눕힌 후 나는 이불을 끌어다가 그녀의 목까지 덮어주었다. 그리고 휠체어를 접어서 화장대 옆에 세워두었다. 내가 앉았던 의자도 그 옆으로 옮겨두고 커튼을 반만 쳤다. 여름 내내 눈이 아플 정도로 빽빽하던 초록색 잎 대신 갈색 잎이 드문드문 달린 앙상한 나뭇가지가 보였다. 그 풍경을 바라보며 나는 이런 생각을 했다. 가을이 눈 깜짝할 새에 사라졌네. 형광등 스위치를 내리고 방문을 닫기 전에 나는 어둠에 잠긴 방을 한번 더 둘러보았다.

내가 수영과 그해 여름을 함께 보낸 건, '좋은' 일이었을까, 아니면 '좋지 않은' 일이었을까? 그걸 내가 언제쯤 알 수 있게 되는 걸까? 한 가지 분명한 건 부모님께는 그리 좋은 일이 아니었다는 점이다. 어머니는 여전히 내게 이렇게 말한다. "네가 워낙에 똑똑했어." 나는 이제 그 말 속에 나에 대한 비난이 들어 있다는 사실을 안다. 부모님은 어쨌거나 합리적인 분들이었고, 자신들의 분노를 우아한 방식으로 해소하려고 애쓰는 분들이었다. 한국으로 돌아온 이후 그분들은 내 처지에 끊임없이 신경을 썼고, 아버지는 연줄을 이용해 내게 이러저러한 자리를 소개해주려고 애썼다. 그분들은 내가 다시 국내 대학원에 들어가서 학업을 계속하겠다고 해도 지원을 아끼지 않을 준비가 되어 있었다. 친척들은 내게 한마디씩 하고 싶어서 안달을 냈다. 어떤 식으로든 내 처지에 신경쓰지 않은 사람은 작은이모밖에 없었다. 작은이모는 그때 병실에 누워 있었다. 뇌종양이었다. 내가 한국으로 아주 들어오기 몇 년 전에도, 그러니까 내가 미국에서 대학교를 다니던 시절에도 작은이모가 그런 식으로 병실에 누워 있었던 적이 있다. 자궁암 진단을 받았기 때문이다. 당시 대학교 졸업을 앞둔 나는 작은이모가 수술을 받을 때 짬을 내서 잠깐 한국에 나왔었다. 대학원 입학에 문제가 있어서 이러저러하게 속을 썩고 있을 때였다. 자궁 적출 수술을 받은 작은이모는 내게 농담을 던졌다. "나에게 필요 없는 게 사라졌네." 실없는 농담이라고 생각했다.

그녀도 한때 결혼하고 싶은 남자가 있었다. 어머니는 그 이야기만 나오면 진저리를 쳤다. 심지어 작은이모가 죽은 후에도 종종 그 남자에 대한 이야기를 하며 (이미 죽고 없는) 작은이모를 비난하곤 했다. 요컨대 어머니에게는 작은이모가 그 남자를 만나지 않았다면 병에 걸리지 않았으리라는 (이상한) 믿음이 있었다. 자궁 적출 수술을 받았을 때, 작은이모는 병실에 누워 내게 이렇게 물었다. "종수야, 너는 죽었으면 좋겠다고 생각한 사람이 있어?" 나는 아마도 그런 사람은 없다고 대답했던 것 같다. 글쎄, 당시 그 말이 완전히 거짓은 아니었을 것이다. 그때 작은이모는 이렇게 말했다. "종수야, 너는 참 좋은 사람이야. 똑똑하고 착하지, 네 엄마의 자랑이 될 만하다." 그리고 몇 년 후, 나는 더이상 엄마의 자랑이 아닌 채로 서울로 돌아오게 되었다. 작은이모가 뇌종양 수술을 받은 직후였다. 작은이모의 병실로 찾아갔을 때, 작은이모는 예전과 같은 식의 농담은 하지 않았지만 그래도 여전히 유머감각을 유지하고 있었다. 나는 다행이라고 생각했다. 작은이모에게 그녀가 그토록 죽었으면 좋겠다고 생각한 사람이 누구였는지, 여전히 그렇게 생각하는지 묻고 싶었지만, 그러지 못했다. 이 년 전 투병생활 끝에 작은이모가 죽었을 때, 병실을 지키고 있던 사람은 나였다. 아무도 작은이모가 그런 식으로 갑자기 죽을 거라고는 예상하지 못했다. 내가 어떤 형태로든 미국에서 보낸 마지막 해에 대해 글을 쓰게 되리라는 막연한 예감에 사로잡혔던 것은 바로 그날, 그러니까 작은이모가 죽은 날이었다.

내가 9월 모의고사를 망치고, 10월 모의고사에서 성적이 회복되기는커녕 더 떨어졌을 때에도 부모님은 내게 화를 내지 않았다. 아마 그래서는 안 된다고 생각했을 것이다. 다만 그 이후로 내 생활은 부모님의 통제하에 놓이게 되었다. 나는 더이상 등하교 도우미 봉고차를 타지 않았다. 아침에는 아버지 차를 타고 등교했다. 아버지는 나 때문에 출근시간보다 한 시간이나 일찍 나가야만 했지만, 기꺼이 그러겠노라고 했다. 하교할 시간이 되면 어머니의 차가 교문 앞에 서 있었다. 어머니 차를 타고 나는 부모님이 심혈을 기울여 다시 선택한 학원에 나갔다. 나는 여전히 할말이 없었다. 부모님은 나를 사랑했다. 나는 그걸 알고 있었다. 어둠 속에서 가끔 입을 꽉 다물고 운전하는 어머니의 옆모습을 보고 있노라면 이상한 기분이 들었다. 나는 어머니가 한때는 자신의 인생을 살았던 똑똑한 여자였다는 사실을 알고 있었다. 아픈 곳 하나 없이 건강하게 의류회사에서 승승장구하고 있던 시절의 작은이모는 그렇게 말했었다. "네 엄마는 정말 똑똑했어. 네 아빠를 만나지 않았다면 훌륭한 약사가 되었을 거야." 나는 훌륭한 약사라는 게 무얼 뜻하는지 몰랐고, 지금도 모른다. 다만 내가 하고 싶은 말은 당시 내가 아버지와 어머니를 이해하려고 애썼다는 점이다.

그즈음 새로 다니게 된 학원 중 하나는 집에서 자가용으로 이십 분 거리에 있었다. 꽤 먼 거리였던 셈이다. 그 학원에 가려면 수서 IC를 달려야 했고, 종합병원을 하나 지나야 했다. 한참을 달리면 구획이 잘 정돈된 거리가 나온다. 그중 한 골목으로 들어가면 허름한 건물 이층에 학원이 있었다. 아는 사람만 온다는 그런 학원이었고, 우리 학교 학생은 나 하나밖에 없었다. 그날은 보충수업이 있어 평소보다 꽤 늦게 끝났다. 각자 부모님이 데리러 왔고, 우리 어머니가 가장 늦게 도착했다. 나는 어머니를 기다리며 며칠 전에 했던 대화를 떠올리고 있었다. 늦은 저녁을 차려주던 어머니는 내게 11월 모의고사를 꼭 잘 봐야 한다고 말했고 나는 열심히 하고 있지만, 장담할 수 없다고 대답했다. 나는 그냥 내 진심을 말한 것이었다. 그런데 갑자기 어머니가 내게 물었다.

"너 그때 대체 왜 거기에 있었니?"

나는 거기가 어디인지 알 수 없었다.

"어디요?"

나는 어머니가 고민하고 있다는 걸 알았다. 그동안 내게 무언가 묻고 싶었으면서도 이성으로 그걸 누르고 있었던 것이다. 나는 왜 부모님이 내 생활을 그토록 자신들의 통제하에 두고 싶어했는지 그제야 깨달을 수 있었다. 그건 단지 성적 때문만은 아니었다. 부모님은 내가 여름 동안 한 일을 알고 있었던 것이다. 전부는 아닐지라도 여하튼 알고 있었다. 뻔한 일이었다. 누군가 나를 봤을 것이다. 멍청한 짓이었다. 강남역의 맥도날드에 그토록 뻔질나게 들락날락했는데 아무도 나를 보지 못했을 리가 없다. 다음날 아침 등굣길에 아버지는 내게 말했다.

"우리를 창피하게 만들지 말아라."

나는 그게 무슨 뜻인지 잘 몰랐다. 무엇이 창피한 일인가? 하지만 부모님도 나도 그것에 대해 더이상 대화를 나누지 않았다. 몇 번이나 세 식구가 함께 밥을 먹고 일상적인 대화를 나누었지만, 그런 이야기는 단 한 번도 하지 않았다.

그날 밤, 어머니가 늦게 도착한 날 밤에, 나는 학원 건물 앞을 서성이며 큰길 쪽을 바라보고 있었다. 저멀리 육교가 보였다. 아, 저기 육교가 있었구나. 도로에는 차 한 대도 다니지 않았다. 적막하다, 라는 단어를 떠올렸다. 적막하구나. 육교는 마치 자신이 서 있는 부분을 중심으로 입구와 출구를 가르는 거대한 문 같았다. 그건 아주 이상해 보였다. 나는 문득 수영의 책상 서랍 안에 밀어둔 연습장을 바탕으로 그녀가 편지를 완성했는지, 그리고 편지를 랄프 로렌에게 보냈는지 궁금해졌다. 겨울이 되면 수영이 랄프 로렌 더플코트를 입고 학교에 나타날지 그런 것도 궁금했다. 나는 내가 수영에게 했던 말을 떠올렸다. "내가 랄프 로렌 코트를 줄게." 그러자, 내가 그 말을 했을 때 수영의 표정이 또렷하게 떠올랐다. "나도 알아. 너라면 그렇게 할 수 있을 거야." 수영은 그렇게 말했었다. 나는 선생님에게 머리를 얻어맞는 수영을, 교실 뒤쪽에서 엎드려 자는 수영을, 랄프 로렌 컬렉션을 조심조심 보여주던 수영을, 자신이 쓴 편지를 전해주러 왔을 때 나를 등지고 서 있던 수영을 떠올려보았다. 그때 나는 울었던가?

잠시 후에 어머니가 도착했다. 어머니가 늦어서 미안하다고 말했고 나는 별로 기다리지 않았다고 대답했다. 어머니는 내가 저녁으로 무얼 먹었는지 궁금해했고 나는 햄버거를 사먹었다고 대답했다. 육교를 지나갈 때 창문을 열었는데, 어머니가 찬바람이 들어오니까 창문을 닫으라고 말했다. 나는 차가운 바람이 좋았지만, 군소리 없이 창문을 닫았다.

"엄마."

"왜?"

"내가 여름방학 때 맥도날드에 가 있던 게 왜 창피한 일이에요?"

"뭐라고?"

하지만 어머니의 되물음에는 별로 놀란 듯한 기색이 없었다. 정말로 나의 질문을 잘 듣지 못했다는 투였다. 나는 다시 한번 더 물었다.

"왜 창피하다고 생각하시냐고요. 뭐가 창피하시냐고요."

어머니는 잠시 나를 힐끗 쳐다보았다. 이 질문을 하면 어머니가 동요할 거라고 생각했는데 전혀 그러지 않았다.

"엄마는 창피하다고 생각한 적 없어."

"그럼요?"

어머니는 눈 한 번 깜짝하지 않았다. 그저 운전에 집중하고 있었고 목소리의 높낮이에도 변화가 없었다. 과속방지턱을 넘느라 차가 한

번 덜컹거렸다. 핸들을 돌리며 어머니가 내게 물었다.

"너 그때 '거기에' 어떤 여자애랑 같이 있었지? 그 여자애가 누구였어?"

의외의 공격을 받은 것 같았다. 이상했다. 따지고 보면 별 질문도 아니었는데 나는 그 말에 대답할 수가 없었다. 어머니는 다시 물었다. 아주 평온하고 부드러운 말투였다.

"그 여자애가 누구야? 엄마는 정말 그냥 궁금해서 그래. 그애에 대해서 한번 말해봐."

나는 어머니가 뻔히 다 알고 있으면서 질문한다는 걸 알고 있었다. 내 머릿속은 하얘졌다. 완전한 나의 패배였다. 어머니는 여전히 평온한 말투로 앞으로는 도시락을 싸주겠노라고 말했다. 나는 알겠다고 대답했다. 그리고 몇 달 후 부모님은 나를 미국으로 보냈다.

그날, 잠든 잭슨 여사를 두고 나온 날엔 섀넌을 만나지 못했다. 청소는 끝나 있었고, 거실과 부엌은 텅 비어 있었다. 두어 번에 불과했지만, 잭슨 여사가 나를 만나는 동안 섀넌이 외출—물론 잭슨 여사와 관련된—을 했다가 돌아올 때가 있긴 있었다. 그 두어 번 전부 다 나는 섀넌이 곧 나타날 거라는 믿음을 가지고 식탁 의자에 앉아서 섀넌을 기다렸다. 그러고 있으면 몇 분 지나지 않아 양손에 비닐봉지를 든 섀넌이 분주하게 들어왔고 나를 보고는 이렇게 말하곤 했다. "별로 오래 안 기다렸죠?" 하지만, 그날 나는 그냥 집으로 돌아왔다. 아무리 기다리고 있어도 섀넌이 내 앞에 나타나지 않을 거라는 생각이 들었다.

그날 밤, 나는 조지 캠벨에게 답장이 왔는지 확인했다. 그에게서는 여전히 아무런 답이 없었다. 어쩌면 내 메일은 바로 그의 스팸편지함으로 들어가버렸을지도 몰랐다. 나는 더너웨이의 영화를 보고, 랄프로렌에 대한 더너웨이의 인터뷰를 읽고, 그리고 얼마 전 에머슨 씨에게 받은, 이제 완전히 내 것이 된 메이지 그랜트의 인터뷰를 읽었다. 조셉 프랭클은 대체 왜 잭슨 여사에게 스위스 시민권을 딴 이야기를 꺼내지 않았을까? 조셉 프랭클에게는 죽은 아들이 있었다. 그는 평생 동안 누구에게도 이 사실을 이야기하지 않았다. 죽기 전에 딱 한 번 잭슨 여사에게 털어놨을 뿐이다. 그렇지만, 그는 끝내 자신에게 스위스 시민권이 있었다는 사실은 밝히지 않았다. 왜였을까? 스위스 시민권을 딴 사실이 아들이 있었다는 사실—그리고 그 아들이 죽었다는 것—보다 털어놓기 더 어려운 종류의 이야기였던 것일까? 그는 왜 미국에 정착한 후에 슈빌라에게 그런 내용의 편지를 보냈던 것일까? 그리고, 이렌은 대체 누구일까? 그는 조셉 프랭클과 어떤 관계였을까? 나는 답을 찾을 수 없을 것이 뻔한 생각에 잠겨 있다가 새벽녘이 되어서야 잠에 들었다. 전화벨 소리에 깼을 때, 바깥은 여전히 어두웠다. 나는 잠든 지 얼마 지나지 않은 모양이라고 생각했고, 전화벨 소리를 들으며 순간적으로, 부모님께 무슨 일이 생긴 거구나, 라고 직감했는데, 물론 이건 착각이었다. 전화를 건 사람은 섀넌이었고, 시간대도 새벽이 아니라 저녁이었다. 그러니까 나는 새벽 이후로 꼬박 열다섯 시간 넘게 잠들어 있었던 것이었다. 섀넌은 잭슨 여사가 병원에 있다고 말했다.

"넘어지셨어요. 당신에게 알려줘야 할 것 같아서요."

섀넌은 말을 조금 더듬었고 정신이 없어 보였지만, 아주 많이 충격을 받은 것 같진 않았다. 충격을 받은 쪽은 나였다. 나는 섀넌이 잭슨 여사가 넘어지게 내버려뒀다는 걸 믿을 수가 없었다. 어떻게 그런 일이 생길 수 있단 말인가?

한 시간쯤 후 나는 요크빌 근처에 있는 종합병원에 도착했다. 잭슨 여사의 병실은 십사층에 있었다. 복도 창문의 블라인드를 반쯤만 쳐 놓아서 바깥에서 병실 안을 볼 수 있었다. 잭슨 여사가 침대에 누워 잠들어 있었고, 그 옆에 두 여자가 근심스러운 표정으로 서 있었다. 한 명은 (당연히) 섀넌이었고, 다른 한 명은 처음 보는 여자였지만 누군지 단박에 알아차릴 수 있었다. 그녀의 얼굴을 보자마자 젊은 시절 잭슨 여사의 사진이 떠올랐기 때문이다. 나는 왜 잭슨 여사가 여러 명의 손주들 중에서 줄리언 모던을 특별히 생각하는지 알 것 같았다. 게다가 줄리언 모던은 내가 (마음대로) 상상했던 것처럼 깐깐하거나 냉혈한처럼 보이지도 않았다. 줄리언 모던이 보여줬던 필요 이상의 예민함은 그저 잭슨 여사에 대한 애정에서 비롯되었다는 것을 알 수 있었다(따지고 보면 섀넌은 한 번도 줄리언에 대해 깐깐하다느니 예민하다느니 하는 표현을 사용한 적이 없다는 사실도 깨달았다. 그건 그저 나의 편견이었을 뿐이다). 이윽고 섀넌이 내 쪽으로 고개를 돌렸다. 그러자, 줄리언 모던 역시 섀넌을 따라 내 쪽을 바라보았다. 나와 눈이 마주친 줄리언 모던은 내가 누구인지도 모르면서 최대한 예의를 차리며 미소지으려고 노력하는 것 같았다. 섀넌은 나를 데리고 휴게실로 갔다. 그녀는 무척 피곤해 보였고 목소리가 잘 나오지 않았다.

"내가 잠시 한눈을 파는 사이에 넘어지셨어요. 식사를 하시는 도중에 내가 잠깐 화장실에 갔었거든요. 그런데 그사이에 휠체어에서 일어나려고 하신 거 있죠. 한 번도 이런 적이 없었는데. 나 없이는 한 번도 스스로 일어서려고 하신 적이 없었거든요. 어째서 그런 시도를 하신 건지 모르겠어요."

나는 그제야 이 추운 날씨에 섀넌이 얇은 카디건과 청바지만 입고 있다는 걸 알게 되었다. 내 재킷을 건네주려고 했지만, 그녀는 괜찮다고 했다.

"모던 부인은 아침 비행기를 타고 방금 도착했어요. 다른 가족들도 곧 올 거예요."

섀넌은 의자 팔걸이에 한쪽 팔을 세우고 얼굴을 문질렀다. 그리고 이 말을 여러 번 반복했다.

"대체 왜 이런 일이 생긴 건지 모르겠어요."

섀넌은, 잭슨 여사의 대퇴골이 골절되었고, 수술을 받을지 결정해야 하는 상황이라고 설명해줬다. 보통의 경우라면 수술을 하는 게 옳겠지만, 잭슨 여사의 나이를 고려했을 때 수술이 능사는 아니라고도 말했다. 나는 섀넌이 갈팡질팡한다는 인상을 받았다.

"종수라면 어떻게 할 것 같아요?"

"잘 모르겠어요. 섀넌은 어떻게 하고 싶어요?"

내가 이렇게 묻자, 섀넌은 잠시 나를 바라보다가 말했다.

"난 결정에 참여할 수 없어요. 나는 가족이 아니니까요."

그건 나도 마찬가지였다. 잠시 후 섀넌이 입을 열었다.

"할머니가 돌아가실까봐 너무 무서워요."

그녀는 나를 바라보고 있지 않았다. 나는 뭐라고 해야 할지 잘 몰랐다. 그저 뻔한 소리밖에는 할말이 없었다.

"그냥 골절이에요. 금방 나으실 거예요."

섀넌은 내 쪽으로 고개를 돌렸다. 그녀는 무슨 말을 하고 싶어하는 것 같았지만, 결국 아무 말도 하지 않기로 한 듯 그냥 고개를 끄덕이기만 했다.

잠시 후 섀넌과 병실로 간 나는 잠들어 있는 잭슨 여사를 볼 수 있었다. 편안해 보이는 그녀의 표정을 보자 조금 안심이 되었다. 나는 가까이 다가가서 그녀의 손을 잡고 싶었지만, 그래도 되는 건지 확신이 서지 않았다. 섀넌은 줄리언 모던에게 나를 이웃 청년이라고 소개했다. 줄리언 모던은 찾아와줘서 감사하다고 말했다. 그녀의 목소리는 활기차고 듣기 좋았다. "곧 나으실 거예요. 흔한 골절일 뿐인걸요." 나는 멀찍이 선 채로 잠든 그녀의 모습을 바라보며 잭슨 여사가 휠체어에서 일어나려고 애쓰는 모습을 상상해보았다. 그녀는 자신의 다리가 생각보다 제 기능을 할 수 있으리라 여겼을 것이다. 팔로 휠체어 팔걸이를 잡고 상체를 일으켰을까? 그녀에게 그만한 팔심이 있었을까? 어쩌면 잭슨 여사의 예상보다 훨씬 더 팔심이 있었을지도 모른다. 거기에서 그녀는 자신감을 얻었을지도 모른다. 그러다 갑자기 땅이 꺼지는 듯한 느낌을 받았겠지. 순식간이었을 것이다. 잭슨 여사는 엄청난 통증을 느꼈을 것이다. 내가 상상조차 할 수 없는 '신체적' 고통이었을 것이다. 문득, 조셉 프랭클이 떠올랐다. 주먹 힘을 조절하지 못한 애송이에 의해 링 구석으로 나가떨어졌던 조셉 프랭클. 대니 에일로는 조셉 프랭클이 링 위에서 진정으로 원한 건 그저 누군가에게 얻어맞는 것일지도 모른다고 말했었다. 아마도 그때, 애송이에게 맞아 나가떨어지기 전까지만 해도 그는 자신이 '진짜로' 얻어맞고 있다고, 진짜 '고통'을 받고 있다고 여겼으리라.

잭슨 여사는 수술을 하지 않기로 결정했다. 나는 그 결정이 어떤 식으로 이루어졌고, 그리고 그들 가족이 어떤 결과를 예상하고 있는 건지 잘 몰랐다. 섀넌도 잘 몰랐다. 섀넌과 내가 아는 건, 잭슨 여사가 대퇴부에 고정장치를 댄 채, 진통제 수액과 온갖 약에 의지하며 병원에 입원해 있으리라는 것이었다. 가족들이 번갈아 병실을 찾아갔다. 섀넌은 가끔 밤에 내게 전화를 걸었다. 로맨틱한 그런 건 아니었고, 그녀는 주로 잭슨 여사의 상태가 어떤지 전해주었다. "당신이 궁금해할 테니까요." 어느 날 밤에는 내게 이렇게 말했다. "내 잘못이에요. 가족분들이 나를 원망하고 돈도 안 주고 내쫓아도 할말이 없어요." 내가 섀넌 당신의 잘못이 아니에요, 라고 말하자 그녀는 그런 겉치레 말은 하지 말라고 했다. 나는 첫날 이후 몇 번이나 잭슨 여사를 찾아갔지만, 그때마다 그녀는 잠들어 있거나 혹은 그녀의 가족들이 너무 많아서 그냥 돌아와야만 했다. 내가 잭슨 여사를 다시 만난 건, 보름 정도가 지났을 때였다. 그날은 눈이 내렸다. 돌이켜보면 그해는 추위도 빨리 왔고, 눈도 많이 내렸다. 나는 병원에 가기 전 근처 꽃집을 들러 붉은 장미꽃 한 다발을 샀다. 눈발이 거세진 바람에 나는 파란색 칼하트 점퍼 속으로 장미꽃을 넣어 보호했다. 병원에 들어가기 전에는 손으로 점퍼에 쌓인 눈을 탁탁 털어내야 했다. 생화를 사간 걸 섀넌이 싫어할 줄 알았는데, 그녀는 그저 웃으며 이렇게만 말했다. "와, 그 옷을 입고는 남극에도 갈 수 있겠어요." 나는 실제로 이 옷을 입고 남극에 가는 사람들이 있다는 사실을 알려줄까 하다가 말았다. 어쨌든 농담을 할 정도로 섀넌은 많이 안정되어 있었다.

병실 안에 들어갔을 때, 나는 왜 섀넌이 생화를 사온 것에 아무런 불만도 내비치지 않았는지 알게 되었다. 병실에는 빈 화병이 몇 개 있었고, 섀넌은 새로운 생화를 기다리고 있었던 것이다. 유리로 된 호리병에 물을 담아 장미꽃을 꽂아넣으며 섀넌이 말했다. "오늘 컨디션이 무척 좋으세요." 잭슨 여사가 나를 보고 웃었다. 하지만 누구라도 잭슨 여사의 모습을 본다면 그녀의 컨디션이 좋지 않다는 것을, 그리고 앞으로 점점 더 나빠지기만 하리라는 것을 알아차릴 것이다. 섀넌이 큰 목소리로 내게 말했다. "곧 집으로 돌아가실 수 있을 거예요." 나는 그 말이 나 들으라고 하는 소리가 아니라는 것을 알 수 있었다. 그날 내가 잭슨 여사와 이야기를 나눈 시간은 불과 이십 분에 불과했다. 잭슨 여사가 너무나 힘들어했기 때문이다. 그래도 그 이십 분 동안 우리는 무척 즐거웠다. 시답지 않은 농담을 나누고 자주 웃었다. 병실을 나올 때, 나는 조심스럽게 잭슨 여사의 두 손을 붙잡고 섀넌이 듣지 못하도록, 잭슨 여사의 귀에 대고 작은 목소리로 말했다.

"세뇨리타, 좋은 일이 생길 겁니다."

잭슨 여사가 나를 바라보고 고개를 끄덕였다. 그리고 나를 안아주었다. 나는 잭슨 여사가 온 힘을 끌어모아 나를 안아주고 있다는 걸 알 수 있었다. 잭슨 여사는 내 귀에 대고 이렇게 말했다.

"지금은— 이렇게— 아파서— 누워— 있지만, 건강—해져서— 집—으로 돌아—가면 정말— 좋은— 일이 일어—날— 거라고— 믿고— 있어요."

마음이 찢어지는 것 같았다. 그녀가 집으로 돌아가는 일이 생길까? 그런 일은 절대로 생기지 않을 것이다. 이런 생각을 하는 나 자신이 너무나 싫었다. 잭슨 여사는 여전히 나를 안은 채 아까보다 더 작은 목소리로 내게 속삭였다.

"종수, 절대- 늙지- 말아요. 절대로- 늙지- 말아."

나는 잭슨 여사의 목소리가 저멀리, 아주 먼 곳으로부터, 내가 한 번도 도달해본 적이 없는 곳으로부터 들려오는 것 같다고 생각했다. 눈물이 날 것 같았다. 나는 잭슨 여사의 얼굴을 바라보았다. 처음 그녀를 봤을 때, 나는 그녀를 시든 화초 같다고 생각했었다. 나는 그녀가 얼마나 오랫동안 시든 화초처럼 '늙어 있었는지'에 대해 생각해보려고 애썼지만 그건 너무 어려운 일이었다. 나는 잭슨 여사의 손을 한 번 더 살짝 잡았다 놓았고 그녀의 볼에 입을 맞춘 후, 병실 밖으로 나왔다. 섀넌이 나를 배웅했다. 그녀는 나와 잭슨 여사가 무슨 이야기를 나눴는지 궁금해했지만 집요하게 묻지는 않았다.

"병원비가 꽤 나오겠어요."

아무 생각도 없이 한 말이었는데 섀넌은 정말 그렇다고 진지하게 대답했다.

"집을 팔려고 내놓으셨대요. 퇴원하시게 된다면 모던 부인이 샌프란시스코로 모셔갈 것 같아요."

내가 섭섭하겠다고 말하자, 섀넌이 웃으며 대답했다.

"이게 내 일이에요. 내 직업이죠. 아픈 사람들을 찾아다니면서 수발을 드는 거요. 그 사람이 건강해지거나 죽거나 하면 다른 병자에게로 가야 한답니다."

나는 뭐라고 말해야 할지 몰라서 약간 머뭇거렸다.

"그럴 필요 없어요. 아무 말도 안 해도 된다고요."

그녀는 그렇게 말하며 손에 들고 있던 종이봉투를 내게 건네주었다.

"며칠 전에 할머니가 뭘 좀 갖다달라고 하셔서 화장대 서랍을 뒤지다가 찾은 거예요. 평소엔 화장대 서랍에 손도 못 대게 하셨거든요."

잭슨 여사를 처음 만난 날, 내가 직접 화장대 서랍을 열었던 적이 있다는 걸 섀넌이 알게 되면 어떤 표정을 지을까 궁금했다.

"서랍 안에 잭슨 여사 앨범이 들어 있었죠?"

"네, 할머니가 젊었을 때 입었던 수영복이랑 액세서리들도 들어 있었고요."

나는 섀넌이 깜짝 놀랄 줄 알았는데 별로 대수롭지도 않다는 듯이 대답해서 좀 실망했다.

"할머니에게 이걸 종수에게 줘도 좋은지 물어보진 못했지만, 이게 가장 필요한 사람은 종수일 것 같아서요."

"왜 잭슨 여사에게 물어보지 않았어요?"

"왠지 종수에게 주지 말라고 할 것 같아서요."

"왜요?"

"그냥 예감이죠."

나는 그녀의 예감이 틀린 적이 거의 없지만, 그래도 몇 번은 있다는 사실 또한 알고 있었다. 잭슨 여사에게 허락을 맡았다면 더 좋았을 것이다. 종이봉투 안에 뭐가 있는지 확인하려고 하자 섀넌이 내 손을 잡으며 제지했다. 그녀는 나를 보며 잘못을 저지른 학생을 대하듯 고개를 가로저으며 말했다.

"참을성이 없으시군요."

섀넌은 검지를 옆으로 흔들었다. 그 손짓 때문에 나는 웃음을 터뜨렸지만, 섀넌은 웃지 않았다. 나는 곧 또 잭슨 여사를 보러 오겠다고 말했다. 섀넌은 꼭 그래주면 좋겠다고 대답했다. 그녀와 포옹하고 싶었지만 그래도 되는 건지 자신이 없었다. 마치, 우리가 잭슨네 식탁에서 첫번째 데이트를 하고 헤어지던 바로 그날 밤에 그랬던 것처럼.

종이봉투 안에는 조셉 프랭클이 젊은 시절 받았던 편지와 그가 쓰다 만 편지, 그리고 일기가 들어 있었다. 대부분 그가 제네바와 함부르크를 왔다갔다하던 시절의 것으로, 불어와 독어로 쓰여 있었다. 내가 조셉 프랭클에 대한 글을 쓰고 있다고 철석같이 믿고 있었던 잭슨 여사가, 조셉 프랭클과 관련된 그 모든 이야기를 해주려고 애썼던 잭슨 여사가 왜 이 편지 뭉치들을 내게 전해주지 않았는지 알다가도 모를 일이었다. 나는 하나하나 천천히 살펴보다가 이렌의 이름을 발견했다. 이렌 슈빌라. 그 이름을 발견한 것은 반가웠지만, 어쩐지 더이상 무언가를 찾아볼 기분이 들지는 않았다. 독어로 된 편지는 한쪽으로 미뤄두고 일단 불어로 쓰인 편지와 사전을 펼쳐놓고 해석하려고 애쓰다가 그만 포기해버렸다. 침대에 누워서 이런저런 생각에 잠겨 있던 나는 순간 벌떡 일어나서 노트북을 켰다. 그리고 메일함을 열어보았다. 놀랍게도, 거기에는 조지 캠벨의 답메일이 있었다. 편지가 도착한 건 거의 보름 전의 일이었다. 나는 메일 제목—젊은 친구에게—을 클릭했다. 예전에 에드거 윌리엄스에게 받은 메일보다야 길이는 훨씬 더 길었지만, 내용은 그것과는 비교도 안 되게 훨씬 더 차갑고 냉랭하기 그지없었다.

"젊은 친구, 나는 당신을 모릅니다. 물론 당신은 나를 잘 알겠지요. 젊은 친구, 당신이 알고 있는 것처럼 이십대 시절에 나는 랄프 로렌 씨에게 무척 호의를 가지고 있었고, 그가 새로운 시대를 보여주리라고 장담했습니다. 그리고 그걸 부정할 마음은 없습니다. 그는 긍정적이든 부정적이든 새로운 시대를 보여줬습니다. 물론, 젊은 친구 당신은 내가 랄프 로렌의 업적을 부정적으로 평가하리라고 생각하고 있겠지요. 그렇지만 그건 틀린 생각입니다. 나는 그렇게 생각하지 않습니다. 당시 랄프 로렌이 맡은 역할, 그러니까, 의상 디자인이라는 영역을 완전히 산업화해낸 그의 역할은 그가 아니었더라도 다른 누군가가 맡았을 거니까요. 그건 그냥 시대의 흐름이었을 뿐입니다. 이 점이 바로 랄프 로렌을 그토록 위대하다고 여겼던 사람—예를 들면 앤 라이스 같은 사람 말입니다—들이 오해한 지점입니다. 그는 시대를 선도한 사람이 아닙니다. 그는 그저 시대에 끌려간 사람이지요. 물론 '선도적'으로 끌려간 사람이지요.

젊은 친구, 나는 당신에게 딱 한 가지 충고를 하고 싶습니다. 왜 당신은 지금 이 시대에 그러한 사람에 대한 책을 쓰려고 합니까? 그에 대해 궁금해하는 사람은 이제 없습니다. 왜냐하면 그건 이제 구식이기 때문입니다. 그에 대한 비판적인 견해, 그러니까 온당한 견해가 있을 수 있지요. 그렇지만 나는 거기에 관심이 없습니다. 한때 관심을 가진 적이 있긴 하지만, 이제는 없습니다. 랄프 로렌은 폐기 처분된 것이나 다름없는 주제입니다. 그는 정말로 이미 오래전에 죽은 사람이 되어버렸습니다. 젊은 친구, 나는 당신이 그 열정과 필력을 좀더 현대적인 사안, 생산적인 사안, 흥미를 끌 수 있는 사안에 쏟아붓기를 바랍니다. 대중이 흥미를 가질 만한 대상이 있죠. 스티브 잡스나 하워드 슐츠 같은 사람들 말입니다. 명왕성이나, 뛰어난 성과를 내고 있는 과학자에 대해서 써도 좋겠지요. 당신이 만에 하나 랄프 로렌에 대한 아주 굉장하고 훌륭한 관점을 제시하는 책을 써낸다 하더라도, 거기에 이 세상의 온갖 진실이 담겨 있다고 하더라도 그것에 관심을 가질 사람은 이제 아무도 없습니다. 정말로 단 한 명도 없을 것입니다. 그렇다면 당신이 왜 그에 대해 써야 하는 겁니까? 그것만큼 어리석은 일이 또 있겠습니까?"

죽은 사람들

잭슨 여사가 죽었다는 소식을 들었을 때, 나는 난방이 잘되지 않는 방안에서 두꺼운 양말을 신고 파란색 칼하트 점퍼를 입은 채, 불어사전을 뒤져가며 조셉 프랭클의 일기와 씨름하고 있는 중이었다. 며칠째 내리던 눈이 그치고 오랜만에 해가 쨍하고 뜬 날이었다. 그날 오후 나는 햇살을 따라 방안의 동쪽에서 서쪽으로 이동하고 있었고, 햇살이 조금씩 사그라질 때쯤 새넌의 전화를 받았다. 그녀가 전화를 거는 시간은 거의 밤 열시 이후로 정해져 있었기 때문에 그녀의 목소리를 듣는 순간, 나는 잭슨 여사에게 무슨 일이 생겼으리라는 것을 직감했다.

"할머니가 돌아가셨어요."

순간적으로 손목시계를 확인했다. 다섯시 이십오분이었다. 나중에 새넌은 잭슨 여사가 눈을 감은 시각이 정확하게 네시 오십오분이었다고 말해주었다. 잭슨 여사가 폐렴에 걸렸다는 소식을 전해들은 게 불과 오 일 전의 일이었다. 그때 섀넌은 그게 '수순'이라고 이야기했었다. 아마도 섀넌은 그때 마음의 준비를 한 것 같았다. 하지만 나는 아무런 준비가 되어 있지 않았고, 그런 식으로 아무런 극적인 사건도 없이 나와 가까운 누군가가 죽어버렸다는 사실을 받아들이기 힘들었다. 내가 아무런 대답도 하지 않자, 섀넌 헤이스는 계약서에 도장이라도 찍으라는 듯한 특유의 그 말투로 내게 말했다.

"종수, 그분은 백네 살이었어요."

섀넌은 장례식에 대한 이야기를 한 후 전화를 끊었다. 나는 너무도 아무렇지 않은 것 같은 섀넌의 태도에 화가 났다. 물론 나는 나중에, 작은이모가 죽었다는 사실을 어머니에게 전달해야 했을 때, 그제야 (완전히 똑같지는 않겠지만) 섀넌이 내게 전화를 걸었을 때의 마음을 알게 된다.

다음날 지역신문에는 잭슨 여사의 부고가 실렸다. "2012년 12월 15일 레이철 잭슨 영원히 눈을 감다; 세월에 지지 않았던 강인한 여성, 인간에 대한 애정이 넘쳤던 여성, 평생 동안 자신이 나고 자란 곳을 사랑했던 레이철 잭슨의 명복을 빕니다." 조셉 프랭클과 랄프 로렌은 '가지지 못했던' 부고였다. 나중에 나는 이 글을 쓰기 위해 잭슨 여사의 부고를 다시 읽어보게 된다. 그리고 문득 그런 생각을 하게 되었다. 부고에는 죽은 사람에 대한 무한한 사랑과 애정, 그리움이 표현되어 있으면서도 한편으로는 어느 정도의 원망도 포함되어 있는 것 같다고. 이를테면 이 부고의 마지막 문장, "평생 동안 자신이 나고 자란 곳을 사랑했던"이라는 문장에서는, 살아생전 요크빌을 떠나고 싶어하지 않았던 잭슨 여사의 고집에 대한 자손들의 질책이 느껴진다.

조셉 카터의 부고도 마찬가지이다. 그의 부고의 마지막 문장은 이랬다. "그의 인내심과 낙천성은 언제나 모범이 되리라." 여기에는 어딘가 모르게 비꼬는 듯한 어조와 반어적인 느낌이 담겨 있다. 살아 있는 사람들은 부고를 통해 죽은 사람에 대한 모든 감정—그것이 좋은 것이든 나쁜 것이든—을 간결하고 우아하고 진실된 문장으로 '공식적으로' 표현하고 싶어하는 것일지도 모른다는 생각이 든다. 작은이모가 죽은 후에 어머니가 왜 그토록 그녀에 대한 불평불만을 늘어놓았는지 그제야 이해할 수 있을 것 같았다. 그래야만, 살아 있는 사람들은 '정말로' 죽은 사람들을 사랑할 수 있게 되는 것이리라.

잭슨 여사의 장례식 날을 돌이켜보면 가장 먼저 떠오르는 사실은 날씨가 무척 좋았다는 점이다. 며칠 동안 이어지던 눈과 추위가 물러가고, 기온도 영상으로 올라갔다. 두번째로 떠오르는 건 섀넌의 옷차림이다. 날씨가 그리 춥지 않았지만 그녀는 실내에서도 검정색 알파카 코트를 벗지 않았고, 심지어 그 위에 크고 두꺼운 초록색 숄까지 두르고 있었다. 교회 입구에 서 있는 잭슨 여사의 가족들에게 나는 차례로 조의를 표했다. 줄리언 모던은 처음 잭슨 여사의 병실에서 만났을 때와 같은 친근한 미소를 지어 보였다. 그녀의 그 미소는 나를 알아봤다는 표시라기보다는 그저 몸에 밴 습관인 듯했다. 장례식장으로 들어가니 앞쪽 중앙에 잭슨 여사가 누워 있는 관이 보였다. 섀넌은 관에서 멀리 떨어지지 않은 곳에 앉아 있었다. 나는 섀넌과 멀리 떨어져 있지만, 그녀의 뒷모습이 잘 보이는 곳에 자리를 잡았다. 장례식 분위기는 '좋았다'. 가족들은 추도사를 읽고 잭슨 여사에 대한 추억을 이야기하며 자주 웃었다. 섀넌 역시 고개를 끄덕거리기도 하고 웃기도 하고 손뼉을 치기도 했다. 하지만 섀넌에게 추도사를 읽을 기회는 주어지지 않았다. 나는 섀넌이 뭐라고 할지 알 것 같았다. "맙소사, 종수, 난 가족이 아니니까요." 섀넌이 이렇게 대답한다면 나는 이런 질문을 하고 싶은 충동을 느낄지도 모른다. 당신은 잭슨 여사의 친구, 그것도 가장 가까운 친구가 아니었느냐고. 하지만 이번에도 섀넌은 단호하게 고개를 가로젓고 말할 것이다. "종수, 나는 입주 간호사예요. 친구가 아니라고요." 줄리언 모던이 추도사를 읽으려고 단상 앞에 섰을 때, 문득 나는 그녀가 십 년 전 떠났던 로마 여행을 기억하고 있는지 묻고 싶어졌다. 잭슨 여사와 함께 간 광장 앞 카페에 대해, 그리고 거기서 만난 필리핀 청년 피코에 대해. 줄리언 모던은 자신이 그토록 쌀쌀맞게 굴었던 필리핀 청년 피코를 기억할까? 줄리언 모던은 그 시절을 기억하고 있을까? 대답은 (이번에도 마찬가지로) 둘 중 하나일 것이다. 기억하거나, 기억하지 못하거나.

단상 앞에 선 줄리언 모던은 헛기침을 몇 번 했고, 잭슨 여사가 자신에게 얼마나 특별한 할머니였는지에 대해 이야기했다. 말하는 동안 코끝이 빨개지고 잠시 멈출 때도 있었지만, 그녀는 잘 넘겼다. 단상을 내려가기 전 마지막으로, 줄리언 모던은 이렇게 덧붙였다. "지난 삼 년간 변함없이 할머니를 보살펴준 섀넌 헤이스에게 감사하다는 말을 덧붙이고 싶어요. 그녀는 아마 최근 몇 년 동안 할머니와 가장 가까운 사람이었을 거예요." 그 말을 듣자, 나는 (그럴 필요가 전혀 없었는데) 눈물이 조금 났다. 식이 끝나고 나는 섀넌에게 다가갔다. 섀넌은 나를 보고 미소지었다. 그녀의 미소를 처음 보는 것도 아닌데, 아니,

수도 없이 봤는데 이번에는 말문이 막혔다. 나는 그녀와 나 사이에 침묵이 머무르는 걸 원하지 않았다. 정말로 그랬다. 어떤 말이든 찾아야만 했다. 문득 잭슨 여사가 내게 보여주었던 메릴린 먼로의 자서전이, 더 정확하게 말하자면 그 표지에 그려져 있던 여자의 얼굴이 떠올랐다. 왜 그런지 알 수 없었다. 나는 다른 화젯거리를 떠올리려고 애썼다. 이러다 섀넌이 나를 두고 다른 곳으로 가버릴까봐 겁이 났다. 무슨 이야기라도 해야 했다. 하지만 여전히 내 머릿속에는 메릴린 먼로의 모습만 가득했다. 선택의 여지가 없었다.

"잭슨 여사님의 『마이 스토리』는 모던 부인이 가지고 갔나요?"

"아뇨, 종수, 그게 뭐예요?"

나는 섀넌이 그 책의 존재를 알지 못한다는 사실에 놀랐다. 어쩌면 잭슨 여사는 메릴린 먼로의 자서전을 그토록 여러 번 반복해서 읽는다는 걸 자신만의 비밀로 간직하고 싶었는지도 모른다. 처음 만난 날 잭슨 여사가 내게 보여준 그녀의 젊은 시절 사진이 떠올랐다. 한눈에 봐도 그건 메릴린 먼로와는 전혀 달랐다. 그녀의 머리카락 색깔에 대해 이야기하는 게 아니다. 메릴린 먼로의 사진을 보고 있노라면 나는 그녀의 장난기 넘치는 쾌활함을 느낄 수 있다. 삶을 (헤밍웨이의 말마따나) "움직이는 축제"로서 마음껏 즐기는 듯한 그녀의 표정을 볼 수 있다. 그렇지만 동시에 (그토록 젊은 나이이지만) 그녀는 축제로서의 삶이 언제든 끝날 수 있다는 각오를 늘 하고 있는 사람처럼 보인다. 잭슨 여사의 젊은 시절 사진을 떠올려보면 정반대의 느낌에 사로잡힌다. 그 사진에서 나는 잭슨 여사의 각오를 읽을 수 있다. 삶이 축제는 아닐지언정, 그게 자신을 지치게 하더라도, 계속 끌고 나가야 한다고 다짐하고 있는 것이 느껴진다. 그리고 잭슨 여사는 자신의 삶을 할 수 있는 한 '오랫동안' '움직이게' 만들었다. 이 글을 쓰는 동안 문득 이런 궁금증이 든다. 잭슨 여사는 어째서 다른 누군가에게 숨기고 싶어했던 메릴린 먼로의 자서전을 내겐 보여줄 수 있었던 걸까? 나는 좀 웃기는 답을 생각해냈는데, 자신의 앞에 서 있던 누추한 동양인 청년의 긴장을 풀어주려는 배려였으리라는 것이다. 어쩌면 그녀는 그 시점에서 나를 보고 '피코'를 떠올렸는지도 모른다. 그리고 (그게 어떤 이유에서였든지) 그녀가 내게 메릴린 먼로의 자서전을 좋아한다는 사실을 털어놓았기 때문에 그녀는 그후로 내게 더 많은 이야기를 할 수 있었는지도 모르겠다는 생각이 들었다.

하지만 잭슨 여사가 병원에 있는 동안 섀넌이 그 책을 보지 못했다는 것은 좀 이상한 일이었다. 잭슨 여사는 그 책을 대체 어디다 숨겨두었던 것일까? 그 책을 다른 누군가가 발견했을까? 섀넌은 내게 물었다.

"장묘에 참석할 거죠?"

"아마도요, 그래요, 갈 거예요."

섀넌이 고개를 끄덕였다.

"섀넌."

"네?"

"우리 다시 만날 수 있어요?"

나는 섀넌에게 이렇게 물었는데, 사실 그건 나 자신이 예상한 질문이 아니었다. 뇌가 생각하기도 전에 그런 말이 먼저 튀어나가버렸다. 섀넌은 이번에도 역시 내가 그런 질문을 던질 거라는 걸 미리 알고 있었던 사람처럼, 아주 침착하고 온화한 표정으로 별일 아니라는 듯이 대답했다.

"그럼요, 그럼요, 만날 수 있죠."

그녀는 내 손을 두어 번 토닥이고는 내 눈을 바라보았다. 나는 아무 말도 할 수 없었다.

잠시 후 나는 잭슨 여사의 관이 묻히는 걸 멀리서 지켜보았다. 섀넌의 뒷모습이 보였다. 두꺼운 코트와 숄 때문에 그녀의 뒷모습은 원래 체구보다 훨씬 더 거대해 보였고, 그녀는 시종일관 아주 느릿느릿하게 움직였다. 나는 그녀가 마치 폭격을 받은 것 같다고 느꼈다. 갑자기 바람이 불어서 장묘에 참석하고 있던 어떤 뚱뚱한 남자의 모자가 저멀리로 날아갔다. 모자 주인은 모자를 따라 뒤뚱뒤뚱 뛰어갔다. 약간 허둥거리다가 마침내 모자를 주운 그는 숨이 차는지, 두 손을 양쪽 허벅지에 얹은 채로 상체를 숙이고 가쁜 숨을 몰아쉬었다. 그는 한동안 그러고 있었다. 한참 후, 상체를 쭉 편 그는 아주 정성 들여 모자를 썼다. 그리고 잭슨 여사의 묘 쪽으로 걸어가기 시작했다. 나는 그의 뒷모습을 오랫동안 바라보았다.

며칠 후, 섀넌과 나는 센트럴파크 근처 카페에 마주보며 앉아 있었다. 넓지는 않았지만, 아주 고풍스럽고 조용한 카페였다. 거리 쪽의 창문이 통유리로 되어 있어서 맞은편 도로부터 시작되는 센트럴파크의 정경이 한눈에 들어왔다. 직원들은 모두 나비넥타이를 매고 있었고, 남자 손님은 무슈, 여자 손님은 마드무아젤이라고 불렀다. 먼저 도착한 섀넌이 창가에 자리를 잡고 나를 기다리고 있었다. 가슴이 깊게 파인 검정색 실크 원피스를 입고 있었는데 그런 그녀의 모습을 보자마자 나는 좀 당황했다. 나는 (겨울엔 언제나 그랬듯이) 파란색 칼하트 점퍼를 걸치고 비니를 쓰고 운동화를 신고 있었기 때문이다. 곧바로 직원이 다가와 내 점퍼와 비니를 가져갔다. 섀넌은 내 체크무늬 셔츠를 보며 엄지손가락을 치켜세웠다. 장례식이 끝난 이후 섀넌은 호텔에 묵고 있다고 했다. 며칠 동안 충분히 쉬었다고 했지만, 무척 피곤해 보였다. 섀넌은 내게 묻지도 않고 카페라테를 두 잔 주문했다.

"여기서 가장 맛있는 커피예요. 진짜 이건 꼭 마셔봐야 한다니까요."

나는 카페라테를 별로 좋아하지 않지만 그냥 잠자코 있었다. 잠시 후에 직원이 커피를 가져다주었고, 그녀는 (예전에도 그랬던 것처럼) 얼굴 가까이 커피잔을 대고 마치 커피의 모든 것을 코로 빨아들이겠다는 듯이 깊게 숨을 들이마신 후 드디어 한 모금 마셨다. 그녀는 입술에 묻은 우유 거품까지 핥아먹은 뒤 아주 만족한 듯한 미소를 지었다. 나는 마음속으로 다음에 입주할 집에는 그녀가 마음대로 사용할 수 있는 고급 커피머신이 있기를 진심으로 바랐다. '신성한' 커피 시음회를 마친 후 섀넌이 내게 물었다.

"이제 당신이 쓰던 글은 어떻게 되는 건가요?"

언제나 그녀는 내가 쓰는 중이라고 거짓말했던 책에 관심이 많았다. 뭐라고 대답해야 할까? 나는 적당히 마무리짓고 싶었다.

"잘 모르겠어요. 이제 와서 책을 계속 써야 하는 건지 모르겠어요."

"아뇨. 아마 당신은 계속 쓸걸요. 멈출 수 없을 거예요. 내 전 남자친구 있잖아요. 그이는 맨날맨날 글을 안 쓸 거라고 다 때려치우겠다고 호언장담하곤 했거든요. 근데 절대 그렇게 안 했죠. 매일 불평불만이었지만, 또 매일 글을 쓰더라고요. 난 잘 모르지만, 글이라는 게 사람을 그렇게 만드나봐요. 뭐랄까…… 우유부단하고 결단성 없고 지지부진하게 말이에요."

나는 고개를 끄덕거리지 못했다. 우유부단하고 결단성 없고 지지부진하다는 말 때문이 아니라, 이제는 그녀에게 사실을 털어놓아야 하지 않을까 하는 생각이 들었기 때문이다. 내가 대학원에서 쫓겨난 실패한 학생에 불과하다는 걸, 작가 비슷한 것도 아니고, 지난 일 년 동안 '허송세월'한 것뿐이라고. 책을 쓸 생각 같은 건 한 번도 한 적이 없고, 그러니까 멈출 필요조차 없다고 털어놓아야 하는 게 아닐까 하고 말이다. 그때 섀넌이 내게 물었다.

"녹음기 가지고 왔어요?"

전날, 만나자는 말을 하려고 전화를 걸었던 섀넌은 꼭 녹음기를 가지고 오라고 신신당부했었다. 녹음기는 칼하트 점퍼 주머니 안에 있었다. 나는 직원을 불러서 내 점퍼를 좀 가져다달라고 말했고, 직원은 이렇게 대답했다.

"알겠습니다, 무슈."

그는 두꺼운 파란색 점퍼를 가져다주고 내가 주머니를 뒤지는 동안 옆에 가만히 서서 기다렸다. 그의 고요한 기다림이 부담스러워서 나는 좀 허둥거린 후에야 녹음기를 찾을 수 있었다. 직원은 내 점퍼를 곧바로 다시 가지고 갔는데, 내 옷이 카페 내부를 오염시키기라도 한다는 듯한 태도였다. 그녀는 내게 녹음기를 받아서 녹음 버튼을 누른 후, 테이블 중앙에 올려두었다. 나는 그녀가 하는 걸 바라보고 있었다. 대체 무얼 하려는 걸까? 섀넌이 말했다.

"아무 말이나 해봐요."

나는 당황해서 물었다.

"무슨 말을 해요?"

"아무 말이나요. 당신이 가지고 있는 그 테이프의 다른 사람들처럼 말을 해봐요."

그녀는 두 눈을 동그랗게 뜨고 재촉하듯 나를 바라보았다. 내가 여전히 아무 말도 하지 않자, 그녀가 답답하다는 듯이 이야기했다.

"세상에, 종수 정말 이렇게 지지부진하게 굴 거예요?"

나는 잭슨 여사의 집에 마지막으로 들렀던 날을 떠올렸다. 나는 그녀에게 묻고 싶었다. 에머슨 씨네 식당에 다녀온 날 새벽에 왜 그렇게 도망치듯 사라져버렸는지, 그리고 내가 잭슨 여사의 집에 마지막으로 들렀던 날 왜 그런 식으로 숨어버렸는지. 나를 좋아한 적은 없었는지, 나를 보고 싶었던 적은 없었는지. 내가 그녀에게 조금이라도 의미가 있는 사람인지, 나는 그녀에게 좋은 사람인지. 나는 무엇부터 물을지 고민하다가 결국 이렇게 말했다.

"섀넌, 나는⋯⋯ 잭슨 여사님이 돌아가셔서 슬퍼요."

내가 이 말을 하자, 방금 전까지 두 눈을 동그랗게 뜨고 나를 바라보던 그녀가 눈을 아래로 깔고 내 눈을 피했다.

"당신도 슬프죠?"

그녀는 여전히 시선을 밑에 둔 채 고개를 끄덕거렸다.

"그래도, 당신이 저번에 말한 것처럼, 그분은 충분히 살 만큼 사신 거예요. 그렇죠?"

내가 이렇게 말하자, 갑자기 섀넌이 고개를 들어 나를 바라봤다. 그녀의 눈에는 눈물이 고여 있었다. 하지만 그녀는 눈물을 흘리지 않았다. 눈물을 흘리지 않겠다고 서약이라도 한 사람 같았다. 눈물을 참고 있는 섀넌을 보며 문득, 그녀에게 하고 싶은 이야기가 떠올랐다.

"섀넌, 나는 입양아가 아니에요. 우리 부모님은 당연히 유대인이 아니시죠. 난 유학생이에요. 실패한 유학생이죠. 실패한 유학생이 왜 이런 거짓말을 하고 사람들을 만나 인터뷰를 하고 잭슨 여사님의 이야기를 녹취했는지 알고 싶을 거예요. 나도 몰라요. 내가 왜 그랬는지. 대체 내가 뭘 찾고 있었는지. 모르겠어요. 무언가를 찾을 수 있으리라 생각했는데, 모르겠어요. 정말 모르겠어요. 한국에서 마지막으로 보냈던 가을, 아니 가을이 아니라, 겨울이 막 다가오고 있던 때였나봐요. 난 어머니 차의 조수석에 앉아 있었어요. 그날 어머니는 학원에 있는 나를 데리러 오셨어요. 평소보다 많이 늦으셨고, 앞으로는 도시락을 싸주마고 말씀하셨죠. 그리고 우리는 침묵 속에 있었어요. 라디오도 켜지 않은 채였죠. 그 길에는 병원이 하나 있었어요. 엄청 커다란 종합병원이요. 아마 한국에서 가장 좋은 병원일걸요. 지금도 그런지 모르겠지만, 여하튼 그땐 그랬어요. 집으로 돌아가려면 그 병원을 지나야 했죠. 물론 그 길을 처음 지나는 건 아니었어요. 학원에서 집으로 돌아갈 때마다 지나쳐야만 했으니까요. 그런데 그날 문득 내 눈에 병원의 거대한 굴뚝이 들어온 거예요. 아니 이건 틀린 표현이고, 사실 그것도 늘 보던 거였어요. 그런데, 그날은 좀 다르게 보였어요. 뭐랄까, 그냥 처음 보는 광경 같았죠. 뿌연 연기가 어둠 속으로 뭉게뭉게 솟아올랐다가 사라져버리는 그런 풍경 말이에요. 연기는 정말로 뿌예요. 어두운 하늘에 번지죠. 아주 인공적으로 보여요. 문득 그런 생각이 들었어요. 시체를 태우는 중인가? 나는 어머니에게 묻고 싶었어요. 그러니까, 그런 질문 말이에요. 저 연기는 시체를 태우고 나오는 건가요? 그렇지만 나는 어머니에게 묻지 못했어요. 어딘가 잘못된, 해서는 안 되는 질문이라는 생각이 들었거든요. 나는 시야에서 사라질 때까지 병원 굴뚝에서 솟아오르는 연기를 바라보기만 했어요. 굴뚝이 시야에서 사라진 후에는 줄곧 앞만 쳐다보고 있었죠. 그리고 마치 나 자신이 어둠 속으로 빨려들어갈 것 같다고 생각했어요. 그리고 그때…… 나는 아마도, 죽고 싶다고 생각했던 것 같아요."

내가 입을 완전히 다물자, 섀넌이 녹음기의 정지 버튼을 누르고 말했다.

"한국어군요."

나는 고개를 끄덕였다. 줄곧 그녀가 알아듣지 못할 한국어로 이야기했지만, 그녀는 한 번도 끊지 않고 내 말을 유심히 들었던 것이다. 그녀는 잠시 생각에 빠진 듯했다. 내게 어떤 질문을 할지 고르는 것이리라. 마침내 그녀가 입을 열었다.

"그렇게 한국어를 잘하면서 왜 한 번도 사용하지 않았어요?"

그녀의 질문에 웃음이 났다.

"사용할 일이 없잖아요."

고개를 끄덕거리는 그녀를 보며, 나는 문득 왜 그녀에게 '정말로' 궁금한 것—왜 그날 새벽 그렇게 나를 떠나버린 것인지, 왜 내게 키스를 한 것인지—을 물어보지 않는지 알게 되었다. 나는 그녀가 '진심'을 말할까봐 두려웠던 것이다. 나는 그녀에게 '진심'을 듣고 싶지 않았다.

섀넌은 녹음기에서 방금 전 내 목소리를 녹음한 마이크로 테이프를 꺼내 내게 건네주었다. 그리고 테이블 위에 올려져 있던 작은 클러치 안에서 새 마이크로 테이프를 꺼내 녹음기 안에 집어넣었다. 역시 이번에도 나는 영문을 몰라 그저 그녀를 바라보기만 했다. 섀넌은 직원을 불러서 코트를 가져다달라고 말했다. 그녀는 녹음기를 손에 든 채로 코트를 입은 후 장갑을 들고 자리에서 일어났다.

"잠깐만 기다려요."

나는 그녀가 녹음기를 든 채로 밖으로 나가는 걸 지켜보기만 했다. 그녀의 하이힐 굽이 대리석 바닥과 부딪칠 때마다 또각또각 소리가 났다. 마침내, 그녀는 내 시야에서 완전히 사라졌다. 나는 그녀가 이대로 떠나버린 게 아닐까 두려워졌다. 혹시 내 거짓말을 눈치챈 것이 아닌가 하는 걱정도 들었다. 하지만 그녀가 그냥 사라지진 않을 거라는 확신도 있었다. 왜냐하면 그녀의 커피잔에는 커피가 반이나 남아 있었으니까. 자세를 고쳐 앉아서 창밖을 바라보았다. 거리에는 어둠이 내려앉는 중이었다. 내 뒤쪽 테이블에 앉은 여자 둘이 낮은 목소리로 웃었다. 나는 그녀들의 웃음소리가 듣기 좋다고 생각했다. 그리고 그녀들의 웃음소리가 끊이지 않았으면 좋겠다고 생각했다. 한편으로는 그런 생각이 아무런 의미도 없다는 것 또한 알고 있었다. 나는 화장실에 갔다. 대리석으로 된 세면대 옆에는 좋은 냄새가 나는 면수건이 차곡차곡 쌓여 있었다. 나는 세정제로 손을 씻고, 구강청정제로 입안을 헹군 후, 거울을 한 번 보았다. 화장실에서 나올 때 나는 통유리의 왼쪽, 바깥쪽 건물 구석에 기대서 있는 그녀를 볼 수 있었다. 내 자리에서는 보이지 않는 그런 곳이었다. 그녀는 고개를 숙인 채 녹음기에 대고 무언가를 열심히 말하고 있었다. 나는 그녀를 바라보다가 자리에 가서 앉았다. 그녀의 모습을 더 지켜보고 싶었지만, 그러면 안 될 것 같았다. 한참을 더 기다린 후에야 그녀가 카페 안으로 들어왔다. 그녀의 코는 빨갰고, 눈에는 눈물이 조금 맺혀 있었다. 나는 추위 때문일 거라고 생각했다. 그녀는 녹음기에서 마이크로 테이프를 꺼내 다시 자신의 클러치에 집어넣은 후, 내게 녹음기를 돌려주었다. 나는 직원을 불렀다.

"한 잔 더 갖다주시겠어요?"

내가 그녀의 커피잔을 가리키며 말하자, 직원이 고개를 한 번 끄덕거렸다. 나는 직원이 뭐라고 대답할지 알고 있었다. 그는 이렇게 말했다.

"알겠습니다, 무슈."

새넌이 내게 건네준 조셉 프랭클의 일기와 편지들 중, 뉴욕을 떠나기 전 읽은 건 (불어로 적힌) 일기의 일부와 편지 두 통뿐이었다. 새넌과 그 고급 카페에 가기 전날 밤까지 나는 부족한 불어 실력으로나마 조셉 프랭클의 일기—슈빌라 공방 시절과 관련된—일부를 해석해냈다. 편지 두 통은 이렌과 관련된 것이었다. 이렌과 '관련되었다'고 표현한 이유가 있다. 왜냐하면 두 통 다 보내지 못한 편지였기 때문이다. 그는 애초에 편지를 보낼 생각을 하긴 했던 것일까? 아니면 보내지 못하리라는 걸 알면서도 편지를 완성한 것일까? 그날, 카페 밖에서 섀넌은 자신의 목소리를 녹음기에 녹음했다. 그건 누군가에게 목소리로 편지를 쓴 것이나 다름없는 행위였으리라. 그리고 (너무나 당연한 말이지만) 그 편지는 분명히 나에게 보내는 것이 아니었다. 그녀는 그 '편지'를 대체 누구에게 보내고 싶었던 것일까? 보낼 마음은 있었던 것일까? 아니면 애초에 누구에게도 보내지 못하리라는 생각을 하고 녹음한 것이었을까?

내가 조셉 프랭클의 나머지 편지와 일기들을 마저 읽어봐야겠다고 생각하게 된 건 무척 훗날의 일이다. 그러니까 이 글을 써야겠다고 다짐한 이후의 일이다(물론 나는 독어와 불어를 전공한 지인의 도움을 받아야만 했다). 어떻게 잭슨 여사가 그 편지와 일기들을 갖고 있었던 것인지 나는 알지 못한다. 다른 시절의 것들—이를테면 조셉 프랭클 가족들의 사진이나 어린 시절의 랄프 로렌 사진이나 그와 관련된 것들, 혹은 일찍이 제임스 빌이 말한 적이 있듯, 조셉 프랭클이 시계를 디자인해놓은 스케치북 등등—은 지금 어디에 있는지—혹은 조셉 프랭클이 살아생전 '없애버린 것인지'—역시 나는 알지 못한다. 내 손에 들어온 것—그러니까, 잭슨 여사가 보관하고 있던 것들—은 앞서 말했듯 대부분 조셉 프랭클이 제네바와 함부르크를 오고가던 시절의 것들이다. 여기서 조심스럽게 추측할 수 있는 것은, 내가 건네받은 것들이 조셉 프랭클이 그 시절에 쓴 전부는 아니리라는 점이다. 그가 일기를 작성한 낡은 노트는 중간중간 찢겨 있다. 여기에도 스위스 국적 취득에 대한 이야기는 하나도 없다. 어쩌면 내 손에 남겨진 이것들은, 조셉 프랭클이 살아생전에 '선별'한 것들일지도 모른다는 생각이 든다. 그러니까, 적어도 조셉 프랭클의 제네바-함부르크 시절과 관련된 것들 중 그가 '선별'한 것들만을 내가 읽었을지도 모른다는 의미이다. 마치 색종이에 그림을 그리고 그 선을 따라 가위로 오려낸 후 쓸모없는 부분을 버리는 것처럼, 그는 (제네바-함부르크 시절 중) 이 것들만 남겨뒀을 가능성이 컸다. 그는 이런 식으로 '선별'하면서 무슨 생각을 했을까? 특정한 누군가의 손에 들어가기를 바랐을까? 아니면 그저 누군가의 어두침침한 창고 속, 혹은 지하실에 그저 '보관'되기를 바랐을까? 혹은 자신의 모든 기록을 차례로 없애는 와중에 (운이 없게도) 이것들만 (어떠어떠한 경로를 거쳐) 잭슨 여사의 손으로 들어가게 된 것일까? 한 가지 확실한 것은 조셉 프랭클은 어쨌든 이 편지와 일기들이, 그가 한 번도 들어본 적 없는 언어를 쓰는 남자의 손에 들어갈 것이라고는 상상도 못했으리라는 점이다.

사실 조셉 프랭클의 일기는 '일기'라고 말하기 좀 민망한 수준이다. 날짜가 기입되어 있지 않은 경우도 부지기수이고, 대부분은 서너 문장으로 되어 있다. 그저 단어 여러 개를 열거해두는 수준에 불과한 때도 있다. 이런 경우, 그가 하고 싶은 말의 진짜 의미를 정확히 알아차릴 수 없는 게 대부분이지만, 가끔은 이 짧은 문장과 단어들이 그 어떤 긴 문장보다도 그의 마음을 잘 대변해준다고 느껴지기도 한다. 길게 쓰인 일기가 없는 것은 아니다. 대부분은 그가 슈빌라나 제네바 시계학교에서 들었던 칭찬과 관련된 것이다. 그는 큰따옴표를 친 후, 그들—슈빌라나 시계학교의 선생—이 했던 말을 그대로 써넣었다. 그걸 읽고 있으면 나도 모르게 얼굴이 화끈거릴 때가 있다. 이건 불공정한 감정이다. 왜냐하면 조셉 프랭클은 자신이 들은 비판에 대해서도 그만큼 진솔하게 적어놓았기 때문이다. 다만 칭찬에 비해 비판을 들은 적이 절대적으로 드물었을 뿐이다. 그의 일기를 읽으면서 당혹스러움을 느꼈던 순간 중 하나는 그가 슈빌라 공방의 선배 견습공들을 평가한 부분을 접했을 때이다. 조셉은 몇몇의 이름을 구체적으로 들면서 그들이 "섬세하지 못하고" "머리가 나쁘"며 "성장할 가능성이 전혀 없"다고, 그들은 "시간 낭비"를 하고 있을 뿐이라고 딱 잘라 말한다. 얼굴도 모르는 그들—노아, 샤를, 안톤, 토머스 등등등—에게 쏟아내는 신랄한 평가를 읽고 있노라면 조셉 프랭클이 너무나 가혹하게 느껴져서, 자기 자신을 희화화시키며 남들을 웃길 줄 알고, 연고도 없는 어린아이를 데리고 와서 애지중지 키우고, 그 어린아이에 대해 일생 동안 함구한 그 남자가 바로 이 일기를 쓴 사람과 동일 인물이 맞는지 의심스러워질 정도다.

물론 내가 알고 있는 조셉 프랭클과 동일 인물이라고 느껴지는 구절도 있다. 그가 견습공이 된 지 얼마 되지 않았을 때 쓴 것으로 추정된다. 그는 짧게 이렇게 썼다. "나는 그 어떤 견습생보다 일찍 공방으로 간다. 아직까진 공방의 그 어떤 부품에도 손대서는 안 되지만, 빗자루와 먼지떨이와 걸레는 만질 수 있다. 나는 새벽마다 공방을 청소하고, 수건으로 커다란 창문을 닦는다. 티끌 한 점 없는 창문으로 새어들어오기 시작하는 햇살을 느낄 때 나는 마치 세상을 다 가진 것 같다." 미국으로 넘어와서 시계방을 차린 이후 조셉 프랭클은 적어도 '공식적'으로 시계를 만든 적이 없었다. 그는 그저 고장난 시계를 고치는 데 거의 모든 시간을 들였을 뿐이다. 그는 잭슨 여사에게 이렇게 말했다. "세상엔 고장난 시계가 많아요. 그게 얼마나 다행인 일이

오?" 하지만 아마도 저 일기의 저 문장을 쓰던 시절의 그는 자기 자신이 언젠가 그 햇살 아래에서 아주 근사한 시계를 만드는 시계 장인이 되리라는 점을 의심해본 적이 없었을 것이다. 나중에 조셉 프랭클은 바로 이 새벽의 공방에서 이렌 슈빌라를 만난다. '추위'와 '방학'이라는 단어가 있는 걸로 봐서 겨울의 일이다. 나는 (그 둘이 처음으로 만났던) 1933년 12월 제네바의 해 뜨는 시각을 알아보았다. 평균 오전 여덟시. 그러니까, 아마도 그날, 그가 창문을 다 닦은 후에도 공방 안은 여전히 깜깜했으리라. 그는 이 만남에 대해 이렇게 상술한다. "그녀는 선생님의 딸이고, 베를린에서 물리학을 전공하고 있다고 말했다. 그녀는 나를 보고 당신이 새로 온 견습생이냐고 물었고 나는 그렇다고 대답했다. 그녀는 내가 창문을 닦는 내내 나를 지켜보고 있었다. 창문을 다 닦았을 때, 이렇게 말했다. '좋군요.'" 어쩐지 나는 이 구절에서 조셉 프랭클의 조급함과 동시에 그걸 억누르고자 하는 신중함을 동시에 읽을 수 있다. 물론 이건 그저 전후 사정을 알게 된 나의 지극히 주관적이고 결과론적인 판단에 근거한 것일 뿐인지도 모른다.

지금 이 글을 읽는 여러분 중 대다수는 이미 눈치를 챘겠지만, 그가 이렌 슈빌라에게 보내지 못한 편지 두 통, 그리고 그가 이렌 슈빌라에게서 받은 편지 여러 통은 모두 전형적인 연애편지였다. 엄청난 상상력을 요하는 상황이 아니었다. 그들은 사랑에 빠졌다. 슈빌라 역시 그를 무척 마음에 들어했던 것 같다. 그의 일기에는 그가 처음 슈빌라네 집에 초대받아서 저녁식사를 함께했을 때의 일이 무척 길게 서술되어 있다. 아마도 이때 그는 좀 혼란스러워했던 것 같다. 그는 이렌과 함께 걷는 길에 대해 이야기하는 동시에 헨리나에 대해 이야기한다. "나는 슈빌라 선생님, 이렌과 함께 시계공방에서 나와 슈빌라 선생님네 집까지 걸어갔다. 한 번도 걸어본 적이 없는 길이었고, 가본 적이 없는 방향이었다. 시계공방에서 일을 시작하면서 한 번도 여유를 가지고 제네바 시내를 걸었던 적조차 없었던 것이다. 우리는 처음엔 아무 말도 없이 자작나무가 늘어선 오솔길을 따라 걸었다. 나는 헨리나를 떠올렸다. 헨리나에게 편지를 써야 한다는 생각이 들었다. 하지만 지금까지 나는 헨리나에게 편지를 쓰지 않았다. 가슴이 두근거린다. 어제 그 길이 다시 한번 떠오른다. 주위는 어두웠고, 새떼들이 날아올랐다. 이따금씩 이렌이 웃었다. 이렌은 가끔 아침 일찍 시계공방에 나올 때에도 그런 식으로 웃는다. 영특하고 잘 웃는 여자다. 그녀는 내가 시계학교에서 가장 우수한 학생이 될 거라고 이야기해주었다. 나는 그렇지 않다고 대답했다. 나는 정말로 그렇게는 생각하지 않는다. 다만 지금보다 훨씬 더 많은 사람들과 만날 생각을 하니 긴장이 되기는 한다. 슈빌라 선생님은 내게, 학교에 가면 나의 인종—유대인—을 숨겨야 한다고 말했지만, 더이상은 거기에 대해 언급하지 않았다. 이렌이 내게 전쟁이 또 일어날 것 같냐고 물어서 나는 약간 들뜬 목소리로 그렇게 생각하지 않는다고 대답했다. (……) 슈빌라 선생님네 집은 한 치의 흐트러짐 없이 정갈하게 잘 정리되어 있었다. 슈빌라 부인은 반갑게 나를 맞이해주었다. 우리는 무척 즐겁게 먹고 마셨다. 슈빌라 부인이 머리가 아프다며 일찍 자리를 뜨긴 했지만, 모든 게 완벽했다. 학교를 졸업한 후, 헨리나에게 정식으로 청혼할 수 있을까? 그녀에게 그녀의 회중시계(이 회중시계에 대한 내용은 이때 처음이자 마지막으로 등장했는데 어떤 의미인지 알 수 없다)를 돌려줄 수 있을까? 그녀와 이곳에서 살아도 좋겠지."

이 일기 이후 한 뭉텅이가 찢어져 있고, 그다음은 그야말로 혼란스러움의 극치이다. "헨리나에게 당장 이곳으로 와달라고 전보를 쳤다." 실제로 헨리나는 그를 보러 한걸음에 제네바로 달려왔다. 그는 이날에 대해 이렇게 쓴다. "헨리나가 기차에서 내리는 모습을 보는 순간, 마음이 무너져내리는 것 같았다. 그녀는 일 년 전보다 훨씬 더 아름다워져 있었다. 나는 벽 뒤로, 그녀가 나를 볼 수 없는 곳으로 숨었다. 대체 왜 그랬던 것일까? 그녀는 지나가던 젊은 신사의 도움을 받아 무거워 보이는 가방을 플랫폼으로 내렸고, 오가는 사람들 사이에 서서, 쓰고 있던 모자를 바로 하고 옷매무새를 바로잡았다. 조그마한 손거울을 꺼내 얼굴을 바라보기도 했다. 나는 달려가서 그녀에게 키스하고 싶었다. 하지만 나는 숨어서 그녀를 바라보기만 했다." 그들은 제네바에 한시도 더 머물지 않았다. 그는 일기에 헨리나에게 좋은 풍경을 선물해주고 싶었다고 쓰고 있고, 그건 어느 정도는 사실이었겠지만, 그의 무의식 속에는 그가 여자와 함께 제네바를 활보하는 모습을 '누군가'가 보게 되는 것에 대한 우려가 있었을 것이다. 그들은 바로 기차를 타고 바젤로 가서 함께 일주일을 보냈다. 이렇든 저렇든 이 만남은 둘 다에게 무척 행복한 일이었던 것 같다. 함부르크로 돌아간 헨리나는 그에게 그 여행에 대한 편지를 썼다. 그녀는 '꿈같은' '당신의 사랑' '행복'이라는 표현을 여러 번 반복한다. 편지의 마지막 문장은 이것이다. "얼른 당신의 상황이 나아져서 결혼하기를 바라요. 당신의 약혼녀." 조셉 프랭클은 도대체 무슨 생각을 했을까? 헨리나와의 여행에 대해서는 더이상 자세하게 일기에 쓰지 않았지만, 헨리나와 제네바 기차역에서 만난 일에 대해 쓴 후 바로 그 다음 장에는 이런 문장이 등장한다. "이렌에게 고백하다." 그리고 그 다음 장 제일 밑에 휘갈긴 글씨체로 이렇게 쓰여 있다. "진심으로." 그리고 어떤 이유에서인지 그는 돌아오는 여름에 함부르크로 돌아가 헨리나와 결혼식을 올린다. 하지만 이렌과의 관계가 정리된 것도 아니었다.

헨리나는 조셉이 제네바에 머무는 동안 그에게 사랑의 편지를 썼고, 이렌은 그가 (결혼식과 아들 출산 때문에) 함부르크로 떠나 있을 때 그를 그리워하는 내용의 편지를 썼다. 나중에 한국에서 이 편지들을 다 읽은 후에야, 나는 왜 그가 함부르크에 머물던 시절 자신의 시계 장인 선생님에게 보낸 편지에 '결혼'이라든지 '출산'과 같은 단어를 하나도 쓰지 않았는지 비로소 이해할 수 있었다. 간단한 이유였다. 그는 그들에게 자신이 결혼할 여자가 있다거나 결혼을 했다거나 아들을 낳았다는 이야기를 해본 적이 없었기 때문이다. 슈빌라는 조셉 프랭클이 스위스 국적을 취득하고 시계학교에 들어가는 데 지대한 도움을 줬을 것이다. 당시 제네바에서 슈빌라는 그럴 만한 힘과 돈이 있었다. 조셉 프랭클이 너무나 뛰어난 시계공이라서 그를 도와주기도 했겠지만, 가장 큰 이유는 그가 자신의 사위, 그러니까 자신의 가족이 될 사람이라고 여겼기 때문이었을 것이다. 게다가 당시 베를린 대학에서 물리학을 전공하고 있던 이렌 역시 자주 제네바를 떠나 있었기 때문에 그녀는 그런 자신의 부재를 무척 미안해했고, 그렇기에 조셉 프랭클을 의심한다거나 할 생각은 전혀 못했을 것이다. 그렇다면 헨리나는 어땠을까? 조셉 프랭클이 함부르크에 머무는 동안 이렌의 편지가 도착할 때마다 그는 아내에게 뭐라고 둘러댔을까? 헨리나는 전혀 눈치채지 못했을까? 그는 그 편지를 언제 읽었을까? 결혼식이 끝난 후 자신의 아내가 잠들어 있는 동안 그걸 읽었을까? 나중에 아들이 태어난 후에는 아들과 아내가 잠든 동안에 읽었을까? 내가 읽은 일기나 편지의 내용으로만 봐서는 헨리나 역시 한 번도 자신의 남편을 의심한 적이 없었던 것 같다. 어떻게 보면 조셉 프랭클은 프랭클 가족의 가장으로서의 자기 자신과 제네바의 최고 시계 장인의 총애를 받고 그 딸의 사랑을 받는 촉망받는 예비 시계 장인으로서의 자기 자신 사이에서 제법 균형을 잘 잡았다고 볼 수도 있었다. 뭉텅이째 찢겨나간 일기에는 어쩌면 그의 그러한 감정의 동요와 괴로움, 혹은 지나친 자만과 행복한 감정이 뒤섞여 있으리라.

그의 일기에서 아들의 이름은 딱 한 번 발견할 수 있다. 거의 다 찢겨나갔다고 말할 수 있는 일기장의 가장 마지막 장에서다. 다른 단어는 하나도 쓰여 있지 않고, 그저 구석에 영어와 불어와 독어로 각각 오토 프랭클이라고 적혀 있다. 곁에 두고도 제네바에 있는 연인을 생각하느라 소홀히 했을 그 아들. 자신이 그토록 말도 안 되는 삶을 유지하고 있는 동안 그런 식으로 죽어버린 아들. 반평생이 넘게 한 번도 입에 올린 적이 없는 아들의 이름. 누구에게도 말한 적 없는 아들의 이름. 그는 그 이름을 딱 한 번 글로 남겨두었다. 아마도 그는 일기에서 아들의 이름이 있는 부분을 찢어버리며 자신의 '선별된' 기록 속에서조차 아들의 이름을 빼버리려고 애썼을 것이다. 내 멋대로 그런 생각을 해본다. 어쩌면 이 일기장의 가장 마지막에 쓰인 아들의 이름은 아주 나중에 '새로' 기입되었던 건지도 모른다고. 조셉 프랭클은 일기에서 아들의 이름을 비롯한 '어떤' 내용이 포함된 부분을 다 찢어버렸고, 아마도 아주 오랫동안 일기장을 열어보지 않았을 것이다. 그리고 아주 오랜 시간이 흐른 후에, 그러니까 조셉 프랭클이 '호호백발'이 된 후에, 일기장을 다시 펼쳐보았을 것이다. 남은 일기를 차근차근 읽어본 그는 마지막 장에 아들의 이름을 써넣었을 것이다. 처음에는 영어로, 그다음엔 불어로, 마지막에는 독어로. (별로 연관은 없겠지만, 이 글을 쓰다보니 문득 그런 궁금증이 든다. 티모시는 자신의 진짜 성—스펜서—을 조셉 프랭클에게 말한 적이 있을까? 아니면 조셉 프랭클은 티모시의 진짜 풀네임을 알지 못한 채 죽음을 맞이했을까?)

나중에 나는 (이번에도 역시) 아주 우연히 리제 마이트너에 대한 (잘 알려지지 않은) 전기 『109번』을 읽다가 이렌 슈빌라의 이름을 발견한다. 오토 한과 더불어 핵분열 분야에 혁혁한 공을 세운 마이트너가 나치의 핍박을 피해 스웨덴에 정착한 초기에 대해 설명하는 「되돌아온 시간들」이라는 장에 그녀와 친밀하게 지낸 젊은 연구원으로 이렌의 이름이 등장한 것이다. 나는 그녀의 이름을 읽자마자 그게 바로 조셉 프랭클이 사랑했던 그 이렌 슈빌라라고 확신했다.

> 마이트너는 이렌 슈빌라라는 젊은 연구원을 식사시간에 자주 초대하곤 했다. 마이트너는 자신이 유대인이자 여성으로 감수해야 했던 어려움과 힘듦을 그녀에게 진솔하게 털어놓았다. 특히 그녀는 슈빌라가 여자라는 점 때문에 차별대우를 받는 건 아닌지 신경을

쓰곤 했다. 이러한 관심은 때때로 지나쳐서 슈빌라가 화를 낼 때도 있었다. 그래도 그 둘은 무척 사이가 좋았고 슈빌라가 보어 연구소로 갈 때, 마이트너는 기꺼이 추천장을 써주기도 했다. 하지만 그들의 사이는 1930년대 말, 영국으로부터 맨해튼 프로젝트에 참여해줄 것을 요청받은 일을 계기로 완전히 깨져버렸다. 마이트너는 과학이 그런 식의 '살상' 무기로 사용되는 것을 강력히 반대했고, 슈빌라는 그런 마이트너를 '겁쟁이'라고 비난했다. 이렌은 전쟁을 종식시키고 나치를 척결하기 위해서는 뭐든 해야 하는 것이 아니냐는 내용의 편지를 보냈고, 마이트너는 그 편지 때문에 큰 충격을 받았다. 실제로 마이트너는 그런 식의 물음에 자주 직면해야 했다. '왜 당신은 유대인인데도 불구하고 아무것도 하지 않으려고 합니까? 오펜하이머나 아인슈타인이 보이지 않습니까?'

그날 밤, 카페를 나온 우리는 브라이언트 파크에 있는 아이스링크장까지 걸어가기로 했다. 일 년 전처럼 성탄절을 기념하는 장이 늘어서 있었다. 그때 나는 귀에 이어폰을 끼고 혼자 이 시장 길을 걸어갔었다. 소란스러운 사람들 속에 섞이지 않으려고 애쓰면서. 하지만 이번엔 섀넌과 함께였고 나는 마음껏 소란스러운 사람들 속으로 섞여들었다. 우리는 맛보기용 쿠키와 뱅쇼를 얻어먹었다. 섀넌 역시 일 년 전 성탄절경에 여기에 온 적이 있다고 했다. 잭슨 여사의 가족들이 방문하기 전에 잭슨 여사의 휠체어를 끌고 이 공원에 왔었다는 것이다.

"와, 일 년 전에 우리 같은 곳에 있었던 거네요. 마주쳤을 수도 있잖아요."

나는 약간 감격에 겨웠다.

"말도 말아요. 그날 이후로 레이철 할머니가 감기에 걸려서 사흘 내내 얼마나 고생을 하셨는지. 그후로는 할머니를 모시고 외출하는 걸 그만뒀어요. 그러니까 그게 마지막 외출이었죠."

섀넌이 뱅쇼를 홀짝거리며 말했다. 처음 알게 된 사실이었다. 내가 모르는 잭슨 여사와 섀넌의 이야기는 더 많을 것이다. 내가 약 반년 동안 잭슨 여사를 찾아가 그녀에게 오십 번도 넘게 녹음기를 들이댔다고 하더라도 말이다. 섀넌은 그날의 기억이 무척 못마땅하다는 듯이 이야기했지만, 나는 작년 이맘때로 돌아가서, 잭슨 여사가 탄 휠체어를 미는 섀넌 헤이스의 모습을 떠올려보았다. 그리고, 그들을 지나쳐가는 나의 모습도. 잭슨 여사는 털모자를 쓰고 장갑을 꼈으며 두꺼운 외투를 입고 그 위에 담요도 몇 장이나 덮었을 것이다. 섀넌은 분명히 잭슨 여사에게 조금이라도 차가운 바람이 닿지 않도록 만반의 준비를 했으리라. 섀넌은 터틀넥 스웨터와 롱코트, 그리고 면바지를 입고 있었을 것이다. 그리고 두꺼운 양말과 레페토 슈즈를 신었을 테지(물론 섀넌은 그날 방한용 부츠를 신었을 것이다. 레페토 슈즈는 겨울에 신기엔 추울 테니까). 나는 당연히 파란색 칼하트 점퍼를 입고 두꺼운 비니를 쓰고 있었으리라.

잠시 후 우리는 브라이언트 파크 아이스링크장에 도착했다. 스피커를 통해 음악이 흘러나왔고, 늦은 시간이었지만, 꽤 많은 사람들이 스케이트장으로 들어가려고 줄을 서 있었다. 스케이트를 탈 생각은 없었기 때문에 우리는 줄 반대편 펜스 뒤에 서서 사람들을 구경했다. 일년 만에 이곳으로 돌아오니, 기쿠 박사님이 그 우스꽝스러운 복장으로 빙판 위를 빙글빙글 돌던 모습이 아주 또렷하게 떠올랐다. 어쩌면 그를 또다시 볼 수 있게 될지도 모른다는 생각으로 아이스링크장 안을 힐긋거리고 있을 때, 섀넌이 내게 말했다.

"종수, 나 내일 이곳을 떠나요."

그녀가 다른 환자를 찾아 떠날 거라고 예상하긴 했지만, 이렇게 갑작스러우리라고는 생각도 못한 상태였다.

"이렇게 갑자기요?"

"갑자기가 아니에요. 보름 전에 면접도 봤는걸요. 레이철 할머니가 병원에 입원하신 후에 모던 부인이 내게 다른 일자리를 찾아보라고 했어요. 당연한 결과죠. 어차피 레이철 할머니가 돌아가지 않으셨더라도, 모던 부인이 모시고 갈 생각이었으니까."

섀넌은 돌아가지 않으셨더라도, 라는 문장을 어색하게 강조했다.

"어디로 가죠?"

"시카고로."

그녀가 대답했다.

"헤밍웨이의 도시죠."

나는 그렇게 말했는데 어쩌자고 그런 말을 했는지 아직도 모르겠다. 헤밍웨이가 나고 자란 도시였다는 점에서, 그리고 시카고트리뷴에서 작가로서 문장의 기량을 닦았다는 점에서는 맞는 말이었지만 다른 측면에 서서 보자면 이건 완전히 틀린 말이었다. 정말로 시카고가 헤밍웨이의 도시라면 어째서 그가 평생을 그토록 타지를 전전하며 살았겠는가?

섀넌이 내게 물었다.

"종수, 종수 루크 리, 이게 당신의 이름이죠?"

나는 고개를 끄덕였다.

"좋아요."

이렇게 말한 후 그녀는 클러치에서 자신의 목소리가 녹음된 마이크로 테이프를 꺼냈다.

"종수, 나는 당신이 이렇게 당신 나라의 언어를 여전히 잊지 않고 능숙하게 할 수 있는 사람이어서 기뻐요. 당신이 식당에서 훔친 잡지 쪼가리를 잊지 않고 돌려주는 사람이어서 기뻐요. 그리고 당신이 누군가의 이야기를 기록할 수 있는 사람이어서 기뻐요. 당신이 좋은 사람이어서 기뻐요. 그래서 이걸 당신에게 주고 싶어요."

그 테이프의 수신자는 분명히 내가 아니었다. 나는 섀넌 헤이스가 섀넌 헤이스'답게' 그 '편지'를 진짜 수신자에게 보내기를 바랐다. 게다가 그녀가 말한, 내게 테이프를 주고 싶은 이유는 모두 '잘못된' 것들이었다. 나는 섀넌이 생각하는 그런 사람이 아니었다. 하지만 다른 한편으로는 이런 생각도 들었다. 그녀는 어쩌면 에머슨 씨처럼 그 이야기가 어딘가에 '보관'되기를 바라는 것뿐일 수도 있지 않을까? 그녀는 애초에 그걸 다른 '누군가'에게 줄 생각은 없었는지도 모른다. 하지만 여전히 나는 자신이 없었다. 섀넌은 자신이 녹음한 테이프를 내가 듣고, 그걸 기록으로 남기고, 자신의 이름과 날짜와 시간과 장소가 쓰인 라벨지를 붙여두고 그 옆에 빨간색 동그라미를 그리는 걸 바랐을까? 나는 한참 동안 그녀의 손바닥 위에 있는 테이프를 바라보다가 그걸 내 주머니에 집어넣었다. 그때, 아이스링크장에서 스케이팅을 하던 무리 중의 한 여자가 아주 멋진 스파이럴을 보여주었고 사람들이 박수를 쳤다. 우리는 그녀를 바라보았다.

"멋지네요."

섀넌이 말했다.

"그러게 말이에요."

"종수, 당신이 책을 완성해서 출판하면 내가 꼭 찾아볼게요. 그러니까 포기하지 말아요."

나는 카페에서 그녀가 했던 말—우유부단하고 결단성이 없고 지지부진하기 때문에 내가 책을 쓰는 걸 그만두지 못하리라는—을 떠올렸다. 그녀는 이제 내가 혹시라도 쓰는 걸 그만둘까봐 무척 걱정하고 있는 것처럼 보였다. 그리고 그녀의 그런 바람 때문에, 나는 왠지 몹시 슬퍼졌다. 적어도 그녀에게 한 가지쯤은 진실을 이야기해줘야 한다는 생각이 들었다. 적어도 한 가지쯤은……

"나도, 언제가 될지 모르지만, 한국으로 가게 될 것 같아요."

"부모님을 찾으려고요?"

나는 아무 대답도 하지 않았다. 섀넌은 말하지 않아도 나를 이해할 수 있다는 듯이 고개를 끄덕였다. 그리고 웃으며 물었다.

"그 책을 한국어로 쓸 수도 있겠네요? 당신의 진짜 부모님이 읽을 수 있도록 말이에요."

이번에도 대답할 말이 없었다. 내가 머뭇거리고 있을 때, 섀넌이 갑자기 나를 꼭 껴안았다. 첫번째 데이트 이후 그녀와 헤어질 때마다 안아도 되는지 항상 망설이곤 했는데, 그녀가 나를 먼저 안아준 것이다. 섀넌 헤이스는 내 입술에 자신의 입술을 맞췄고, 그런 후에 내 귀에 대고 이렇게 말해주었다.

"당신은 정말 좋은 사람이에요. 내가 당신에게 상처를 주었다면 정말 미안해요. 나는 정말 나쁜 사람이에요."

그녀가 나를 안은 팔을 풀었을 때, 나는 한국어로 녹음한 테이프를 주머니에서 꺼내 그녀에게 건네주었다. 그리고 이번에는 내가 그녀를 껴안았다. 그리고 그녀의 귀에 대고 속삭였다.

"섀넌, 당신은 나쁜 사람이 아니에요. 나중에 여기에 녹음한 내 말을 이해하게 되었을 때, 그때……"

나는 그녀에게 무언가를 더 말하고 싶었지만, 그 순간 어떤 말이 가장 적절할지 알 수 없었다. 섀넌 헤이스가 내 등을 두드렸다. 잭슨 여사가 내게 해주었던 것처럼. 나는 마치 그게 노크 소리 같다고 느꼈다. 누군가가 내 문을 두드리는 소리. '이봐요, 살아 있어요?'라고 물어봐주는 목소리. 물론 그건 순전히 내 착각에 불과했다. 그게 착각이라는 걸 금방 깨닫게 될지라도, 잠시라도 그런 생각에 빠져들 수 있었다는 건, 내게 주어진 큰 행운이었다. 우리는 그렇게 포옹한 채로 아주 오랫동안 거기 남아 있었다. 누군가가 아이스링크장 위에서 점프를 뛰었는지, 아니면 아주 멋지게 스핀을 돌았는지, 여하튼 사람들이 환호성을 보내고 박수를 치는 소리가 들렸다. 나는 섀넌을 꼭 껴안은 채 그런 생각을 하고 있었다. 지금 저 박수와 환호성을 받은 사람은 스케이팅이 끝나면 과연 어디로 돌아가게 될까?

며칠 후, 밤에 나는 커튼도 치지 않은 채로 멍하니 앉아, 맞은편 건물의 네온사인이 깜빡거리는 걸 보고 있었다. 지난 일 년간의 일들이 허공으로 흩어져버린 것 같았다. 다시 원점으로 돌아온 것이다. 일

년 전처럼 술을 마시고 내 토사물 사이에서 깨어나는 일은 없었지만 나는 자주 먼지 쌓인 침대 위에 멍하니 앉아 있곤 했다. 이제 무얼 해야 할까? 가끔 수영의 쪽지—디어 종수, 로 시작되는 그 쪽지—를 떠올렸다. 일 년 전, 뒤늦게 나에게 '도착한' 편지. 하지만 일 년 전에 그 편지를 읽었을 때와 달라진 점이 하나도 없다는 사실이 가장 나를 뼈아프게 했다. 일 년 전, 학교에 휴학—실질적으로는 퇴학—원서를 내고 랄프 로렌 매장을 찾아갔던 나는 결국 매장 안으로 들어가지 못했었다. 나는 창밖을 바라보는 걸 그만두기로 하고, 파란색 칼하트 점퍼와 비니를 착용한 후 집을 나섰다.

성탄절을 맞이해서 멋지게 장식된 5번가의 건물들은 모두 잠들어 있는 것처럼 보였다. 마치 옛날 도시에 온 것 같았다. 그 거대하고 휘황찬란하고 화려한 건물들 사이에서 나 말고도 몇 명의 사람들이 배회하고 있었다. 그들은 왜 여기에 있는 걸까? 왜 집으로 돌아가지 않는 걸까? 랄프 로렌 매장 벽에 붙어 있는 수많은 장식용 전구들은 여전히 반짝이고 있었고, 매장 문 양옆에 걸린 깃발—성조기와 랄프 로렌의 로고가 찍힌—이 펄럭이고 있었다. 조지 캠벨은 랄프 로렌이 망한 것이나 다름없다고 이야기했지만, 여하튼 그건 여전히 그렇게, 뉴욕의 가장 중심가에서 빛나고 있다. 쇼윈도 안의 아래쪽에 작은 조명들을 여러 개 켜두어서 멀리서도 안쪽의 마네킹들이 보인다. 나는 여러 개의 쇼윈도 중 그냥 발길이 닿는 대로 하나를 선택해서 가까이 간다. 마치 아기 예수처럼 보이는 갓난아기 마네킹과 그 아기를 품에 안고 있는 자상한 표정의 여성 마네킹이 있다. 그리고 그 모자 옆으로 세 명의 남자들이 둘러서서 아기를 들여다보고 있다. 그 마네킹들은,

물론 모두 '랄프 로렌'을 입고 있다. 체크무늬가 들어간 모직 코트와 니트 조끼와 코르덴 소재의 팬츠 혹은 스커트, 스카프와 벙어리장갑, 빨간색 양말…… 시계를 차고 있는 마네킹은 하나도 없다. 너무나 당연한 사실이다. 왜냐하면 랄프 로렌은 시계를 절대 만들지 말라는 유언을 남겼으니까…… 나는 그걸 한참 동안 바라보고 있었다.

문득, 조셉 프랭클의 일기 중, 시계공방의 선배들을 신랄하게 비판하던 내용이 떠올랐다. 그때, 그걸 읽은 나는 조셉 프랭클이 혹독하게 비난한 사람들 중 혹시 이름난 시계장이가 있는지 궁금해서 찾아봤었다. 물론 있었다. 그것도 여러 명이 있었다. 내가 가장 재미있게 생각한 건 요한 란돌프라는 사람이었다. 그는 스위스의 대표 여성시계 제조회사인 에벨사에 들어간 후 이곳을 세계적인 시계회사의 반열에 올려놓는 데 혁혁한 공을 세운다. 에벨사 홈페이지에 들어가면 "EBEL introduces the videomatic watch, featuring one of the first automatic 'à retort' movements"라는 문구가 있는데 이 "'à retort' movement"는 요한 란돌프의 '작품'이다. 그는 (누구라도 그러하듯이) 젊었던 시절 슈빌라 공방에서 일했던 경험을 말하는 걸 좋아했다. 그리고 조셉 프랭클이 그(를 비롯한 선배 견습공들)에 대해 '관심'이 있었던 것처럼 그 역시 젊은 시절 조셉 프랭클에게 관심이 있었다. 1967년 세계시계박람회에 초대되어서 미국을 방문했을 때, 그는 한 신문사와의 인터뷰에서 이렇게 말한다. "젊었던 시절, 제가 일하던 슈빌라 선생님의 공방에 무척 뛰어난 학생이 있었죠. 이름도 기억이 납니다. 선생님의 사랑을 독차지했지만 어느 날 갑자기 사라졌습니다. 그는 천재였죠. 저요? 전 조금 뛰어나긴 했지만 천재는 아니었어요. 천재였던 그 친구에게는 시계 부품을 만지는 일이 적성에 안 맞았나봅니다. 가끔 그 친구 생각이 나요. 처음으로 제게 열등감을 안겨주었던 친구죠. 그 친구 덕분에 나는 내 한계를 알게 되었고, 그걸 극복해야 하는 필요성을 느끼게 되었습니다. 재능이 있다는 게 그리 중요한 건 아닌 것 같습니다. 그는 천재였지만, 아마도 지금은 시계를 만들고 있지 않는 거겠죠. 너무 뛰어난 재능은 오히려 환멸을 부르는 법이니까요. 요는 노력입니다. 무언가를 잘하겠다는 노력이 아니라, 자신을 갈고닦는 노력이 필요합니다. 자신의 한계를 극복하려는 뼈를 깎는 고통 말입니다. 매일매일 다시 태어나야 합니다. 목숨을 걸어야 하죠." 처음 그걸 읽었을 때, 나는 조셉 프랭클이 (일기에서) 말했던 요한 란돌프의 '한계'와, 그 '한계'를 벗어나기 위해 노력하는 동안 몇 번이나 좌절했을 요한 란돌프에 대해 생각했다. 조셉 프랭클은 요한 란돌프가 결코 훌륭한 시계 장인이 될 수 없으리라 장담했지만, 그의 장담은 결과적으로 틀린 것이 되어버린 셈이다.

하지만 그날 밤, 인적이 드문 거리에 서서 랄프 로렌 매장을 들여다보고 있자니 그런 생각이 들었다. 요한 란돌프의 저 인터뷰에는 잘못된 사실들이 포함되어 있다는 것 말이다. 이를테면 조셉 프랭클은 시계를 만드는 일에 환멸을 느낀 적이 없다. 게다가 조셉 프랭클은 손에서 시계를 놓은 적도 없다. 조셉 프랭클은 자신의 시계 브랜드를 만들거나, 요한 란돌프처럼 회사에 들어가 높은 자리에 앉거나, 무브먼트를 개발하거나, 시계 장인으로 이름을 날린 것은 아니지만, 그렇다고 하더라도 그는 자신의 자리에서 자신의 일을 했다. 사람들의 고장난 시계를 고쳐주고, 누구도 손대기 꺼리거나 혹은 사망선고를 받은 것이나 다름없는 앤티크 시계를 훌륭하게 복원해냈다. 제임스 빌은 이렇게 말했었다. "프랭클 씨의 시계는 정확하고, 고장도 나지 않고, 우아합니다. 아름답죠." 조셉 프랭클은 자주 이렇게 말했다. "세상엔 고장난 시계가 많아요. 그게 얼마나 다행인 일이오?" 나는 (잭슨 여사가 그랬던 것처럼) 이렇게 덧붙이고 싶은 마음을 멈출 길이 없다. "그리고 권투장에 가서 얻어맞았지." 그런 조셉 프랭클이 요한 란돌프의 인터뷰를 본다면 기분이 어떨까? 그는 분명히 요한 란돌프의 말이 틀렸다고 생각할 것이고, 따져 묻고 싶은 충동을 느낄 것이다. 하지만 거꾸로 요한 란돌프가 조셉 프랭클의 일기를 읽는다고 해도 똑같은 기분이 들 것이다. 다른 사람들—노아, 샤를, 안톤, 토머스 등등—역시 마찬가지일 것이다. 이들 모두 조셉 프랭클의 그러한 신랄한 평가가 100퍼센트 들어맞지는 않는다고 말할 것이다. 아마도 그들은 이렇게 항변하고 싶을 것이다. "우리 모두 단점이 있고 한계가 있지만, 그렇다고 우리들이 형편없다고 말하는 것은 부당하지 않겠습니까?" 그러므로 그들은 결국 피장파장이라고 할 수 있다.

그렇지만, 이런 생각들은 결국 무용한 것에 불과하다. 아무 쓸모도 없다. (이것은 확실한 사실인데) 그들—노아, 샤를, 안톤, 토머스 등등—중 단 한 명도 조셉 프랭클이 남긴 일기를 읽은 사람은 없기 때문이다. 그러므로 그들은 조셉 프랭클이 자신들에 대해 그런 식으로 표현했다는 사실을 알 턱이 없고, 그리고 앞으로도 영원히 알지 못하리라. 또한 나는 조셉 프랭클이 그 인터뷰를 읽었는지 어쨌는지 알 수 없고, 그것을 확인하기 위해 전화를 걸거나 메일을 보내거나 하는 일을 할 수도 없다. 왜냐하면 그들은 모두 이미 죽은 사람이 되었으니까.

나는 그렇게 거기에 서서 아주 오랫동안 죽은 사람들에 대해 생각했다. 그리고 이제 정말로 내가 '어디론가' 돌아가야 한다는 것을 깨달았다.

디어 랄프 로렌

―에필로그를 대신하며

이 글을 쓰기로 결정하기 전에도, 나는 가끔 미국에서 챙겨온 마이크로 테이프를 들어보곤 했다. 가장 많이 들었던 건 바로 로라 무어의 목소리를 녹음한 테이프이다. 갑자기 겨울이 찾아온 것 같았던 그날 새벽, 군데군데 뜯어져서 솜이 삐죽 얼굴을 내밀고 있는 소파에 섀넌 헤이스와 나란히 앉아, 이어폰을 한쪽씩 나눠 끼고 함께 들었던 로라 무어의 목소리 말이다. 그날 섀넌과 나는 오래도록 입맞춤을 나누었었다. 몇 년이 흐른 후, 이제 나는 불을 끈 깜깜한 방에서 혼자 로라 무어의 목소리를 듣는다. 다행히도 여전히 로라 무어의 목소리는 순식간에 나를 그날 새벽으로 데려다준다. 나는 여전히 그날의 차가운 공기와 그 속에 섞여 있던 비냄새와 이제 막 다가온 겨울 냄새를 맡을 수 있다. 섀넌 헤이스가 두 손으로 얼굴을 가리고 내게 했던 말을 떠올릴 수 있다. "당신은 좋은 사람이에요." 그녀의 목소리를 떠올리면 나는 브라이언트 파크 아이스링크장에서 내가 건넨 테이프를 그녀가 들었을지 궁금해진다. 그걸 듣고 내용의 의미를 알게 되었을까? 그런 생각을 하면 어쩔 수 없이 테이프를 건네준 걸 다소 후회하게 된다. 하지만 나는 그녀가 테이프를 듣지 않았을 거라고, 만약 들었더라도 굳이 해석하려고 애쓰지 않았을 거라고 생각한다. 왜냐하면 나 역시, 그녀에게 받은 테이프를 한 번도 듣지 않았기 때문이다. 물론 그러려고 시도한 적이 여러 번 있었다. 그렇지만 나는 번번이 재생 버튼을 누르는 데까진 나아가지 못했다. 나는 섀넌이 누구에게도 할 수 없는 이야기를 거기에 넣어서 봉했다고 느낀다. 마치 편지를 쓰고 봉투에 넣은 후 봉투 입구를 인장으로 봉인해버리는 것처럼 말이다. 그리고 그녀는 그 '편지'를 강으로 던지는 대신 내게 줬다. 어쩌면 나는 그녀에게 일종의 흘러가는 '강'이었던 것일까?

로라 무어의 테이프 이야기로 다시 돌아가보자. 나는 가끔 궁금해진다. 대체 그날 새벽에 섀넌이 로라 무어의 테이프에서 들은 것은 무엇이었을까? 로라 무어와 나는 플라자호텔의 팜코트에서 만났다. 홀 안에는 야자수와 꽃이 무척 많아서 마치 작은 온실 안에 푹신푹신한 의자와 멋진 테이블을 가져다놓은 것같이 느껴질 정도였다. 모든 것이 부드러운 곳이었다. 유리 천장이 아주 높았는데 마치 홀 안의 모든 소리를 감싸고 있는 것 같았다. 고급 찻잔에 티스푼이 부딪혀 짤깍거리는 소리, 사람들의 조그마한 웃음소리, 구두 소리, 그리고 그 사이사이를 채우고 있는 피아노 소곡 소리…… 그 모든 것이 짜맞춘 듯이 조화로워서 마치 교향곡의 일부분 같다고 느껴질 정도였다.

루이스 언니는 결혼을 결정한 후에 많이 울었어요. 난 그때 언니가 왜 우는지 알 수 없었죠. 형부는 잘생겼고, 부자고, 매너도 좋았는데 말이에요. 다시 말하지만 난 그게 복이라고 생각했어요. 언니가 팔려간다고는 상상하지도 못했죠. 언니에게 사랑하는 남자가 있었다는 건 아주 나중에야 알게 되었죠. 언니가 결혼하기 전날, 엄마는 언니에게 그냥 기다리라고 말했어요. 역시 나중에야 난 그게 아주 끔찍한 말이라는 걸 알게 되었죠.

나는 아주 오랫동안 로라 무어가 말한 내용 속에 '숨겨진' 의미가 있을 거라고 생각했다. 이 부분에서 로라 무어의 말이 느려지거나, 문장과 문장 사이에 공백이 생긴 것도 아마 그 숨겨진 의미와 관련이 있으리라 여겼다. 로라 무어는 언니 이야기를 하는 동안 어떤 것을 떠올렸고, 그것을 내게 말하지는 않았던 것이라고. 하지만 나는 그 '숨김'이 로라 무어가 '의도한' 것은 아니리라고 생각했다. 로라 무어 자신조차도 자신이 무언가를 숨겼다는 사실을 알아차리지 못했을 것이라고 생각했던 것이다. 그리고 섀넌은 바로 그 새벽에 로라 무어의 목소리를 들으며 스스로 어떤 것을 찾아낸 것이리라. 나 역시 그후로 몇 번이나 로라 무어의 목소리를 들으며, 섀넌이 찾아낸 그것을 들어보려고 애썼지만 그때마다 어김없이 실패했다. 어김없이 실패했지만, 어쨌거나 로라 무어의 목소리를 듣는 것은 좋은 쪽의 일이었다.

반년 전쯤, 그러니까 이 글이 거의 막바지에 이르렀다고 생각했을 즈음(하지만 그 생각은 명백히 틀린 것이었다. 이 글을 완성하는 데에는 반년의 시간이 더 필요했기 때문이다), 나는 또다시 어둠 속에서 로라 무어의 목소리를 듣다가 섀넌 헤이스가 '들은' 것이 무엇인지 추측할 만한 실마리를 비로소 찾을 수 있었다. 그건 마치 반전도형 같아서 한번 '보는' '방식'을 정해버리면 다른 식으로는 절대 '볼 수 없게' 되는 그런 것에 가까웠다. 그러니까, 섀넌 헤이스가 들었던 것, 그토록 그녀의 마음에 깊이 새겨진 것은 로라 무어의 목소리가 '아니었다'.

그날 섀넌 헤이스는 내가 듣던 것과 '다른' 목소리를 듣고 있었다. 거꾸로 말하자면, 나는 그날 새벽부터 시작해서 지난 몇 년 동안 섀넌과는 계속 '다른' 목소리를 듣고 있었던 것이다. 로라 무어의 목소리 뒤로, 그리고 플라자호텔 팜코트의 그 각종 '소리들' 뒤로 한 남녀의 목소리가 들린다. 아마도 그들은 나와 로라 무어의 근처에 앉아 있었을 것이다. 우리 옆자리나 뒷자리. 아마도 뒷자리일 것이다. 나이를 가늠하기는 어렵지만 젊은이의 목소리는 아니다. 처음에 그 목소리를 '발견'했을 때는 아주 작고 불분명해서 소리의 덩어리에 불과한 것처럼 느껴진다. 그렇지만 여러 번 반복해 들으면 그 덩어리를 문장으로 쪼갤 수 있게 된다. 그리고 마침내 그들의 목소리 자체를 그 덩어리들 사이에서 건져올리게 된다. 일단 한번 그런 식으로 목소리와 개별 문장들을 '건져올리면' 그다음에는 훨씬 더 정확하게 들을 수 있다. 남자의 목소리는 마치 텅 빈 수영장에서 방금 빠져나온 것 같고, 여자의 목소리는 그에 비하면 훨씬 더 '가볍다'. 그녀는 마치 자신의 목소리가 어딘가로 날아가서 사라져버리기를 바라는 사람 같다. 나는 섀넌 헤이스가 그날 새벽 그랬던 것처럼 정지 버튼을 눌렀다가 앞으로 돌렸다가 하며 반복해 들었다. 섀넌은 이 부분을 반복해서 듣고 오랫동안 고개를 떨어뜨리고 있었다. 그녀는 더이상 아무것도 듣지 않아도 된다고, 그러니까 이제 '충분하다'고 말했다. 아마도, 섀넌은 울었던 것이리라. 어떻게 나는 그녀가 울고 있다는 사실조차 모를 수 있었을까?

잠시 후 불을 켠 나는 그들이 하는 말을 노트에 옮겨 적어보았다. 처음엔 영어로, 그리고 그다음에는 한국어로.

여자 우습지 않아요? 당신과 만난 지 오 분밖에 지나지 않았는데, 그동안 우리 사이에 있었던 그 모든 일이 아무것도 아닌 게 되어버린 것 같아요.

남자 사랑은 죽지 않으니까.

나는 내가 받아적은 글의 마지막 부분을 읽으며 다시 한번 더 테이프를 들어보았다. 그리고 한 가지 사실을 더 알아챘는데, 남녀가 이야기를 나누는 도중, 결정적인 순간마다 로라 무어가 자신의 이야기를 멈춘다는 점이었다. 로라 무어 역시 그들의 이야기를 엿듣고 있었던 것이리라. 나는 그런 것이 가능한지 궁금했다. 친언니의 이야기—슬프고 비극적인—를 하면서 다른 사람의 말을 엿듣는 것이 가능할까? 로라 무어의 목소리가 멈추었다가, 다시 '정상적'인 속도로 이야기를 이어가기 시작하자, 나는 그 남녀가 자리를 떠났다는 것을 알아챌 수 있었다. 우연히 녹음된 그들의 목소리로 나는 그들의 삶을 예측해보려고 애쓰지만 그건 불가능에 가깝다. 그들은 함께 호텔을 나섰을까? 그들은 그후로 다시 만났을까? 아니면 그것이 그들의 마지막 만남이었을까? 섀넌은 그들의 목소리를 들으면서 무엇을 떠올렸을까? 로라 무어는 무엇을 떠올렸을까? 나는 그것을 모른다. 그리고 앞으로도 영원히 모를 것이다.

기쿠 박사님은 여전히 노벨상을 받지 못했다. 노벨상을 받든 그러지 못하든 그는 훌륭한 물리학자이다. 그가 내게 학교를 떠나라고 한 건 그 누구도 아닌 나를 위한 충고였다는 것을 안다. 나는 그가 여전히 아이스링크장에서 스핀을 돌고 있는지 궁금하다. 그가 여전히 스핀을 돌고 있었으면 좋겠다. 그가 영원히 노벨상을 받지 못하기를 바라는 것이 아니라, 그가 노벨상을 받게 되더라도 계속 피겨스케이팅을 하기를 바란다는 말이다. 그가 점프도 잘하게 되고 스텝도 좀더 잘 밟게 되었으면 좋겠다.

한국으로 돌아올 때, 나는 미국에서 머문 마지막 일 년 동안 모았던 자료들을 모두 다 챙겨왔다. 수영의 청첩장부터 메이지 그랜트의 인터뷰와 잭슨 여사의 부고가 실린 신문까지 말이다. 자료들을 다시 들춰볼 생각을 했던 것은 아니었다. 그렇지만, 그 종이 뭉치들을 거기, 그 허름한 동네의 방 한구석에 버리고 오는 것은 내키지 않았다. 이 글을 쓰기로 결심하고 그 자료들을 다시 꺼내 읽게 되었을 때, 가장 먼저 읽은 건 (어쩔 수 없이) 수영이 내게 보낸 청첩장과 쪽지였다.

"디어 종수, 나는 아주 잘 지내. 곧 결혼식을 올릴 거야. 나는 무척 행복해. 너도 잘 지내길 바란다."

두 가지 궁금증이 든다. 한 가지는 앞에서도 언급했듯이 그녀가 랄프 로렌에게 편지를 보냈을까, 하는 것이고, 다른 한 가지는 그해 수영이 결국 랄프 로렌 컬렉션을 완성했을까, 하는 것이다. 아니, 수영은 랄프 로렌 컬렉션을 완성하지 못했을 것이다. 왜냐하면 랄프 로렌은 시계를 만들지 않았으니까. 그렇다면 '시계를 제외한' 랄프 로렌 컬렉션은 '완성'됐을까? 그녀는 그해에 결국 랄프 로렌 더플코트를 구입할 수 있었을까? 만약 그녀가 돈을 모으는 것에 성공해서 랄프 로렌 더플코트를 구입했다면 그녀는 분명히 그걸 입고 학교에 나타났을 것이다. 적어도 한 번쯤은 그렇게 했을 것이다. 하지만 안타깝게도 그해 겨울에 대한 기억은 거의 사라져서 남아 있는 게 별로 없다. 심지어는 내가 그해 겨울에 랄프 로렌 더플코트를 입고 학교에 갔었는지도 기억이 나지 않는다. 도통 기억이 나지 않는다. 지금의 나는 여기에 앉아서 그저 그 시절의 내가 랄프 로렌의 더플코트를 어딘가에 처박아뒀기만을, 학교에 입고 가지 않았기만을 바랄 뿐이다.

그리고, 이건 정말 마지막 사족이 될 텐데, 바로 얼마 전, 그러니까 이 글을 끝맺음했을 때에야 비로소 새로운 기억을 하나 떠올리게 되었다. 수영과 내가 '열심히' 편지를 함께 쓰던 시절과 관련된 기억이다. 앞에서 말했다시피 우리의 편지 작업은 굉장히 더디게 진행되었다. 나의 사사로운 욕심—수영과 오랜 시간을 함께하고 싶다는—에서 비롯된 면도 있었지만, 꼭 그게 다는 아니었다. 여하튼 나는 편지를 잘 쓰고 싶었다. 랄프 로렌이 받았을 때 끝까지 읽고 싶은 마음이 드는 그런 편지를 쓰고 싶었다. 그의 마음을 움직여서 수영의 바람이 이뤄지기를 간절하게 바랐다. 그러기 위해서는 몇 가지 해결해야 할 문제들이 있었다. 무엇보다 수영이 처음에 구상한 내용보다는 격식이 있어야 했다. 너무 흔하고, 보편적이고, 아무 의미도 없는 관용적인 단어나 내용을 써서는 안 되었다. 새롭고, 누가 봐도 입이 딱 벌어질 만한, 혹은 재기 발랄함에 감탄할 만한 그런 내용이 들어가야 했다. 그 시절의 내가 느끼기에 수영의 편지에는 그런 게 없었다. 그녀는 그저 랄프 로렌에게 '정말로' 하고 싶은 이야기를 아무런 '전략'도 없이 쓰고 싶어했을 뿐이었다. 수영은 자신의 가족 이야기를 쓰고 싶어했고, 날씨 이야기를 쓰고 싶어했고, 자신이 길에서 알고 지내는 고양이에 대해, 혹은 전날 밤 몰래 내린 소나기에 대해 쓰고 싶어했다. '평범한' 이야기였다. 랄프 로렌같이 바쁜 사람이 그런 걸 읽고 싶어할 리가 없었다. 어쩔 수 없이 실랑이가 있었다. 그리고 대부분 나의 승리였다. 수영은 약간 뾰로통한 표정을 지었지만, 결국은 이렇게 말하고 한발 뒤로 물러섰다. "그래, 네가 나보다 훨씬 더 똑똑하니까." 그러고 나면 우리는 햄버거를 먹거나 농담을 나누며 웃었다. 지금 이 문장을 쓰고 있으니까 수영의 표정이, 마치 어제 일처럼 떠오른다. 햄버거를 한입 크게 베어 물고 우물우물거리던 수영의 얼굴. 그때는 몰랐지만, 수영이 늘 한발 물러섰던 이유는, 나를 좋아해서가 아니었을 것이다. 그녀는 '정말로' 편지를 '더' 잘 쓰고 싶었던 것이다. 그리고 무척 씁쓸해했겠지. 동네의 고양이가 얼마나 예쁜지, 전날 무슨 꿈을 꾸었는지, 처음 먹게 된 새로운 햄버거 메뉴가 얼마나 형편없었는지 랄프 로렌에게 말할 수 없게 되어서.

수영이 자신의 의견을 절대 굽히지 않았던 적이 딱 한 번 있다. 편지의 가장 첫번째 줄을 쓸 때의 일이다. 랄프 로렌 씨에게. 우리는 그

짧은 문장 때문에도 굉장히 오랫동안 실랑이를 했는데, 수영은 편지의 시작을 무조건 "Dear Ralph Lauren"으로 하고 싶다고 우겼다. 편지의 첫 문장은 특히 중요했다. "Dear"는 최악이었다. 랄프 로렌은 이미 "Dear"로 시작하는 너무 많은 편지를 받았을 것이다. 그 문장을 읽기만 해도 이미 따분해질 게 분명했다. 나는 수영에게 "Dear" 말고 다른 특별한 표현은 어떻겠느냐고 물었다. 굳이 랄프 로렌 씨에게, 로 시작하지 않아도 된다고 말했다. 편지를 시작할 수 있는 방법은 너무도 많았다. 하지만 그녀는 절대로 물러서지 않았다. 우리는 결국 첫번째 줄을 제외하고 영역을 시작했고, 그후에도 몇 번의 길고 긴 실랑이 끝에 결국 나는 그녀의 뜻에 따르기로 했다. 그날 수영은 내게 이렇게 말했다.

"디어, 는 다정하게 여기는 사람에게만 쓸 수 있는 말인 것처럼 느껴져. 아주 친밀하고 따뜻해."

나는 그녀의 그 말이 틀렸다고 생각했다. 그건 수영이 '잘못' 알고 있는 것이라고. 그 단어에는 아무런 의미도 없다. 그냥 관용적인 표현일 뿐이었다. 돌이켜보면 정말 다행스럽게도, 나는 그녀에게 그런 내 생각을 말하지 않았다. 물론 그녀에게 다행스럽다는 의미가 아니라, 순전히 나에게 다행스럽다는 의미이다. 왜냐하면 그 단어에 아무런 의미도 없다는 내 판단이야말로 완전히 틀린 것이었기 때문이다.

그해 여름 내내 우리는 이미 죽고 없는 랄프 로렌에게 편지를 썼다. 나는 우리가 편지를 쓰기 위해 메모를 해두던 연습장에 그녀가 연필로 한 자 한 자씩 디어 랄프 로렌, 이라고 꾹꾹 적는 모습을 떠올린다. 그녀는 그 문장을 쓰면서, 아마도 무척 행복했으리라. 그리고 그녀가 그 시간 동안 무척 행복했으리라는 것을 나는 아주 오랫동안 알지 못했다. 그녀의 편지는 완성되었을까? 잘 모르겠다. 정말로 잘 모르겠다. 나는 짐작도 하지 못하겠다. 한 가지 확실한 것은, 그 편지가 완성되었든 그렇지 않았든, 그 편지의 가장 첫 문장은 온전히 수영의 문장이라는 점이다. 그리고 그 문장은 이 세상 그 어떤 문장보다도 진실되었다는 점이다. 그러니까,

디어 랄프 로렌.

작가의 말

내가 (가장) 좋아하는 미국 드라마의 주인공은 이런 말을 했다.

"가끔 다른 행성에 사는 우주인에 대해 생각해보곤 해요. 매우 멀리 사는 사람 말이죠. 지구에서 일어나는 많은 일들이 그에게는 별로 중요하지 않을 거예요. 왜냐하면 멀리서 보면 우린 그저 작은 불빛에 불과할 테니까요. 하지만, 그는 나 때문에 가슴 아파할 거예요. 왜냐하면 그는 굉장히 좋은 망원경을 갖고 있거든요. 그래서 내 얼굴을 볼 수 있거든요. 이봐요, 난 괜찮아요…… 아니 사실 괜찮지 않아요."

이 드라마에서 주인공은 이상하고 우스꽝스러운 방식으로 사람들에게 애정을 표현해서 그들을 당황하게 만들고 때때로 마음 상하게 만든다. 반대로 주인공은 이상하고 우스꽝스러운 방식으로 사람들의 애정을 갈구하기 때문에 때때로 자신이 상처받기도 한다. 하지만 결국 드라마의 거의 마지막에 다다랐을 때, 사람들은 그가 좋은 사람일지도 모른다고 생각하게 된다.

나는 소설가가 굉장히 좋은 망원경을 가지고 있는 우주인과 비슷한 게 아닐까 하고 종종 생각한다. 저멀리 낯선 행성의 작은 불빛을 응시하고 마침내 그 속에서 그(혹은 그녀)의 얼굴-표정을 발견하게 되는 게 아닐까 하고 말이다. 그래서 그(혹은 그녀) 때문에 마음 아파하기도 하고, 안도하기도 하고, 한숨을 쉬기도 하고, 때때로 화를 내기도 하는 게 아닌가 하고 말이다.

물론 나는 자주 실패한다. 아무리 노력해도 그들의 표정을 볼 수 없을 때가 있다. 망원경이 고장났을까봐, 내가 제대로 주의를 기울이지 못해서 그들 표정의 의미를 제대로 읽어내지 못했을까봐 걱정하고 두려워하기도 한다. 어쩌면 소설가로 살아가는 내내 그런 걱정에 휩싸여야 하는 건지도 모른다. 그게 행복한 삶인지 아닌지는 모르겠다. 그저 나는 소박한 마음으로 바랄 뿐이다. 내가 '매우' '멀리' 존재하는 세계를, 그리고 그 세계를 살아가는 사람들의 얼굴을 단 한 번이라도 제대로 보게 되기를.

이 소설은 '1954년에 조셉 프랭클을 만나는 랄프 로렌'이 존재하는 세계를 살아가는 인물들의 이야기이다. 약 일 년 동안 나는 그 세계를 관찰하고, 그 세계에 살고 있는 사람들의 얼굴을 바라보려고 애썼다. 그들의 얼굴과 그들의 표정과 그들의 이야기를 전달하려고 애썼다. 어느 정도는 성공했고, 어느 정도는 실패했다. 너무 과도한 바람인지 모르겠지만, 이 소설을 읽은 사람들이 각자의 망원경으로 자신만의 '랄프 로렌'과 '조셉 프랭클'을, '섀넌 헤이스'와 '잭슨 여사'를, 그리고 '종수'와 '수영'을 떠올리고 그들을 바라보게 된다면, 아마 나는 무척 행복할 것이다.

만약, 이 소설에 나오는 어떤 내용들이 우리가 살고 있는 세계의 것과 일치하거나 혹은 반대로 일치하지 않는다면, 그건 전적으로 우연에 근거한 것이다. 이를테면, 메릴린 먼로의 『마이 스토리』와 헤밍웨이의 『노인과 바다』, 라울 힐베르크의 『홀로코스트, 유럽 유대인의 파괴』는 이러한 우연에 의해서 이 두 세계에 공통으로 존재하고 있는 책들이다. 원한다면 언제든 도서관이나 서점으로 달려가 그 책들을 확인할 수 있을 것이다. 이 소설의 마지막에 등장하는 대화의 전말이 궁금한 분들이 있다면, 제임스 설터의 단편집 『어젯밤』에 실린 「플라자 호텔」을 읽어보는 것을 권한다.

이 책을 만드느라 고생한 편집부에 감사한 마음을 전하고 싶다. 이 책의 상당 부분은 그들에게 빚지고 있다. 그리고, 내 삶의 거의 전부를 빚지고 있는 부모님과 가족들에게 감사와 이루 말할 수 없는 애정을 보낸다.

2017년 봄

손보미

문학동네 장편소설
디어 랄프 로렌

1판 1쇄 2017년 4월 19일
1판 7쇄 2020년 11월 25일

지은이 손보미
펴낸이 염현숙
책임편집 김내리 | 편집 정은진 이성근 이상술
디자인 김이정 최미영 | 마케팅 정민호 박보람 우상욱 안남영
홍보 김희숙 김상만 지문희 김현지 이소정 이미희
제작 강신은 김동욱 임현식 | 제작처 영신사

펴낸곳 (주)문학동네
출판등록 1993년 10월 22일 제406-2003-000045호
주소 10881 경기도 파주시 회동길 210
전자우편 editor@munhak.com
대표전화 031) 955-8888 | 팩스 031) 955-8855
문의전화 031) 955-3576(마케팅) 031) 955-8864(편집)
문학동네카페 http://cafe.naver.com/mhdn | 트위터 @munhakdongne
북클럽문학동네 http://bookclubmunhak.com

ISBN 978-89-546-4508-9 03810

* 이 도서의 국립중앙도서관 출판예정도서목록(CIP)은 서지정보유통지원시스템 홈페이지 (http://seoji.nl.go.kr)와 국가자료종합목록 구축시스템(http://kolis-net.nl.go.kr)에서 이용하실 수 있습니다.(CIP 제어번호: CIP2017007414)
* 잘못된 책은 구입하신 서점에서 교환해드립니다.
기타 교환 문의 031) 955-2661, 3580

www.munhak.com